国家社科基金
GUOJIA SHEKE JIJIN HOUQI ZIZHU XIANGMU
后期资助项目

汉代小说史叙论

王守亮　著

山东大学出版社
SHANDONG UNIVERSITY PRESS
·济南·

图书在版编目(CIP)数据

汉代小说史叙论/王守亮著.—济南:山东大学出版社,2024.6

ISBN 978-7-5607-8009-2

Ⅰ.①汉…　Ⅱ.①王…　Ⅲ.①古典小说—小说史—中国—汉代　Ⅳ.①I207.409

中国国家版本馆 CIP 数据核字(2024)第 106656 号

责任编辑　肖淑辉
封面设计　王秋忆

汉代小说史叙论
HANDAI XIAOSHUOSHI XULUN

出版发行	山东大学出版社
社　　址	山东省济南市山大南路 20 号
邮政编码	250100
发行热线	(0531)88363008
经　　销	新华书店
印　　刷	济南乾丰云印刷科技有限公司
规　　格	720 毫米×1000 毫米　1/16 18.75 印张　327 千字
版　　次	2024 年 6 月第 1 版
印　　次	2024 年 6 月第 1 次印刷
定　　价	78.00 元

国家社科基金后期资助项目
出版说明

后期资助项目是国家社科基金设立的一类重要项目，旨在鼓励广大社科研究者潜心治学，支持基础研究多出优秀成果。它是经过严格评审，从接近完成的科研成果中遴选立项的。为扩大后期资助项目的影响，更好地推动学术发展，促进成果转化，全国哲学社会科学工作办公室按照“统一设计、统一标识、统一版式、形成系列”的总体要求，组织出版国家社科基金后期资助项目成果。

全国哲学社会科学工作办公室

序

我国古代文献记载，自《庄子·外物》有“饰小说以干县令”之说，至《汉书·艺文志》有“小说家者流，盖出于稗官”和张衡《西京赋》“小说九百，本自虞初”之论，表明中国小说作为一种文体，自战国零星萌芽，到汉代丛生簇长，已开宗立派，继祖垂统，可以有一部汉代小说的“家谱”即专史了。古今论说汉代者多矣，但称“汉代小说史”的专著尚付阙如！有之，仅公开于网络上的一部王守亮著《汉代小说史叙论》（以下简称《叙论》）而已，岂不是一个缺憾！

《叙论》是王守亮完成于十余年前的博士学位论文。早年他读硕后工作多年又继续读博，2009 年以此文通过答辩，获文学博士学位。当时论文受到评委老师们的一致好评。加以学术界汉代小说史专著几乎空白和作者面临评职称，这篇论文是可以抓紧修改出版的，然而守亮没有以之为“敲门砖”。

当然，也是由于守亮博士在繁忙的教学和各种学术活动中，先后出版发表了《谶纬与汉魏六朝小说》《明清小说中的山东城市映像研究》等专著和论文，从而顺利晋升副教授、教授，给这部书稿的修订出版以时间上的从容。所以，十几年来，守亮念兹在兹，一有相关新资料发现或思考的心得，即付之文稿的增删修订、打磨润色，至今成书，可谓“十年磨一剑”。至于论文选题之初，面对学界“现存之所谓汉人小说，盖无一真出于汉人”（鲁迅《中国小说史略》第四篇《今所见汉人小说》）的似已牢不可破的成见，守亮不畏艰险，迎难而上，坚持探索，尤其不易。如今《叙论》其始也简，其毕也巨，堪称一部“填补空白”的特色之作，也算“功夫不负有心人”了吧！谨表赞赏与祝贺！

本书“叙论”之“叙”大致包括有关汉代小说源流、品类、作家、作品等全面的介绍、考证；“叙论”之“论”则不仅包括了所“叙”内容的辨析、评论，也包括了对后世有关汉代小说影响及研究的探讨与述评。因此，《叙论》是一部“汉代小说史”，也是一部“汉代小说研究史”。其治史的特点是注重资料的广泛搜罗、深入发掘、系统梳理和慎思明辨，尤其注重从社会文化、文学的广阔背景看小说，往往见前人所未见，发前人所未发，提供了不少前所未及的小说资料和新见解，发人深思，令人惊喜。

《叙论》的出版使汉代小说研究，不仅在诸如志怪、轶事、杂史、赋体等品类小说的探讨上各有不同程度的新开拓，而且总体展示了汉代小说清晰可见的开宗立派、自成一代气象的文学成就和历史地位，是后世小说发展变迁的雄厚根基，小说研究的重要内容。由此可见，上引鲁迅先生汉代无小说论显然不符合事实，更不够公正。反而应该是鲁迅先生“遥想汉人多少闳放”（《看镜有感》）的话，可以启发我们相信，如《东方朔传》《汉武故事》《飞燕外传》之类小说，只能是西汉或东汉末乱世“街谈巷语，道听途说”、稗官“称说”“缀而不忘”的“热门”。因此，《叙论》的努力，于发掘弘扬“汉代小说”研究有转变风气、开创新局之功。

王守亮教授为人诚悫，为学勤奋，为文朴实。《叙论》久久为功，善作善成，扎实有用。读者可以信赖，可以商讨，从中受益，嘉惠学林。这是令人高兴的事，我故应作者之请序而荐之。

杜贵晨于美国加州库比蒂诺（Cupertino）旅次

2024 年 5 月 18 日

目录

引　言

二十世纪二十年代以来，在中国古代小说的研究中，汉代小说是一个虽然未被忽视但其小说史地位和意义却多被轻描淡写的尴尬存在。例如，自鲁迅《中国小说史略》问世至今，在“小说”概念的溯源方面，桓谭《新论》、班固《汉志》对小说家的解说与《汉志》著录的十五家小说家著作，各类小说史论著大都予以关注和探讨；但是，若进一步讨论存世的汉代小说文本有哪些，学界则颇多歧见，作为折中之举，大多数论著往往以“汉魏六朝小说”概而称之，而所谓“汉代小说”实际成为研讨魏晋六朝小说的“入话”。

以二十世纪八十年代为界，这种情形可分为有所异同的前后两个时期。前一时期，以鲁迅《中国小说史略》及《中国小说的历史的变迁》为代表，学界论及汉代小说时，主要探讨汉代文献中“小说”“小说家”的内涵和《汉志》著录的小说家著作，尤侧重从小说理论史的角度探源汉代文化语境中“小说”的内涵；尽管也考证《列仙传》《燕丹子》等为汉代之作，但总体上对汉代小说则取存而不论的态度，从而汉代小说在中国古代小说史上的地位、意义等亦无从评价。后一时期，随着中国古代小说研究领域的不断拓展和日益深入，王培元《汉代小说作品辨证》、李剑国《唐前志怪小说史》、杜贵晨《中国古代短篇小说史》、吴志达《中国文言小说史》、杨义《中国古典小说史论》等论著，重新审视、解读传世的汉魏六朝小说文献，并结合近世以来的考古发现，较前一时期更多地考证、研讨了一批汉代小说作品，进而对汉代小说的历史地位作出评价。尽管如此，前一时期的学界意见也仍有其影响。这种情形表明，汉代小说是一个需要深入研讨的课题。

上述情形之所以产生和存在，究其原因，大致有二。其一，由于历史年代久远，传世的汉魏六朝小说文献或者真伪混杂，或者语焉不详，导致学者们在研究结论上的异同，这是文献的原因。其二，二十世纪二十年代以来的中国古代小说研究和小说史学科建构，是以西方近现代小说文体观念和创作理论作为参照的。中国古代小说的文体特征跟西方小说固然多有相通之处，却也存在相当程度的差异。而在对小说文体观念的理解和标准把握上，不同学者之间往往有所差异，进而导致对包括汉代小说在内的某些古代文学作品的文体属性判断，会产生小说与非小说的不同意见。

不管怎样，一定的虚构性和叙事性是近现代小说文体的基本标准，此为学界共识。小说的基本面是故事，或者说，小说的基本形态就是讲述一个具有一定长度的虚构的故事。两汉时期，以《史记》《汉书》为代表的史传文学发展成熟，人物传记中所在多有的虚拟与虚构内容是一个明显的事实，班马文章以善叙事写人而为中国古代尤其明清小说家所推崇和景仰；汉赋被赞为中国古代文学的一代之胜，其假设宾主、虚构故事的文体特征与小说并无二致。文学史的事实表明，汉代文学中的叙事与虚构艺术水准已达相当高度。

我们再看王充《论衡·对作篇》所说：

> 世俗之性，好奇怪之语，说虚妄之文。何则？实事不能快意，而华虚惊耳动心也。是故才能之士，好谈论者，增益实事，为美盛之语；用笔墨者，造生空文，为虚妄之传。听者以为真然，说而不舍；览者以为实事，传而不绝。不绝，则文载竹帛之上；不舍，则误①入贤者之耳。至或南面称师，赋奸伪之说；典城佩紫，读虚妄之书。②

这段文字告诉我们，一方面，汉代存在“好谈论者”与“用笔墨者”亦即文人“增益实事”“造生空文，为虚妄之传”的小说创作活动，其作品足令“听者以为真然”“览者以为实事”；另一方面，当时的“听者”与“览者”亦即听众与读者，也喜欢听讲、阅读和传播小说内容，即所谓“说（悦）而不舍”“传而不绝”“读虚妄之书”的情形。因此，如果说汉代文学中尚未孕育、产生小说这一文体形态，无论从逻辑还是事理来看，都是很难讲通的。这也是本书把汉代小说作为研究对象的一个原因。

---

① 杨宝忠认为句中“误”是“语”字之误。此说为是。参见杨宝忠：《论衡校笺》，河北教育出版社 1999 年版，第 916 页。

② 黄晖：《论衡校释》，中华书局 1990 年版，第 1179 页。

本书在参考、吸收前人和时贤研究成果的基础上，考论《汉志》著录的小说家著作与传世汉代小说文本，探讨汉代小说发展演变的脉络、成就以及小说史影响。所论内容有：探讨《汉志》小说家著作及其文体、价值属性；评述百年来汉代小说研究的主要成果以及争议；考察汉代小说发展演变的动因，析其继统与流别；基于对汉代小说作品的分类，考论有关作品的作者、成书时代等问题，并对其题材内容和艺术特色等予以分析；总结、评析汉代小说发展的成就及其对魏晋以迄明清小说的影响。本书将汉代纬书和故事赋纳入汉代小说的考察范围。研讨纬书中的志怪篇章，是为关于谶纬小说的内容；结合近今出土的汉代简帛文献，对汉赋中小说特色明显的故事赋予以考论，是为有关赋体小说的内容。全书共八章，前四章侧重对汉代小说作整体的观照，后四章是对汉代小说作品的分类考察和研讨。

第一章　《汉志》“小说”概说

在中国古代小说尤其汉魏六朝小说的研究中，一个颇有争议的问题是《汉书·艺文志》诸子略小说家著录的十五家小说。十五家小说几近一千四百篇，数量相当可观。在此，为求行文简便，我们概称之为“《汉志》‘小说’”。在以往研究中，有一种意见认为《汉志》“小说”即汉代小说。我们认为，《汉志》“小说”与汉代小说不是意涵等同或者相近的概念，所指有所异同。作为汉代小说研究的题中之义，本章主要就《汉志》“小说”的佚文、文体属性与价值属性等问题进行讨论。

第一节　《汉志》“小说”探佚

一、《汉志》“小说”篇目

《汉志》著录十五家小说家著作，并附班固自注，如下：

《伊尹说》二十七篇。（其语浅薄，似依托也。）①

《鬻子说》十九篇。（后世所加。）

《周考》七十六篇。（考周事也。）

《青史子》五十七篇。（古史官记事也。）

《师旷》六篇。（见《春秋》，其言浅薄，本与此同，似因托之。）

《务成子》十一篇。（称尧问，非古语。）

《宋子》十八篇。（孙卿道宋子，其言黄老意。）

---

①　括号内文字为班固自注，下同。

《天乙》三篇。(天乙谓汤，其言非殷时，皆依托也。)

《黄帝说》四十篇。(迂诞依托。)

《封禅方说》十八篇。(武帝时。)

《待诏臣饶心术》二十五篇。(武帝时。)①

《待诏臣安成未央术》一篇。②

《臣寿周纪》七篇。(项国圉人，宣帝时。)

《虞初周说》九百四十三篇。(河南人，武帝时以方士侍郎，号黄车使者。)

《百家》百三十九卷。

右小说十五家，千三百八十篇。③

按以上小说家著作的篇卷数目，班固统计有误，应为一千三百九十篇。关于十五家著作的成书时代，学界一般认为《伊尹说》至《黄帝说》等九书成书于春秋战国时期，《封禅方说》至《百家》等六书是西汉之作。

二、《汉志》"小说"佚文

《汉志》著录的小说家著作在南北朝时散佚殆尽，其最后散佚者是《青史子》与《师旷》。《隋志》子部小说类《燕丹子》题下注云："梁有《青史子》一卷。……亡。"④ 则《青史子》在梁时尚存。《后汉书·方术列传序》云："箕子之术，师旷之书。"李贤注："占灾异之书也。今书《七志》有《师旷》六篇。"⑤《七志》为南朝宋王俭撰。清姚振宗《汉书艺文志条理》卷二之下小说家云："按王俭《七志》所载与本《志》⑥ 篇数同，似犹为《七略》原编。"⑦ 姚氏之意盖以《七志》著录的六篇本《师旷》为《汉志》小说家著作中的六篇本《师旷》。如此看来，小说家著作《师旷》在刘宋时或尚存世。但包括《青史子》和《师旷》在内的十五家小说，均不见于唐宋以后的史志著录，说明《汉志》"小说"在南北朝

① 颜师古注："刘向《别录》云饶齐人也，不知其姓，武帝时待诏，作书名曰《心术》也。"

② 颜师古注引应劭曰："道家也，好养生事，为未央之术。"

③ (汉)班固撰，(唐)颜师古注：《汉书》，中华书局1962年版，第1744—1745页。

④ (唐)魏徵、令狐德棻：《隋书》，中华书局1973年版，第1011页。

⑤ (南朝宋)范晔撰，(唐)李贤等注：《后汉书》，中华书局1965年版，第2703—2704页。

⑥ 指《汉志》。

⑦ 二十五史刊行委员会编：《二十五史补编》第二册，中华书局1955年版，第1638页。

时期均已散佚，《汉志》“小说”有目无书的情形由来已久。虽然如此，诸书之中仍有少量佚文存于传世文献。清人马国翰、王仁俊、严可均等，近世以来鲁迅、卢文晖、钟肇鹏、李剑锋等学者，都曾做过相关辑佚、整理和研究工作；余嘉锡、袁行霈、王齐洲、伏俊琏、罗宁、刘晓军等学者都曾撰文考辨《汉志》“小说”。[①] 以下根据个人理解，并结合诸家辑佚与研究成果，依次简要考察、分析十五家小说，以勾勒它们的大概面貌。

（一）《伊尹说》

据《汉志》著录，以“伊尹”题名的书有两部，除《伊尹说》外，道家类著录《伊尹》五十一篇。两书虽均已失传，但有零星佚文存世。马国翰《玉函山房辑佚书》辑录《伊尹书》一卷，严可均《全上古三代文》卷一辑录有关伊尹文字十一则。李剑锋《唐前小说史料研究》第一章“汉代及以前小说史料”在严可均辑佚之外，辑录与伊尹传说相关的文字三十三条。[②] 在这些文字中，最为《汉志》“小说”研究者关注的有“果之美者”和“饭之美者”两条，见于东汉许慎、应劭称引。《说文解字》卷六上“栌”字下引《伊尹》曰：“果之美者，箕山之东，青凫之所，有栌橘焉，夏孰也。”卷七上“秏”字下引《伊尹》曰：“饭之美者，玄山之禾，南海之秏。”[③]《史记·司马相如列传》“卢橘夏孰”句下司马贞《索隐》引应劭曰：“《伊尹书》：‘果之美者，箕山之东，青鸟之所，有卢橘，夏孰。’”[④] 由许慎、应劭所称引的文字来看，所谓《伊尹》《伊尹书》很可能就是《伊尹说》。

在先秦文献中，这两条文字所写内容还见于《吕氏春秋·本味篇》，宋王应麟、清翟灏和严可均等人均以《本味篇》出于《伊尹说》。严可均《全上古三代文》卷一云：“《汉志》道家有《伊尹》五十一篇，小说家有《伊尹说》二十七篇。本注：‘其语浅薄，似依托也。’此[⑤]疑即小说家之一篇。”[⑥] 近世以来，学者多采纳此说。余嘉锡《小说家出于稗官说》引述王应麟《汉（艺文）志考证》和翟灏《四书考异》，赞同两家以《吕氏

① 近今诸位学者对《汉志》“小说”的辑佚和研究成果，本节以下征引时均有注释说明，此略。

② 参见李剑锋：《唐前小说史料研究》，山东教育出版社 2016 年版，第 27—33 页。

③ （汉）许慎撰，（宋）徐铉校定：《说文解字》，中华书局 1963 年版，第 120、144 页。

④ （汉）司马迁：《史记》，中华书局 1982 年版，第 3029 页。

⑤ 指《吕氏春秋·本味篇》。

⑥ （清）严可均辑：《全上古三代秦汉三国六朝文》，中华书局 1958 年版，第 15 页。

春秋·本味篇》出于小说家《伊尹说》的意见。[①] 袁行霈认为："《本味篇》确实带有小说意味……说它出自《伊尹说》是可信的。"[②] 王利器认为，《本味篇》不但是《汉书·艺文志》小说家著录的《伊尹说》中的一篇，而且还是"中国小说现存最早的一篇"[③]。另外，在清华大学所藏战国竹简文献中，有《赤鹄之集汤之屋》《汤处于唐丘》和《汤在啻门》三篇文字，均记汤与小臣伊尹的故事，有学者疑其为《伊尹说》的佚文[④]，可备一说。

（二）《鬻子说》

鬻子名熊，传说为周文王之师。《汉志》著录两部题含"鬻子"的书，除《鬻子说》外，还有道家《鬻子》二十二篇。两书均散佚于六朝之时，但有残本传至隋唐。《隋志》子部道家类著录《鬻子》一卷，《旧唐志》丙部子录改入小说家，《新唐志》丙部子录复入道家。今有唐人逄行珪注本《鬻子》传世，或以为属于道家，或以为当属小说家，莫衷一是。严可均《全上古三代文》卷九辑录《鬻子》一卷，钟肇鹏《鬻子校理》对《鬻子》作了较为全面的辑佚与整理。

《文选》卷三六任彦升《宣德皇后令》李善注引《鬻子》曰：

> 武王率兵车以伐纣。纣虎旅百万，阵于商郊，起自黄鸟，至于赤斧。三军之士，靡不失色。武王乃命太公把旄以麾之，纣军反走。[⑤]

又，《太平御览》卷三八三引《鬻子》曰：

> 鬻子年九十，见文王。文王曰："嘻，老矣！"鬻子曰："若使臣捕虎逐鹿，则老矣；使臣策国事，则臣年尚少。"因立为师。[⑥]

按《文心雕龙·诸子》云："至鬻熊知道，而文王咨询，余文遗事，录为

---

① 参见余嘉锡：《余嘉锡论学杂著》，中华书局 2007 年版，第 271—272 页。

② 袁行霈：《〈汉书艺文志〉小说家考辨》，《文史》第七辑，中华书局 1979 年版，第 181 页。

③ 王利器注释：《王利器推荐古代文言小说》，广陵书社 2004 年版，第 1 页。

④ 参见刘成群：《清华简〈赤鹄之集汤之屋〉文体性质再探》，《学术论坛》2016 年第 8 期；刘晓军：《〈汉书·艺文志〉"小说家"的名与实》，《诸子学刊》第二十辑，上海古籍出版社 2020 年版，第 304 页。

⑤ （南朝梁）萧统编，（唐）李善注：《文选》，中华书局 1977 年版，第 505 页。

⑥ （宋）李昉等撰：《太平御览》，中华书局 1960 年版，第 1770 页。

《鬻子》。子自（目）肇始，莫先于兹。”[①] 此之所指，当为《汉志》道家《鬻子》。而以上这两则故事，其主旨不类黄老清静之说。王先谦《汉书艺文志补注》“鬻子说十九篇”条下注引沈钦韩曰：“此类小说也。”[②] 意指两则故事可能出于小说家《鬻子》。则其或为小说家《鬻子说》佚文，亦未可知。

（三）《青史子》

马国翰《玉函山房辑佚书》子编小说家类辑《青史子》佚文两条，鲁迅《古小说钩沉》辑佚文三条。三条佚文见于贾谊《新书·胎教》、佚名《大戴礼记·保傅》和应劭《风俗通义》卷八《祀典·雄鸡》，所写分别为古胎教之道、巾车教之道和祭祀礼仪。为便观览，兹引如下：

> 青史氏之《记》[③] 曰：“古者胎教之道，王后有身，七月而就蒌室。太师持铜而御户左，太宰持斗而御户右，太卜持蓍龟而御堂下，诸官皆以其职御于门内。比三月者，王后所求声音非礼乐，则太师抚乐而称不习；所求滋味者非正味，则太宰荷斗而不敢煎调，而曰不敢以侍王太子。太子生而立，太师吹铜曰声中某律，太宰曰滋味上某，太卜曰命云某。然后，为太子悬弧之礼义。东方之弧以梧，梧者，东方之草，春木也；其牲以鸡，鸡者，东方之牲也。南方之弧以柳，柳者，南方之草，夏木也；其牲以狗，狗者，南方之牲也。中央之弧以桑，桑者，中央之木也；其牲以牛，牛者，中央之牲也。西方之弧以棘，棘者，西方之草也，秋木也；其牲以羊，羊者，西方之牲也。北方之弧以枣，枣者，北方之草，冬木也；其牲以彘，彘者，北方之牲也。五弧五分矢，东方射东方，南方射南方，中央射中央，西方射西方，北方射北方，皆三射。其四弧具，其余各二分矢，悬诸国四通门之左；中央之弧亦具，余二分矢，悬诸社稷门之左。然后卜王太子名，上毋取于天，下毋取于土，毋取于名山通谷，毋悖于乡俗。是故

---

① （南朝梁）刘勰著，范文澜注：《文心雕龙注》，人民文学出版社 1958 年版，第 308 页。

② 王承略、刘心明主编：《二十五史艺文经籍志考补萃编续刊》第三卷，清华大学出版社 2021 年版，第 101 页。

③ 《大戴礼记·保傅》北魏卢辩注云：“一曰《青史子》。”（清）王聘珍撰，王文锦点校：《大戴礼记解诂》，中华书局 1983 年版，第 59 页。

君子名难知而易讳也，此所以养隐之道也。”[①]

> 古者年八岁而出就外舍，学小艺焉，履小节焉；束发而就大学，学大艺焉，履大节焉。居则习礼文，行则鸣佩玉，升车则闻和鸾之声，是以非僻之心无自入也。在衡为鸾，在轼为和，马动而鸾鸣，鸾鸣而和应，声曰和，和则敬，此御之节也。上车以和鸾为节，下车以佩玉为度，上有双衡，下有双璜，冲牙、玭珠以纳其间，琚瑀以杂之。行以《采茨》，趋以《肆夏》，步环中规，折还中矩，进则揖之，退则扬之，然后玉锵鸣也。古之为路车也，盖圆以象天，二十八橑以象列星，轸方以象地，三十辐以象月。故仰则观天文，俯则察地理，前视则睹鸾和之声，侧听则观四时之运，此巾车教之道也。[②]

> 《青史子》书说：“鸡者，东方之牲也，岁终更始，辨秩东作，万物触户而出，故以鸡祀祭也。”[③]

以上三条佚文是记载上古贵族教育和祭祀礼仪的知识性文字，符合班固所说“古史官记事”的特征。

（四）《师旷》

《汉志》著录以“师旷”题名的书有两部：一是诸子略小说家《师旷》六篇，二是兵书略阴阳家《师旷》八篇。今有卢文晖《师旷——古小说辑佚》一书，从《逸周书》《左传》《吕氏春秋》《韩非子》《汲冢琐语》《史记》《新序》《说苑》《宋书》以及《瑞应图》等先唐古籍中，辑录三十三则与师旷有关的逸闻轶事[④]；但其中哪些属于小说家《师旷》的内容，莫能详辨。[⑤] 李剑锋《唐前小说史料研究》第一章“汉代及以前小说史料”在卢文晖辑本《师旷》之外补辑佚文四条。[⑥]

《说文解字》卷四上鸟部“鷟”字释义，许慎引《师旷》曰：“南方有鸟，名曰羌鷟，黄头赤目，五色皆备。”段玉裁注云：“《艺文志》小说家

① （汉）贾谊撰，阎振益、钟夏校注：《新书校注》，中华书局 2000 年版，第 390—391 页。因《大戴礼记·保傅》所引文字较《新书·胎教》为略，故此从《新书》引文。

② （清）王聘珍撰，王文锦点校：《大戴礼记解诂》，中华书局 1983 年版，第 60—62 页。

③ （汉）应劭撰，王利器校注：《风俗通义校注》，中华书局 2010 年版，第 374 页。

④ 参见卢文晖辑注：《师旷——古小说辑佚》，上海古籍出版社 1985 年版。

⑤ 赵逵夫对该书有评议和辑佚内容的补充。参见赵逵夫：《卢文晖辑〈师旷〉刍议》，《古籍整理研究学刊》2012 年第 4 期。

⑥ 参见李剑锋：《唐前小说史料研究》，山东教育出版社 2016 年版，第 42 页。

有《师旷》六篇，岂许所称与?"[①] 段注疑许慎所引文字出自小说家《师旷》。《逸周书·太子晋》写师旷见太子晋故事，鲁迅《中国小说史略》第三篇《〈汉书〉〈艺文志〉所载小说》和吕思勉《经子解题·附论逸周书》均认为其颇类小说家言，即以《太子晋》出自小说家《师旷》。[②] 还有《说苑·建本篇》"晋平公问于师旷"章，写师旷论学故事，向宗鲁《说苑校证》推测"或亦出《师旷》六篇中"[③]，即可能为小说家《师旷》佚文。以上这些都是已为学界关注的可能出自小说家《师旷》的文字。

按《风俗通义》卷六《声音·瑟》"师旷为晋平公奏清徵之音"故事云：

> 《春秋》："师旷为晋平公奏清徵之音，有玄鹤二八，从南方来，进于廊门之危，再奏之而成列，三奏之则延颈舒翼而舞，音中宫商，声闻于天。平公大说，坐者皆喜，平公提觞而起，为师旷寿，反坐而问曰：'音莫悲于清徵乎?'师旷曰：'不如清角。'平公曰：'清角可得闻乎?'师旷曰：'不可。昔黄帝驾象车，六交龙，毕方并辖，蚩尤居前，风伯进扫，雨师洒道，虎狼在后，虫蛇伏地，大合鬼神于太山之上，作为清角；今主君德薄，不足以听之，听之，将恐有败。'平公曰：'寡人老矣，所好者音也，愿遂闻之。'师旷不得已而鼓之，一奏之，有云从西北起，再奏之，暴风亟至，大雨沣沛，裂帷幕，破俎豆，堕廊瓦，坐者散走，平公恐惧，伏于室侧，身遂疾痛，晋国大旱，赤地三年。故曰：不务德治而好五音，则穷身之事也。"[④]

这段文字起首的"《春秋》"，吴树平《风俗通义校释》认为当是衍文，因为以下所述师旷事不见于《春秋》[⑤]；王利器《风俗通义校注》虽以正文视之，但未予注释。[⑥] 按《汉志》"《师旷》六篇"班固注云："见《春

① (清)段玉裁著，赖永海主编：《段玉裁全书》第三册，江苏人民出版社 2015 年版，第 159 页。

② 参见鲁迅：《中国小说史略》，人民文学出版社 2006 年版，第 29 页；吕思勉：《经子解题》，吉林出版集团股份有限公司 2016 年版，第 33 页。

③ (汉)刘向撰，向宗鲁校证：《说苑校证》，中华书局 1987 年版，第 69 页。

④ (汉)应劭撰，王利器校注：《风俗通义校注》，中华书局 2010 年版，第 286 页。

⑤ 参见(汉)应劭撰，吴树平校释：《风俗通义校释》，天津古籍出版社 1980 年版，第 231 页。

⑥ 参见(汉)应劭撰，王利器校注：《风俗通义校注》，中华书局 2010 年版，第 286—287 页。

秋》，其言浅薄，本与此同，似因托之。”[①] 审班注之意，小说家《师旷》文字出于甚或同于“《春秋》”。不过，班固既称此“《春秋》”“其言浅薄”，则自非微言大义、列于五经的鲁史《春秋》，而当泛谓古史。[②] 或以为指《左氏春秋》，亦非，因为两者文字风格迥不相类。故而此“《春秋》”只能为其他题名“《春秋》”的先秦或汉人著述。[③] 如此，则《风俗通义》首之以“《春秋》”的师旷故事或与小说家《师旷》有其关系，故以其为《师旷》佚文亦未为不可。

（五）《黄帝说》

先秦和西汉时期，以“黄帝”题名的书有 19 种之多，见于《汉志》诸子略、兵书略、数术略和方技略著录，《黄帝说》是其中之一种。应劭《风俗通义》引有两条出自《黄帝书》的文字，其一为卷六《声音篇》引《黄帝书》曰：

> 泰帝使素女鼓瑟而悲，帝禁不止，故破其瑟为二十五弦。[④]

其二为卷八《祀典篇》引《黄帝书》曰：

> 上古之时，有荼与郁垒昆弟二人，性能执鬼，度朔山上立桃树下，简阅百鬼，无道理，妄为人祸害，荼与郁垒缚以苇索，执以食虎。[⑤]

---

① （汉）班固撰，（唐）颜师古注：《汉书》，中华书局 1962 年版，第 1744 页。

② 《汉志》著录《诗》六家后小序云：“或取春秋，采杂说，咸非其本义。”杨树达《汉书艺文志补注补正》认为，此所谓“春秋”乃“泛谓古史，如《虞氏春秋》《吕氏春秋》皆是。非谓孔子之《春秋经》也”。参见王承略、刘心明主编：《二十五史艺文经籍志考补萃编续刊》第三卷，清华大学出版社 2021 年版，第 167—168 页。

③ 在汉代文献中，贾谊《新书》就有《春秋篇》，记楚惠王、卫懿公、邹穆公、宋康王、晋文公、楚怀王、齐桓公、秦二世胡亥、孙叔敖等九人故事。对此篇题，章太炎《春秋左传读叙录》云：“《春秋篇》惟卫懿公一事，亦合《左传》；其他楚惠王等八事，不知采自何书，各记别事，本与《左传》丝毫无涉。其中有二世胡亥一事，在《左氏》后且二百年，其不相关通，明矣。而以篇名《春秋》，强谓与《左氏》不合，然则《楚汉春秋》《十六国春秋》之属，有一与《左氏》合者乎？”（姜义华点校：《章太炎全集·春秋左传读、春秋左传读叙录、驳箴膏肓评》，上海人民出版社 2014 年版，第 793 页）阎振益、钟夏认为：“春秋即错举四时以名史乘，非必关合《左氏》也。”［（汉）贾谊撰，阎振益、钟夏校注：《新书校注》，中华书局 2000 年版，第 250—251 页］因此，《风俗通义》中载师旷故事之“《春秋》”，当为类似贾谊《新书·春秋》这样单题“《春秋》”的著述。

④ （汉）应劭撰，王利器校注：《风俗通义校注》，中华书局 2010 年版，第 285—286 页。

⑤ （汉）应劭撰，王利器校注：《风俗通义校注》，中华书局 2010 年版，第 367 页。

吴树平推测《黄帝书》或即《汉志》著录的《黄帝》十六篇。[①] 按《汉志》兵书略阴阳家著录：“《黄帝》十六篇。图三卷。”[②] 如此，则《黄帝书》为兵家著作。袁行霈、李剑国、王齐洲等学者认为《风俗通义》所引《黄帝书》可能就是小说家著作《黄帝说》[③]，从其佚文来看，此说近是。

（六）《虞初周说》

《虞初周说》作者虞初，汉武帝时洛阳人。《史记·封禅书》记载，太初元年（前104），武帝兴兵西伐大宛，“丁夫人、洛阳虞初等以方祠诅匈奴、大宛焉”[④]。可知虞初是一位通晓巫术的御用方士。关于《虞初周说》，《汉志》颜师古注引应劭曰：“其说以《周书》为本。”[⑤]《文选》卷二张衡《西京赋》云：“匪唯玩好，乃有秘书。小说九百，本自虞初。从容之求，寔俟寔储。”三国吴薛综注：“小说，医巫厌祝之术。凡有九百四十三篇，言九百，举大数也。……持此秘术，储以自随，待上所求问，皆常具也。”[⑥] 综合应劭、薛综之说，可知《虞初周说》依《周书》为说，以备皇帝顾问，书中包含较多医巫厌祝之术的内容。《西京赋》还写道：“于是蚩尤秉钺，奋鬣被般。禁御不若，以知神奸。魑魅魍魉，莫能逢旃。”[⑦] 表明《虞初周说》还有大量涉及神怪妖异的内容。这一切颇合其作者虞初的御用方士身份。此外，因《虞初周说》在《汉志》小说家著作中篇数最多，虞初在后世被尊为小说家之祖，成为中国古代小说的一个标志性文化符号。

清人朱右曾《逸周书集训校释》卷十一所辑《逸周书》佚文，有四条如下：

> 日本有十，迭次而出，运照无穷。尧时为妖，十日并出，故为羿所射死。（《太平御览》三卷）

---

① 参见（汉）应劭撰，吴树平校释：《风俗通义校释》，天津古籍出版社1980年版，第231页。

② （汉）班固撰，（唐）颜师古注：《汉书》，中华书局1962年版，第1759页。

③ 参见袁行霈：《〈汉书艺文志〉小说家考辨》，《文史》第七辑，中华书局1979年版，第184—185页；李剑国：《唐前志怪小说史》第二章“战国志怪小说与准志怪小说”，天津教育出版社2005年版，第118—120页；王齐洲主编：《汉书艺文志及两汉书补志著录小说资料集》第一册，湖北人民出版社2021年版，第389页。

④ （汉）司马迁：《史记》，中华书局1982年版，第1402页。

⑤ （汉）班固撰，（唐）颜师古注：《汉书》，中华书局1962年版，第1745页。

⑥ （南朝梁）萧统编，（唐）李善注：《文选》，中华书局1977年版，第45页。

⑦ （南朝梁）萧统编，（唐）李善注：《文选》，中华书局1977年版，第45页。

芥山，神蓐收居之。是山也，西望日之所入，其气圆，神经光之所司也。（《太平御览》三卷）

天狗所止地尽倾，余光烛天为流星。长十数丈，其疾如风，其声如雷，其光如电。（《山海经注》十六卷）

穆王田，有黑鸟若鸠，翩飞而跱于衡。御者毙之以策，马佚，不克止之，蹶于乘，伤帝左股。（《文选注》十四卷）①

这四条文字，朱右曾疑其不类《逸周书》风格，而可能“出于虞初”②，即疑为《虞初周说》的佚文。鲁迅《中国小说史略》论列《虞初周说》，意见略同朱右曾；所引佚文为后三条，未引第一条“日本有十，迭次而出”等文字。③ 此后的中国古代小说史论著论列《虞初周说》，对其佚文引录多从《中国小说史略》。

今按《太平御览》卷三，“日本有十，迭次而出”条注出于《汲冢书》；“芥山，神蓐收居之”条出自《山海经》。④ 第三条“天狗所止地尽倾”等文字，《山海经》卷十六《大荒西经》郭璞注引《周书》，清郝懿行指出本条文字不见于《逸周书》。⑤ 第四条“穆王田，有黑鸟若鸠”等文字，《文选》卷十四《赭白马赋》李善注引出《古文周书》。⑥ 由此再看朱右曾疑为《虞初周说》的佚文，第一条既出自西晋时出土的汲冢古书，则自与应劭所说虞初所本的《周书》无关；第二条出自《山海经》，系朱氏误辑，从而可能为《虞初周说》佚文的只有第三、四条文字。

（七）《百家》

《汉志》不题《百家》撰人。刘向《说苑叙录》云：“所校中书《说苑杂事》及臣向书、民间书，诬校雠。其事类众多，章句相溷，或上下谬乱，难分别次序。除去与《新序》复重者，其余者浅薄不中义理，别集以为《百家》。”⑦ 据此，明清以来学者多以《百家》作者为刘向，乃刘向在编撰《新序》和《说苑》过程中，将那些“浅薄不中义理”的材料整理出

---

① （清）王先谦编：《皇清经解续编》第十三册，齐鲁书社 2016 年版，第 468 页。

② （清）王先谦编：《皇清经解续编》第十三册，齐鲁书社 2016 年版，第 468 页。

③ 参见鲁迅：《中国小说史略》，人民文学出版社 2006 年版，第 29 页。

④ 参见（宋）李昉等撰：《太平御览》，中华书局 1960 年版，第 17 页。

⑤ 参见（清）郝懿行撰，栾保群点校：《山海经笺疏》，中华书局 2019 年版，第 356 页。

⑥ 参见（南朝梁）萧统编，（唐）李善注：《文选》，中华书局 1977 年版，第 206 页。

⑦ （汉）刘向：《宋本说苑》，国家图书馆出版社 2017 年版，第 7 页。

来，汇编而成此书。姚振宗《汉书艺文志条理》卷二之下小说家云："案刘中垒《说苑叙录》曰：'除去与《新序》复重者，其余者浅薄不中义理，别集以为《百家》。'似即此《百家》。盖《说苑》之余犹宋李昉等既撰集为《太平御览》，复裒录为《太平广记》也。"① 不过，也有学者不赞同《百家》作者刘向说。吕思勉怀疑《百家》似即《史记·五帝本纪》所说"《百家》言黄帝，其文不雅驯"之《百家》。② 王齐洲则认为"《百家》是小说家杂言之总汇，非一时一人所作。……既然无法证明《百家》为刘向所作，存疑可矣"③。两说虽不为无理，但缺乏有力证据支持，故仍以《百家》作者刘向说为宜。

《百家》佚文今存两条，见于应劭《风俗通义》引用，后辗转为唐宋类书所引。今据《艺文类聚》引录如下：

> 《风俗通》曰：门户铺首。谨案《百家书》云："公输班之水，见蠡，曰：'见汝形。'蠡适出头，般以足画图之。蠡引闭其户，终不可得开。般遂施之门户，云：'人闭藏如是，固周密矣。'"（卷七十四巧艺部）
>
> 《风俗通》曰：城门失火，祸及池中鱼。……谨《百家书》曰："宋城门失火，因汲池水以沃灌之，池中空竭，鱼悉露死。"（卷九十六鳞介部）④

《中国小说史略》第三篇《〈汉书〉〈艺文志〉所载小说》论列《百家》，鲁迅根据刘向《说苑叙录》和《说苑》内容，推断《百家》"殆为故事之无当于治道者矣"⑤，也就是说，《百家》所收为无关于君王治国理政宏旨的旧事、逸闻、掌故等。《百家》两条佚文就表现了这一特征。

除以上诸书外，现当代学者对《封禅方说》一书也颇多关注。余嘉锡《小说家出于稗官说》、杨树达《汉书窥管》卷三、袁行霈《〈汉书艺文志〉小说家考辨》、李剑国《唐前志怪小说史》第三章"两汉志怪小说"、罗宁

---

① 二十五史刊行委员会编：《二十五史补编》第二册，中华书局1955年版，第1639页。

② 参见吕思勉：《先秦学术概论》，云南人民出版社2005年版，第165页。

③ 王齐洲：《〈汉志〉著录之小说家〈封禅方说〉等四家考辨》，《兰州大学学报》（社会科学版）2007年第5期。

④ （唐）欧阳询：《宋本艺文类聚》，上海古籍出版社2013年版，第1902、2474页。

⑤ 鲁迅：《中国小说史略》，人民文学出版社2006年版，第29页。

《〈黄帝说〉及其他〈汉志〉小说》、陈自力《一部仙话式的早期志怪作品——〈封禅方说〉考辨》、王齐洲《〈汉志〉著录之小说家〈封禅方说〉等四家考辨》[①]、赵章超《汉魏至唐五代小说佚文辑证》[②]、孙振田《〈封禅方说〉的性质及内容考辨》[③] 等论著，都曾从不同角度予以探讨，然各家意见颇有出入。罗宁认为："《风俗通义》卷二《正失》引书有名《封禅书说》，述黄帝乘龙升天、拔须堕弓之事，这正是公孙卿所造的'小说'。……《风俗通义》所引《封禅书说》也就是15种小说中的《封禅方说》。"[④] 此说近是。

关于《宋子》一书，马国翰《玉函山房辑佚书》子编小说家类从《庄子·天下篇》辑《宋子》一卷，共五条文字。据郭沫若《青铜时代·宋钘尹文遗著考》的意见，《吕氏春秋》中《去尤》和《去宥》"殆系采自宋子《小说》十八篇之一"[⑤]，即可能采自《汉志》著录的小说家《宋子》，此说在学界有一定影响。

《周考》《务成子》《天乙》《待诏臣饶心术》《待诏臣安成未央术》和《臣寿周纪》六书，魏晋以降文献记载阙如，但明清以来学者间有推论之辞。姚振宗《汉书艺文志条理》卷二之下小说家云："《周考》考周事，此《周纪》大抵亦纪周代琐事，同为街谈巷议之流欤?"[⑥] 推论《周考》和《臣寿周纪》可能为杂记周代细事的故事集。若此说可以成立，则两书内容应当具有一定的故事性。

第二节　《汉志》"小说"的属性

一、《汉志》"小说"的文体属性

《汉志》"小说"的具体内容已难详考，我们只能通过吉光片羽的佚

① 罗宁、陈自力文分别刊发于《四川师范大学学报》(社会科学版)1999年第3期、《广西大学学报》(哲学社会科学版)2002年第1期。王齐洲一文见前引。

② 赵章超:《汉魏至唐五代小说佚文辑证》，人民出版社2017年版，第26—28页。

③ 孙振田文刊发于《西华师范大学学报》(哲学社会科学版)2020年第1期。

④ 罗宁:《〈黄帝说〉及其他〈汉志〉小说》，《四川师范大学学报》(社会科学版)1999年第3期。

⑤ 郭沫若:《青铜时代》，中国人民大学出版社2005年版，第187页。

⑥ 二十五史刊行委员会编:《二十五史补编》第二册，中华书局1955年版，第1639页。

文，结合其他文献的记载，予以推论和窥观。与此相关的一个问题，便是《汉志》“小说”是否具有自身的文体属性。明人胡应麟最早议及这一问题，其《少室山房笔丛》卷二九《九流绪论下》云：“小说，子书流也，然谈说理道或近于经，又有类注疏者；纪述事迹或通于史，又有类志传者。”[①] 逮至近世，鲁迅对《汉志》“小说”作出一个简明而经典的评价，说：“诸书大抵或托古人，或记古事，托人者似子而浅薄，记事者近史而悠缪者也。”[②] 胡应麟、鲁迅之说均涉及了《汉志》“小说”的文体属性问题。在后来的研究中，对《汉志》“小说”是否具有独立的文体属性，学界形成了两种不同意见，进而又有《汉志》“小说”是否具有文学性的相关话题。

一种意见认为，《汉志》“小说”具有自身独立的文体特征，小说从汉代开始成为一种文体。梁启超较早提出此说，其《〈汉书艺文志诸子略〉考释》一文论及《汉志》“小说”，认为“小说之所以异于前九家者，不在其函义之内容，而在其所用文体之形式”[③]。近年主张这一意见的有袁行霈、石昌渝、王枝忠、高小康、魏鸿雁、侯文华等学者。袁行霈《〈汉书艺文志〉小说家考辨》一文认为：“把小说当成一种文体，把小说家当作诸子中的一家，是从刘向、刘歆和班固才开始的。”[④] 石昌渝《中国小说源流论》说：“（小说）作为文体的概念而加以使用，是东汉的桓谭和班固。”[⑤] 王枝忠《关于汉魏六朝小说的几个问题》一文认为，“真正从文体的角度把小说作为一个独立门类加以标榜的，是在汉代。不论是桓谭、张衡还是班固，也不管他们的说法有多大差异，但都是在文体的意义上使用‘小说’一词，分别对这样一种在当时属新出现的文学体裁的内涵、外延、作者、功能等方面，谈了自己的认识”[⑥]，并在所著《汉魏六朝小说史》中复申这一观点。高小康认为，《汉志》小说的文体特征是“杂”，自班固为小说家分出一类之后，“小说”便成为一个独立的文学文体概念。[⑦] 魏鸿雁总结归纳《汉志》“小说”文体有五个特征，分别为历史性、叙事性、

---

① （明）胡应麟：《少室山房笔丛》，上海书店出版社 2009 年版，第 283 页。

② 鲁迅：《中国小说史略》，人民文学出版社 2006 年版，第 6 页。

③ 王承略、刘心明主编：《二十五史艺文经籍志考补萃编》第五卷，清华大学出版社 2012 年版，第 268 页。

④ 袁行霈：《〈汉书艺文志〉小说家考辨》，《文史》第七辑，中华书局 1979 年版，第 186 页。

⑤ 石昌渝：《中国小说源流论》（修订版），生活·读书·新知三联书店 2015 年版，第 2 页。

⑥ 王枝忠：《关于汉魏六朝小说的几个问题》，《福州大学学报》（社会科学版）1996 年第 3 期。

⑦ 参见高小康：《中国古代叙事观念与意识形态》，北京大学出版社 2005 年版，第 4 页。

依托、迂诞、小。[①] 侯文华推论《汉志》“小说”大致的文体特征有三：脱胎于史的非源初性创造，夸张增饰和迂诞依托，具有一定的箴戒讽谏意义；并认为《汉志》的“小说”概念极其接近于现代所说的历史演义。[②] 袁行霈、石昌渝、王枝忠等学者的意见在学界具有较大影响。

另一种意见认为《汉志》“小说”尚未形成自身的文体特征。刘叶秋认为：“班固把他当作‘街谈巷语，道听途说者之所造’的价值不高的作品都归入小说一类，也并不是指具有特点的文学形式而言。”[③] 罗宁认为：“无论从《汉志》小说家序还是从《汉志》所录十五种小说中，我们都看不到这时的‘小说’有什么特别的规定性。也就是说，十五种小说除了都是不合经艺的‘丛残小语’外，无论在形式体制上或在内容风格上都没有呈现出某种共同性，《汉志》并没有为后来的作为文类的小说提供某种标准和范式。”[④] 谭帆、王齐洲等学者基于《汉志》“辨章学术、考镜源流”的学术简史性质，考论《汉志》“小说”的特征。谭帆认为：“《汉志》以‘辨章学术、考镜源流’为原则，对众典籍进行分类。‘小说’归于‘诸子略’，表明它与诸子著作性质相似或相近，基本可作子书看待。而诸子之作大多为阐明某种道理的‘入道见志之书’，小说家在文类性质上也应基本与之相似，主要为论说性文字。”[⑤] 王齐洲亦持类似意见，说：“《汉志》的小说家著录，就是以‘辨章学术，考镜源流’为宗旨，就是说，是以‘学术’为视角，而非以‘文体’为视角。而当时所谓‘学术’非今日之学术，它关注的是社会政治教化和伦理秩序，故其实为政教之术，亦可称为‘人君南面之术’。……《汉志》之所以将小说家列入诸子略，就是从其学术特点考虑的。”[⑥] 总之，这一种意见认为《汉志》“小说”不具备独立的文体特征，或者说没有文体形态的明确规定性。

在《汉志》“小说”的文体属性问题上，笔者赞同刘叶秋、罗宁等学者，即上述后一种意见。长期以来，人们往往把《汉志》视为目录学之作，将其所著录之书视为目录学的分类与书目归整，忽略了《汉志》梳理

① 参见魏鸿雁：《汉代小说文献与汉代文化研究》，中国社会科学出版社2013年版，第40—43页。
② 参见侯文华：《先秦诸子散文文体及其文化渊源》，中华书局2017年版，第148—151页。
③ 刘叶秋：《历代笔记概述》，北京出版社2016年版，第2页。
④ 罗宁：《中国古代的两种小说概念》，《社会科学研究》2003年第2期。
⑤ 谭帆：《中国小说史研究之检讨》，上海古籍出版社2020年版，第102页。
⑥ 王齐洲、王丽娟：《学术之小说与文体之小说——中国传统小说观念的两种视角》，《上海大学学报》（社会科学版）2013年第3期。

先秦两汉学术源流的学术简史性质，进而在一定程度上干扰了对《汉志》“小说”文体特征的判断。张舜徽曾经指出，《汉志》是刘向校雠文献的成果，非后世人之所谓图书目录，“目录、板本、校勘，皆校雠家事也。但举校雠，自足该之。语其大用，固在辨章学术，考镜原流。后世为流略之学者，多不识校雠，而好言目录，此大谬也”①。这启发我们，在考察《汉志》“小说”时，一个基本的前提是要留意《汉志》作为先秦两汉学术简史的性质。由此着眼审视《汉志》“小说”，我们便会意识到，刘向、班固等汉代学者最为关注的，是小说家在诸子十家中作为叨陪末座的一个学术流派，其著作的政教功能和社会价值。《汉志》所谓“盖出于稗官。街谈巷语，道听途说者之所造”，“如或一言可采，此亦刍荛狂夫之议”② 等断语，都是围绕这一基点而发的，小说家著作的文体属性并不是《汉志》关注的重点，或者说，刘向、班固尚未有意识地从文体的意义上评价“小说”。不但如此，即使后来细论各类文体特征的刘勰《文心雕龙》，其《谐隐篇》云：“文辞之有谐隐，譬九流之有小说。”③ 所谓“九流之有小说”，即指《汉志》“小说”，也只是作为诸子十家之一而言之，并非从文体意义上看待它。因此，与其说《汉志》“小说”是文体或文学概念，倒不如说它是文献学的概念更为妥当一些。

作为学术派别的小说家，始立目于刘向、桓谭等人，此乃出于梳理先秦至西汉学术发展演变历史的需要。虽然刘向、刘歆《七略》和班固《汉志》并非完全没有涉及文体分类的问题④，但至少就诸子略所称“九流十家”而言，划分的依据主要是各个学派不同的思想源流。在他们看来，儒、道、阴阳、法、名、墨、纵横、杂、农等九家著作乃《六经》流裔，观之可“通万方之略”；还有一些源于“街谈巷语，道听途说”，由“闾里小知者”造作的著作，虽无关乎六艺大道，然属“小道”“可观”之作，故设小说家以存之，以不泯其治身理家之价值。因此，小说家自立目之始，便成为那些不入九流之作的收容站，杂家成色十足；至于归入小说家

---

① 张舜徽：《广校雠略 汉书艺文志通释》，华中师范大学出版社 2004 年版，第 8 页。

② （汉）班固撰，（唐）颜师古注：《汉书》，中华书局 1962 年版，第 1745 页。

③ （南朝梁）刘勰著，范文澜注：《文心雕龙注》，人民文学出版社 1958 年版，第 272 页。

④ 郭英德指出，中国古代在狭义的文章（略近于今人所说“文学”）体系内对各种文体进行分类，肇始于刘向《七略》，《七略》中的《诗赋略》堪称中国古代文章体系内的文体分类的发端，在中国古代文体分类学中具有首创的意义。参见郭英德：《中国古代文体学论稿》，北京大学出版社 2005 年版，第 52—53 页。

的著作属于什么文体，这并不重要。胡应麟似已注意到这一问题，在《少室山房笔丛·九流绪论下》中说："汉《艺文志》所谓小说，虽曰街谈巷语，实与后世博物、志怪等书迥别，盖亦杂家者流，稍错以事耳。"①

根据《汉志》班固自注与小说家著作佚文，《汉志》"小说"文体有的近史，有的近子，鲁迅所说"托人者似子而浅薄，记事者近史而悠缪"确为精审的论断。如《青史子》，由班固注"古史官记事也"和三则佚文来看，当近乎史体。其他如《周考》《封禅方说》《臣寿周纪》《虞初周说》等，也当近史。《伊尹说》《鬻子说》《师旷》《务成子》《宋子》《天乙》《黄帝说》《待诏臣饶心术》《待诏臣安成未央术》《百家》等，当近乎子书。其近史者当以记言叙事为主，近子者当以议论说理为导向。小说家之前的诸子略九家，著作以旁征博引、寓言寄意、议论风生等为主要特征；小说家著作则不拘一格，兼具子、史两家特色。当然，我们若从整体看去，小说家著作或当更倾向于细事载录，相对较具史书特征。但不管怎样，《汉志》"小说"并未形成或具备独立的文体属性，这一点应该是可以确定的。

桓谭《新论·本造篇》云："若其小说家，合丛残小语，近取譬论，以作短书。治身治家，有可观之辞。"② 多有学者引用此文，以证《汉志》"小说"已具独立的文体属性。但详审桓谭所论，其意所指，首在小说家著作辅翼政教的价值，次为言说方式和书写载体，并未指出或涉及文体属性。所谓"丛残小语"，不是指小说家著作言语琐碎和篇幅短小，而是强调其著作的思想内容难合儒家经典。在《正经篇》中，桓谭还有"丛残小论"之说，以此与"丛残小语"综观，更可见这一意涵。《正经篇》云：

> 王公子问："扬子云何人耶?"答曰："才智开通，能入圣道，卓绝于众，汉兴以来未有此人也。"国师子骏曰："何以言之?"答曰："通才著书以百数，惟太史公为广大，余皆丛残小论，不能比之，子云所造《法言》《太玄经》也，《玄经》数百年外，其书必传，顾谭不及见也。世咸尊古卑今，贵所闻，贱所见。见扬子云禄位容貌不能动人，故轻易之。……若遇上好事，必以《太玄》次五经也。"③

---

① (明)胡应麟:《少室山房笔丛》,上海书店出版社 2009 年版,第 280 页。

② (汉)桓谭撰,朱谦之校辑:《新辑本桓谭新论》,中华书局 2009 年版,第 1 页。

③ (汉)桓谭撰,朱谦之校辑:《新辑本桓谭新论》,中华书局 2009 年版,第 41 页。

在这段话中，桓谭高度评价扬雄《法言》和《太玄经》，认为两书尤其是《太玄经》能入圣人之道，堪列五经之后；其他西汉人著作，除司马迁《史记》之外，均为“丛残小论”。那么，“丛残”之义为何？王充《论衡·书解篇》云：

> 古今作书者非一，各穿凿失经之实，违传之质，故谓之蕞残，比之玉屑。故曰：“蕞残满车，不成为道；玉屑满箧，不成为宝。”前人近圣，犹为蕞残，况远圣从后复重为者乎？①

此处“蕞”乃“丛”的古字之误。结合这段文字所说“蕞残”亦即“丛残”之义来看，桓谭“丛残小语”之说自是以儒家经典为标准来评断小说家著作内容的价值，不涉及其文字篇幅长短、大小的问题。② 桓谭又称，小说家著作“治身治家，有可观之辞”，这是以政教功能为参照而作出的价值评断。小说家著作既然为不合儒家经典的“丛残小语”，距离治国平天下的政教目标自然较远，故其只能辅助政教，修身齐家，一如《汉志》所说“小道”“可观”，近乎竹头木屑，如此而已。

桓谭所谓“近取譬论”，说的是小说家著作叙事说理的言说方式。先秦诸子未尝离事而言理，常以寓言寄意，明道见志。小说家著作也取法这一方式，与诸子之文无异。桓谭所谓“短书”，指出了小说家著作的书写载体和形制。汉代主要以竹简、木简书写记事。根据近今考古发现的简帛实物，有学者指出：“自战国至汉初，经子诸书简帛，并不因内容性质而有质地尺寸的等级差异。”③ 但在儒家思想逐步上升为意识形态统治地位的汉代，文献书写载体便产生了形制的等级规定，需依书写内容的性质来决定使用何种尺寸的竹简或木简。《仪礼注疏》卷二十四《聘礼》贾公彦疏引郑作《论语序》云：“《易》《诗》《书》《礼》《乐》《春秋》，策皆尺二寸，《孝经》谦半之，《论语》八寸策者，三分居一，又谦焉，是其策之长短。”④ 按，“八寸”之三倍为二尺四寸，故此之所谓“尺二寸”当为“二尺四寸”，这是六经简策的尺寸；《孝经》简策一尺二寸，《论语》简策八

① 黄晖：《论衡校释》，中华书局 1990 年版，第 1157—1158 页。

② 多有人把“丛残”之义解为文字篇幅短小，欠妥。书籍的价值岂可仅以篇幅论？如列为七经之一的《孝经》，篇幅何长？但不在“丛残”之列。

③ 李学勤：《简帛书籍的发现及其影响》，《文物》1999 年第 10 期。

④ （清）阮元校刻：《十三经注疏》（清嘉庆刊本），中华书局 2009 年版，第 2318 页。

寸。而其他诸子之书和臣民之作，率用一尺的短简。《论衡·谢短篇》云："汉事未载于经，名为尺藉短书。"[①]《书解篇》云："诸子尺书，文篇具在。"[②]讲的就是这种情况。因此，桓谭"短书"之说实指小说家著作的简策形制，无关乎文字篇幅长短和文体属性的问题。

在上述关于文体属性的争论中，还有学者论及《汉志》"小说"是否具有文学性。早在二十世纪二十年代，顾实《汉书艺文志讲疏》在谈到《虞初周说》时便说："《庄子》曰：'饰小说以干县令。'（《外物篇》）而此[③]固非以干县令者，亦如后世小说，为娱乐之具已。"[④]在顾实看来，《虞初周说》是具有一定文学性、可资娱乐的小说。近今也有学者论及《汉志》"小说"，认为其已经具备了经学无法遮蔽的文学个性。这种意见把《虞初周说》乃至《汉志》"小说"视为具有文学性的小说，是有欠安妥的。

二、《汉志》"小说"的价值属性

《汉志》小说家著作在唐前均已散佚。不过，《汉志》对小说家著作价值的评价却深远地影响了后世。这种评价集中于《汉志》小说家序和诸子略序。小说家序云：

> 小说家者流，盖出于稗官。街谈巷语，道听途说者之所造也。孔子曰："虽小道，必有可观者焉，致远恐泥，是以君子弗为也。"然亦弗灭也。闾里小知者之所及，亦使缀而不忘。如或一言可采，此亦刍荛狂夫之议也。[⑤]

小说家序之后的诸子略序，高屋建瓴地总结《汉志》诸子略各家著作，云："诸子十家，其可观者九家而已。"[⑥]《汉志》著录诸子十家，梳理了诸家学术源流。对于儒、道、阴阳、法、名、墨、纵横、杂、农等九家，《汉志》认为它们是"《六经》之支与流裔……观此九家之言，舍短取长，

---

① 黄晖:《论衡校释》,中华书局 1990 年版,第 557 页。
② 黄晖:《论衡校释》,中华书局 1990 年版,第 1159 页。
③ 指《虞初周说》。
④ (汉)班固编撰,顾实讲疏:《汉书艺文志讲疏》,上海古籍出版社 2009 年版,第 164 页。
⑤ (汉)班固撰,(唐)颜师古注:《汉书》,中华书局 1962 年版,第 1745 页。
⑥ (汉)班固撰,(唐)颜师古注:《汉书》,中华书局 1962 年版,第 1746 页。

则可以通万方之略矣”[①]，故谓“可观者九家”。附于九家骥尾的小说家，起于民间，源于街谈巷语、道听途说，属于孔子所讲“君子弗为”的“小道”，无缘于“可以通万方之略”的大道。不过，小说家言终究还有一言可采之处，理性的君子不会弃之不理。《汉志》颜师古注引如淳曰：“街谈巷说，其细碎之言也。王者欲知闾巷风俗，故立稗官使称说之。”[②] 故就《汉志》“小说”的基本功用来说，略如汉代乐府机构采集的民间歌谣，乃供统治者“观风俗，知薄厚”[③]。这就决定了小说家只能屈居《六经》“流裔”的儒、道等九家之后，处于“小道”“可观”的尴尬地位，不能入流。

《汉志》小说家序和诸子略序的观点所来有自。根据《汉志》总序，西汉末年，刘向、刘歆父子相继负责校雠皇家藏书，刘歆在刘向校雠工作的基础上，“总群书而奏其《七略》，故有《辑略》，有《六艺略》，有《诸子略》，有《诗赋略》，有《兵书略》，有《术数略》，有《方技略》”[④]。班固参照《七略》，取其旨要而成《汉志》。至于《汉志》著录的小说家著作，班固应当都曾寓目，且以严谨审慎的态度予以著录，这从他对诸家之作的小注即可看出。不过，《汉志》对小说家著作的价值解读，整体就是刘向、刘歆父子的意见，这是无可否认的。刘氏父子认为小说家著作属于“小道”“可观”之作，表现了一种虽轻视但不漠视的颇为理性的态度。这在西汉末年绝非一家之言或门户之见，而是当时知识界的普遍认识。与刘歆同时而稍后的桓谭就说过，小说家著作“治身治家，有可观之辞”[⑤]。在桓谭看来，小说家著作虽不能担当治国平天下的大任，但可堪修身齐家之用，故而“可观”，这一意见和刘向、刘歆父子并无二致。无论刘氏父子还是桓谭，在西汉末年和东汉初年的知识界都是领袖或精英人物。他们对小说家著作价值的认识，反映的实际上是当时知识界的普遍意见。因此，班固撰作《汉志》时取以入书就是自然而然的事了。

进一步看，刘向、刘歆父子对小说价值的认识渊源于《庄子》。该书《杂篇·外物》最早提出“小说”的概念，其文云：

---

① （汉）班固撰，（唐）颜师古注：《汉书》，中华书局 1962 年版，第 1746 页。

② （汉）班固撰，（唐）颜师古注：《汉书》，中华书局 1962 年版，第 1745 页。

③ （汉）班固撰，（唐）颜师古注：《汉书》，中华书局 1962 年版，第 1756 页。

④ （汉）班固撰，（唐）颜师古注：《汉书》，中华书局 1962 年版，第 1701 页。

⑤ （汉）桓谭撰，朱谦之校辑：《新辑本桓谭新论》，中华书局 2009 年版，第 1 页。

> 任公子为大钩巨缁，五十犗以为饵，蹲乎会稽，投竿东海，旦旦而钓，期年不得鱼。已而大鱼食之，牵巨钩陷没而下，骛扬而奋鬐，白波若山，海水震荡，声侔鬼神，惮赫千里。任公子得若鱼，离而腊之，自制河以东，苍梧以北，莫不厌若鱼者。已而后世辁才讽说之徒，皆惊而相告也。夫揭竿累，趣灌渎，守鲵鲋，其于得大鱼难矣；饰小说以干县令，其于大达亦远矣。是以未尝闻任氏之风俗，其不可与经于世亦远矣。[①]

文中“小说”与“大达”对举。或以为“小说”只是在此偶然出现的一个语词，意见欠妥。

《庄子》通过寓言阐释“小说”与“大达”的内涵：“小说”卑之无甚高论，类似“揭竿累，趣灌渎，守鲵鲋”之事；“大达”类似“任氏之风俗”，即任公子撒长线、投巨饵、钓大鱼之举。其中蕴含了大道与小道的高下之别等价值判断。陈鼓应总结这个故事的主旨，说：“任公子钓大鱼，喻经世者当志于大成。”[②] 如此，则“饰小说以干县令”者自然无缘于大成。总之，《庄子》对“小说”的意涵阐释和价值判断，含有小说乃小道之意。此意为刘向、刘歆、桓谭等汉代学者所接受、引申和阐发。他们基于儒家立场，认为小说属于小道，而儒、道、阴阳、法、名、墨、纵横、杂、农等诸子九家为“可以通万方之略”的大道，并终由班固《汉志》而传诸后世。

《汉志》“小说”的基本情形如上所论。对于《汉志》“小说”，刘向、刘歆、桓谭、班固等关注的是其“小道”“可观”的学术价值和辅助政教的实际功用。《汉志》“小说”主要指文章的类概念[③]，其文体或者近子，或者近史，尚未具备自身独立的文体属性。直至《隋志》子部小说类序，仍然说“小说者，街谈巷语之说也。……道听途说，靡不毕纪”[④]，其意略同《汉志》。故而《汉志》“小说”在两汉乃至魏晋六朝时期不是一个独立的文体类别，当然也不能完全视之为近世以来文学意义上的小说体裁。

---

① (清)王先谦撰，沈啸寰点校：《庄子集解》，中华书局2012年版，第288—289页。

② 陈鼓应注译：《庄子今注今译》，中华书局1983年版，第701页。

③ 在此意义上，《全汉赋校注》对张衡《西京赋》“小说九百，本自虞初”中的“小说”释义为“古时指记载医巫厌祝街谈巷议神话传说等内容复杂的文章”（费振刚、仇仲谦、刘南平校注：《全汉赋校注》，广东教育出版社2005年版，第695页），义属允当。

④ (唐)魏徵、令狐德棻：《隋书》，中华书局1973年版，第1012页。

但我们不能否认的是，《汉志》“小说”既然源自街谈巷语、道听途说，其中必然含有数量不菲的神话传说、历史故事等，本章第一节探讨的小说家著作佚文可为佐证。这样一来，《汉志》著录的小说家著作便与汉代志怪、轶事小说之间发生了相应的关联，这正是我们研究汉代小说不能绕开《汉志》“小说”的主要原因所在。

第二章　汉代小说的文献著录与研究概说

鲁迅在《中国小说史略》第四篇《今所见汉人小说》开篇即言："现存之所谓汉人小说，盖无一真出于汉人，晋以来，文人方士，皆有伪作，至宋明尚不绝。"[①] 此所谓"汉人小说"，指晋代以至明朝文人、方士的伪托汉人之作。在《中国小说的历史的变迁》中，鲁迅修订前说，认为"刘向的《列仙传》是真的"，"可作小说观"。[②] 此后至二十世纪七十年代末，我国大陆和台湾地区的小说史、文学史著在论及汉代小说时，大都采纳鲁迅的意见。二十世纪八十年代至今，随着中国古代小说研究的日益深入，学界对汉代小说作品的考察范围得以拓宽，但仍存意见的出入与异同。故此，本章根据历代公私书目著录情况，参考学界相关研究，圄定可作为汉代小说作品爬梳剔抉、考辨研讨的大致范围，概呈其文献著录的基本状况，并总结、述评二十世纪以来汉代小说研究的主要成果及争议，以作为后文进一步研讨的基础。

第一节　汉代小说的文献著录概说

一、历代公私书目小说家类著录的汉代小说

《七略》和《汉志》开启后世《隋志》等公私书目著录小说家著作的先河，历代相延，几成通例。从《隋志》到清代《四库全书总目》、曾朴《补后汉书艺文志并考》等公私书目，小说家类著录了相当数量的汉代以及作者题为汉人的作品。这些作品有存有佚，有真有伪，概述如下。

---

① 鲁迅:《中国小说史略》,人民文学出版社 2006 年版,第 32 页。

② 鲁迅:《中国小说史略》,人民文学出版社 2006 年版,第 313 页。

（一）今尚存世的作品

1.《燕丹子》

始见于《隋志》子部小说类著录，一卷。原注：“丹，燕王喜太子。”[①]《旧唐志》丙部子录小说家类著录三卷，注：“燕太子撰。”[②]《新唐志》丙部子录小说家类著录《燕丹子》一卷，注“燕太子”[③]。《四库全书总目》列小说家类存目，三卷。

2.《神异经》

始见于《隋志》史部地理类著录，一卷，题东方朔撰，张华注。《旧唐志》乙部史录地理类著录，二卷，题东方朔撰。《新唐志》改入丙部子录道家类。《崇文总目》入地理类与小说家类。《直斋书录解题》改隶小说家类，《中兴馆阁书目》《宋史·艺文志》与《四库全书总目》小说家类三并从之，一卷。

3.《十洲记》

始见于《隋志》史部地理类著录，一卷，题东方朔撰。《旧唐志》乙部史录地理类因之，《新唐志》入丙部子录道家类。《郡斋读书志》入传记类，《直斋书录解题》改入小说家类，《四库全书总目》小说家类三因之，一卷。

4.《汉武故事》

始见于《隋志》史部旧事类著录，题《汉武帝故事》，二卷，无撰人。《旧唐志》乙部史录故事类著录，二卷，不著撰人，《新唐志》因之。《崇文总目》杂史类著录五卷，题班固撰。《四库全书总目》改隶小说家类三异闻之属，一卷。

5.《西京杂记》

始见于《隋志》史部旧事类著录，二卷，不著撰人。《旧唐志》入乙部史录故事类，又见地理类，一卷，题葛洪撰；《新唐志》见乙部史录故事类，二卷，题作者葛洪。《郡斋读书志》入杂史类，《直斋书录解题》入传记类。《四库全书总目》改隶小说家杂事之属，六卷，作者兼题刘歆、葛洪。

6.《汉武内传》

始见于《隋志》史部杂传类著录，三卷，不著撰人。《日本国见在书

① （唐）魏徵、令狐德棻：《隋书》，中华书局 1973 年版，第 1011 页。
② （后晋）刘昫等撰：《旧唐书》，中华书局 1975 年版，第 2036 页。
③ （宋）欧阳修、宋祁撰：《新唐书》，中华书局 1975 年版，第 1539 页。

目录》杂传家著录二卷，题葛洪撰。《旧唐志》乙部史录杂传类作《汉武帝传》二卷，《新唐志》改入丙部子录道家类神仙之属，均不著撰人。《四库全书总目》改隶小说家异闻之属，一卷。明清旧本题班固撰。

7.《汉武洞冥记》

始见于《隋志》史部杂传类著录，一卷，题郭氏撰。《旧唐志》乙部史录杂传类作《汉别国洞冥记》，四卷，题郭宪撰。《新唐志》入丙部子录道家类，题作《汉武帝别国洞冥记》。《郡斋读书志》入传记类，《直斋书录解题》改入小说家类。《四库全书总目》列入小说家类三，四卷。

8.《赵飞燕外传》

始见于《郡斋读书志》传记类著录，一卷，题汉伶玄子于撰，《宋史·艺文志二》传记类因之。《四库全书总目》改隶子部小说家类存目，一卷。

9.《杂事秘辛》

又题《汉杂事秘辛》。旧题汉佚名氏撰，未见清代以前公私书目著录，《四库全书总目》列入小说家类存目，一卷。

10.《西王母传》

《五朝小说》本题汉桓麟撰，未见清代以前公私书目著录，清顾櫰三《补后汉书艺文志》卷八列入小说类。

以上十种作品真伪并存，并不都是汉代作品。学界一般认为《燕丹子》是秦汉时期的作品。对《神异经》《十洲记》《汉武故事》《西京杂记》《汉武内传》《汉武洞冥记》《赵飞燕外传》等作品的成书时代，学界争议较多，本书后文将作相应考辨。《杂事秘辛》是依托汉人之作，作者为明代杨慎，已成定谳。《西王母传》系《五朝小说》据《太平广记》卷五六《西王母》写成，《太平广记》则采录于五代杜光庭《集仙录》，亦非汉代作品。

（二）已经亡佚的作品

1.《笑林》

始见于《隋志》子部小说类著录，三卷。原注："后汉给事中邯郸淳撰。"[①] 大约亡佚于宋元之际，今存佚文。

2. 姚振宗《汉书艺文志拾补》卷二小说家类补录8种

陆贾《南越行纪》（无卷数），许博昌《六博经》（一篇），佚名《上林

① （唐）魏徵、令狐德棻：《隋书》，中华书局1973年版，第1011页。

禽兽簿》（无卷数），佚名《上林草木名》（无卷数），佚名《汉武帝禁中起居注》（一卷），佚名《方士传》（无卷数），佚名《李陵别传》（无卷数），佚名《东方朔别传》（八卷）。①

3. 顾櫰三《补后汉书艺文志》卷八小说类补录 6 种

郭宪《丽娟传》（一卷），郭宪《东方朔传》（一卷），陈寔《异闻记》（无卷数），梁宽《庞娥亲传》（无卷数。顾氏注："事见《后汉书·列女传》。"），邯郸淳《艺经》（无卷数），邯郸淳《笑林》（三卷）。②

4. 姚振宗《后汉艺文志》卷三小说家类补录 4 种

王充《讥俗书》（十二篇），郭林宗著书（一卷），许劭《月旦评》（无卷数），陈寔《异闻记》（无卷数）。③

5. 曾朴《补后汉书艺文志并考》卷七小说类补录 2 种

陈寔《异闻记》（卷数佚），张道陵《峨眉山神异记》（三卷）。④

以上诸作中，陆贾《南越行纪》、王充《讥俗书》和陈寔《异闻记》可信为汉代之作，《笑林》成书于汉魏之际，《方士传》《李陵别传》《东方朔别传》等其他各书，成书时间虽均需要作具体考证，但都可作为汉代小说的甄别对象。《艺经》是有关棋艺之作，不在我们要讨论的汉代小说范围。

二、非小说家类目著录的小说性质汉代作品

自东汉以迄明清，在历代公私书目中有不少著录于经部、史部和子部非小说家类目中的汉代作品。例如，著录于经部的韩婴《韩诗外传》，著录于子部儒家类的刘向《新序》和《说苑》，征引古书，集采传记杂说，往往断其章而取其义。对此，余嘉锡《古书通例》卷二《明体例》指出："乍观其体，颇类史书，细按其文，殊乖事实。牴牾莫保，讹谬滋多。"⑤也就是说，这类作品的内容不主纪实，虚构成分较多。它们属于虚构的散

① 参见二十五史刊行委员会编：《二十五史补编》第二册，中华书局 1955 年版，第 1482—1484 页。

② 参见二十五史刊行委员会编：《二十五史补编》第二册，中华书局 1955 年版，第 2266—2267 页。

③ 参见二十五史刊行委员会编：《二十五史补编》第二册，中华书局 1955 年版，第 2393—2394 页。

④ 参见二十五史刊行委员会编：《二十五史补编》第二册，中华书局 1955 年版，第 2541 页。

⑤ 余嘉锡：《目录学发微》（含《古书通例》），中国人民大学出版社 2004 年版，第 245 页。

文体故事，小说色彩比较明显，类似西方文学理论中所说的准小说(fiction)。[①] 近年，在中国古代小说史论著以及古代短篇小说选本中，这些作品多被论列或从中选篇。相关作品有下列10种。

1.《韩诗外传》

西汉韩婴撰。《汉志》六艺略诗类著录六卷，题为《韩外传》。《隋志》经部诗类著录《韩诗外传》，十卷。后世史志、书目均将其列于经部诗类。

2.《新序》

西汉刘向撰。《汉志》著录于诸子略儒家，不著篇卷数量。《隋志》列于子部儒家，三十卷，录一卷。后世除《宋史·艺文志》改入杂家外，其他史志均列之于儒家。

3.《说苑》

刘向撰。《汉志》著录于诸子略儒家，不著篇卷数量。《隋志》列于子部儒家，二十卷。后世除《宋史·艺文志》改入杂家外，其他史志均列之于儒家。

4.《列女传》

刘向撰。《汉志》著录于诸子略儒家，题《列女传颂图》，不著篇卷数目。《隋志》史部杂传类著录，十五卷。后世史志均入史部杂传类。

5.《列仙传》

《隋志》史部杂传类著录两种，均题《列仙传赞》。一为三卷本，题刘向撰，鬷续，孙绰赞；一为二卷本，题刘向撰，晋郭元祖赞。

6.《列士传》

《隋志》史部杂传类著录，二卷，题刘向撰。已亡佚，今存佚文。

---

① 高原、董红钧《〈小说的兴起〉译者序》指出："西方文学中的小说(novel)，是一个十八世纪后期才正式定名的文学形式，此前的准小说形式是用'散文虚构故事'(fiction)来加以称谓的。二者之间的区别绝非仅限于名称的不同，而是包含了一种文学形式从诞生到成熟的长期艰难的发展演变过程。"(〔美〕伊恩·P.瓦特：《小说的兴起——笛福、理查逊、菲尔丁研究》，高原、董红钧译，生活·读书·新知三联书店1992年版)美国威斯康星大学荣休教授周策纵《传统中国的小说观念与宗教关怀》(《文学遗产》1996年第5期)一文论及"传统中国的'小说'这一观念"，说："我们现在的所谓'小说'，和英文的fiction相当。可是fiction的初义是'虚构'，中文'小说'一词却没有'虚构'的意思。"周氏所称"传统中国的'小说'"和"中文'小说'"实即以《汉志》著录的十五家小说著作为代表的中国传统小说观念和文体，其虽无"虚构"之义，但如《新序》《说苑》这类短篇故事集，就接近英文语境中的fiction了。

7.《蜀王本纪》

又题《蜀本纪》《蜀王本记》等。《隋志》史部地理类著录“《蜀王本记》一卷，扬雄撰”。两《唐志》因之。《太平御览经史图书纲目》著录“《蜀王本纪》”和“杨雄《蜀王记》”。大约佚于南宋，今有辑本。

8.《越绝书》

始见于南朝梁阮孝绪《七录》著录，十六卷。《隋志》史部杂史类著录十六卷，题子贡撰。后世史志、书目均列于杂史类。

9.《吴越春秋》

《隋志》史部杂史类著录，十二卷，赵晔撰。后世史志、书目均列于杂史类。

10.《风俗通义》

《隋志》子部杂家类著录，三十一卷，含《录》一卷，应劭撰。后世史志著录于子部。在历代流传中多有内容散佚，今本十卷。

从二十世纪八十年代至今的古代小说研究中，这10部作品多为学者关注和研讨。这些作品的小说色彩颇为明显，应当作为我们研究和建构汉代小说史的文本资料。

三、其他情形小说性质的汉代作品

还有两种与汉代小说相关的情形也需要注意。一是个别汉代小说作品虽未见于历代公私书目著录，但被其他文献引用或者提及。如佚名《神仙传》，历代虽未见著录，但应劭《风俗通义》和张华《博物志》均有称引，故应为汉代之作（见本书第五章第二节）。二是近世以来考古发现的汉代小说文本。例如，1979年在敦煌西北马圈湾汉代烽燧遗址发现一批散残的木简，经过整理后，这批木简以图版和释文形式收录于《敦煌汉简》一书。其中，一枚释文号为496的残简正面存有27字，裘锡圭释读如下：

> 书，而召榦倗问之。榦倗对曰：“臣取妇二日三夜，去之来游，三年不归，妇”

裘先生认为，简文中的“榦倗”就是韩朋（韩凭），残简反映的是汉代关于韩朋的民间传说，简文的抄写时代不会超出西汉后期和新朝的范围。①这段残简所记汉代流传的韩朋故事，应是敦煌变文《韩朋赋》的题材来源。再如，1993 年出土于江苏尹湾汉墓的《神乌傅》和 2009 年入藏北京大学的西汉竹书《妄稽》，不但是保留着汉代俗赋原始风貌的赋体文，而且是以赋体讲述虚构故事的小说。以上两种情形的作品，尤其是考古发现的简帛文献，以原始实物的形式呈现出汉代小说的历史风貌，故而在汉代小说研究中具有特别的价值和意义。

二十世纪二十年代以来，还有学者以小说史的眼光审视以《史记》为代表的汉代史传作品。1921 年，周剑云在为张静庐《中国小说史大纲》所作的序中说："我以为只有司马迁的一部《史记》，是一部整本大部的好小说，太史公可算得小说的始祖。"② 李长之曾说："以司马迁的史诗之笔，他可以写小说。事实上他的许多好的传记也等于好的小说。自来在对司马迁以古文大师视之之外，也就有一种把《史记》当作小说的看法。不过这看法并不早，大概始于明，大盛于清，又为近代人所强调。这种看法原不错，司马迁原可以称为一个伟大的小说家呢。"在他看来，《史记》堪为中国古代小说史上"写实的人情小说"。③ 应该说，《史记》中的某些人物传记具有明显的文学虚构性质，作为历史纪实小说以观之未尝不可。在《王利器推荐古代文言小说》一书中，王利器便从《史记》中选入了《廉颇蔺相如列传》和《西门豹治邺》。④ 虽然如此，本书遵从学界主流意见，不将《史记》人物传记列入汉代小说作品的考察范围，但会探讨它对汉代小说发展所产生的影响。

第二节　汉代小说研究概说

二十世纪二十年代以来，汉代小说研究主要基于上节所述文献著录的作品而展开，其研究状况如下。

---

① 参见裘锡圭：《汉简中所见韩朋故事的新资料》，《复旦学报》（社会科学版）1999 年第 3 期。

② 陈洪主编，王振良、王之江副主编：《民国中国小说史著集成》第一卷，南开大学出版社 2014 年版，"中国小说史大纲序二"，第 9 页。

③ 李长之：《司马迁之人格与风格》，天津人民出版社 2015 年版，第 318—319 页。

④ 王利器注释：《王利器推荐古代文言小说》，广陵书社 2004 年版，第 19—29 页。

一、汉代小说研究的主要成果

第一，深入考辨旧题汉人小说的成书时代，其中部分作品成于两汉的意见基本成为学界共识。

所谓旧题汉人小说，是指作者旧题为汉代东方朔、班固、郭宪、刘歆、伶玄的小说，涉及《神异经》《十洲记》《汉武故事》《汉武内传》《汉武洞冥记》《西京杂记》和《赵飞燕外传》等作品。

在《中国小说史略》第四篇《今所见汉人小说》中，鲁迅断言“现存之所谓汉人小说，盖无一真出于汉人”①，乃晋以后文人方士的假托与伪作。那么，汉代小说本身的情况到底如何？鲁迅没有明确回答。1924 年 7 月，鲁迅去西安讲学，在所作《中国小说的历史的变迁》的演讲中，修订前说，指出汉代小说唯有“刘向的《列仙传》是真的”，惜乎刘向“在当时并非有意作小说，乃是当作真实事情做的，不过我们以现在的眼光看去，只可作小说观而已”。② 言外之意是汉代小说乏善可陈，几无足观。由于鲁迅在中国小说史学科中的开山奠基地位，他关于旧题汉人小说的论断影响深远。自二十世纪二十年代《中国小说史略》问世至二十世纪七十年代末的半个多世纪内，中国古代小说史论著以及汉魏六朝小说作品选本，在论列、编选汉代小说或旧题汉人小说时，一般都采纳鲁迅的意见。例如，胡怀琛《中国小说研究》、郭箴一《中国小说史》、北京大学中文系编《中国小说史》、孟瑶《中国小说史》、周次吉《〈神异经〉研究》以及徐震堮《汉魏六朝小说选》等，就都是如此。

自二十世纪八十年代至今，旧题汉人小说得到进一步深入研究。李剑国《唐前志怪小说史》列“两汉志怪小说”一章，考证旧题汉人小说中的《神异经》《汉武洞冥记》《十洲记》《汉武故事》和《汉武内传》属于汉代志怪小说。③ 侯忠义《汉魏六朝小说史》列“汉代小说”一章，认为《神异经》和《汉武故事》是汉代作品，《十洲记》和《汉武洞冥记》应当是东汉或六朝之作。④ 此后出版的王枝忠《汉魏六朝小说史》认为，《汉武故事》《汉武内传》《飞燕外传》《西京杂记》《汉武洞冥记》《神异经》和

① 鲁迅：《中国小说史略》，人民文学出版社 2006 年版，第 32 页。

② 鲁迅：《中国小说史略》，人民文学出版社 2006 年版，第 313 页。

③ 参见李剑国：《唐前志怪小说史》，南开大学出版社 1984 年版，第 151—203 页。

④ 参见侯忠义：《汉魏六朝小说史》，春风文艺出版社 1989 年版，第 23—34 页。

《十洲记》等旧题汉人小说，均为汉代作品。[①] 李剑国、陈洪主编《中国小说通史·先唐卷》也持相同意见。[②] 与此略有不同的是，赵明、杨树增、曲德来主编《两汉大文学史》以《西京杂记》《汉武洞冥记》《十洲记》《神异经》《汉武故事》和《汉武内传》等六部作品为汉人之作。[③] 刘勇强《中国古代小说史叙论》以《西京杂记》和《汉武故事》为汉代小说。[④] 魏世民《魏晋南北朝小说史》第一章"先秦两汉小说"论列汉代小说有《神异经》《汉武洞冥记》和《西京杂记》。[⑤] 总之，自二十世纪八十年代以来，学界突破了此前关于旧题汉人小说成书时代问题的一些普遍性认识，肯定其中有一部分作品成书于两汉；不过，这些作品在两汉时期更为具体的成书时间，各家意见仍然存在较多分歧。

第二，更多富有小说性质的汉代文学作品被纳入研究视野，扩大了汉代小说研究的范围。

在《中国小说史略》中，鲁迅虽然从整体上否定了汉代小说的存在，但是，他所作的否定不是绝对的。在该书第二篇《神话与传说》中，鲁迅指出："他如汉前之《燕丹子》，汉杨雄之《蜀王本纪》，赵晔之《吴越春秋》，袁康，吴平之《越绝书》等，虽本史实，并含异闻。"[⑥] 需要注意的是，鲁迅在这一篇中的核心观点是"小说之渊源：神话"，明示于《中国小说史略》的目录中，鲁迅是从这个角度审视《燕丹子》《蜀王本纪》《吴越春秋》和《越绝书》诸书性质的。在《中国小说的历史的变迁》中，鲁迅提出刘向《列仙传》"可作小说观"。鲁迅的意见实为后来的汉代小说研究指出了一个可以深入探索的方向与进一步拓展的领域。二十世纪二三十年代，徐敬修《说部常识》、胡怀琛《中国小说研究》等小说史著，即将这些作品中部分篇目列入小说的范围予以考察。自二十世纪八十年代以来，汉代小说研究的主要成果正是从这些作品中取得突破的。

首先是《列仙传》和《燕丹子》。自东晋以迄明清，《列仙传》多被认为是西汉刘向之作，也有学者主张东汉人作、魏晋人作等意见。诸家意见

① 参见王枝忠：《汉魏六朝小说史》，浙江古籍出版社 1997 年版，第 37—58 页。

② 参见李剑国、陈洪主编：《中国小说通史·先唐卷》，高等教育出版社 2007 年版，第 101—154 页。

③ 参见赵明、杨树增、曲德来主编：《两汉大文学史》，吉林大学出版社 1998 年版，第 752—780 页。

④ 参见刘勇强：《中国古代小说史叙论》，北京大学出版社 2007 年版，第 68—70 页。

⑤ 参见魏世民：《魏晋南北朝小说史》，安徽大学出版社 2011 年版，第 60—62、73—76、96—101 页。

⑥ 鲁迅：《中国小说史略》，人民文学出版社 2006 年版，第 21 页。

虽有异同，《列仙传》为汉代小说，实已成基本共识。关于《燕丹子》的成书时代，近年有先秦、秦代、两汉、宋齐等诸说①，但总体而言，学界倾向于成书汉代说。②

其次是韩婴《韩诗外传》，刘向《新序》《说苑》和《列女传》，袁康、吴平《越绝书》，赵晔《吴越春秋》与应劭《风俗通义》等，这些在传统目录学中列于经部、史部或子部非小说家类的作品，日益为学界所重视，得到了较为深入的研讨。

二十世纪二三十年代，胡怀琛《中国小说研究》首次论列《新序》《说苑》和《列女传》。但在总体上，对这类具有小说性质的汉代作品，二十世纪七十年代之前的小说史著较少关注。逮至八十年代，张可礼《建安文学论稿》第六部分《建安时期的小说》论列《风俗通义》中的志怪故事，指出它们"都达到了相当高的水平，和后来的一些志怪小说相比，并不逊色"③。这是《风俗通义》首次进入小说史研究的范围。这一时期还有王培元《汉代小说作品辨证》，系统考辨汉代小说作品，认为"排除后人的伪托之作，比较完整地保存下来的、可作为研究依据的、较可信的汉代小说性质的作品"，有"《燕丹子》三卷，《神异经》一卷，《蜀王本纪》一卷，《韩诗外传》十卷，《新序》十卷，《说苑》二十卷，《列女传》七卷，《列仙传》二卷，《越绝书》十五卷，《吴越春秋》十卷。另外，《风俗通义》中的小说性内容，也是我们研究时的重要资料"。④ 二十世纪八十年代至今出版的一些古代小说史、文学史与古代短篇小说选本，如杜贵晨《中国古代短篇小说史》、吴志达《中国文言小说史》、杨义《中国古典小说史论》、赵明等主编《两汉大文学史》、魏世民《魏晋南北朝小说史》，以及吴组缃、吕乃岩等选注《历代小说选》、陈万益等编著《历代短篇小说选》，或论列《韩诗外传》《新序》《说苑》《列女传》《越绝书》《吴越春秋》等，或从其中选篇，肯定了这些汉代作品包含的小说篇章或所具有的小说性质。还有不少论文就这些作品的小说性质进行考析，如屈守元《向宗鲁先生遗著〈说苑校注〉序言》［《四川师院学报》（社会科学版）1985年第2期］，梁宗华《一部值得重视的汉代历史小说——〈吴越春秋〉文

① 参见曹道衡、刘跃进：《先秦两汉文学史料学》，中华书局2005年版，第471页。

② 本书第五章第二节、第七章第一节，对《列仙传》《燕丹子》成书时代的各家意见均有综述，此略不述，请参后文相关章节。

③ 张可礼：《建安文学论稿》，山东教育出版社1986年版，第86页。

④ 马瑞芳、邹宗良主编：《中国古典文学研究》，人民文学出版社2006年版，第199页。

学价值初探》(《浙江学刊》1989 年第 5 期),陈铁镔《汉代小说发展轨迹与特质的探索》[《锦州师院学报》(哲学社会科学版)1990 年第 2 期],杨义《汉魏六朝杂史小说的形态》(《文学遗产》1991 年第 4 期),周蔚《刘向小说的定位思考》[《南京师大学报》(社会科学版)2002 年第 3 期],刘跃进《试论刘向、刘歆父子的文学业绩与学术贡献》[《江苏师范大学学报》(哲学社会科学版)2020 年第 3 期》]。

此外,扬雄《蜀王本纪》、陈寔《异闻记》、佚名《括地图》以及《汉志》“小说”《虞初周说》,也多被学界关注,一般被归类于两汉志怪小说。汉代纬书多语神怪的小说特征,近年也逐渐被学界注意。聂济冬《简论纬书〈河图〉的小说特性》(《孔子研究》2005 年第 3 期)、曹建国《纬书研究的一些思考》[《渤海大学学报》(哲学社会科学版)2019 年第 2 期]、张黎明《“河图”类谶纬书中的地理博物体小说》(《理论界》2021 年第 4 期),以及吴从祥《谶纬与汉代文学》第九章“谶纬与汉代小说”[1],皆有所论。

第三,汉代小说在中国古代小说史上的地位日益获得肯定性评价。

自二十世纪二十年代鲁迅《中国小说史略》出版到二十世纪七十年代末,学界一般将汉代视为中国古代小说的酝酿萌芽期。北京大学中文系编《中国小说史》即持此观点,在这一时期是很有代表性的。这一观点的前提是旧题汉人小说都是魏晋六朝文人的依托之作,汉代极少甚或无小说。换言之,对汉代小说在中国古代小说史上的地位,这一时期学界的基本意见就是可以忽略不论。

从二十世纪八十年代以来,基于对汉代小说作品的深入研讨,包括对旧题汉人小说成书时代的再考辨,汉代在中国古代小说史上的历史定位问题也被重新审视和评价。综观各家意见,大都认为中国古代小说兴起于汉代。王培元《略论汉代小说的意义》一文认为,汉代小说“开始成长为一种独立的文学样式,它已经由小说的萌芽状态进入了雏形阶段”,“初步具备了中国古代小说的基本文艺特点”。[2] 杜贵晨《中国古代短篇小说史》认为汉代是古代短篇小说的形成期,小说“逐渐取得了自成一家的地位,从而真正拉开了中国小说史的序幕”[3]。陈文新《中国笔记小说史》认为

---

① 吴从祥:《谶纬与汉代文学》,中国社会科学出版社 2015 年版,第 274—300 页。

② 马瑞芳、邹宗良主编:《中国古典文学研究》,人民文学出版社 2006 年版,第 217—218 页。

③ 杜贵晨:《中国古代短篇小说史》,中州古籍出版社 1991 年版,第 35 页。

汉代是志怪小说的生长期，“两汉的《括地图》《神异经》《洞冥记》《十洲记》《异闻记》等属于基本成熟的志怪小说”[①]。李剑国、陈洪主编《中国小说通史·先唐卷》认为：“战国秦汉属于小说的形成期……相继形成了古小说的各种类型。”[②] 另外，在建安文学的研究中，张可礼、曹文心等学者还提出了“建安小说”的概念，《风俗通义·怪神篇》、邯郸淳《笑林》等即属“建安小说”的范畴。[③] 综观诸家之说，虽然各有侧重及异同，但一个明显的共同之处是都突破了二十世纪七十年代以前学界的主流意见，指出并肯定汉代小说是中国古代小说史上不可或缺的一环，古代小说已经由此迈出了早期的发展步伐。这种肯定性评价也许更接近历史的本来面目。

第四，一些汉代小说研究的专题与总集性成果于近年出版，并有相关课题获得科研立项。

董治安主编《两汉全书》，全 36 册，于 2009 年由山东大学出版社出版。《两汉全书》收录了数量可观的汉代小说文本。李剑锋《唐前小说史料研究》于 2016 年由山东教育出版社出版。该书第一章“汉代及以前小说史料”、第二章“汉末魏晋小说史料”，关注以小说作品为中心的文本史料，涉及《燕丹子》《汉志》著录小说家著作、旧题汉人小说以及应劭《风俗通义》等。王齐洲主编《汉书艺文志及两汉书补志著录小说资料集》，全 4 册，200 多万字，于 2021 年由湖北人民出版社出版，内容系统完备。宁稼雨主持的“全汉魏晋南北朝小说辑校笺证”课题，获得 2017 年国家社科基金重大项目立项。这些成果的出版与课题的立项，将进一步推进汉代小说的研究。

二、汉代小说研究的主要争议

（一）对旧题汉人小说的成书时代问题仍存争议

旧题汉人小说的成书时代是先唐小说研究中的一大难点，其根源在于文献不足。陈文新《文言小说审美发展史》绪论部分与《旧题汉人小说的

① 陈文新：《中国笔记小说史》，（台北）志一出版社 1995 年版，第 37 页。

② 李剑国、陈洪主编：《中国小说通史·先唐卷》，高等教育出版社 2007 年版，第 58 页。

③ 参见张可礼：《建安文学论稿》第六部分《建安时期的小说》，山东教育出版社 1986 年版，第 83—114 页；曹文心：《建安小说考辨》，《淮北煤师院学报》（社会科学版）1988 年第 4 期。

文献问题》一文，系统梳理了旧题汉人小说的文献问题，可以参看。[①]

总体来看，二十世纪八十年代至今，学界虽然已经考证旧题汉人小说中的部分作品为汉代之作，但对它们成书于汉代哪个时期的意见却仍多分歧。以《汉武故事》为例。刘文忠发表于《中华文史论丛》1984年第2辑的《〈汉武故事〉写作时代新考》认为，它应成书于东汉建安末年。[②] 侯忠义《汉魏六朝小说史》、刘勇强《中国古代小说史叙论》等赞同这一意见。李剑国《唐前志怪小说史》则认为《汉武故事》成书于西汉成帝时期[③]，王枝忠《汉魏六朝小说史》、杨义《中国古典小说史论》等赞同此说。比较两说，固然都以《汉武故事》为汉代之作，但各所考定的成书时代却相差了两百余年。在其他几部旧题汉人小说成书时代的研究中，也都不同程度地存在着类似情形和问题，有待学界进一步深入探讨。这是一个相当重要的学术问题，因为它不仅是考证旧题汉人小说的成书时代以及作者真伪的具体问题，而且还关系到对汉魏六朝小说发展演变史的整体认识与评价。

（二）对某些汉代子史之作的小说属性认识仍存争议

上已述及，自二十世纪二三十年代，尤其八十年代以来，某些小说性质明显以及包含小说篇章的汉代子史之作，主要是《韩诗外传》《新序》《说苑》《列女传》《越绝书》《吴越春秋》和《风俗通义》等，被纳入汉代小说研究的范围。但也有学者对此持否定意见。李剑国、陈洪主编《中国小说通史·先唐卷》就认为："文体和文本的独立对于小说非常重要，凡是夹杂在史书子书中的某些叙事段落不能当做小说作品。时下许多文言小说作品选本和鉴赏辞典，常常从《左传》《礼记》《战国策》《韩非子》《韩诗外传》《淮南子》《列女传》《新序》《说苑》《论衡》《风俗通义》等书中选取故事。这很成问题，你可以说它们包含有小说因素，但这些书本身并不是小说。孤立地看，这些作品有的确实小说意味很浓，甚至超出了小说书中的某些故事。但这也没办法，只能怪它投错了胎。"[④] 潘建国《〈搜神记〉的形成：以前代故事文本辑采为例》一文谈及《风俗通义》卷九《怪

---

① 参见陈文新：《文言小说审美发展史》，武汉大学出版社2002年版，第37—51页；《旧题汉人小说的文献问题》，《人文研究》（铃木阳一教授退职纪念号），日本神奈川大学人文学会编，2021年，第31—49页。

② 刘文忠：《中古文学与文论研究》，学苑出版社2000年版，第46页。

③ 参见李剑国：《唐前志怪小说史》（修订本），天津教育出版社2005年版，第181页。

④ 李剑国、陈洪主编：《中国小说通史·先唐卷》，高等教育出版社2007年版，第20页。

神篇》，也特别强调“文体的独立性”，认为本篇中各故事“不具备文体上的独立性，自然也算不得是小说作品”。[①] 总体来看，这种意见把文体和文本的独立性作为判断文学作品是否属于小说的首要标准。与此不同，在《古体小说论要》一书中，程毅中考析《新序》和《说苑》所载故事内容的传闻异辞特征，认为“《新序》《说苑》都是记载传闻故事的，来源与《百家》相同，实际上就是原生态的小说”[②]。这一意见更为关注作品内容出自道听途说、传闻异辞的特征，把它作为判断早期小说作品的首要标准。上述《韩诗外传》《新序》《列女传》等汉代子史之作之所以被纳入汉代小说的范围予以考察，即主要着眼于这一标准。

汉代某些子史之作小说属性存在争议的原因，在于人们对小说文体标准理解和界定的差异。在《中国文言小说总目提要》中，宁稼雨谈文言小说界限的问题时说：“文言小说的界限难以划清，在古代主要是因为小说与其他书籍容易混淆，而在今天，其主要原因，则是在于古代人们的小说观念和今人相距较大。而且古人自己的小说观念也在不断发展变化。这不仅给人们概括什么是古代文言小说带来很大困难，更使人难以把今人与古人的小说观念取得较为一致的共识。”[③] 其实这也正是汉代小说研究中产生争议的根源。我们从小说史立场出发，判断某篇或某部古代文学作品是否具有小说属性或是否为小说体裁，是一个基于近现代小说文体观念，如鲁迅所说“我们以现在的眼光看去”[④] 的逆推和追认的操作过程。由于学者们对小说文体的理解和把握本来就各有标准宽严的差异，因而落实到对具体作品的小说属性判断上，就会出现结论的出入与异同，这是不可避免的问题。那么，如何看待和处理这一问题？

对此，我们更为赞同程毅中和宁稼雨两位学者的意见。程先生认为：“今天我们讨论古代小说，也还是各人可以有自己的标准，就有一个‘百家争鸣’的论坛。”[⑤] 宁稼雨在《中国文言小说总目提要》中的意见是：“我们今天也没有必要一定得把一本书的目录学归属定得唯一化……就文言小说而言，我们的主要精力不应放在判定一部书的全书是否小说，而应当深入考察一部书中有没有，有多少小说故事，对小说和戏曲的发展有何

① 潘建国：《〈搜神记〉的形成：以前代故事文本辑采为例》，《中国高校社会科学》2019 年第 4 期。
② 程毅中：《古体小说论要》，北京出版社 2017 年版，第 14 页。
③ 宁稼雨：《中国文言小说总目提要》，齐鲁书社 1996 年版，“前言”第 1 页。
④ 鲁迅：《中国小说史略》，人民文学出版社 2006 年版，第 313 页。
⑤ 程毅中：《古体小说论要》，北京出版社 2017 年版，第 27 页。

作用和影响，从而达到摸清文言小说的全部底细，确定文言小说的准确数量的目的。”① 要而言之，对小说文体标准的理解、对古代文学作品小说属性的判断标准，最好遵循宜宽不宜严的原则，这样也许可以更好地尊重和照顾中国古代小说发展演变的历史实际。

汉代文学居于中国古代文学发展演变的早期阶段，所处的是文史哲三位一体的文化环境，文学与史学、哲学等仍是互体共生的形态。这一方面的一个典型例子就是《史记》。《史记》既为史家之绝唱，也是无韵之《离骚》，兼具史学和文学的双重性质，同时还被司马迁寄寓了“究天人之际，通古今之变”的哲学追求。由此以观，处于中国古代小说史早期阶段的汉代小说，依附经、史、子著作，寄居其中，为自己谋得生存和发展的空间，也就不足为奇。这一客观现实决定了某些汉代小说作品会表现为“夹杂在史书子书中的某些叙事段落”的状态，以个性不够明朗、面目不甚清晰的样子呈现给后人。因此，我们不妨从汉代经史子著作中去探寻、考察小说篇章。

---

① 宁稼雨:《中国文言小说总目提要》,齐鲁书社 1996 年版,“前言”第 3 页。

第三章　汉代小说发展演变的动因

汉代小说的发展演变是文学内外多种因素相互作用与综合推动的结果。两汉时期的文化教育、仙鬼信仰、史传文学、辞赋创作以及与西域交流等，作为重要的文化和时代因素推动了汉代小说的发展演变。

第一节　文化教育与汉代小说

汉王朝实现了国家的长期统一和长治久安，得益于此，以公私藏书为主要标志的文化建设与经学以及鸿都门学等学校教育得到较大发展。吕思勉指出："汉兴，除挟书之律，设学校之官，既逢清晏之时，益以利禄之路，于是乡学者益众，学术为士大夫所专有之局，至此全破矣。此实古今政教之一大变也。"① 文化教育的这"一大变"，对汉代小说的发展是一个积极的促进因素。

一、公私藏书与汉代小说

图书典藏是历代封建王朝文化建设的重要组成部分。汉代图书典藏自刘邦西入咸阳已肇其端。《史记·萧相国世家》载，刘邦初入咸阳，萧何"独先入收秦丞相御史律令图书藏之"②。《汉志》总序云："汉兴，改秦之败，大收篇籍，广开献书之路。"③ 这些举措不但拯救和保存了秦火劫余的先秦文化典籍，而且奠定了两汉小说发展的文化基础。武帝和成帝也都非常重视图书搜集与典藏。刘歆《七略》载，"孝武皇帝敕丞相公孙弘广

① 吕思勉:《秦汉史》,上海古籍出版社 2005 年版,第 641 页。

② (汉)司马迁:《史记》,中华书局 1982 年版,第 2014 页。

③ (汉)班固撰,(唐)颜师古注:《汉书》,中华书局 1962 年版,第 1701 页。

开献书之路，百年之间，书积如丘山”[①]。《汉志》总序记载，武帝时“建藏书之策，置写书之官，下及诸子传说，皆充秘府”，成帝“使谒者陈农求遗书于天下”。[②] 经过汉兴以来的大规模搜集，西汉朝廷收藏了大量图书，“外有太常、太史、博士之藏，内有延阁、广内、秘室之府”[③]。西汉末年，刘向、刘歆父子先后领衔校理朝廷藏书，总共得书三万三千九十卷[④]，这是西汉图书典藏的丰硕成果。

东汉朝廷也很重视图书典藏。《后汉书·儒林传序》云：“光武中兴，爱好经术，未及下车，而先访儒雅，采求阙文，补缀漏逸。先是四方学士多怀协图书，遁逃林薮。自是莫不抱负坟策，云会京师”；“光武迁还洛阳，其经牒秘书载之二千余两，自此以后，参倍于前”。[⑤] 据《隋书·牛弘传》，东汉中后期的兰台、石室、鸿都、东观等藏书处，“秘牒填委，更倍于前”[⑥]。诸藏书之处，东观尤为著名，时人李尤《东观赋》赞云：“道无隐而不显，书无阙而不陈。览三代而采宜，包郁郁之周文。”[⑦] 形象描绘了东观藏书之宏富。

两汉私人藏书的数量也颇为可观。汉惠帝废除挟书之律，放开书禁，私家藏书之风渐盛。《汉书·景十三王传》记载，河间献王刘德从民间广求善书，“得书多，与汉朝等。……献王所得书皆古文先秦旧书”；“淮南王（刘）安亦好书”。[⑧] 朝廷官员也有丰富的私人藏书。据刘向《管子叙录》，校理《管子》时就利用了“太中大夫卜圭书二十七篇，臣富参书四十一篇，射声校尉立书十一篇，太史书九十六篇”[⑨]，这些书籍主要就是私人藏书。蔡邕是东汉著名的藏书家。据张华《博物志》卷六《人名考》载，蔡邕藏书近万卷。[⑩]

两汉公私藏书数量极丰，规模空前，不但保存和继承了先秦文化，而

---

① （汉）刘向、刘歆撰，（清）姚振宗辑录，邓骏捷校补：《七略别录佚文　七略佚文》，上海古籍出版社 2008 年版，第 92 页。

② （汉）班固撰，（唐）颜师古注：《汉书》，中华书局 1962 年版，第 1701 页。

③ （汉）刘向、刘歆撰，（清）姚振宗辑录，邓骏捷校补：《七略别录佚文　七略佚文》，上海古籍出版社 2008 年版，第 92 页。

④ 参见（唐）魏徵、令狐德棻：《隋书》，中华书局 1973 年版，第 906 页。

⑤ （南朝宋）范晔撰，（唐）李贤等注：《后汉书》，中华书局 1965 年版，第 2545、2548 页。

⑥ （唐）魏徵、令狐德棻：《隋书》，中华书局 1973 年版，第 1298 页。

⑦ 费振刚、仇仲谦、刘南平校注：《全汉赋校注》，广东教育出版社 2005 年版，第 581 页。

⑧ （汉）班固撰，（唐）颜师古注：《汉书》，中华书局 1962 年版，第 2410 页。

⑨ 黎翔凤撰，梁运华整理：《管子校注》，中华书局 2004 年版，“刘向叙录”第 3 页。

⑩ 参见（晋）张华撰，范宁校证：《博物志校证》，中华书局 2014 年版，第 71 页。

且促进了两汉文化的发展，其功甚伟。单就其对汉代小说发展的价值和意义而言，有如下三个方面值得注意。

首先，得益于朝廷和私人的图书收藏，一批先秦古小说得到拯救和保护，得以复行世间，不致散佚湮灭，进而成为汉代小说编撰的重要参照和借鉴。

《汉志》“小说”和《山海经》在两汉的流播就是极好的证明。《汉志》著录的《伊尹说》《鬻子说》《周考》《青史子》《师旷》《务成子》《宋子》《天乙》及《黄帝说》等九家是先秦之作。九家作品系秦火之余而为汉家所得者，其内容特征是载记街谈巷语、道听途说。这一特点为汉代小说家所继承和师法，从而有《封禅方说》《待诏臣饶心术》《虞初周说》《百家》等类似之作。地理博物类志怪小说之所以在汉代得到较大发展，《山海经》作为文本示范产生了非常重要的参照和借鉴作用。《山海经》作为先秦之书，是在汉初的图书搜集中得到的。在武帝时，《山海经》日益传播开来，直接影响了《神异经》《十洲记》等地理博物类志怪小说的题材取向和艺术风格。《河图括地象》属于谶纬小说，借鉴《山海经》，主要载录远国异民、八方山川以及相关神话传说等地理博物内容。除《山海经》之外，当时搜罗和保存的还有《禹本纪》《归藏》等，都是战国时期的准志怪小说。①

其次，通过朝廷、私人的图书搜集与典藏，大批先秦文化典籍被拯救、保存下来，不少典籍成为汉代小说编撰的资料来源。

在这一方面，《虞初周说》和刘向《新序》《说苑》《列女传》三书可为明显例证。《汉志》“小说”中的《虞初周说》，颜师古注引应劭曰：“其说以《周书》为本。”②《周书》为先秦古籍，据应劭所说可知，《虞初周说》的资料来源于《周书》。刘向编撰《新序》《说苑》和《列女传》等三书时，亦广采先秦典籍。《汉书》刘向本传记载，刘向“采取《诗》《书》所载贤妃贞妇，兴国显家可法则，及孽嬖乱亡者，序次为《列女传》……及采传记行事，著《新序》《说苑》凡五十篇奏之”③。《隋志》史部杂传类序云：“刘向典校经籍，始作《列仙》《列士》《列女》之传。”④《汉书》刘向本

① 李剑国《唐前志怪小说史》第二章“战国志怪小说与准志怪小说”考论《禹本纪》《归藏》，认为两书可能都出于战国末世。参见李剑国：《唐前志怪小说史》，天津教育出版社2005年版，第107、109页。

② (汉)班固撰，(唐)颜师古注：《汉书》，中华书局1962年版，第1745页。

③ (汉)班固撰，(唐)颜师古注：《汉书》，中华书局1962年版，第1957—1958页。

④ (唐)魏徵、令狐德棻：《隋书》，中华书局1973年版，第982页。

传和《隋志》记载均表明，先秦典籍是刘向编撰《新序》《说苑》和《列女传》时的主要资料来源。今考之于刘向三书，亦确乎如此，诸书故事博采《左传》《国语》《战国策》《庄子》《吕氏春秋》以及《晏子春秋》等先秦著作。由此可知，经由两汉公私藏书保存的先秦文化典籍，为汉代小说的编撰提供了重要的材料支持，对小说的发展产生了积极作用。

最后，两汉小说被官方大量收藏，对促进汉代小说编撰也是一个有利因素。

从《汉志》和《隋志》著录的图书来看，两汉图书搜集与收藏的范围相当广泛，其中就包括汉人编撰的大量小说书籍。在《汉志》"小说"中，《虞初周说》九百四十三篇，《百家》一百三十九卷，两书总计一千零八十二篇。《汉志》诸子略收书共计四千三百二十四篇，《虞初周说》和《百家》就占了四分之一的分量，表明小说家著作在汉代官方收藏数量是很大的。其所以如此，与官方的图书收藏目的有直接关系。汉家官方收藏小说书籍，并非为了消遣娱乐，而主要以实用为目的，即如张衡《西京赋》所说："匪唯玩好，乃有秘书。……从容之求，寔俟寔储。"这种实用目的体现于两个方面：一是如桓谭《新论·本造篇》所说，"治身治家，有可观之辞"[①]；二是如《文选》卷二张衡《西京赋》薛综注所说，"持此秘术，储以自随，待上所求问，皆常具也"[②]，亦即随时备皇帝顾问。因此，汉代官方搜罗天下图书时，细大不捐，小说亦不弃之，从而汉人小说亦得大量收藏。在此背景下，出现了虞初这样的方士小说家，刘向校书之余亦编成一百三十九卷的《百家》。两汉小说被官方大量搜罗和收藏，刺激了文人和方士编撰小说的热情。

二、经学与汉代小说

经学是以儒家经典《诗》《书》《易》《礼》《春秋》等"五经"（后增《论语》和《孝经》，称为"七经"）为学习和研究对象的专门学问。经学在汉代得到高度发展，臻于极盛，至东汉末年走向中衰。[③] 经学渗透到了两汉政治、文化、教育以及社会生活等各个领域。

汉代学遍天下，经学是汉代学校教育的主体内容。汉武帝时，朝廷设

① （汉）桓谭撰，朱谦之校辑：《新辑本桓谭新论》，中华书局 2009 年版，第 1 页。

② （南朝梁）萧统编，（唐）李善注：《文选》，中华书局 1977 年版，第 45 页。

③ 参见（清）皮锡瑞著，周予同注释：《经学历史》，中华书局 2004 年版，第 40—117 页。

立太学，置五经博士及弟子员，经学教育的规模由此日益扩大。《汉书·儒林传》记载："昭帝时举贤良文学，增博士弟子员满百人，宣帝末增倍之。元帝好儒，能通一经者皆复。数年，以用度不足，更为设员千人，郡国置《五经》百石卒史。成帝末……增弟子员三千人。岁余，复如故。平帝时王莽秉政，增元士之子得受业如弟子，勿以为员。"① 这是西汉昭、宣、元、成、平帝时的情形，朝廷以大幅增加博士弟子员数量和扩大规模、蠲免儒生徭赋等方式，奖掖士人，加强经学教育。据《后汉书·党锢列传序》记载，桓帝时太学诸生三万余人②，这是东汉末年的太学规模。与官办经学教育相伴发展而规模更大的，是民间私学。私学也以经学教育为主。《后汉书·儒林列传》赞东汉私学盛况，云："其耆名高义开门受徒者，编牒不下万人，皆专相传祖，莫或讹杂。"③ 赵翼《陔余丛考》卷十六《两汉时受学者皆赴京师》云："士无有不游太学者。及东汉中叶以后，学成而归者各教授门徒，每一宿儒门下著录者至千百人，由是学遍天下矣。"④

经学教育培养、造就了一个规模可观、学识修养和文化素养各有等次的文人阶层。在《论衡·超奇篇》中，王充就按照学识和文章水平的不同，将当时的文人阶层分为儒生、通人、文人和鸿儒四类："能说一经者为儒生，博览古今者为通人，采掇传书以上书奏记者为文人，能精思著文连结篇章者为鸿儒。"⑤ 王充之所以能这样分类，是建立在汉代文人阶层规模扩大这一现实基础上的。而西汉末年以后兴起的杂史杂传编撰之风，就与当时文人阶层的规模扩大有直接关系，街谈巷语、道听途说的民间细事也赖于文人的文字记载而得以流传。这一文人阶层是汉代文学创作的主体，当然也是汉代小说编撰和创作的主力。实际上，自汉武帝以迄东汉末年，汉代小说作品数量总体呈日益增多之势，我们稍作观察便会发现，这与两汉经学教育发展的时间线是基本吻合的。

汉代经学教育的基本方式是训诂章句，对经义进行阐发。汉儒传习五经时，经常附带传习一些参考资料，对经文进行解释和说明。这些资料或称"传"，或称"记"，往往大量征引传闻、故事等以辅明经义。韩婴《韩

① (汉)班固撰，(唐)颜师古注：《汉书》，中华书局 1962 年版，第 3596 页。
② 参见(南朝宋)范晔撰，(唐)李贤等注：《后汉书》，中华书局 1965 年版，第 2186 页。
③ (南朝宋)范晔撰，(唐)李贤等注：《后汉书》，中华书局 1965 年版，第 2588 页。
④ (清)赵翼著，栾保群点校：《陔余丛考》(新校本)，中华书局 2019 年版，第 377 页。
⑤ 黄晖：《论衡校释》，中华书局 1990 年版，第 607 页。

诗外传》就是这样一部讲经形态下的短篇历史故事集。大约在东汉中期成书的《礼记》，大量征引关于礼仪的故事，具有明显的小说意味。该书《檀弓篇》所记曾子临终易箦、苛政猛于虎、不食嗟来之食等故事，被吴世昌赞为“绝妙的白描故事”①。王充《论衡》评论当时流传的一些故事，文前多缀以“传言”“传书言”或“儒书言”，也表明这些故事多是汉儒解经时的辅助材料。可以说，两汉儒生造作故事的热情绝不逊色于造作神仙故事的各路方士。

两汉经师在讲解经义时，有“便辞巧说”“说五字之文，至于二三万言”② 的烦琐风气，因而产生“浮辞繁长，多过其实”③ 的流弊。其所以如此，原因之一在于他们并不是纯做枯燥的说教，而颇杂以诙谐之语。《汉书》匡衡本传载时人赞匡衡说《诗》云：“无说《诗》，匡鼎来；匡说《诗》，解人颐。”如淳注“解人颐”云：“使人笑不能止也。”④ 由此可知，匡衡说《诗》必然广引生动有趣的故事，辅助经义的解说和传授。像匡衡这样解经讲学，在当时应该并非个别现象。这对汉魏之际邯郸淳《笑林》、魏时曹丕“笑书”⑤ 之类笑话书的编撰，可能不无影响。因此，汉儒训诂章句虽然主要是从事教育和学术活动，但在客观上对汉代小说的发展也起了一定推动作用，这在汉代小说研究中是一个不应该被忽视的历史背景因素。

伴随并依附着经学而兴起的还有汉代纬书。纬书是对《诗》《书》《易》《礼》《春秋》《论语》和《孝经》等“七经”，以及《河图》《洛书》等作神学化解释的文献。纬书作者把对经书的神学化解释托之于孔子，形成一种近乎宗教的谶纬思潮，弥漫于西汉末年以后的两汉社会。当时，“五经之义，皆以谶决。……于是五经为外学，七纬为内学，遂成一代风气”⑥。若溯其根源，纬书的兴起与西汉今文经学的解经思想有密切关系。今文经学多用阴阳五行、天人感应、符命灾异等思想指导解经，后起的古文经学为了求得政治上的地位，也往往援引谶纬以解经。因此，无论今文经师还是古文经师，解说经书时，如王充《论衡·正说篇》所指“失平常

① 吴世昌：《罗音室学术论著》第一卷，中国文艺联合出版公司 1984 年版，第 204 页。

② （汉）班固撰，（唐）颜师古注：《汉书》，中华书局 1962 年版，第 1723 页。

③ （南朝宋）范晔撰，（唐）李贤等注：《后汉书》，中华书局 1965 年版，第 1256 页。

④ （汉）班固撰，（唐）颜师古注：《汉书》，中华书局 1962 年版，第 3331 页。

⑤ 《文心雕龙·谐隐》：“魏文因俳说以著笑书。”

⑥ （清）皮锡瑞著，周予同注释：《经学历史》，中华书局 2004 年版，第 71 页。

之事，有怪异之说”[1]，亦即采集神话传说或者编造神怪故事，以辅翼经说。余嘉锡早就指出：“谶纬之与小说，方技之与神仙，相为因缘，亦已久矣。”[2] 近亦有学者认为，谶纬之说为汉魏六朝时期“小说的‘志怪’提供了极佳的空间，为志怪小说的大力发展创造了有利的条件”[3]。其实不仅如此，谶纬思潮本身在汉代还催生了一批数量可观的谶纬小说。关于谶纬小说，本书将在第五章讨论。

三、鸿都门学与汉代小说

鸿都门学是东汉后期由汉灵帝扶植设立的一所文艺类专门学校，从事辞赋、小说、书法、绘画等教学和创作。《后汉书》卷八《孝灵帝纪》记载，光和元年（178）二月“始置鸿都门学生”，李贤注：“鸿都，门名也，于内置学。时其中诸生，皆敕州、郡、三公举召能为尺牍辞赋及工书鸟篆者相课试，至千人焉。”[4] 卷五十四《杨赐传》载，杨赐上书云：“鸿都门下，招会群小，造作赋说，以虫篆小技见宠于时，如驩兜、共工更相荐说。”[5] 卷六十下《蔡邕传》载，灵帝设鸿都门学，“侍中祭酒乐松、贾护，多引无行趣执之徒，并待制鸿都门下，憙陈方俗闾里小事，帝甚悦之，待以不次之位”。蔡邕为此上书，批评鸿都门学“诸生竞利，作者鼎沸。其高者颇引经训风喻之言；下则连偶俗语，有类俳优；或窃成文，虚冒名氏”。[6] 卷七十七《阳球传》载，阳球奏罢鸿都文学，指责鸿都门学诸生乐松、江览等人“或献赋一篇，或鸟篆盈简，而位升郎中，形图丹青。亦有笔不点牍，辞不辩心，假手请字，妖伪百品，莫不被蒙殊恩，蝉蜕滓浊。……未闻竖子小人，诈作文颂，而可妄窃天官，垂象图素者也”[7]。从《后汉书》这些记载来看，鸿都门学诸生来自市井，作风浮华，虽然深合灵帝之好，但被杨赐、蔡邕、阳球等官员所排斥；学中诸生“造作赋说”，“憙陈方俗闾里小事”，“连偶俗语，有类俳优”，“诈作文颂”，固然是为稻粱谋，同时也是他们的市井习气使然。

① 黄晖：《论衡校释》，中华书局1990年版，第1141页。
② 余嘉锡：《目录学发微》（含《古书通例》），中国人民大学出版社2004年版，第247页。
③ 孙蓉蓉：《谶纬与文学研究》，中华书局2018年版，第195页。
④ （南朝宋）范晔撰，（唐）李贤等注：《后汉书》，中华书局1965年版，第340—341页。
⑤ （南朝宋）范晔撰，（唐）李贤等注：《后汉书》，中华书局1965年版，第1780页。
⑥ （南朝宋）范晔撰，（唐）李贤等注：《后汉书》，中华书局1965年版，第1992、1996页。
⑦ （南朝宋）范晔撰，（唐）李贤等注：《后汉书》，中华书局1965年版，第2499页。

鸿都门学诸生热衷于造作小说，刘季高、胡士莹、王利器等学者对此都曾有所考论。刘季高、胡士莹认为，鸿都门学诸生“憙陈方俗闾里小事”，大约都是社会新闻一类的东西，用民间口头语言来记述；由于受到最高统治者的喜好与奖掖，这甚至一度成为当时的一个写作方向，也从一个侧面反映出汉代讲说故事的普遍性。① 王利器认为，鸿都门学诸生的创作掀起了汉代撰写小说的一个高潮。② 东汉末年小说的特点之一是取材向民间细事转移，并由此增强了小说的现实生活气息。鸿都门学诸生的小说今虽已不可得见，但其“憙陈方俗闾里小事”的题材取向，与东汉末年小说取材的趋向是一致的。

鸿都门学诸生致力的另一文体是辞赋。杨赐、蔡邕、阳球等人上书指责鸿都门学诸生“造作赋说”“连偶俗语，有类俳优”以及“诈作文颂”等，这从一个侧面反映了鸿都门学诸生致力于辞赋创作的情况。这类赋作没有流传下来，但从“有类俳优”的情形来看，不少赋作应是运用民间俗语写作的，而且无论在语言还是内容上，应当都不乏滑稽可笑的成分。《文心雕龙·谐隐》论及两汉魏晋俳谐赋作，批评其“无所匡正”“无益时用”③，徒为调笑娱乐而已。鸿都门学诸生的辞赋应当也是这类游戏俳谐文字。有学者推测鸿都门学赋说之性质，“当属自西汉以来即流行于民间之俳谐体俗赋，其内容多半叙说禽鸟故事、调侃人物之丑陋，具有浓厚之娱乐色彩”④。有意思的是，蔡邕虽然痛批鸿都门学诸生的俳谐赋作，本人却也不能免俗，写了俳谐体的《短人赋》。这类俳谐赋作不但成为汉代小说的一种类型，而且还可能为魏晋六朝笑话书的编撰提供了素材和艺术的启发。汉魏之际的邯郸淳雅好俳优小说，且著有笑话书《笑林》，可为其例。

鸿都门学诸生致力于小说和辞赋的创作，但他们的艺术旨趣偏离于主流的士大夫文学，因此，虽然有着灵帝的喜好与扶植，但他们作品的命运还是像勃焉兴起又忽焉衰落的鸿都门学那样，很快就消失在了历史的烟云之中，不曾流传后世。尽管如此，对鸿都门学在汉代小说发展中的作用，

① 参见刘季高：《鸿都门学在中国文艺发展过程中的作用》，《刘季高文存》，上海古籍出版社2009年版，第230页；胡士莹：《话本小说概论》，商务印书馆2011年版，第14—15页。

② 参见王利器注释：《王利器推荐古代文言小说》，广陵书社2004年版，“古代小说拾遗”第4页。

③ （南朝梁）刘勰著，范文澜注：《文心雕龙注》，人民文学出版社1958年版，第270、271页。

④ 王欣慧：《“鸿都门学”发微——兼论鸿都赋说之性质及影响》，《南京大学学报》（哲学·人文科学·社会科学）2017年第6期。

我们还是需要关注的。

以上所论是文化教育与汉代小说发展之间的关系。任何一个时代的文学都离不开文化教育的滋润和沾溉。一方面，文化教育培养了文学创作的主体——作家；另一方面，也培养了文学接受的主体——读者。因此，文化教育的发展影响并制约着文学的发展。作为文学部门之一的小说，自然也受其时代文化、教育发展情况的影响与制约。汉代是文化教育获得充分发展的时期，不仅公私藏书的规模、数量前所未有，而且学校教育也向平民阶层推广，学遍天下，这一切都为汉代小说创造出一个可以茁壮成长的文化环境。

第二节　仙鬼信仰与汉代小说

英国文学评论家海伦·加德纳（Helen Gardner）曾说，宗教与艺术及世俗学术的关系"是复杂多样、变化无常的，艺术和学术从宗教中吸取新鲜灵感，发现新的方向，而宗教则采纳并利用世俗文明的成就"[①]。汉魏六朝小说中之所以特多鬼神志怪之书，学界一般认为与当时的神仙方术、巫风鬼道、佛教以及道教等宗教文化有密切关系，两者递相扇扬，互为因果，共同发展。不过，就两汉而言，情况略有一些特殊性，即佛教和道教的发展尚在初期阶段，社会影响力很小；这一时期社会上盛行的是鬼神谈，民间所造神怪层出不穷。有学者指出："汉代重鬼信巫，天地祖先信仰、鬼神祠祀，谶纬神学、神仙方术都在这个时期成熟兴旺起来，可以说汉代是中国历史上造神运动的第一个高潮。"[②] 由此来看，影响汉代小说发展的宗教文化因素主要是神仙方术和巫风鬼道，亦即时人的仙鬼信仰。佛教作为外来文化，此时尚在初传中土的时期，只能依附于神仙方术，表现为鬼神祭祀的形式[③]；尽管如此，佛教仍对汉末小说的发展产生了某种程度的影响。道教形成于东汉中后期，思想渊源是鬼魂崇拜、神仙方术和秦汉时期的黄老道，教义核心是修道成仙。它对汉末小说产生了一

① 〔英〕海伦·加德纳：《宗教与文学》，江先春、沈弘译，四川人民出版社 1998 年版，第 159 页。

② 马晓宏：《天·神·人——中国传统文化中的造神运动》，国际文化出版公司 1988 年版，第 129 页。

③ 参见汤用彤：《汉魏两晋南北朝佛教史》，武汉大学出版社 2008 年版，第 37—38 页。

定影响，像陈寔《异闻记》写张广定小女于古墓中效法龟息而三年不死，就反映了道教的内丹修炼之术。

一、神仙方术与汉代小说

战国、秦汉时期，神仙信仰颇为流行，秦皇汉武都曾深迷此道。汉武帝是两汉时期最为热衷求仙的帝王。他数次东巡海上，访求传说中的仙人安期生；开汉家封禅之例，封禅泰山，祭祀山下的仙人闾，目的即在求仙；重用方士李少君、少翁、栾大、公孙卿等人，为他四处求仙访道。这是汉武帝在东部燕齐一带的求仙活动。随着张骞通西域，昆仑山作为传说中的仙人之都，受到汉武帝的关注。汉武帝之所以不惜代价征伐大宛，以求天马，痴迷于昆仑登仙是一个重要的内在动机。① 《汉书·礼乐志》载太初四年（前 101）汉武帝所作《天马歌》云："天马徕，开远门，竦予身，逝昆仑。"文颖注："言武帝好仙，常庶几天马徕，当乘之往发昆仑也。"② 揭示了汉武帝希求天马的意图。宣帝、王莽等最高统治者亦效法武帝求仙之举，乐此不疲。《汉书》卷三十六《楚元王传》载，宣帝"循武帝故事……复兴神仙方术之事"；又《郊祀志下》载，王莽"兴神仙事，以方士苏乐言，起八风台于宫中。……数下诏自以当仙"。③

上有所好，下必甚焉。武、宣、王莽的求仙活动推动神仙方术风行天下，催生了一支规模庞大的方士队伍。《史记·封禅书》记载，武帝东巡海上时，"齐人之上疏言神怪奇方者以万数"，"言海中神山者数千人"。④ 《后汉书·方术列传》亦载："汉自武帝颇好方术，天下怀协道艺之士，莫不负策抵掌，顺风而届焉。"⑤ 据《汉书·郊祀志下》，西汉末年的谷永曾谈汉武帝的求仙历史，说："元鼎、元封之际，燕齐之间方士瞋目扼腕，言有神仙祭祀致福之术者以万数。"⑥ 显然，燕齐一带成了盛产方士之地。方士擅长的本领之一就是编造各种神仙故事，借以向帝王推销自己的方术。

《汉志》神仙家序云："神仙者，所以保性命之真，而游求于其外者

---

① 参见张维华：《汉武帝伐大宛与方士思想》，《汉史论集》，齐鲁书社 1980 年版，第 340—355 页。
② （汉）班固撰，（唐）颜师古注：《汉书》，中华书局 1962 年版，第 1060—1061 页。
③ （汉）班固撰，（唐）颜师古注：《汉书》，中华书局 1962 年版，第 1928、1270 页。
④ （汉）司马迁：《史记》，中华书局 1982 年版，第 1397 页。
⑤ （南朝宋）范晔撰，（唐）李贤等注：《后汉书》，中华书局 1965 年版，第 2705 页。
⑥ （汉）班固撰，（唐）颜师古注：《汉书》，中华书局 1962 年版，第 1260 页。

也。……或者专以为务，则诞欺怪迂之文弥以益多，非圣王之所以教也。"[①] 在《汉志》著录的神仙家著作中，由方士编造的神仙故事应该很多，惜乎久已散佚失传，不可详考。但《史记·封禅书》记载了不少出自方士的神仙故事，我们由此可以一窥汉代方士造作神仙故事的大概情形。如：

(李) 少君言上曰："祠灶则致物，致物而丹沙可化为黄金，黄金成以为饮食器则益寿，益寿而海中蓬莱仙者乃可见，见之以封禅则不死，黄帝是也。臣尝游海上，见安期生，安期生食巨枣，大如瓜。安期生仙者，通蓬莱中，合则见人，不合则隐。"

(公孙) 卿有札书曰："黄帝得宝鼎宛朐，问于鬼臾区。鬼臾区对曰：'帝得宝鼎神策，是岁己酉朔旦冬至，得天之纪，终而复始。'于是黄帝迎日推策，后率二十岁复朔旦冬至，凡二十推，三百八十年，黄帝仙登于天。"

(公孙) 卿曰："……黄帝采首山铜，铸鼎于荆山下。鼎既成，有龙垂胡髯下迎黄帝。黄帝上骑，群臣后宫从上者七十余人，龙乃上去。余小臣不得上，乃悉持龙髯，龙髯拔，堕，堕黄帝之弓。百姓仰望黄帝既上天，乃抱其弓与胡髯号，故后世因名其处曰鼎湖，其弓曰乌号。"

公孙卿候神河南，言见仙人迹缑氏城上，有物如雉，往来城上。

公孙卿持节常先行候名山，至东莱，言夜见大人，长数丈，就之则不见，见其迹甚大，类禽兽云。

公孙卿言见神人东莱山，若云"欲见天子"。

方士有言"黄帝时为五城十二楼，以候神人于执期，命曰迎年"。[②]

李少君、公孙卿等都是备受汉武帝信任和重用的方士。他们讲的神仙故事，内容虽然五花八门，但主旨都不外乎求仙。值得注意的是，公孙卿所讲黄帝铸鼎登仙故事，出自他的"札书"。这个故事又为《汉书·郊祀志》《论衡·道虚》《淮南子·原道》高诱注和《列仙传》等汉代文献称引或载

---

① (汉)班固撰，(唐)颜师古注：《汉书》，中华书局 1962 年版，第 1780 页。

② (汉)司马迁：《史记》，中华书局 1982 年版，第 1385、1393、1394、1396、1397、1399、1403 页。

录。其中，《列仙传·黄帝》载此故事，径称“仙书曰：黄帝采首山之铜，铸鼎于荆山之下”[1] 云云，可佐证公孙卿之“札书”就是神仙家著作，透露出汉代志怪小说向神仙家言取材的事实，而且方士同时也是仙话的造作者。

汉代多有如公孙卿之流善造作神仙故事的方士。如《汉志》著录的《虞初周说》，胡应麟《少室山房笔丛·九流绪论下》云：“盖《七略》所称小说惟此当与后世同，方士务为迂怪以惑主心，《神异》《十洲》之祖袭有自来矣。”[2] 在胡应麟看来，《神异经》《十洲记》祖袭《虞初周说》，三书内容多涉神仙方术，同属方士所作的小说。《神异经》和《十洲记》其实就是汉代的方士小说。吕思勉论及《神异经》时说：“秦、汉间方士，多好求仙采药于穷荒之地，故于域外地理，颇有所知。传述既广，即未尝亲历者，亦摭拾其辞以欺世，故其书多荒怪之谈。”[3] 指出了方士成为汉代志怪小说作者的原因。在汉代，方士成为造作神仙故事的主要群体。

东汉时期，神仙方术信仰也是一种普遍的社会风气。《后汉书·方术列传》所记费长房、蓟子训、刘根、左慈、上成公等，都是身怀奇方、精修仙道的方士，反映出东汉神仙方术信仰之盛。这影响到东汉时期的小说，一个重要表现就是书中常有方术知识与仙人踪影。陈寔《异闻记》所写张广定小女故事，应劭《风俗通义·怪神篇》中的仙人故事，《汉武故事》以仙人为题材，《列仙传》为仙人立传，就都是神仙方术信仰在汉代志怪小说中的反映。

二、巫风鬼道与汉代小说

两汉时期，民间广泛存在着对于鬼与精怪的信仰，社会上巫风鬼道氛围浓厚。《盐铁论·散不足》谈及西汉的情形是“街巷有巫，闾里有祝”[4]。逮至汉末，巫风尤炽，巫阶层活跃于民间，凭借法术横行底层社会，欺压百姓。应劭《风俗通义》卷九《怪神篇》记载会稽一带巫祝之凶恶与淫威，云：“巫祝赋敛受谢，民畏其口，惧被祟，不敢拒逆……其畏惧如此。”[5] 大略而言，自汉武帝时期至东汉中期，方士编造的神仙故事亦即

① 王叔岷：《列仙传校笺》，中华书局 2007 年版，第 9 页。
② （明）胡应麟：《少室山房笔丛》，上海书店出版社 2009 年版，第 284 页。
③ 吕思勉：《吕思勉说史》，上海古籍出版社 2000 年版，第 198 页。
④ 王利器校注：《盐铁论校注》，中华书局 1992 年版，第 352 页。
⑤ （汉）应劭撰，王利器校注：《风俗通义校注》，中华书局 2010 年版，第 401 页。

仙话较盛，而鬼故事、精怪故事相对较少；东汉末年，社会动荡，巫风盛行，不语怪力乱神和“不知生、焉知死”的圣训衰微，因而鬼故事和精怪故事日盛。顾炎武《日知录》卷三十《泰山治鬼》云：“鬼论起于汉末。”[①]从西汉的神仙故事到汉末鬼故事的嬗递就透露了这一历史信息。

汉代方士大量编造神仙故事，表达的是人们对长生不死的向往。但长生不死毕竟是无法实现的白日梦，身后之事、幽冥世界就成为人们更加关注的现实问题，这集中表现为“死人有知”的观念和“泰山治鬼”信仰。《论衡・祀义篇》云：“世信祭祀……谓死人有知，鬼神饮食，犹相宾客，宾客悦喜，报主人恩矣。”[②] 此即当时人们的“死人有知”观念。人们还相信，泰山主掌生人寿夭，治理天下之鬼。张华《博物志》卷一引汉代纬书《孝经・援神契》云：“太山，天帝孙也，主召人魂。东方万物始成，故知人生命之长短。”[③]《后汉书・乌桓列传》云：“中国人死者魂神归岱山也。”[④] 岱山即泰山。《三国志・魏书・管辂传》载，管辂谓其弟管辰曰：“但恐至太（泰）山治鬼，不得治生人。”[⑤] 管辂是汉末魏初著名的方士。凡此均表明，人死以后鬼魂有知，泰山掌管人的生死寿夭，收容并管理天下之鬼，这在东汉时期已成为一种普遍的意识和信仰。

东汉尤其汉末产生了不少基于这种观念和信仰的志怪故事，其中以鬼故事居多。如应劭《风俗通义》卷二《正失篇》云：“俗说：岱宗上有金箧玉策，能知人年寿修短。武帝探策得十八，因到（倒）读曰八十，其后果用耆长。”[⑥] 反映了泰山主人寿夭的观念。同书《怪神篇》有“世间多有亡人魄持其家语声气，所说良是”条记张汉直故事，“汝阳西门习武亭”条记女鬼害人故事，都反映了死者有知的宗教观念。再如，干宝《搜神记》所记东汉末年人胡母班故事和贾偶故事，《后汉书・王忳传》记郿令王忳受理女鬼诉冤故事，同书《许曼传》记许曼“自云少尝笃病，三年不愈，乃谒太山请命”[⑦] 故事，都把人的生死寿夭、死后归宿与泰山联系起来。《搜神记》和《后汉书》中的这些故事，以东汉时人

① （清）顾炎武撰，（清）黄汝成集释，栾保群校点：《日知录集释》，中华书局 2020 年版，第 1540 页。
② 黄晖：《论衡校释》，中华书局 1990 年版，第 1047 页。
③ （晋）张华撰，范宁校证：《博物志校证》，中华书局 2014 年版，第 12 页。
④ （南朝宋）范晔撰，（唐）李贤等注：《后汉书》，中华书局 1965 年版，第 2980 页。
⑤ （晋）陈寿撰，（南朝宋）裴松之注：《三国志》，中华书局 1982 年版，第 826 页。
⑥ （汉）应劭撰，王利器校注：《风俗通义校注》，中华书局 2010 年版，第 65 页。
⑦ （南朝宋）范晔撰，（唐）李贤等注：《后汉书》，中华书局 1965 年版，第 2731 页。

为主人公，题材自应来自东汉时期的资料，反映出中原本土的“泰山治鬼”信仰。

当然，比较汉代而言，鬼故事还是以魏晋六朝时期为盛，叶庆炳《魏晋南北朝的鬼小说与小说鬼》一文，曾论及鬼小说（指取材于鬼故事的小说）盛行于魏晋南北朝的原因，大致有三：人们对求仙和长生的绝望，对佛教轮回观念的接受，以及不语怪力乱神等儒家圣训的衰微。[①] 不过，鬼小说盛于魏晋南北朝，却是基于汉末这一个时期的铺垫，而且与汉末佛教传播有一定关系。佛教初入中土，附庸于鬼神方术而传播。汤用彤指出：“浮屠方士，本为一气。即至汉之末叶，安清（字世高）译经最多，为一代大师。……最初佛教势力之推广，不能不谓因其为一种祭祀方术，而恰投一时风尚也。”[②] 由此，地狱、转世、冥界惩罚等鬼故事渐传于汉末。这类故事今虽已不见载于汉末文献，但通过干宝《搜神记》，我们仍可窥其一斑，所载胡母班故事即为一例。故事写胡母班入泰山地府，“忽见其父著械徒作，此辈数百人。……父云：‘吾死，不幸见谴三年，今已二年矣，困苦不可处。’”[③] 胡母班字季皮，泰山人，汉末名士，事迹见《风俗通义》《汉末名士录》等[④]。《搜神记》写他父亲在地府著械徒作的情景，俨然佛教宣扬的冥界惩罚。这个故事应该产生于汉末，而为干宝所采辑。干宝《搜神记序》称其书“考先志于载籍，收遗逸于当时”，“苟有虚错”[⑤]，愿受讥谤，可知干宝在搜辑汉代故事时，是颇费斟酌考订之功的。胡母班故事从一个侧面反映出汉末佛教依托中土的泰山地府观念而渗入志怪小说的情形。

汉代社会还存在着浓厚的精怪观念与信仰。《史记·留侯世家》太史公曰：“学者多言无鬼神，然言有物。”司马贞《索隐》云：“物谓精怪及药物也。”[⑥] 但到了东汉时期，人们把精怪也归为鬼的一类了。王充《论衡·订鬼篇》云：“鬼者，老物精也。夫物之老者，其精为人；亦有未老，性能变化，象人之形。”[⑦] 在精怪变化、物老为鬼的观念下，两汉民间产

① 参见卢兴基选编：《台湾中国古代文学研究文选》，人民文学出版社1988年版，第243—244页。

② 汤用彤：《汉魏两晋南北朝佛教史》，武汉大学出版社2008年版，第38页。

③ （晋）干宝撰，李剑国辑校：《新辑搜神记》，中华书局2007年版，第99页。

④ 《风俗通义》卷三《愆礼》“河南尹太山羊翩祖”条载胡母班事迹。《三国志·魏书·袁绍传》注引《汉末名士录》载其“轻财赴义，振济人士”，与山阳度尚、东平张邈等八人，世称“八厨”。

⑤ （晋）干宝撰，李剑国辑校：《新辑搜神记》，中华书局2007年版，第19页。

⑥ （汉）司马迁：《史记》，中华书局1982年版，第2049页。

⑦ 黄晖：《论衡校释》，中华书局1990年版，第934—935页。

生了不少精怪故事。《汉书·五行志》记载成帝河平元年（前28）长安狗怪事，这是产生于西汉的精怪故事而被采入正史的例子；《风俗通义·怪神篇》“来季德”条、“李叔坚”条、“臧仲英”条等记狗怪作祟，“郅伯夷”条记狸怪，“张辽”条记白头公怪；如此等等，皆为产生于东汉时期的精怪故事。这些精怪故事后来为《搜神记》等魏晋六朝志怪小说所取材。

宗教是汉魏六朝志怪小说生长、发展的意识与观念土壤。胡应麟《少室山房笔丛·九流绪论下》云：“魏、晋好长生，故多灵变之说；齐、梁弘释典，故多因果之谈。”[①] 在道教尚属初创、佛教尚在依附中土鬼神方术的两汉时期，神仙方术和巫风鬼道是人们宗教信仰的主要内容，社会上形成了称道神仙、张皇灵怪的风气，从而成为刺激汉代小说生长、发展的有利因素。在此背景下，产生了一批以仙、鬼、精怪为题材的志怪小说，如《列仙传》《异闻记》《汉武故事》，以及《风俗通义·怪神篇》中的志怪篇章等。

第三节　史传与汉代小说

讨论历史著作和小说作品的异同时，人们常常援引英人E. M. 福斯特（E. M. Forster）的观点：“历史学家所从事的是记录，而小说家从事的则是创作。”[②] 此说简明扼要地表述了历史与小说的区别，虽然如此，所表述的却只是一种理论上的理想状态。一方面，无论中外，古代历史著作都不可能完全避免创作性的虚拟或虚构。在论及《左传》时，钱锺书就曾提出“史有诗心、文心”[③] 的命题。美国新历史主义批评家海登·怀特（Hayden White）则对历史著作的所谓真实性予以更为强烈的否定，认为

---

① （明）胡应麟：《少室山房笔丛》，上海书店出版社2009年版，第283页。

② 〔英〕福斯特：《小说面面观》，朱乃长译，中国对外翻译出版公司2002年版，第123页。

③ 钱锺书：《管锥编》，生活·读书·新知三联书店2008年版，第271页。

历史著作几乎无法拒绝文学的虚构，以至走向“诗歌构筑”。① 另一方面，如董乃斌先生所说：“中国古籍的史部书与小说实在是你中有我，我中有你，并非小葱拌豆腐那样一清二白。”② 因此，若据福斯特的观点来考察汉代史著与小说的关系，未免胶柱鼓瑟之嫌。两汉时期，文史尚未分途，史传文学发达，彪炳千秋的《史记》和《汉书》，不但是史学鸿篇，而且是文学巨著。当时文人亦效仿马、班，援笔为史，杂史杂传撰著之风一时兴起。两汉史传文学与中国古代小说渊源颇深，学界多有所论，但往往关注于它对隋唐以降小说的艺术影响。本节则主要讨论两汉史传文学与汉代小说的关系。

一、《史记》《汉书》传记的小说化倾向

《左传》《国语》《战国策》等先秦史书，均注意描写人物形象，但大都采取以事系人的叙事方式，事件是叙述的中心，人随事走，绝大多数人物的整体性形象不够明显。至司马迁《史记》，发凡起例，开创以历史人物为叙写主体的传记体例，成为我国古代人物传记的典范。《汉书》写人叙事取得了可以比肩《史记》的成就，成为我国古代史传文学的另一部杰作。两书的人物传记均表现出明显的小说化倾向。

首先，《史记》《汉书》“搜间传神”，善于以精彩的生活细节刻画人物，揭示人物内心世界和性格形成的脉络。《史记》注重人物形象的细节描写。例如，《李斯列传》写李斯年少时，“见吏舍厕中鼠食不洁，近人犬，数惊恐之。斯入仓，观仓中鼠，食积粟，居大庑之下，不见人犬之忧。于是李斯乃叹曰：‘人之贤不肖譬如鼠矣，在所自处耳！’”③ 这段文字从一个委巷之说的生活故事入手，揭示李斯一生性格形成的渊源。再如所写陈平均分社肉、韩信甘受胯下之辱、项羽和刘邦观看秦始皇仪仗的不同反应、张汤儿时审判盗肉之鼠等，也都是从生活细节入手刻画、表现人

---

① 海登・怀特在《作为文学虚构的历史文本》一文中说：“人们过去区别虚构与历史的作法是把虚构看成是想象力的表述，把历史当作事实的表述。但是这种看法必须得到改变。……历史学家把不同的事件组合成事件发展的开头、中间和结尾，这并不是‘实在’或‘真实’，历史学家也不是仅仅由始至终地记录了‘到底发生了什么’。所有的开头与结尾都无一例外地是诗歌构筑。”（张京媛主编：《新历史主义与文学批评》，北京大学出版社1993年版，第177—178页）

② 董乃斌：《诸朝正史中的小说与民间叙事》，《文学评论》2006年第5期。

③ （汉）司马迁：《史记》，中华书局1982年版，第2539页。

物形象。对《史记》的这一文学特色，章学诚尤为赞赏，说："陈平佐汉，志见社肉，李斯亡秦，兆端厕鼠。推微知著，固相士之玄机；搜间传神，亦文家之妙用也。但必得其神志所在，则如图画名家，颊上妙于增毫。"①《汉书》的人物传记也不乏细节描写。《陈万年传》写陈万年养病时，深夜教子为官之道，儿子陈咸困倦之极，头触屏风，"万年大怒，欲杖之，曰：'乃公教戒汝，汝反睡，不听吾言，何也？'咸叩头谢曰：'具晓所言，大要教咸谄也。'万年乃不复言"②。这段细节描写含蓄而又冷峻，揭露了陈万年谄媚上司的为官之道，极具讽刺意味。《史记》《汉书》的这些人物细节描写与小说并无二致，中国古代小说常用此类手法。

其次，《史记》《汉书》"旁搜异闻"，大量吸收志怪故事入于书中，增强了人物形象的神异色彩。唐人司马贞指出司马迁"旁搜异闻以成其说"③，神话传说和精怪妖异等志怪故事多见于《史记》即其表现之一。《五帝本纪》就收录了许多上古时期的神话传说。叙述汉代开国历史的《高祖本纪》记有不少神怪故事，如刘媪息于大泽、蛟龙伏身而孕生刘邦，刘邦斩白蛇起义，妻子吕氏能循云气找到他，如此等等，都是事涉怪、力、乱、神的民间传说被采入《史记》。这使刘邦的起家有了强烈的传奇性，其形象蒙上了浓厚的神秘色彩。《赵世家》记载秦缪公跟人讲述自己到天帝那里去的梦境。《封禅书》基本是汉武帝时众方士的传记，多载他们编造的神仙故事（见本章第二节所论）。班固著《汉书》，人物传记笔法谨严，努力排除神怪情节，但其《高帝纪》，一如《史记》，多涉神怪；《五行志》也多载志怪故事，以为人事异兆。志怪故事不但强化了《史记》《汉书》某些篇章的小说意味，而且有的还成为魏晋六朝时期志怪小说的题材来源。

最后，《史记》《汉书》"固难尽信"，均有小说化的人物故事。《史记》博采异闻，善于以传奇化笔法叙写传主的事迹，有的篇章充满小说意味，以至可作小说观。最典型的是《项羽本纪》所写鸿门宴故事。这一充满戏剧性情节的精彩篇章，只能是司马迁博采历史传闻而加工润饰的结果，如海登·怀特所说历史著作的"诗歌构筑"，所叙事件的具体过程不可完全作实事观。《管锥编·史记会注考证》第五则《项羽本纪》引明人董份论

① （清）章学诚著，叶瑛校注：《文史通义校注》，中华书局 1985 年版，第 507 页。

② （汉）班固撰，（唐）颜师古注：《汉书》，中华书局 1962 年版，第 2900 页。

③ （唐）司马贞：《史记索隐后序》，（汉）司马迁：《史记》，中华书局 1982 年版，"附录"第 9 页。

鸿门宴中刘邦如厕逃跑事，董份疑问：“必有禁卫之士，诃讯出入，沛公恐不能辄自逃酒。且疾出二十里，亦已移时，沛公、良、哙三人俱出良久，何为竟不一问？……矧范增欲击沛公，惟恐失之，岂容在外良久，而不亟召之耶？此皆可疑者，史固难尽信哉！”① 存在类似情形的篇章在《史记》中还有不少，近世以来多有学者关注这一问题。施章认为，司马迁“把历史中人物特起的个性太显露的具体地描写出来，于是历史变成文学了。他的全书中有许多都可当作小说看。如《项羽本纪》《汉高本纪》等，都可视为最有价值之历史小说”②。像《越王勾践世家》附录范蠡救子故事，谭家健就认为它“简直是一篇推理小说”③。司马迁将史学的实录精神和文学的爱奇取向完美结合，在尊重基本史实的前提下，对历史事件的内在进展予以推衍或虚构，关注人物个性对历史进程的影响。这就使《史记》叙写人物时往往表现出鲜明的文学性，富于小说色彩。和《史记》相比，《汉书》更重史法，叙事相对谨严，文学性虽然有所弱化，但仍不乏堪与《史记》媲美的人物传记篇章。如卷六十四《朱买臣传》写朱买臣拜会稽太守，微服见守邸者，就是颇为精彩的纪实性故事。

《史记》《汉书》人物传记小说化倾向的实质，是在不违背历史真实的前提下，对某些历史事件的发生过程作不同程度的想象与虚拟，因而使历史事件的叙述产生了不同程度的小说意味。钱锺书指出，《史记·滑稽列传》褚少孙补西门豹事一节、《汉书·景十三王传》广川王去事一节又《外戚传》下解光上奏等，叙事记言，娓娓栩栩，导夫唐传奇先路。④ 古添洪关注《史记》列传与传奇小说的关系，认为“就文体而言，列传中的诸篇皆几可视作传奇，而传奇中的诸篇亦几可视作列传；只是主角一为真实，一为虚构；一为显赫人物，一为泛泛众生；而所传之事，一为严正，一为婉奇而已”⑤。钱、古两位学者所论其实指出了《史记》《汉书》人物传记与唐传奇之间的艺术传承关系，换言之，两部史著的某些人物传记具有明显的小说化特征，作为历史纪实小说以观之亦未尝不可。大约因此之故，《王利器推荐古代文言小说》一书从《史记》中选入了《廉颇蔺相如

① 钱锺书：《管锥编》，生活·读书·新知三联书店2008年版，第451页。
② 杨燕起、陈可青、赖长扬编：《历代名家评〈史记〉》，北京师范大学出版社1986年版，第40页。
③ 谭家健：《中国古代散文史稿》，重庆出版社2006年版，第191页。
④ 钱锺书：《管锥编》，生活·读书·新知三联书店2008年版，第1530页。
⑤ 古添洪：《唐传奇的结构分析——以契约为定位的结构主义的应用》，卢兴基主编：《台湾中国古代文学研究文选》，人民文学出版社1988年版，第291页。

列传》和《西门豹治邺》(《滑稽列传》附录)①。

当然，史学的“实录”精神也一直是马、班的追求。马、班致力于叙述重要历史事件，一些在他们看来不“雅驯”的文献材料，多被摈于《史》《汉》之外。汉代的其他官修史书，如《东观汉记》《汉纪》等，继承马、班的实录精神，更为重视对史实的叙述。这样一来，大量不能入史的神怪传说、遗闻轶事、里巷闲谈等，逐渐退出了朝廷史官的视野。这一领域遂为朝野文人提供了施展文笔的空间。他们自为撰述，聊存见闻，以备遗亡。这类著作多采遗闻细事、委巷之言，内容真虚莫测，甚至杂以虚诞怪妄之说，故《隋志》史部定其名为杂史、杂传。按照《隋志》的说法，杂史所记大抵为正史本纪之外的帝王故事，杂传则是类似正史列传但又不见于正史的人物传记。杂史杂传的一个明显特征是无论在内容还是体制上都更接近后世的小说。

二、汉代杂史杂传的兴起与小说化

《史记》问世以后，在其开创的传记体例的示范和影响下，朝野文人多有援笔为史者，因而杂史杂传作品日渐其多。《隋志》史部杂史和杂传类序言勾勒了两汉杂史杂传的兴起与发展的大略轨迹。

先是自西汉末年起，杂传著述之风日益兴起。《隋志》史部杂传类小序云：

> 汉时，阮仓作《列仙图》，刘向典校经籍，始作《列仙》《列士》《列女》之传，皆因其志尚，率尔而作，不在正史。后汉光武，始诏南阳，撰作风俗，故沛、三辅有耆旧节士之序，鲁、庐江有名德先贤之赞。……因其事类，相继而作者甚众，名目转广，而又杂以虚诞怪妄之说。推其本源，盖亦史官之末事也。……谓之杂传。②

这段文字说明，西汉末年刘向的作品开两汉杂传兴起之端，东汉文人效仿而作者众。如果说《隋志》的记载还只是一个简要的轨迹勾勒，那么，清姚振宗《后汉艺文志》的著录就是一种具体的量化显示了。《后汉艺文志》卷二杂传记类分“总录传记”“郡国传记”“别传家之有撰人者”和“别传

① 参见王利器注释：《王利器推荐古代文言小说》，广陵书社 2004 年版，第 19—29 页。
② (唐)魏徵、令狐德棻：《隋书》，中华书局 1973 年版，第 982 页。

家之无撰人者”四部分，汇总著录东汉时期的杂传作品，数量有40多部[①]。又据熊明辑校《汉魏六朝杂传集》，两汉杂传有24部（篇），绝大多数都是东汉之作。[②] 东汉时期杂传编撰风气之盛，由此可见一斑。

东汉时期，杂史之作纷纭而出。《隋志》史部杂史类小序叙述了汉代杂史之作兴起的过程：

> 汉初……陆贾作《楚汉春秋》，以述诛锄秦、项之事。又有《越绝》，相承以为子贡所作。后汉赵晔，又为《吴越春秋》。其属辞比事，皆不与《春秋》《史记》《汉书》相似，盖率尔而作，非史策之正也。灵、献之世，天下大乱，史官失其常守。博达之士，愍其废绝，各记闻见，以备遗亡。是后群才景慕，作者甚众。又自后汉已来，学者多钞撮旧史，自为一书，或起自人皇，或断之近代，亦各其志，而体制不经。又有委巷之说，迂怪妄诞，真虚莫测。然其大抵皆帝王之事……谓之杂史。[③]

据此可知，两汉杂史之作肇始于西汉初年的《楚汉春秋》，振起于东汉前期的《越绝书》和《吴越春秋》；到东汉末年灵、献之世，杂史之作数量甚多，为两汉最盛之时。

杂史杂传主要采集遗逸，以补正史和旧史之所无。汉代官修史书所摈而不采的神话传说、遗闻轶事、里巷闲谈等，就成为绝好的素材，而被杂史杂传所摭拾。故《文心雕龙·史传》云：“俗皆爱奇，莫顾实理。传闻而欲伟其事，录远而欲详其迹，于是弃同即异，穿凿傍说，旧史所无，我书则传，此讹滥之本源，而述远之巨蠹也。”[④] 这虽是刘勰针对杂史杂传而发的批评之辞，同时却也指出了这类作品搜奇记异、收摭鄙细的特征，实际就是一种小说化的倾向。《隋志》史部概括杂史杂传的基本特征是“体制不经”，即体例不合乎史书规范，写作的随意性较大；内容方面，或“杂以虚诞怪妄之说”，或“各记闻见，以备遗亡”，或“有委巷之说，迂怪妄诞，真虚莫测”，具有很强的作者主观性。焦竑《国史经籍志》卷三

① 参见二十五史刊行委员会编：《二十五史补编》第二册，中华书局1955年版，第2367—2374页。
② 参见熊明辑校：《汉魏六朝杂传集》，中华书局2017年版，第3—273页。
③ （唐）魏徵、令狐德棻：《隋书》，中华书局1973年版，第962页。
④ （南朝梁）刘勰著，范文澜注：《文心雕龙注》，人民文学出版社1958年版，第287页。

对此予以评论，云："其体制不醇，根据疏浅，甚有收摭鄙细而通于小说者。"① 也就是说，杂史杂传中不乏小说性质的作品。《文心雕龙》《隋志》和《国史经籍志》均从史学纪实角度审视汉代杂史杂传。如果从文学角度看，这正是以记录传闻为主的早期小说的基本特征，换言之即杂史杂传的小说化。

关于汉代杂史杂传的小说化，李剑国从其演化趋势着眼，归纳为三种情形：一是不完全转化，内容多采异闻遗事，但体例仍为史作，小说与历史成分参半，小说品格和史书品格兼而有之，《吴越春秋》和《越绝书》都是这种半小说性质的杂史；二是向历史小说的完全转化，内容虽无或少有怪异成分，但基本是历史传说，记叙描写用小说手段，情节完整，形式一致，如《燕丹子》《赵飞燕外传》即是；三是杂史杂传的虚幻成分大大扩展，成为主要内容，从而转化为志怪小说集，或者是志怪题材的单篇杂传体小说。② 还有学者从文体要素着眼，将杂史杂传的小说化倾向概括为三种情形：人物传写的小说化倾向，叙事建构的小说化倾向，风格取向的小说化倾向。③ 这些意见指出了汉代杂史杂传小说化的基本趋势，所论为是。唯我们认为，将《越绝书》和《吴越春秋》视为小说性质的作品更为合适一些。因为在内容构成上，两书的小说与历史成分参半，实际是汉代小说虚实相间特性的反映。

另外，东汉中后期一些杂史杂传之作，率多记叙人物言动、篇幅短小、相对独立的小故事，乃作者采择名人逸闻编撰而成，内容真伪杂糅。这类杂史杂传虽在后世散佚殆尽，但于史载中仍可窥其一二。例如，范晔《后汉书》卷六十八载，郭泰精于品鉴人物，"其奖拔士人，皆如所鉴。后之好事，或附益增张，故多华辞不经，又类卜相之书"④。范晔从"好事"者"附益增张"而成的郭泰故事书中，选录为事实所验证的十则故事附于郭泰本传之末。这十则故事已略显类似魏晋六朝轶事小说的神韵，则其为范晔弃而不取的"华辞不经"者当更过之。这也是杂史杂传小说化的结果。

海登·怀特从历史编纂和文学创作的相关性着眼，认为阅读和写作历

---

① (明)焦竑:《国史经籍志》,《丛书集成初编》第25册,商务印书馆1939年版,第67页。

② 参见李剑国:《唐前志怪小说史》(修订本),天津教育出版社2005年版,第139页。

③ 参见熊明:《杂传与小说:汉魏六朝杂传研究》,辽海出版社2004年版,第455—514页。

④ (南朝宋)范晔撰,(唐)李贤等注:《后汉书》,中华书局1965年版,第2227页。

史的基本方法是与写一部小说相类似的。① 质言之，即历史著作与小说作品在编撰或创作上并无本质区别。此说未免言之过当，完全模糊了文与史的界限。不过，就两汉史传文学来说，它与小说有不解之缘，却是一个不争的事实。史传为汉代小说提供了可资取法和借鉴的艺术资源，促进了它的发展，意义极大。

第四节　汉赋与汉代小说

赋是两汉四百年间的流行文体。《汉志》诗赋略著录辞赋一千零四篇，大多是西汉时期的作品；东汉的赋作，在数量上虽尚无具体统计，但可能比西汉还要多一些。② 由此可见汉赋创作之盛。赋文体的一个突出特征是文兼众体。从小说史的角度看，汉赋表现出叙事与虚构等几同于小说文体的特征，因而它与汉代小说发展演变的关系也值得我们考察研讨。

一、汉赋的情节性与故事性

汉赋以主客问答为基本结构形式，表现出一定的情节性和故事性。如枚乘《七发》，写吴客始问楚太子之疾，太子表现出很不耐烦的态度；吴客不舍，乃陈其病症状，太子闻之，意虽稍解，但仍持拒访之态；吴客并不气馁，复析其病因，诱起太子兴致，说之以音乐之美、饮食之精、车马之盛、游宴之乐、田猎之兴、观涛之壮和要言妙道等七事，启发太子；太子闻七事，由表示“仆病未能”，到“阳气见于眉宇之间”，再到“有起色”，最后“涊然汗出，霍然病已”，全篇结束。③《七发》以吴客与楚太子的问答结构全篇，人物对话推动内容展开，条理有致，侧重叙事写物，增强了故事性，较具小说意味。再如《子虚》《上林》二赋，也以主客问答的形式展开内容。先是子虚盛夸楚国云梦泽，极言楚王游猎盛况，以为“齐殆不如”。乌有先生不以为然，云：“必若所言，固非楚国之美也。有而言之，是章君之恶也；无而言之，是害足下之信也。”并夸齐国地域辽

① 参见〔联邦德国〕H.R.姚斯、〔美〕R.C.霍拉勃：《接受美学与接受理论》，周宁、金元浦译，辽宁人民出版社1987年版，第453页。

② 参见费振刚、仇仲谦、刘南平校注：《全汉赋校注》，广东教育出版社2005年版，“前言”第12页。

③ 费振刚、仇仲谦、刘南平校注：《全汉赋校注》，广东教育出版社2005年版，第32—37页。

阔，物产繁富。乌有先生压倒了子虚的气势，胜出一筹。亡是公听毕，笑曰："楚则失矣，而齐亦未为得也。"① 先以所谓君臣之义、诸侯之礼匡正二人，占据道义和论辩的高点，再极夸天子巨丽的上林苑囿，大张天子压倒诸侯的威势。子虚和乌有先生甘拜下风，代表天子的亡是公在辩难中胜出。在内容展开上，二赋采用递进之法，渐次推进各方辩难，故事性较为明显。

《七发》《子虚》《上林》均为汉大赋的代表性作品。它们的共同之处是在一个虚构的故事框架中，以问答体的形式展开内容，具有一定的情节性和故事性。这也是汉赋小说化倾向的一个表现。长期以来，人们对汉赋的这一特点并无多论。究其原因，主要在于汉赋以其冗长而沉闷的主客对话，冲淡了本所具有的情节性和故事性，故难以引起人们的注意。其实，因赋兼众体的文体特征，汉赋天然地具有情节性和故事性。章学诚云："古之赋家者流，原本《诗》《骚》，出入战国诸子。假设问对，《庄》《列》寓言之遗也；恢廓声势，《苏》《张》纵横之体也；排比谐隐，《韩非·储说》之属也；征材聚事，《吕览》类辑之义也。"② 此论主要就汉赋而言，指出了汉赋与《庄子》《列子》《韩非子》和《吕氏春秋》等先秦诸子寓言的关系。由此可见，汉赋的情节性和故事性特征是有其渊源的，可以说是对先秦诸子寓言艺术的继承和发展。

汉赋与汉代常见的对话体故事也有着明显的同构性，可以说是对后者结构的扩展、内容的扩充与规模的扩大。先看对话体故事。如《韩诗外传》卷十《楚丘先生》：

> 楚丘先生披蓑带索，往见孟尝君。孟尝君曰："先生老矣，春秋高矣，多遗忘矣，何以教文？"楚丘先生曰："恶将使我老？恶将使我老？意者将使我投石超距乎？追车赴马乎？逐麋鹿搏虎豹乎？吾则死矣，何暇老哉？将使我深计远谋乎？役精神而决嫌疑乎？出正辞而当诸侯乎？吾乃始壮耳，何老之有！"孟尝君赧然，汗出至踵，曰："文过矣！文过矣！"《诗》曰："老夫灌灌。"③

① 费振刚、仇仲谦、刘南平校注：《全汉赋校注》，广东教育出版社2005年版，第71—72、87页。
② （清）章学诚著，王重民通解：《校雠通义通解》，上海古籍出版社1987年版，第117页。
③ （汉）韩婴撰，许维遹校释：《韩诗外传集释》，中华书局1980年版，第349页。

从外部形态看，这则故事有三个特点值得我们注意。一是主客问答。以孟尝君（主）与楚丘先生（客）的对话——彼此辩难——展开情节，表现出两个人物的不同形象，尤其是楚丘先生能言善辩、老当益壮的神采。二是结尾引《诗》，以点明故事主旨。三是语言韵散兼用。人物对话以韵语为主，叙事出之以散文。再如《韩诗外传》卷一《阿谷处女》，也是一则对话体故事，与《楚丘先生》所不同者，是其人物为三个，即主方阿谷处女和客方孔子、子贡。像《楚丘先生》《阿谷处女》这种类型的对话体故事在两汉时期较为多见，《韩诗外传》之后，刘向《新序》《说苑》和《列女传》等短篇历史故事集中也所在多有。

这类对话体故事与汉赋具有同构性，或者说，汉赋主客对话的模式与对话体故事的结构基本相合。像《子虚》《上林》中子虚、乌有先生、亡是公三人对话的模式，颇似《阿谷处女》故事。扬雄《长杨赋》中翰林主人与子墨客卿、张衡《二京赋》中凭虚公子与安处先生的对话模式，颇似《楚丘先生》。汉赋往往曲终奏雅，以示讽谏之意，这一特点恰如对话体故事引《诗》《书》以作结。至于汉赋语言韵散兼用，亦略同于上述对话体故事。故从其结构形式而言，汉赋可谓将对话体故事中人物对话的扩充与规模的放大。作为简短的对话体故事，其情节性和故事性较为明显，可归属于短篇小说的范畴。但是，当对话体故事中人物对话的因素膨胀、汪洋恣肆而几不可遏的时候，就必然如河流的大水漫滩，对其情节性和故事性造成淹没，汉赋正类似这种情形。

二、汉赋有意虚构的特征

就赋之虚构手法来看，战国时期宋玉《高唐赋》《神女赋》和《登徒子好色赋》等，已开启赋用虚构的先河。唐人刘知几《史通·杂说下》论及战国辞赋假设客主、叙事“凭虚”的文体特征，云：“自战国已下，词人属文，皆伪立客主，假相酬答。至于屈原《离骚》辞，称遇渔父于江渚；宋玉《高唐赋》，云梦神女于阳台。夫言并文章，句结音韵。以兹叙事，足验凭虚。”① 汉赋作家推尊屈宋，多相效法。清人王芑孙《读赋卮言·序例》云：“《高唐》之事，羌非故实，乃由自造，此为赋之发端。汉人假事喻情，设为宾主之法，实得宗于此。”② 指出了宋玉赋与汉赋在虚

① （唐）刘知几撰，（清）浦起龙通释，吕思勉评：《史通》，上海古籍出版社2008年版，第382页。
② 徐志啸编：《历代赋论辑要》，复旦大学出版社1991年版，第80页。

构手法上的先后传承关系。

汉赋的代表体制是大赋。大赋的形成以枚乘《七发》为标志，至司马相如《子虚》《上林》而臻于成熟。汉大赋作者有意运用虚构，使虚构成为一种普遍的创作手段。《史记·司马相如列传》评《子虚》《上林》二赋，云："相如以'子虚'，虚言也，为楚称；'乌有先生'者，乌有此事也，为齐难；'无是公'者，无是人也，明天子之义。故空藉此三人为辞，以推天子诸侯之苑囿。"① 指出《子虚》和《上林》所写人、事皆出于司马相如之"空藉"，实即有意虚构的特点。《子虚》《上林》在汉代辞赋创作中的示范作用是相当突出的，多效仿而作者，如扬雄《长杨赋》、班固《两都赋》、张衡《二京赋》等。顾炎武《日知录》卷十九"假设之辞"条指出："古人为赋，多假设之辞。序述往事，以为点缀，不必一一符同也。'子虚''亡是公''乌有先生'之文，已肇始于相如矣，后之作者，实祖此意。……而《长门赋》所云'陈皇后复得幸'者，亦本无其事。俳谐之文，不当与之庄论矣。"② 其实，非独大赋为然，一些侧重抒情或说理的短赋亦复如此，如东方朔《非有先生论》，就具有明显的寓言性质。综观汉赋，多具假设客主、"凭虚"叙事的有意虚构特征。

有意虚构也是小说文体的根本特征。汉代赋家假设其事，有意虚构，正与小说的文体特征相合。而汉赋有意虚构的创作方法对小说文体的形成和独立确有推动之功，董乃斌《中国古典小说的文体独立》对此有论。③ 而且由有意虚构的创作方法决定，汉赋显示出一定程度的小说意味。近代以来，多有学者关注汉赋有意虚构的手法，研讨汉赋的这一特征。钱锺书早就提出过"汉赋似小说"④ 的命题。王瑶《拟古与作伪》一文进一步指出赋为虚构故事性质的俳优小说：

> 赋本身最初即是属于俳优性质的，是供帝王消遣的东西。所以作者们在铺张那些夸饰的言辞时，也常常假设客主，互相唯诺，使它带有故事的性质。中国"小说"一词的意义本来很广，《汉志》所谓

① (汉)司马迁:《史记》,中华书局1982年版,第3002页。

② (清)顾炎武撰,(清)黄汝成集释,栾保群校点:《日知录集释》,中华书局2020年版,第997—998页。

③ 参见董乃斌:《中国古典小说的文体独立》,中国社会科学出版社1994年版,第125—138页。

④ 钱锺书:《管锥编》第三册,生活·读书·新知三联书店2008年版,"目次"第5页。

> “街谈巷语，道听途说者之所造”，自然亦可包括乌有先生和亡是公问答的赋体。而且如《西京杂记》《博物志》《世说新语》等书，传统皆认为是小说，则赋的内容实际还要比较更接近些。所以在当时人的眼中看起来，赋中所托的古人本来即不必实有其事，自然在叙述中也不必力求其与史传相合，这只是一种“俳优小说”，并不是历史的实录。①

在王瑶看来，采用虚构手法的赋与出于街谈巷语、道听途说的《汉志》小说家著作，乃至《西京杂记》《博物志》等，不无相似，虚构性甚而过之。日人竹田晃也有相近意见，说：“初看起来绚烂华美、属于正统的宫廷文学的汉赋，实际上却可在稗官称道的街谈巷语的延长线上找到它的位置；因而可以认为赋与中国古代一向所说的‘小说家言’也并非无缘。”② 郭绍虞认为：“小说与诗歌之间本有赋这一种东西，一方面为古诗之流，而另一方面其述客主以首引，又本于庄、列寓言，实为小说之滥觞。”③ 就把赋看作兼具诗歌与小说性质、有着寓言虚构特征的一种文体，为小说之源。总体来看，钱锺书、王瑶、郭绍虞以及竹田晃等中外学者所论尽管各有侧重，但都注意到赋与小说之间本无文体隔阂。可知汉赋显示出小说意味，乃至某些赋作向小说转化而成为赋体小说，实是自然而然的事情。

三、汉赋的博物化特征

汉赋在题材内容上显示出炫博耀奇的博物化特征。这一特征由枚乘《七发》肇其端，至司马相如《子虚》《上林》等赋臻于极致，扬雄、班固、张衡等大赋之作踵而继之，蔚为大观，形成汉赋文体的一大特色。

对汉赋的博物化特征，汉魏以迄明清，历代多有评论。如以下所列：

> （《子虚》《上林》）多识博物，有可观采，蔚为辞宗，赋颂之首。（《汉书》卷一百下《叙传》）④
>
> （《上林》）虽赋上林，博引异方珍奇，不系于一也。（《史记·司

---

① 王瑶：《中古文学史论》，北京大学出版社 1998 年版，第 221—222 页。
② 〔日〕竹田晃：《以中国小说史的眼光读汉赋》，孙歌译，《文学遗产》1995 年第 4 期。
③ 郭绍虞：《照隅室古典文学论集》上编，上海古籍出版社 2009 年版，第 87 页。
④ （汉）班固撰，（唐）颜师古注：《汉书》，中华书局 1962 年版，第 4255 页。

马相如列传》司马贞《索隐》引晋灼语)①

《毛诗》者，华彩之辞也，然不及《上林》《羽猎》《二京》《三都》之汪濊博富也。(《抱朴子》卷三十《钧世》)②

亡是公赋上林，盖该四海言之。其叙分界则曰：“左苍梧（梧），右西极。”其举四方则曰：“日出东沼，入乎西陂。南则隆冬生长，涌水跃波。北则盛夏含冻裂地，涉水揭河。”至论猎之所及，则曰：“江河为阹，泰山为橹。”此言环四海皆天子园囿，使齐、楚所夸，俱在包笼中。彼于日月所照，霜露所坠，凡土毛川珍，孰非园囿中物？(《演繁露》卷十一《上林赋》)③

古无类书，无志书，又无字汇，故《三都》《两京》赋，言木则若干，言鸟则若干，必待搜辑群书，广采风土，然后成文。(《随园诗话》卷一)④

(《东京赋》)搜词宏富，布采陆离，洵足追班轶左。西京角觝，东京大傩，无关钜典，论者讥之是矣，然赋不厌侈，作者或欲包涵万有，穷天地之奇而泄其秘，未可知也。(《评注昭明文选》)⑤

从“多识博物”“博引异方珍奇”“汪濊博富”“该四海言之”“搜辑群书，广采风土”“包涵万有，穷天地之奇而泄其秘”等断语来看，历代诸家显然都意识到了汉赋题材内容的博物化特征。

汉赋博物化特征的主要表现是大量铺陈殊方异域和现实世界的动植物产，囊括天地，无远弗届，细大不遗，直欲“穷天地之奇”。司马相如《子虚赋》《上林赋》，扬雄《甘泉赋》《羽猎赋》《长杨赋》，班固《两都赋》，张衡《二京赋》等，无不表现出这一特征。如《上林赋》铺陈上林苑之异兽：

其南则隆冬生长，涌水跃波，其兽则㺎旄貘犛，沈牛麈麋，赤首圜题，穷奇象犀。其北则盛夏含冻裂地，涉冰揭河；其兽则麒麟角

① (汉)司马迁:《史记》,中华书局1982年版,第3029页。
② (晋)葛洪:《抱朴子》,上海古籍出版社1990年版,第255页。
③ (宋)程大昌:《考古编》(外六种),上海古籍出版社1992年版,第162—163页。
④ (清)袁枚著,顾学颉校点:《随园诗话》,人民文学出版社1982年版,第7页。
⑤ (清)于光华编:《评注昭明文选》,1919年扫叶山房本。

端，騊駼橐驼，蛩蛩驒騱，駃騠驴骡。[1]

至于植物，则是“卢橘夏孰，黄甘橙榛，枇杷橪柿，亭柰厚朴，梬枣杨梅，樱桃蒲陶，隐夫薁棣，荅遝离支”[2]。这些铺陈描写文字，博引天下奇珍，八方动植，颇具博物化特色。再如篇幅短于《上林赋》的扬雄《蜀都赋》，竟也铺陈树木近二十种，水草十余种，禽鸟十种，水兽十余种，水果十五种。[3] 汉赋铺陈的珍奇物产往往出于赋家的夸饰、附会或虚构。对此，即使以《三都赋》名震京都的左思也感到难以理解，《三都赋序》批评司马相如、扬雄、班固、张衡等汉代赋家作品描写失实，说：“假称珍怪，以为润色，若斯之类，匪啻于兹。考之果木，则生非其壤；校之神物，则出非其所。于辞则易为藻饰，于义则虚而无征。”[4] 这是以征实的眼光来批评汉赋，却正指出了汉赋博物化特征的一个重要表现。

汉赋何以形成其博物化特征呢？这应与汉人对辞赋的“多识”功能定位有关。“多识”之说首倡于孔子。《论语·阳货》载，孔子曰：“小子何莫学夫诗？诗，可以兴，可以观，可以群，可以怨。迩之事父，远之事君；多识于鸟兽草木之名。”[5] 孔子所强调的是《诗经》的教育功能和认识价值，被汉人引申到对辞赋的评价上来。《汉书·王褒传》载，汉宣帝好辞赋，为驳斥他人的非赋之论，引孔子“多识”之说为据，云：“辞赋大者与古诗同义，小者辩丽可喜。辟如女工有绮縠，音乐有郑卫，今世俗犹皆以此虞说耳目，辞赋比之，尚有仁义风谕，鸟兽草木多闻之观，贤于倡优博弈远矣。”[6] 班固评价司马相如赋，谓其“多识博物，有可观采”，也是以孔子的“多识”之说为标准。无论宣帝还是班固，引据“多识”之说，固然均欲以此来为辞赋正名，同时也透露了汉人对赋的功能定位之一，乃博物化的“多识”之用，这成为汉赋博物化特征形成的一个重要因素。

还有就是来自《山海经》的影响。在汉代，《山海经》一直被视为地理书，是文人士子了解天下方物的必备典籍。《西京杂记》卷二《百日成

① 费振刚、仇仲谦、刘南平校注：《全汉赋校注》，广东教育出版社 2005 年版，第 89 页。
② 费振刚、仇仲谦、刘南平校注：《全汉赋校注》，广东教育出版社 2005 年版，第 89 页。
③ 参见郭预衡主编：《中国古代文学史》第一册，上海古籍出版社 1998 年版，第 253 页。
④ （南朝梁）萧统编，（唐）李善注：《文选》，中华书局 1977 年版，第 74 页。
⑤ 杨伯峻译注：《论语译注》，中华书局 1980 年版，第 185 页。
⑥ （汉）班固撰，（唐）颜师古注：《汉书》，中华书局 1962 年版，第 2829 页。

赋》所谓“赋家之心，苞括宇宙，总览人物”[①]，要做到这一点，汉赋作家亦需以《山海经》作为参考资料。谢榛《四溟诗话》卷二说：“汉人作赋，必读万卷书，以养胸次。《离骚》为主，《山海经》《舆地志》《尔雅》诸书为辅。又必精于六书，识所从来，自能作用。”[②] 确是很有道理的看法。当今有关研究也表明，《子虚》《上林》两赋中所列的兽类多来自《山海经》，山石、地名也多取自该书。[③] 还有学者指出：“《子虚》以山为中枢；《上林》用水为核心，将各种禽、鱼、兽、草、木、石分别编附在架构的东西（左右）、南北（阴阳）、上（高）、下（埤）、中诸部位，实乃《山海经》叙介模式的繁衍。”[④] 这都表明汉赋在形成博物化特征的过程中，《山海经》发生过相当重要的作用。

《四库全书总目》子部小说家类一称小说家“博采旁搜，是亦古制”[⑤]。结合《总目》著录的小说篇目可以看出，此说关注的主要是唐前小说，属于其题材内容的特征。而这与汉赋的博物化特征是相通的。在题材内容上与汉赋博物化特征相近的汉代小说，是地理博物类志怪小说，这类小说本是《山海经》流裔。从博物化特征的形成原因来说，汉赋和汉代地理博物类志怪小说都受了《山海经》的影响，只是程度有所差别，而在后者更为明显。大赋作家“苞括宇宙，总览人物”的雄心、“穷天地之奇”的创作目标，本来也是地理博物类志怪作家必须具备的基本素养，因而汉赋创作和地理博物类志怪小说的编撰思路是相通的。汉大赋先于汉代地理博物类志怪而成熟和兴盛，以其创作实践给予后者更多的影响，为后者开拓了发展的道路。

四、汉赋中的志怪之作

以赋体文叙写神怪事，肇始于宋玉，其《高唐赋》和《神女赋》均写人神交通。两赋发端写梦境，主体部分围绕主人公神女展开，描摹神女的神态风情，铺叙巫山的珍怪奇伟，志怪色彩比较明显。汉人推尊宋玉辞赋，时有类似赋作问世。比较典型的是司马相如《大人赋》和桓谭《仙

---

① （汉）刘歆撰，（晋）葛洪集，向新阳、刘克任校注：《西京杂记校注》，上海古籍出版社 1991 年版，第 91 页。

② （明）谢榛著，宛平校点：《四溟诗话》，人民文学出版社 1961 年版，第 62 页。

③ 参见韩高年：《论〈淮南鸿烈〉对汉大赋审美倾向的影响》，《中国韵文学刊》2006 年第 3 期。

④ 朱晓海：《汉赋史略新证》，陕西人民出版社 2004 年版，第 79 页。

⑤ （清）永瑢等撰：《四库全书总目》，中华书局 1965 年版，第 1182 页。

赋》，以赋体诵美仙人世界，形成汉代文学中的人仙遇合主题。反其笔意而用之者，有杜笃《首阳山赋》和张衡《髑髅赋》，写人鬼对话，富于志怪小说意味。此外还有王延寿《梦赋》，写梦中与群鬼搏斗并战而胜之的过程。这些赋作对汉代志怪小说的发展也是有其影响的。

在中国古代以及近世以来的文体分类中，赋与小说属于两种不同的文体。虽然如此，汉赋的小说化倾向却在表明，汉赋与小说之间并无鸿沟，而有着内在的联系。一部分汉赋以其强化的情节性和故事性，成为汉代说部中的成员，对这类作品，我们将在第八章讨论。

第五节　汉通西域与汉代小说

汉代是有史以来中土第一次大规模对外交流的时期。其中，开通西域是两汉域外交流中最为重要的事件，它作为一个重要的时代因素，对汉代小说的发展产生了一定影响。

一、汉通西域概况

汉武帝即位后，于建元三年（前 138）派张骞出使西域。张骞到达大宛、大月氏、大夏、康居等国。元狩四年（前 119），张骞再次出使西域，到达乌孙，分遣副使出使大宛、康居、大月氏、大夏、安息、身毒、于阗、扜罙等国。从此，汉朝和西域建立并形成了稳定、频繁的交往关系。西汉末年和东汉初年，西域东部一度为匈奴所略有。章帝建初元年（76），班超奉命出使西域，经过三十余年的苦心经营，重新建立、稳定了汉朝与西域之间的交往关系。和帝永元九年（97），班超派遣甘英出使大秦。甘英虽未能抵达大秦，但到达了安息西界海边（今波斯湾一带）。

汉通西域之后，西域物产和文化源源而入中土。自西汉武帝至东汉章帝时，西域贡献与汉人从西域引入的物产种类很多。植物品种有葡萄、苜蓿、石榴、红蓝花、酒杯藤等；动物品种有乌孙“西极”马、大宛汗血马、安息大鸟、师子、符拔；手工制品如大秦细布、火浣布、苏合香；宝玩如于阗玉石、大秦夜光璧、明月珠、珊瑚、虎魄、琉璃等。佛教也传入中土，《后汉书》卷八十八《西域传》载，汉明帝“遣使天竺问佛道法，遂于中国图画形像焉”①。

汉自武帝开通西域后，西域诸国成为两汉朝廷对外交流的重心。汉代是有史以来，中土人士首次怀致远之略，深入殊方绝域探险、开拓的时期，也是西域文化广泛传入中土的时期。两汉社会生活的某些方面不可避免地为西域文化所影响，并在小说、辞赋等文学作品中留下了印迹。

二、汉通西域背景下的汉代小说

汉通西域的时代背景反映于汉代小说之中，首先表现在《神异经》《十洲记》《西京杂记》等对西域物产的较多记述。在《神异经》和《十洲记》中，不乏西域物产的踪影。如《神异经》中故事：

> 南荒外有火山……火中有鼠，重百斤，毛长二尺余，细如丝。……绩其毛，织以作布。用之若污，以火烧之，则清洁也。(《南荒经》)
>
> 西南大宛有马……日行千里，至日中而汗血。乘者当以絮缠头腰小腹，以辟风病；彼国人不缠也。(《中荒经》)②

如果拨开这两则故事的怪诞氛围，我们就会发现，故事所讲实际是西域传来的火浣布、汗血马。再如《十洲记》所写：

> 炎洲在南海中……又有火林山。山中有火光兽，大如鼠，毛长三四寸……取其兽毛，缉以为布，时人号为火浣布也。国人衣服，若有垢污，以灰汁浣之，终无洁净；唯火烧此衣服，两盘饭间，振摆，其垢自落，洁白如雪。
>
> 凤麟洲在西海之中央……洲上专多凤麟……煮凤喙及麟角，合煎作胶，名之为续弦胶，或名连金泥。此胶能续弓弩已断之弦、连刀剑断折之金。更以胶连续之，使力士掣之，他处乃断，所续之际终无断也。武帝天汉三年，帝幸北海、祠恒山。四月，西国王使至，献灵胶四两及吉光毛裘。武帝受以付外库，不知胶裘二物之妙用也。
>
> 聚窟洲在西海中申未之地……山专多大树，与枫木相类而材芳，

---

① (南朝宋)范晔撰,(唐)李贤等注:《后汉书》,中华书局1965年版,第2922页。

② 王国良:《神异经研究》,(台北)文史哲出版社1985年版,第66、110页。

> 花叶香闻数百里，名为反魂树。……伐其木根心，于玉釜中煮，取汁，更微火煎，如黑饧状，令可丸之，名曰惊精香……或名之为反生香……或名之为却死香。……征和三年，武帝幸安定，西胡月支国王遣使献香四两，大如雀卵，黑如桑椹。帝以香非中国所有，以付外库。……到后元元年，长安城内大疫，病者数百，亡者太半。帝试取月支神香，烧之于城内。其死未三日者，皆活；芳气经三月，不歇。于是信知其神物也，乃更秘录余香。后一旦又失之。检函封印如故，无复香也。①

这三则故事分别描写火浣布、续弦胶、却死香及其神异功能，都是对西域物产的想象与夸饰。

汉代轶事小说对西域物产的描述不像地理博物志怪小说那般夸饰，往往直记其物，内容更为平实。《西京杂记》记载西域物产甚多，如公侯冬日凭几所用细罽、汉武帝吉光裘、乐游苑苜蓿、身毒国宝镜、昭阳殿黄金涂、绿琉璃、上林苑瀚海梨、玉门枣、西王枣、胡桃、身毒国连环羁、贰师天马等。《西京杂记》卷一载汉武帝吉光裘故事，云："武帝时，西域献吉光裘，入水不濡。上时服此裘以听朝。"② 类似故事见诸《十洲记》，书中凤麟洲故事写汉武帝天汉三年（前98）四月，西域使者进献吉光毛裘，"黄色，盖神马之类也。裘入水数日不沉，入火不燋"③。

由上可知，西域物产多见于汉代小说中，成为小说内容的一个方面。

其次，汉通西域凸显了《山海经》作为一部地理参考书的价值，从而使其成为《神异经》和《十洲记》等同类型地理博物志怪之作的编撰参照和范本。这是汉通西域的时代背景以《山海经》为中介，对汉代地理博物志怪小说发生的影响。

在汉人看来，《山海经》是一部重要的地理典籍。汉武帝即位之初，淮南王刘安献《淮南子》，书中《墬形训》"纪东西南北山川薮泽，地之所载，万物形兆所化育"④，所记海外三十六国大抵本于《山海经》，其他篇章也多有采择《山海经》材料的情况。这表明在汉初人们的意识里，《山

---

① 王国良：《海内十洲记研究》，（台北）文史哲出版社1993年版，第63—64、68、72—74页。

② （汉）刘歆撰，（晋）葛洪集，向新阳、刘克任校注：《西京杂记校注》，上海古籍出版社1991年版，第11页。

③ 王国良：《海内十洲记研究》，（台北）文史哲出版社1993年版，第68页。

④ 何宁集释：《淮南子集释》，中华书局1998年版，第311页。

海经》具有地理书的价值。这种意识在《汉志》著录中也有反映，《山海经》列于《汉志》数术略形法家之首。班固云："形法者，大举九州之势以立城郭室舍形，人及六畜骨法之度数、器物之形容以求其声气贵贱吉凶。"[①] 此说表明，形法家属于地理类学术派别，其著作包含关乎山川险易、边塞关防的内容。《后汉书·王景传》载，明帝永平十二年（69），王景当治水之任，明帝赐以《山海经》《河渠书》《禹贡图》[②]。在汉家官方看来，《山海经》是可供实用的地理书，与《河渠书》《禹贡图》等均有指导治水的作用。郝懿行《山海经笺疏》推断《山海经》在汉代当是一部绘有山川道里的地图集[③]，这是颇有见地的看法。

《后汉书·西域传》云："西域风土之载，前古未闻也。"[④] 在汉代以前，西域对中土来说是一个完全陌生的世界。基于对《山海经》性质的认识，汉人在开通西去之路、经略西域的过程中，将该书作为重要的地理参考书。《史记·大宛列传》云："汉使穷河源，河源出于寘，其山多玉石，采来，天子案古图书，名河所出山曰昆仑云。"[⑤]《山海经》之《西山经》《北山经》载河出昆仑[⑥]，故可知天子（汉武帝）所查考的"古图书"中当有此书。更能透露个中信息的，是《史记》《汉书》以及《后汉书》的有关记载，如下：

> 太史公曰：……今自张骞使大夏之后也，穷河源，恶睹本纪[⑦]所谓昆仑者乎？故言九州山川，《尚书》近之矣。至《禹本纪》《山海经》所有怪物，余不敢言之也。（《史记·大宛列传》）[⑧]
>
> 《禹本纪》言河出昆仑，昆仑高二千五百里余，日月所相避隐为光明也。自张骞使大夏之后，穷河原，恶睹所谓昆仑者乎？故言九州山川，《尚书》近之矣。至《禹本纪》《山经》所有，放哉！（《汉书·

---

① （汉）班固撰，（唐）颜师古注：《汉书》，中华书局1962年版，第1775页。
② 参见（南朝宋）范晔撰，（唐）李贤等注：《后汉书》，中华书局1965年版，第2465页。
③ 参见（清）郝懿行撰，栾保群点校：《山海经笺疏》，中华书局2019年版，第13页。
④ （南朝宋）范晔撰，（唐）李贤等注：《后汉书》，中华书局1965年版，第2931页。
⑤ （汉）司马迁：《史记》，中华书局1982年版，第3173页。
⑥ 《山海经·西山经》云："西南四百里，曰昆仑之丘……河水出焉，而南流东注于无达。"《北山经》云："出于昆仑之东北隅，实惟河原。"
⑦ 指《禹本纪》。
⑧ （汉）司马迁：《史记》，中华书局1982年版，第3179页。

张骞传》)[①]

九年[②]，班超遣掾甘英穷临西海而还。皆前世所不至，《山经》所未详，莫不备其风土，传其珍怪焉。(《后汉书·西域传》)[③]

《史记》和《汉书》的记载表明，汉使张骞出使西域时做了实证《山海经》的工作，结论是《山海经》内容远远不如"《尚书》"亦即《尚书·禹贡》近实、可靠，因此，班固发出"放哉"，亦即不可信之的感慨。但这似乎没有影响《山海经》在汉代作为地理书的价值，因为《后汉书》所说甘英到达"《山经》所未详"的陌生世界，表明甘英仍以《山海经》作为判断依据，而这与东汉朝廷视该书为地理典籍是一致的。总之，在开通西去之路、经略西域的过程中，《山海经》是汉家使者必备的地理参考书，而这无疑扩大了《山海经》在两汉的影响。

汉通西域使中土人们发现了一个新奇的远方世界。当时，《山海经》被人们认为其内容是真实可信的，故而成为解释陌生世界的参考书。刘歆《上山海经表》关于东方朔、刘向分别引据《山海经》，解释异鸟和反缚盗械人的事例即为明证。在刘歆看来，正是这两件事情引起西汉朝士"多奇《山海经》者，文学大儒皆读学"[④]的红火局面。不过，《山海经》受到朝士、大儒的普遍重视，仅凭东方朔与刘向两个榜样是远远不够的，背后起主要作用的其实是汉通西域的时代因素。开通西域后，"殊方异物，四面而至"[⑤]，激发起人们解释、吸纳西域文化的欲望。在朝士、大儒的意识里，《山海经》"奇可以考祯祥变怪之物，见远国异人之谣俗。……博物之君子，其可不惑焉"[⑥]，正是这种时代欲望的折射。郭璞《注山海经叙》称，《山海经》"暂显于汉而寻亦寝废"，以至"师训莫传，遂将湮泯"[⑦]，即该书在两汉备受重视但在魏晋颇受冷落，几至失其传授；其所以如此，根本原因在于魏晋时期中土战乱频仍，朝廷无暇经略西域，《山海经》因之失去了其传统的地理参考书价值。由此来看，汉通西域对扩大《山海

① (汉)班固撰，(唐)颜师古注：《汉书》，中华书局1962年版，第2705页。
② 汉和帝永元九年(97)。
③ (南朝宋)范晔撰，(唐)李贤等注：《后汉书》，中华书局1965年版，第2910页。
④ 袁珂校注：《山海经校注》(最终修订版)，北京联合出版公司2014年版，第399页。
⑤ (汉)班固撰，(唐)颜师古注：《汉书》，中华书局1962年版，第3928页。
⑥ 袁珂校注：《山海经校注》(最终修订版)，北京联合出版公司2014年版，第399页。
⑦ 袁珂校注：《山海经校注》(最终修订版)，北京联合出版公司2014年版，第400页。

经》的影响产生了相当重要的作用，这也就使其有充分条件成为《神异经》和《十洲记》等地理博物志怪作品的编撰参照，从而也使它们形成了相似的题材内容和艺术面貌。

最后，在汉通西域的时代背景下，《山海经》对西汉末年兴起的谶纬小说也产生了一定影响。这主要表现在两个方面。一是谶纬小说中的一些地理博物内容直接取自《山海经》。《河图括地象》云："禹诛防风氏，夏后德盛，二龙降之。禹使范氏御之以行，经南方。防风神见禹，怒射之，有迅雷，二龙升去。神惧，以刃自贯其心而死。禹哀之，瘗以不死草，皆生，是名穿胸国。""大人国，其民孕三十六年而生儿。生儿长大，能乘云，盖龙类。去会稽四万六千里。"① 这两则故事早见于《山海经》的《海外南经》和《海外东经》。类似情形在汉代纬书中尚多。二是谶纬小说的一些地理博物内容仿《山海经》而造作。如《诗含神雾》云："从中州以东四十万里，得焦侥国，人长一尺五寸。"② 《河图玉版》云："昆仑以北，得幽都之国，人长七寸，耳大四寸。朝昆仑，常就日以吸气。"③ 这些内容就明显模仿了《山海经》的远国异民故事。

汉通西域是两汉时期对外交流的头等大事，对汉代小说发展影响的直接表现是西域物产进入小说，成为小说内容的一个方面。在汉通西域的时代背景下，《山海经》作为地理参考书的价值为时人所重视，从而成为《神异经》《十洲记》等地理博物志怪小说，以及谶纬小说中地理博物内容的题材来源和编撰参照。这虽是汉通西域以《山海经》为媒介而对汉代小说发生的间接影响，但在汉代小说发展史上仍是不能不予关注的因素。

---

① 〔日〕安居香山、中村璋八辑：《纬书集成》，河北人民出版社 1994 年版，第 1093、1103 页。

② 〔日〕安居香山、中村璋八辑：《纬书集成》，河北人民出版社 1994 年版，第 461 页。

③ 〔日〕安居香山、中村璋八辑：《纬书集成》，河北人民出版社 1994 年版，第 1147 页。

第四章　汉代小说的继统与流别

汉代小说是在战国时期小说发生、萌芽的基础上发展演变的。两汉四百年间，小说的发展以西汉后期、汉末灵献之世的成就为高。根据题材内容、编撰体例等因素综合考虑，汉代小说作品可分为志怪、轶事、杂史以及赋体等四种类型。本章主要讨论这些问题。

第一节　汉代小说的继统

战国是中国古代小说的发生和萌芽时期。由《山海经》《汲冢琐语》《穆天子传》《晏子春秋》等传世之作，以及近年出土的《墓主记》（后改题《志怪故事》）、《赤鹄之集汤之屋》等，可见这一时期小说发展的基本状况和初始成就。汉代小说是在战国小说的基础上发展演变的。当然，在战国与两汉之间还有秦王朝。2010 年入藏北京大学的秦代简牍《泰原有死者》，有学者认为它是汉晋以降冥界题材志怪小说的滥觞和雏形。[①] 但秦王朝短命而亡，文学萧条，无所建树，这就使战国小说和汉代小说之间形成了较为直接的承续、推展关系。本节以下从四个方面探讨这一问题。

一、题材内容

较之《山海经》《汲冢琐语》和《穆天子传》等战国之作，汉代小说题材颇有拓展，更为广泛，但在基本方面与战国小说仍有着千丝万缕的联系。

首先，侈言神怪、喜说殊方异物的汉魏六朝志怪小说，题材内容的特

① 参见姜守诚:《北大秦牍〈泰原有死者〉考释》,《中华文史论丛》2014 年第 3 期。

征与《山海经》有着相当密切的关系。以《神异经》和《十洲记》为代表的汉代地理博物志怪小说，属于《山海经》开创的地理博物题材系统。在西汉哀、平以后兴起，以《河图括地象》等为代表的谶纬小说，题材既有直接承自《山海经》者，更多有仿效《山海经》而造作的内容。

还应当注意的是，与《山海经》题材性质相近的还有一部《禹本纪》，对汉代志怪小说的发展也有其影响。该书虽久佚，但见于《史记·大宛列传》称引，云："《禹本纪》言：'河出昆仑。昆仑其高二千五百余里，日月所相避隐为光明也。其上有醴泉、瑶池。'"司马迁又言："至《禹本纪》《山海经》所有怪物，余不敢言之也。"① 据此可知，《禹本纪》与《山海经》题材内容相近，也是地理博物类志怪之作。《禹本纪》的成书时间，唐代杜佑《通典》卷一百七十四推断为"夫子删《诗》《书》以后尚奇者所作"②，意指该书出于春秋末年之后，当为春秋末年或战国之作。李剑国考证《禹本纪》"是先秦古书……大约出在邹衍之后，值战国末期，比《山海经》较晚"③。又，《山海经·海内西经》云："昆仑之墟方八百里，高万仞。"晋郭璞注："皆谓其墟基广轮之高庳耳，自此以上二千五百余里，上有醴泉、华池。去嵩高五万里，盖天地之中也。见《禹本纪》。"④ 由郭璞注可知，《禹本纪》在晋时仍存世，故该书对两汉至晋的地理博物志怪小说以及谶纬小说亦自有影响，其程度恐怕不会逊色于《山海经》。

其次，汉代出现了不少汇编历史人物故事的短篇历史故事集，重要者有韩婴《韩诗外传》，刘向《新序》《说苑》和《列女传》等。还有一种情形，如《蜀王本纪》《东方朔传》与《汉武故事》等，以某一历史人物为中心，记其逸闻琐事，有的还间杂志怪内容，但这些作品内容的真实性并不可靠，属于杂史杂传题材的小说。在中国古代小说史的演变链条上，汉代的这些短篇历史故事集和杂史杂传题材小说乃是对战国小说的继承和发展，因为战国时期已经出现了题材特征与此相近的《韩非子·说林》《晏子春秋》等。

《韩非子·说林》分上、下两篇，收录六十余则故事。《史记·老子韩

---

① （汉）司马迁：《史记》，中华书局1982年版，第3179页。

② （唐）杜佑撰：《通典》，中华书局1984年版，第924页。

③ 李剑国：《唐前志怪小说史》（修订本），天津教育出版社2005年版，第108页。

④ （清）吴任臣撰，栾保群点校：《山海经广注》，中华书局2020年版，第400页。

非列传》司马贞《索隐》释“说林”之义，云：“《说林》者，广说诸事，其多若林，故曰‘说林’也。”① 《说林》篇题义即短篇故事之丛林。张锦池认为：“《晏子春秋》和《韩非子·说林》，实乃今存中国小说史上最早的志人小说集。”② 所谓志人小说集，就是叙事扼要、篇幅简短的历史故事集。无论从篇题含义还是故事数量来看，《说林》在先秦诸子著作中都是唯一的。韩非有意搜罗并汇编这些历史故事，以备游说与著书之用。这一特点正为汉代韩婴、刘向等人所参照和借鉴。《韩诗外传》《新序》《说苑》和《列女传》等，或为说《诗》之用，或为谏戒人主，均广收短篇历史故事。至于《说苑》之题名，明显受启于《说林》。

关于《晏子春秋》，在传统目录学中，其或归子部，或列史部。《四库全书总目》卷五十七史部传记类一云：“《晏子》一书，由后人摭其轶事为之，虽无传记之名，实传记之祖也。”③ 该书为战国时人的依托之作，搜罗晏婴的传闻逸事编撰而成，并非历史的实录。近世以来，多有学者指出《晏子春秋》的小说性质。吴则虞《晏子春秋集释·序言》论及该书的艺术特征，认为它是“我国最早的一部短篇小说集，也可以说是一部最早的‘外传’‘外史’”④。杨义从其成书过程角度指出，《晏子春秋》是“一种依据民间传闻的假托之作，当然富于虚构性，称它为小说集是最符合实际的”⑤。从《晏子春秋》的内容来看，诸家所论为是。该书以晏子为中心人物，杂记传闻故实，汉代的《蜀王本纪》《东方朔传》及《汉武故事》等都继承了这一题材特征。

除了《山海经》《禹本纪》《韩非子·说林》和《晏子春秋》外，战国小说还有《汲冢琐语》《穆天子传》以及《师春》等。但这些作品晚至晋代才出土于地下，它们在小说史上发生影响是晋代以后的事，与汉代小说的发展没有直接关系。因此，以上考察汉代小说的题材渊源，主要着眼于《山海经》《禹本纪》等存在于汉代的战国之作。

---

① (汉)司马迁:《史记》,中华书局 1982 年版,第 2148 页。

② 张锦池:《志人小说论纲——中国小说探源》,《'93 中国古代小说国际研讨会论文集》,开明出版社 1996 年版,第 53 页。

③ (清)永瑢等撰:《四库全书总目》,中华书局 1965 年版,第 514 页。

④ 吴则虞编著,吴受琚、俞震校补:《晏子春秋集释》(增订本),国家图书馆出版社 2011 年版,“序言”第 10 页。

⑤ 杨义:《中国古典小说史论》,人民出版社 1998 年版,第 8 页。

二、编撰体例

在编撰体例上，《神异经》《十洲记》等地理博物类志怪之作以及谶纬小说，与《韩诗外传》《新序》《说苑》《列女传》等短篇历史故事集，均有取资、借鉴于战国小说的因素。具体而言，有如下三种情况。

首先，《神异经》《十洲记》等以空间方位为结构手段，明显借鉴了《山海经》的编撰体例。《山海经》由《山经》《海外经》《海内经》《大荒经》等部分组成，以南方为起始，按照南、西、北、东、中的方位移换，叙写远国异民与动植珍奇。《神异经》取法这一模式，按照方位移换，分述东荒、东南荒、南荒、西南荒、西荒、西北荒、北荒、东北荒和中荒等九荒的神灵、异人、草木、麟介、飞禽、走兽等。唯《神异经》以东方为起始方位，且方位分排更为细致，这与《山海经》有所不同。《十洲记》也以空间方位为结构手段，叙写"十洲大丘灵阜"的真仙神官、奇禽异兽等。李丰楙《〈十洲记〉研究》总结其"行文格式"也就是编排体例，说："首述在某海中，次述其方位，次述其面积及距离中国海岸的里数，形成指示其地理位置的形式；接下则叙述各种异产异兽，并特别强调其神异效果；最后以仙真所治者作结。"[①] 李丰楙认为这是根据河图类纬书来做的。其实，更深入地看，应该是受《山海经》的影响。大略而言，《十洲记》虽然没有采用《山海经》那种空间方位有序的结构展开内容叙写，但仍显示出借鉴《山海经》的痕迹。当然，在《河图括地象》等谶纬小说中，凡涉及地理博物内容的篇目，也都表现出以空间方位为结构手段的取向，同样是借鉴了《山海经》的叙写模式。

其次，《新序》《说苑》《列女传》等分门别类、以类相从的故事编排体例，受到《韩非子》故事编排模式的影响。《韩非子》中《说林》《内储说》《外储说》等篇，将简短的历史故事汇集于一篇，形成短篇故事的汇编。逮至西汉，这种编排体例首先在《韩诗外传》中加以运用。在此书中，韩婴根据说《诗》目的，大量采录历史故事。有学者指出，其体裁即渊源于《韩非子·说林》《吕氏春秋·八览》以及《晏子春秋》等以故事为主体的著作。[②] 刘向《新序》《说苑》和《列女传》等，改进了早前《韩非子·说林》《韩诗外传》等书的故事编排体例。在三书之中，刘向拟

---

① 李丰楙：《仙境与游历：神仙世界的想象》，中华书局 2010 年版，第 270 页。

② 参见徐复观：《两汉思想史》第三卷，华东师范大学出版社 2001 年版，第 3—4 页。

定一系列明确的主题，汇编种种主旨与之相关的短篇故事，以一定主题统摄诸多故事。如《新序》的分类主题有“刺奢”“节士”“义勇”等，《说苑》有“君道”“臣术”“建本”“立节”等，《列女传》有“母仪”“贤明”“仁智”等。这种按照一定主题将历史故事分门别类、以类相从的编排模式，是刘向对汉代小说编撰体例的一大贡献，后为《世说新语》《搜神记》等魏晋六朝小说取法，具有重要的小说史意义。

最后，《晏子春秋》首开别传、“外传”[①] 的编撰体例。这一体例不同于以上两种情况，是围绕某一历史人物，杂记与其有关的传闻故实，形成传记性质的短篇故事集。两汉时期，随着《史记》《汉书》先后问世，文人纷纷效仿，援笔为史，兴起著史之风，尤以东汉末年为盛。如《隋志》史部杂史类序言所说，这类作品“属辞比事，皆不与《春秋》《史记》《汉书》相似，盖率尔而作，非史策之正也”[②]，编撰体例大都借鉴了《晏子春秋》。如《东方朔传》一书，就是以东方朔为中心人物的短篇故事集。

三、互体形态

杨义指出，战国小说的文体呈现出与神话、子书或史书的“互体形态”。例如，《吕氏春秋·本味篇》的《伊尹说》故事，是小说与神话的互体；《晏子春秋》是一部短篇小说集，它的命名亦子亦史，长期被目录学家列入子书，或列入史部传记类。[③] 这种形态是小说在发展的早期阶段，托身于史传或者诸子著作的寄生状态，也是小说成长的幼年期的自然状态。

两汉去战国未远，小说文体的发展仍不成熟，其文体形态尚未脱掉与子书或者史书互体的基本特征。如《韩诗外传》，在传统目录学中一直列于经部。但明人王世贞《读〈韩诗外传〉》早已注意到，《韩诗外传》“大抵引《诗》以证事，而非引事以明《诗》，故多浮泛不切、牵合可笑之语”[④]。所言为是。《韩诗外传》本质上是一部内容多出虚构的短篇历史故事集。再如刘向《新序》和《说苑》，自《汉志》始，传统目录学中一直作为子书著录，但它们实际表现为亦子亦史的形态。又如《西京杂记》，

---

① 吴则虞语，参见《晏子春秋集释》(增订本)，国家图书馆出版社 2011 年版，“序言”第 10 页。

② (唐)魏徵、令狐德棻：《隋书》，中华书局 1973 年版，第 962 页。

③ 参见杨义：《中国古典小说史论》，人民出版社 1998 年版，第 5—9 页。

④ 屈守元：《韩诗外传笺疏》，巴蜀书社 2012 年版，第 522 页。

本系刘歆为撰著“《汉书》”而搜集的资料[①]，属于“史余”的范围，故《隋志》以后多列于史部，至《四库全书总目》才改隶子部小说家。四库馆臣的改隶之举更多着眼于《西京杂记》的子书性质。它如《汉志》“小说”中的《虞初周说》，应劭称“其说以《周书》为本”[②]，则该书也具有一定的史书色彩。故而整体来看，汉代小说亦仍然未脱其与子书或者史书的互体形态。

四、故事赋

所谓故事赋就是用赋体文述说故事的一种文体，出现于战国时期。像宋玉《高唐赋》《神女赋》和《登徒子好色赋》等，容肇祖、程毅中、伏俊琏等学者即将它们定义为故事赋。[③] 宋玉诸赋假设客主、虚构故事的创作手法，对汉赋的示范和启发尤为明显。枚乘《七发》、司马相如《子虚赋》《上林赋》、班固《两都赋》、张衡《二京赋》等汉代大赋，假设人物，虚构事体，就都取法于宋玉诸赋。虽然大赋的篇幅蔓延，情节淡化，但仍显示出一定的小说意味。在汉赋作品中，尤近宋玉《高唐赋》《神女赋》《登徒子好色赋》等故事赋体者，既有近年出土的《妄稽》和《神乌傅》，更有传世之作如王褒《僮约》和《责须髯奴辞》、杜笃《首阳山赋》、张衡《髑髅赋》等。王褒《僮约》和《责须髯奴辞》语言诙谐，内容嘲戏，与《登徒子好色赋》写人手法有相似之处。杜笃《首阳山赋》写“吾”与采薇二老问答；张衡《髑髅赋》写张平子与庄周髑髅对话，都是写人鬼晤谈，显然借鉴了《高唐赋》《神女赋》写人神晤谈的手法。这些汉代赋作以赋体文讲述虚构的故事，是对宋玉《高唐赋》《神女赋》《登徒子好色赋》等故事赋的发展，是可列之于汉代说部来加以考察的。

---

① 见葛洪《西京杂记跋》。

② (汉)班固撰，(唐)颜师古注：《汉书》，中华书局 1962 年版，第 1745 页。

③ 容肇祖《敦煌本〈韩朋赋〉考》认为《神女赋》《高唐赋》《登徒子好色赋》等，是“故事赋”，文人假设故事、“用赋体述说故事”就是以此为源头的。参见周绍良、白化文编：《敦煌变文论文录》，上海古籍出版社 1982 年版，第 679—680 页。程毅中认为，宋玉的三篇赋作是客主问对的叙事赋，敦煌故事赋的源头。参见程毅中：《唐代小说史》，人民文学出版社 2003 年版，第 82 页。伏俊琏认为，《高唐赋》是宋玉根据民间传说创作的故事赋。参见伏俊琏：《先秦“故事俗赋”钩沉》，《中国文化研究》2004 年第 4 期。

第二节　汉代小说的流变

汉代小说上承战国《山海经》《穆天子传》等，下为魏晋六朝小说发展奠基，那么，在两汉四百余年间，其演变的大致轨迹是什么样子？本节将汉代小说的发展分为西汉、东汉两朝的六个阶段，概述如下。

一、西汉时期小说之流变

（一）西汉前期

从汉高祖元年（前 206）到景帝后元三年（前 141）的 60 多年时间属于西汉前期。汉代小说的发展起步于这一阶段，在内容、风格方面带有较为明显的战国印记。最早出现的是秦汉之际的《燕丹子》，慷慨任气，情感激切，颇有战国遗风。另一部重要作品是文、景时的《韩诗外传》，杂记先秦历史故事。晁公武《郡斋读书志》卷二《诗类》指出该书“文辞清婉，有先秦风”[①]。还有汉初陆贾《南越行纪》，今存佚文四则。其中两则佚文见于晋嵇含《南方草木状》，一记耶悉茗花、茉莉花从胡地传入中国及其为南方女子喜爱事；一记罗浮山顶胡杨梅及海人采啖事。另两则佚文见引于《广东通志》卷五十二《物产志·鳞》，分别记牛鱼和乌贼鱼。[②]四则佚文所写颇似地理博物类故事。姚振宗《汉书艺文志拾补》卷二将《南越行纪》归入诸子略小说家[③]，今之论者或以此书为小说。

（二）西汉中期

西汉中期指汉武帝建元元年（前 140）至宣帝黄龙元年（前 49）的 90 余年时间，历经武、昭、宣三帝。这一阶段以方士为主体的小说家比较活跃，方士虞初与其《虞初周说》可以作为代表。根据《汉志》著录，产生于西汉中期的小说家著作有《封禅方说》十八篇、《待诏臣饶心术》二十五篇、《待诏臣安成未央术》一篇、《虞初周说》九百四十三篇、《臣寿周纪》七篇。前四种小说书均为武帝时作品，《臣寿周纪》作于宣帝时，

---

① (宋)晁公武撰，孙猛校证：《郡斋读书志校证》，上海古籍出版社 1990 年版，第 64 页。

② 参见王齐洲主编：《汉书艺文志及两汉书补志著录小说资料集》第三册，湖北人民出版社 2021 年版，第 171—172、204 页。

③ 参见二十五史刊行委员会编：《二十五史补编》第二册，中华书局 1955 年版，第 1482 页。

诸书作者应该都是方士。故事性较强、可能接近后世小说文体的，一般认为有《封禅方说》《虞初周说》和《臣寿周纪》。从这些情况看，武、宣之世应该出现过一次小说编撰的高潮。王利器《古代小说拾遗》说："其虞初一家，即有九百四十三篇，先秦著作卷帙之繁富未有逾于此者，六艺附庸，蔚为大国。"① 所说为是。不过，因《虞初周说》等小说家著作均久已亡佚，我们难以对这一阶段小说的发展状况作出更为具体的评价。另外，这一时期的故事赋值得注意。北大汉简中的故事赋《妄稽》，江苏连云港出土的《神乌傅》，成书于汉武帝时或稍后的时期。类似赋体之作还有宣帝时王褒《僮约》《责须髯奴辞》等。这些赋体之作具有明显的俳谐色彩，富于故事性，为汉代说部之一类。

（三）西汉后期

西汉后期指自汉元帝初元元年（前 48）至王莽地皇四年（23）的 70 多年时间。这是西汉时期小说发展成就最高的一个阶段，不但出现了刘向、扬雄、刘歆等重要的小说家，而且产生了具有较高艺术水准的《西京杂记》。这一阶段小说发展的成就主要表现在两个方面。

其一，《新序》《说苑》《列女传》《蜀王本纪》和《西京杂记》等重要汉代小说都问世于这一时期，其题材内容以轶事和志怪为主。依附于纬书、内容驳杂、数量颇丰的谶纬小说也兴起于西汉后期。

其二，这一阶段出现了刘向、扬雄、刘歆等重要的小说作家，其中刘向、刘歆父子乃汉代一流的小说作家。刘向小说作品数量丰富，传世者有《新序》三十篇 176 章、《说苑》二十篇 600 余章②、《列女传》七篇 104 章，散佚者有《世说》十篇③和《百家》一百三十九卷。有汉一代，唯刘向可比肩以"小说九百"而噪名的虞初了。刘歆《西京杂记》"意绪秀异，文笔可观"④，达到了汉代轶事小说的最高艺术水平，确立了刘歆作为汉代一流小说家的地位。

---

① 王利器:《古代小说拾遗》,《王利器推荐古代文言小说》,广陵书社 2004 年版,第 4 页。

② 据刘向《说苑叙录》,《说苑》原有二十篇 784 章,数量比今本更多。

③ 参见本书第六章第三节"世说"。

④ 鲁迅:《中国小说史略》,人民文学出版社 1996 年版,第 38 页。

二、东汉时期小说之流变

（一）东汉前期

东汉前期指从光武帝建武元年（25）到汉章帝章和二年（88）的60多年时间。这一阶段的重要作品有袁康、吴平《越绝书》和赵晔《吴越春秋》。其中，《吴越春秋》演述吴越争霸历史，内容多荒诞不经，是历史演义的雏形，其小说史意义不容忽视。这一阶段具有较强故事性的赋体文是杜笃《首阳山赋》，富于小说意味。此外，王充在《论衡》中频频称引“传书”和“传书言”，达40多次。根据王充的引述可知，这些“传书”所言大都是富有神异色彩的历史故事，实可归属小说的范畴，这也从一个方面反映出东汉前期文人编撰历史故事的风气。

（二）东汉中期

东汉中期是指从汉和帝永元元年（89）到汉质帝本初元年（146）的近60年时间。这一阶段小说作品数量虽然较少，但出现了为仙人立传的《列仙传》。[①]《列仙传》首次将仙人羽客题材引进小说之中，拓展、丰富了志怪小说的题材内容和艺术形象，具有重要的小说史意义。这一阶段的赋作之中，张衡《髑髅赋》是一篇富于寓言色彩的赋体小说。

（三）东汉后期

从桓帝建和元年（147）至献帝建安二十五年（220）属于东汉后期，历经70余年。问世于这一阶段的小说有《汉武故事》[②]、《异闻记》等，蔡邕《琴操》也载有一些富于神异色彩的历史故事，应劭《风俗通义》较多收录人物轶事和志怪故事；《神异经》和《十洲记》问世于稍前或者这一阶段。这一阶段小说作品数量较多，在艺术上也有比较明显的特色，是汉代小说的一个丰收期，主要表现在三个方面。

一是在题材上，小说取材的基本趋势是向民间细事转移，增强了世俗的平民生活气息。此前的汉代小说取材主要面向地理博物和历史故事，与现实生活距离较远。如《神异经》《十洲记》取材于地理博物内容，《燕丹子》《韩诗外传》《新序》《说苑》《列女传》《蜀王本纪》《越绝书》《吴越春秋》等取材于先秦历史以及神话传说；《西京杂记》虽取材于汉家当代，

① 古今多有学者认为《列仙传》是西汉末年刘向之作，我们认为其成书于东汉中期，详见本书第五章第二节。

② 《汉武故事》成书于东汉末年，详见本书第五章第三节。

但瞩目的是宫廷与贵族生活。谶纬小说的题材亦不外乎神话传说和地理博物内容。

东汉后期，小说取材向民间细事转移，这是一个新的变化。《异闻记》虽仅存两则佚文，但张广定小女故事取材于汉末的乱离之世，表现了一定的平民色彩和现实生活气息。《风俗通义》的《怪神》《正失》等篇，杂记产生于当世民间的神怪故事；《愆礼》《过誉》等篇主要记载汉末士人的日常言行，均取材于民间现实生活。灵帝时的鸿都门学诸生“造作赋说”，“憙陈方俗闾里小事”，也透露出小说取材向民间细事转移的信息。刘季高《鸿都门学在中国文艺发展过程中的作用》一文认为，鸿都门下诸生“造作赋说”的“说”，应该就是小说；诸生为此而关注的“方俗闾里小事”，就是社会新闻一类的东西。①

二是在汉魏六朝志怪小说中常见的仙、鬼、精、怪等形象，俱备于这一时期；轶事小说中的士人形象则开启了魏晋名士形象的先河。《风俗通义》中的志怪故事取材广泛，无论上古神话还是现世奇闻，均予采择，多涉仙、鬼、精、怪等形象。如《正失篇》“叶令祠”条，《怪神篇》“汝阳西门习武亭”条、“司空南阳来季德”条，分别叙写仙人王乔、吴氏女鬼、乡里狗怪等故事。《风俗通义》先于魏晋六朝小说，首次将仙、鬼、精、怪等艺术形象汇集于一书。精、怪在当时又被称为“物”。陈文新指出：“仙、鬼、物是支撑魏晋南北朝志怪的三种基本形象。魏晋南北朝志怪具有多大价值，大体上是由这三类形象决定的。”②《风俗通义》中的《正失》和《怪神》等篇，正是魏晋六朝志怪小说的艺术铺垫。

《风俗通义》中的轶事小说描写了一些汉末士人形象。如《愆礼篇》“山阳太守汝南薛恭祖”条、“公车征士豫章徐孺子”条，《过誉篇》“江夏太守赵仲让”条，所写薛恭祖、徐孺子和赵仲让，不拘礼法，率意而行，追求个性自如。与《韩诗外传》《新序》《说苑》等书中常见的危言庄论的人物形象相比，《风俗通义》中的士人形象更具活力，面目一新，成为魏晋六朝轶事小说中名士形象的先声。

三是《异闻记》和《风俗通义·怪神篇》初步确立了志怪小说的一种新类型。两书既不同于《山海经》《神异经》《十洲记》之类地理博物体志

---

① 参见刘季高著，刘芳荪、陈尚君、高克勤整理：《刘季高文存》，上海古籍出版社 2009 年版，第 230 页。

② 陈文新：《传统小说与小说传统》，武汉大学出版社 2005 年版，第 25 页。

怪小说，也不同于《列仙传》《汉武故事》等为仙人、帝王立传的杂史体志怪小说，而是杂记各种怪异传闻，题材内容包罗神、仙、鬼、精、怪等。这种杂记体志怪的形式开启了魏晋六朝《列异传》《搜神记》等志怪小说的先河。

以上是汉代小说发展的大致轨迹。需要说明的是，这只是一个粗略的线条勾勒，尚不足以较为准确地说明汉代小说发展演变的实际情形。其所以如此，主要是还有一些小说，如兴起于西汉后期的谶纬小说和某些杂史杂传类的小说，虽然基本可以确定为汉代之作，但因文献不足，目前难以进一步考订其成书于两汉何时。虽然如此，这个粗略勾勒的线条仍然显示出，在西汉中期和后期、东汉前期和后期，小说获得了较为充分的发展；从艺术上看，西汉后期、东汉后期小说的成就更高一些，而东汉后期小说的发展成就整体超越了西汉后期。

第三节　汉代小说的类别

在前两节中，我们从历史的纵向维度上梳理了汉代小说的源流与演变的大致轨迹。两汉四百年，小说作品数量丰富，题材与体例较杂，这就有一个在横向维度上如何分类考察和把握的问题。本节对此予以讨论。

一、汉代小说分类概说

在中国古代，唐人刘知几和明人胡应麟对小说的分类意见影响深远。刘知几是最早对小说进行系统分类的古代学者。在《史通·杂述篇》中，刘知几将偏记小说分为偏记、小录、逸事、琐言、郡书、家史、别传、杂记、地理书和都邑簿等十类；其举例时所涉及的汉代小说作品，一是《西京杂记》，归于逸事类；二是《列女传》，归于别传类。① 刘知几将小说视为“史氏流别”，是以史学家的眼光来看待小说并据以分类的。胡应麟《少室山房笔丛·九流绪论下》则遵循《汉志》诸子略以来的传统，将小说视为子书的一大类别，把小说分为六类：

① 参见（唐）刘知几撰，（清）浦起龙通释，吕思勉评：《史通》，上海古籍出版社2008年版，第193—194页。

> 小说家一类又自分数种。一曰志怪，《搜神》《述异》《宣室》《酉阳》之类是也；一曰传奇，《飞燕》《太真》《崔莺》《霍玉》之类是也；一曰杂录，《世说》《语林》《琐言》《因话》之类是也；一曰丛谈，《容斋》《梦溪》《东谷》《道山》之类是也；一曰辨订，《鼠璞》《鸡肋》《资暇》《辨疑》之类是也；一曰箴规，《家训》《世范》《劝善》《省心》之类是也。①

由于分类出发点和所取角度不同，刘知几和胡应麟对小说的分类意见几无所同。比较而言，胡应麟的分类表现出重视作品文学性的倾向，如所举志怪、传奇和杂录之作，今天均属于文学意义上的小说。

从分类举例来看，胡应麟的志怪、传奇和杂录等三分法，属于对文言短篇小说的分类。这种分类法对后来的文言短篇小说分类产生了深远影响，具有重要的学术史意义。当今学界通常将文言短篇小说分为志怪、轶事、传奇等三类，其中轶事一类大致相当于胡应麟所称的杂录，这由他所举例证可以看得出来。

就汉代小说作品的分类而言，当今学界有两分法和三分法。采取两分法的学者有吴志达、侯忠义等。吴志达《中国文言小说史》将汉代小说分为杂传体和杂记体两类，《燕丹子》《越绝书》和《吴越春秋》属于前一类，后一类有《韩诗外传》《新序》《说苑》《列女传》和《西京杂记》等。② 侯忠义《汉魏六朝小说简史》将汉代小说分为志怪和轶事两类，前者有《列仙传》《神异经》和《十洲记》，后者列入《燕丹子》《汉武故事》和《飞燕外传》。③ 比较两部著作的分类标准，吴著以文体特征为首要尺度，侯著主要从题材内容着眼。两家分类目标的范围也有所不同，侯著主要考察汉代的短篇小说，吴著同时还关注了中长篇之作的《越绝书》和《吴越春秋》。

采用三分法的学者有杜贵晨、杨义、李剑国等。杜贵晨《中国古代短篇小说史》将汉代短篇小说分为传奇④、志怪和志轶三类。传奇之作有《汉武故事》《赵飞燕外传》和《燕丹子》等，志怪之作有《列仙传》《神

---

① (明)胡应麟:《少室山房笔丛》,上海书店出版社 2009 年版,第 282 页。

② 参见吴志达:《中国文言小说史》,齐鲁书社 1994 年版,第 41—81 页。

③ 侯忠义:《汉魏六朝小说简史　唐代小说简史》,山西人民出版社 2005 年版,第 9—19 页。

④ 杜贵晨认为,在中国文言小说史上,传奇小说不限于唐宋,上接秦汉而下启明清,是一脉相承的。参见杜贵晨:《"传奇"名义及文言小说分类》,《明清小说研究》1994 年第 2 期。

异经》和《异闻记》等，志轶之作有《新序》《说苑》和《西京杂记》等。[①] 杨义《中国古典小说史论》将汉代小说分为杂史、志怪和"世说体"三类。其中，《燕丹子》《吴越春秋》和《越绝书》属于杂史小说，志怪小说举《神异经》为例，《说苑》则被归为"世说体"小说的类别。[②] 李剑国、陈洪主编《中国小说通史·先唐卷》分汉代小说为杂传、志怪和杂事三类。杂传小说有《燕丹子》《汉武故事》《蜀王本纪》《赵飞燕外传》等；志怪小说包括《神异经》《括地图》《十洲记》等；《西京杂记》归属于杂事小说。[③] 以上各位学者所取的分类标准和目标范围各有异同。就分类标准而言，《中国古代短篇小说史》和《中国古典小说史论》主要从小说的题材着眼。《中国小说通史·先唐卷》强调小说的文体特征作为分类标准的重要性，该书所说的志怪小说就是"一种以杂记怪异之事为主的小说丛集"[④]，首先从文体的形式特征着眼，其次是题材内容的取向特征。在作品的目标范围上，《中国古代短篇小说史》和《中国小说通史·先唐卷》着眼于短篇小说，《中国古典小说史论》同时将中长篇的《吴越春秋》和《越绝书》纳入了分类视野。

二、本书的汉代小说分类

综合参考以上诸家之说，根据所论作品的题材内容和文体特征等因素，本书将汉代小说分为四类，分别为志怪、轶事、杂史和赋体小说。

一是志怪小说，指"张皇鬼神，称道灵异"[⑤] 的短篇小说，如《神异经》《十洲记》和《异闻记》等。二是轶事小说，指杂记人间言动、偏于采录逸闻轶事的短篇之作，如《新序》《说苑》和《西京杂记》等杂记人事的短篇历史故事集。总体来看，志怪和轶事两种类型的作品占据了汉代小说数量的主体。三是小说化的杂史杂传，亦即杂史小说。《燕丹子》《列女传》《越绝书》《吴越春秋》和《赵飞燕外传》等，以某一个或某一类历史人物或事件为中心，或记录传闻的历史故事，或书写一代兴亡，形成了自身的题材及体制特征。正如《隋志》杂史类序言所说："非史策之正"，

① 参见杜贵晨：《中国古代短篇小说史》，中州古籍出版社 1991 年版，第 35—68 页。
② 参见杨义：《中国古典小说史论》，人民出版社 1998 年版，第 85—147 页。
③ 参见李剑国、陈洪主编：《中国小说通史·先唐卷》，高等教育出版社 2007 年版，第 94—154 页。
④ 李剑国、陈洪主编：《中国小说通史·先唐卷》，高等教育出版社 2007 年版，第 55 页。
⑤ 鲁迅：《中国小说史略》，人民文学出版社 2006 年版，第 43 页。

"体制不经"，"有委巷之说，迂怪妄诞，真虚莫测"。[①] 历代公私书目一般将这类作品著录于史部杂史类或杂传类。这种情形的作品并非通常意义上的志怪小说和轶事小说的类别所能容纳，我们将其统称为杂史小说，其中也包括了杂传小说。当然，还有的小说以史传体而志怪，如《列仙传》《蜀王本纪》和《汉武故事》，从而在分类中表现出两属性，也就是既可划入志怪小说的范畴，也可归入杂史小说一类，这在分类中是一个容易顾此失彼的问题。胡应麟《少室山房笔丛·九流绪论下》已注意到小说分类的这一困难，故云："至于志怪、传奇，尤易出入，或一书之中二事并载，一事之内两端具存，姑举其重而已。"[②] 凡属于这种情形的作品，我们参考学界的通常做法，将它们列入志怪小说，亦为"姑举其重"而已。

对志怪、轶事和杂史等三类小说，我们主要根据其题材、内容以及体制特征来进行分类。此外还有一类故事赋作品，如王褒《僮约》和《责须髯奴辞》、杜笃《首阳山赋》、张衡《髑髅赋》、蔡邕《短人赋》，以及近年考古发现的《妄稽》和《神乌傅》等。这些赋作运用虚构的艺术手段，以赋体文述说故事，情节性较强，富于小说色彩。不过，它们不同于一般小说作品的散体文形式，语言介乎韵散之间，具有文体的特殊性，故单独列为一个类别，这样可以更为全面地反映汉代小说发展演变的实际状况和面貌。因此，本书将《妄稽》《神乌傅》《僮约》等故事赋归类为赋体小说。对汉代小说作品这一类型概念的提出，我们借鉴、采纳了学界前辈和时贤的研究成果。王利器《敦煌文学中的〈韩朋赋〉》一文，称《韩朋赋》"这种小说的体裁叫做赋"[③]，是为学界对赋体小说概念的初步提出。杜贵晨《中国古代短篇小说史》谈及王褒《僮约》，指出其"以通俗语入文……可以看作一篇当时的白话赋体小说"[④]。在《叙事赋与中国小说的发展》和《唐人小说中的"诗笔"与"诗文小说"的兴衰》等论文中，程毅中系统考察宋玉《高唐赋》和《神女赋》、佚名《神乌赋（傅）》、张衡《髑髅赋》、曹植《洛神赋》与张敏《神女赋》等先唐故事赋，指出"叙事赋本身就可以说是小说的一体"[⑤]，并将它们定名为"辞赋体的小说"[⑥]。

---

① （唐）魏徵、令狐德棻：《隋书》，中华书局 1973 年版，第 962 页。

② （明）胡应麟：《少室山房笔丛》，上海书店出版社 2009 年版，第 282—283 页。

③ 《文学遗产》编辑部编：《文学遗产》增刊第一辑，作家出版社 1955 年版，第 440 页。

④ 杜贵晨：《中国古代短篇小说史》，中州古籍出版社 1991 年版，第 40 页。

⑤ 程毅中：《叙事赋与中国小说的发展》，《中国文化》2007 年第 24 期。

⑥ 程毅中：《唐人小说中的"诗笔"与"诗文小说"的兴衰》，《文学遗产》2007 年第 6 期。

无论“白话赋体小说”还是“辞赋体的小说”等界定，都比较客观地反映了《高唐赋》《神女赋》《神乌赋（傅）》《僮约》《髑髅赋》《洛神赋》以及《韩朋赋》等故事赋的小说特征。有鉴于此，我们采用“赋体小说”的概念指称汉代故事赋《妄稽》《神乌傅》《僮约》等诸作。

以上，我们将汉代小说分为志怪小说、轶事小说、杂史小说、赋体小说。在以下各章节中，我们按照这一类别划分，对汉代小说进行分类考察和研讨。

第五章　汉代志怪小说

在四种类别的汉代小说中，数量最多的是志怪小说。具体而言，主要作品有地理博物体志怪《神异经》和《十洲记》，杂史体志怪《列仙传》《蜀王本纪》《汉武故事》，杂记体志怪《异闻记》和《风俗通义·怪神篇》等；纬书中的谶纬小说兼收并蓄地理博物体志怪和杂史体志怪的内容，也是汉代志怪小说的一个组成部分。还有一部作者佚名、仅存零星佚文的《神仙传》，当与《列仙传》属同一体例的志怪之作。本章主要考论这些作品。

第一节　《神异经》和《十洲记》

在以《山海经》为开端的唐前地理博物志怪小说系统中，《神异经》和《十洲记》是两部重要的作品。两书作者旧题东方朔，成书时代向有争议。

一、《神异经》《十洲记》的成书时代

《隋志》史部地理类著录《神异经》和《十洲记》，题东方朔撰，均为一卷。

《神异经》和《十洲记》作者题为东方朔由来已久。《三国志·魏书·齐王芳纪》裴松之注有“东方朔《神异经》”[①] 之说。郦道元《水经注》卷一《河水》称“东方朔《十洲记》”“张华叙东方朔《神异经》”，卷十三《㶟水》称“东方朔《神异传》”等。[②] 这都说明，至迟在南北朝时，

① （晋）陈寿撰，（南朝宋）裴松之注：《三国志》，中华书局 1982 年版，第 118 页。

② （北魏）郦道元著，（清）王先谦校：《合校水经注》，中华书局 2009 年版，第 10、11、208 页。

《神异经》和《十洲记》已被归于东方朔名下。隋唐以迄明清，公私书目著录两书时，作者多题为东方朔。近世以来，学界对两书成书时代问题考论颇多，大都以两书为魏晋六朝之作。我们认为，《神异经》和《十洲记》作者东方朔说出于魏晋六朝时人附会与依托，不过，两书可信为汉代作品。

先看《神异经》。段玉裁《古文尚书撰异》卷一“帝曰畴咨若予采驩兜曰”条[①]、陶宪曾《神异经辑校序》[②]、胡玉缙《四库全书总目提要补正》卷四十二小说家类二“《神异经》一卷”条[③]、余嘉锡《四库提要辨证》卷十八小说家类三“《神异经》一卷”条[④]，都关注到《左传》文公十八年孔颖达疏。孔氏疏云：“服虔案：‘《神异经》云：梼杌状如虎，毫长二尺，人面、虎足、猪牙，尾长丈八尺，能斗不退。’”[⑤] 按服虔其人，字子慎，生活于东汉末年，灵帝中平（184—189年）末官拜九江太守，不久病卒，著有《春秋左氏传解》，传见《后汉书》卷七十九下《儒林列传》。《神异经》既为服虔所称引，则其成书不会迟于灵帝中平年间。但该书不见班固《汉志》著录。周次吉、王国良等学者还注意到，许慎《说文解字》对《神异经》所载草木、鸟兽、杂物，以及不少罕见的字词，未曾收录，因而推断许慎应该不曾见到《神异经》，该书当时尚未问世。[⑥]《说文解字》成书于汉和帝永元十二年（100）至安帝建光元年（121）之间。综合这些情况来看，《神异经》大约成书于顺帝、桓帝时期，是东汉中后期的作品。

再看《十洲记》。明清以来，人们多以其为六朝人之作，《四库全书总目》的观点很有代表性。《总目》卷一百四十二子部小说家类三《海内十洲记》条云：“考刘向所录（东方）朔书无此名。书中载武帝幸华林园射虎事。案《文选》应贞《晋武帝华林园集诗》李善注引《洛阳图经》曰：‘华林园在城内东北隅，魏明帝起，名芳林园，齐王芳改为华林。’武帝时

---

① 赖永海主编：《段玉裁全书》第一册，江苏人民出版社2015年版，第40页。

② 陶宪曾：《神异经辑校》，《船山学报》第一册，1933年。

③ 胡玉缙撰，王欣夫辑：《四库全书总目提要补正》，上海书店出版社2020年版，第1128页。

④ 余嘉锡：《四库提要辨证》，云南人民出版社2004年版，第952页。

⑤ （清）阮元校刻：《十三经注疏》（清嘉庆刊本），中华书局2009年版，第4043页。

⑥ 参见周次吉：《神异经研究》，（台北）文津出版社1986年版，第81页；王国良：《神异经研究》，（台北）文史哲出版社1985年版，第7页。按：周次吉、王国良均认为《神异经》成书于晋（周氏持东晋末年成书说，王氏持西晋末年成书说），质疑服虔《春秋左氏传解》注引《神异经》的资料，但所列举的证据皆难凭信，对此，陈建樑予以驳议。参见陈建樑：《〈神异经〉成书年代平议》，《古籍整理研究学刊》1995年第3期。不过，周、王两位学者所指《说文解字》未曾收录《神异经》字词事，可佐证《神异经》成书于《说文解字》之后。

安有是号？盖六朝词人所依托。观其引卫叔卿事，知出《神仙传》。后引《五岳真形图》事，知出《汉武内传》后也。”① 不过，《总目》所说皆有不足凭据之处，李剑国《唐前志怪小说史》均予详辩，大略有三：其一，武帝射虎之华林园乃上林苑之讹；其二，卫叔卿为汉武帝时人，《十洲记》和《神仙传》均可采其传闻入书，不能据此怀疑《十洲记》出于《神仙传》之后；其三，《五岳真形图》是神仙家、谶纬家编造的神仙秘图，流行很早，并不始于《汉武内传》。② 由此来看，以《十洲记》为六朝之作的观点是仍可商榷的。

我们认为，《十洲记》可信为汉代作品。首先，晋人郭璞（字景纯）《游仙诗》已化用《十洲记》典故。宋晁载之《续谈助》卷一《十洲记跋》云：“李善注《文选》郭景纯《游仙诗》，已云东方朔《十洲记》曰：‘臣故韬隐逸而赴王庭，藏养生而侍朱门矣。’则此书亦近古所传也。”后有注语云：“景纯《游仙诗》曰：‘朱门何足荣，未若托蓬莱。’善之注如此。其后又曰：‘圆丘有奇草，钟山出灵液。’善之注曰：‘东方朔《十洲记》言北海外有钟山，自生千岁芝及神草，灵液谓玉膏之属也。’若景纯所言果以此，则此书诚出于晋魏之前矣。”③ 此之所谓“晋魏之前”，盖以其为汉代之作。其次，汉代纬书《龙鱼河图》中已有与《十洲记》内容相似的文字，云：“玄洲在北海中，地方三千里，去南岸十万里。上有芝著玄涧，涧水如蜜味，服之长生。”“流洲在西海中，地方三千里。上多山川积石，名为昆吾石。冶其石为铁作剑，光明照洞如水精，以割玉，如土。”④ 这两段文字所写都是地理博物类内容，同样内容也见于《十洲记》，表明《龙鱼河图》与《十洲记》有题材的相互取用关系，故而有学者推论《十洲记》多承袭河图类纬书遗文⑤，确有其道理。谶纬思潮兴起于西汉末年，大盛于新莽和东汉早期，作为纬书的《龙鱼河图》就问世于这一时期，那么，《十洲记》的成书时代当在《龙鱼河图》之前或之后。但《十洲记》不见于《汉志》著录，则其在东汉早期应该尚未问世。由此来看，《十洲记》最早成书于东汉中后期，而以成书于东汉后期的可能性更大。

《神异经》和《十洲记》同属于《山海经》开创的地理博物志怪小说

① （清）永瑢等撰：《四库全书总目》，中华书局1965年版，第1206页。

② 参见李剑国：《唐前志怪小说史》（修订本），天津教育出版社2005年版，第162—163页。

③ （宋）晁载之：《续谈助》（外二种），（台北）新文丰出版公司1984年版，第6页。

④ 〔日〕安居香山、中村璋八辑：《纬书集成》，河北人民出版社1994年版，第1155页。

⑤ 参见李丰楙：《仙境与游历：神仙世界的想象》，中华书局2010年版，第270页。

系统，是汉代地理博物志怪的代表性作品。明清以来，两书辑本颇多。今人周次吉《神异经研究》、王国良《神异经研究》和《海内十洲记研究》、李剑锋《唐前小说史料研究》等，在明清辑本基础上，续有校释、正误和补辑等工作，使两书内容更趋丰富。因两书在内容和艺术方面各有特色，故以下分而论之。

二、《神异经》的内容与艺术

《神异经》九篇，按照方位移换，分述东荒、东南荒、南荒、西南荒、西荒、西北荒、北荒、东北荒与中荒等九荒的神灵异人、草木飞走等。这一结构方式取法于《山海经》。与《山海经》以南方为叙述起点不同的是，《神异经》以东方为叙述起点，这可能与汉代阴阳五行学说中东方主生的观念有关。在内容上，《山海经》（尤其《山经》部分）一般既写山川道里，又述珍奇异物；《神异经》则“略于山川道里而详于异物，间有嘲讽之辞”①。林辰指出，《神异经》“是旧瓶装新酒，在摹仿中拓展《山海经》里的神话，赋予旧神话以新的寓意”②。这实际是《神异经》较《山海经》的一个明显变化之处。

如果把《神异经》置于先唐时期地理博物志怪小说系统中观察，我们可以发现，《神异经》内容的一个重要特征是具有一定的道德教化色彩。《山海经》《十洲记》《汉武洞冥记》以及《博物志》等先唐地理博物志怪小说，大都比较单纯地讲述远国殊俗、荒外珍异等，展示的是一个充满物怪的荒诞离奇的世界，基本不涉及对现世人间伦理道德的价值评判。对读者来说，这些作品的功能主要是助人“多识博物”（《汉书·叙传》），以广异闻，扩展知识视野，因而更多地具有一种认识价值；至于审美感受，基本是一种纯然的陌生感和惊奇感。

《神异经》并不致力于讲述单纯的地理博物故事。它往往在荒诞离奇的故事内容中巧妙地融入儒家的伦理道德观念，对读者给予道德的启迪和伦理的教化。如穷奇形象，原出《山海经》的《西山经·西次四经》和《海内北经》：

其（邽山）上有兽焉，其状如牛，猬毛，名曰穷奇，音如獆狗，

① 鲁迅：《中国小说史略》，人民文学出版社 2006 年版，第 32 页。
② 林辰：《神怪小说史》，浙江古籍出版社 1998 年版，第 94 页。

是食人。

穷奇状如虎，有翼，食人从首始，所食被发，在蜪犬北。一曰从足。①

所写穷奇是一种令人恐怖的食人恶兽，文字内容不具道德教化意涵。在《神异经·西北荒经》中，穷奇的形象有较多变化：

西北有兽焉，其状似虎，有翼能飞，便剿食人。知人言语，闻人斗，辄食直者；闻人忠信，辄食其鼻，闻人恶逆不善，辄杀兽往馈之，名曰穷奇。亦食诸禽兽也。②

所写穷奇专食正直之人，助纣为虐，残害忠信，是邪恶的化身和地道的帮凶。这一形象是在《山海经》写穷奇乃食人恶兽的基础上，融入富于道德评价意味的讽刺性意旨加工而成的，表现了《神异经》作者对世间恶人、恶势力的嘲讽，既具批判色彩，又深含教育意义。在《神异经》中，类似穷奇的形象颇不乏见。如："为人很恶奸疏"的驩兜（《南荒经》），"性狠恶"的饕餮，"常欺人"的讹兽（《西南荒经》），"人有德行，而往牴触之；有凶德，则往依凭之"的浑沌，"搅乱荒中"的梼杌，"为人饕餮，淫逸无理"的苗民，"伺人独自，辄往就人，欲食人脑"的貘狗（《西荒经》），"贪恶顽愚"的共工（《西北荒经》），"吹人则病，罗人则疾"的獠，"不孝""不慈""不道"的不孝鸟（《中荒经》）。这些各具恶品恶行的凶兽、怪禽与异人，固然多为《神异经》作者向空虚构的荒外怪奇，但我们还是不难看出，作者意在借助它们的形象去讽刺、批判违背儒家伦理道德的丑恶人物与社会现象，其指向是现世人间，这使《神异经》在内容的荒诞中蕴含了一定程度的批判现实的意义。

《神异经》作者不仅借荒外怪奇的形象以嘲讽和批判人间丑恶，而且婉转表达了自己对真、善、美的希冀和追求。如《东荒经》中的东方善人：

东方有人焉，男皆朱衣缟带玄冠，女皆采衣。男女便转可爱，恒

---

① 袁珂校注:《山海经校注》(最终修订版),北京联合出版公司 2014 年版,第 56、271 页。

② 王国良:《神异经研究》,(台北)文史哲出版社 1985 年版,第 90 页。

分坐而不相犯，相誉而不相毁。见人有患，投死救之，名曰善，一名敬，一名美。不妄言，嘿嘿然而笑；仓卒见之，如痴。

张华注："俗云善人如痴，此之谓也。"① 细为品读，我们感觉这则故事在一丝善意的揶揄中，赞美善人行遵礼义的君子人品。再如《东南荒经》所写尺郭：

东南方有人焉，周行天下。身长七丈，腹围如其长。头戴鸡父、魌头，朱衣缟带，以赤蛇绕额，尾合于头。不饮不食，朝吞恶鬼三千，暮吞三百。此人以鬼为饭，以露为浆，名曰尺郭，一名食邪，一名黄父。②

尺郭以鬼为饭，专吞恶鬼，因而又名食邪。这一形象被赋予了扫荡天下邪恶的意蕴，读者能从中感受到作者嫉恶如仇的正义之心。又如《神异经》所写獬豸：

东北荒中有兽焉，其状如羊，一角，毛青，四足似熊。性忠而直，见人斗则触不直，闻人论则咋不正，名曰獬豸，一名任法兽。③

所写獬豸形象，其意蕴是与穷奇形象相对的。这个故事表现了《神异经》作者对人忠直品德的赞美和对司法公正的向往。在《神异经》中，《西南荒经》无不达、《西荒经》鹄国人、《西北荒经》无路之人等故事，也都寄寓了道德教化之意。这类故事使《神异经》表现出一定程度的道德教化色彩，这在先唐地理博物类志怪小说中是独具一格、颇有特色的。

《神异经》还表现出贴近生活的情趣化倾向。且看《东荒经》东王公故事：

东荒山中有大石室，东王公居焉。长一丈，头发皓白，鸟面人形而虎尾，载一黑熊，左右顾望。恒与一玉女更投壶，每投千二百矫。

① 王国良：《神异经研究》，(台北)文史哲出版社1985年版，第48页。
② 王国良：《神异经研究》，(台北)文史哲出版社1985年版，第56页。
③ 王国良：《神异经研究》，(台北)文史哲出版社1985年版，第117页。

设有入不出者，天为之噫嘘。矫出而脱误不接者，天为之笑。①

故事主人公东王公，行为举止充满了人世间的气息，简直是一个可爱的老顽童。作为投壶游戏旁观者的“天”，其或为游戏噫嘘、或为之笑的形象，也让读者感到亲切。通过这一故事，读者可以感受到《神异经》作者对悠闲、雅致生活的欣赏和向往。

更有意思的是《中荒经》西王母与东王公故事：

昆仑之山有铜柱焉，其高入天，所谓天柱也。围三千里，圆周如削。下有回屋焉，壁方百丈，仙人九府治所，与天地同休息。男女名曰玉人，无为配匹，而仙道成也。上有大鸟，名曰希有。南向，张左翼覆东王公，右翼覆西王母。背上小处无羽，一万九千里，西王母岁登翼上之东王公也。其喙赤，目黄如金。其肉苦咸，仙人甘之，与天消息；不仙者食之，其肉苦如醷。故其柱铭曰：昆仑铜柱，其高入天，员周如削，肤体美焉。其鸟铭曰：有鸟希有，喙赤煌煌，不鸣不食；东覆东王公，西覆西王母。王母欲东，登之自通；阴阳相须，唯会益工。②

按诸《山海经》和《穆天子传》，两书所写西王母孤独无偶，寡居西方荒蛮世界。在汉代人看来，夫妇匹配方合乎阴阳相须的原则，故而创造出一位东王公，使之成为西王母的配偶神。两位仙人被大鸟左右翼护，一东一西，相映成趣；尤富人情者，是他们每岁按时相会于大鸟之背，享受夫妇团聚的幸福。仙人尚且如此，何况人间夫妇？这也是该故事包含的一层美好寓意吧。

道德教化色彩和贴近生活的情趣化倾向是《神异经》内容的明显特色，从中可见其作者颇为积极的入世心态。《神异经》突破了同类题材志怪小说大都单纯、超然地讲述荒外故事以广异闻的局限，具有一定的意蕴和意趣，因而成为先唐地理博物志怪小说中的优秀之作。

就其艺术表征而言，《神异经》偏好叙写高大、巨型的仙人或异民形象，以及雄壮、神异的殊方珍奇。书中写东王公居于“大石室”（《东荒

---

① 王国良：《神异经研究》，（台北）文史哲出版社1985年版，第47页。

② 王国良：《神异经研究》，（台北）文史哲出版社1985年版，第104页。

经》），翼护他和西王母的是一只“大鸟”，此鸟即使背上“小处无羽”之处居然也有“一万九千里”（《中荒经》）；东南荒中邪木高达三十丈，朴父夫妇“并高千里”（《东南荒经》）；火山中巨鼠“重百斤，毛长二尺余”（《南荒经》）；西海外鹄国人“皆寿三百岁”（《西荒经》）。如此等等，极尽想象、夸饰之能事，使《神异经》表现出以大、长、广为美的艺术倾向，与《山海经》和《博物志》等地理博物志怪小说有所不同。

《神异经》的叙写手法有婉曲之致，能将讽喻教化之意巧妙自然地融入故事之中，几乎达到水乳融合的程度。这可算作《神异经》在小说艺术上的一大创造。在中国古代小说史上，《儒林外史》以其“戚而能谐，婉而多讽”① 而达到古代小说讽刺艺术的极致，这种风格的源头实可追溯到《神异经》。

三、《十洲记》的内容与艺术

《十洲记》写汉武帝听说八方巨海中有祖洲、瀛洲、玄洲等十洲，向东方朔询问十洲情况；东方朔为其详述十洲与沧海岛、扶桑等仙洲神岛的神仙真人、珍禽异兽、奇物异宝，如天帝君、东王父、西王母、太上真人、不死草、玉醴泉、风生兽、火光兽、续弦胶等。《十洲记》所写多是单纯的地理博物故事，亦侈言神仙神界。比较于《神异经》蕴含的道德教化色彩和贴近生活的情趣化倾向，《十洲记》志在出世逍遥，张皇仙道的色彩比较明显，思想意蕴较为浅薄，其长处主要在艺术方面。

首先，《十洲记》营构了一个饮醴食芝、琼宫玉宇、等级秩序分明的仙人世界，为古代小说描绘仙人世界提供了艺术参照和借鉴。

战国和秦汉时期，随着神仙信仰的流行，一个虚无缥缈的仙人世界被想象、营构出来。这一仙人世界包括两方面的内容。一是仙人的活动地域。战国时燕齐方士编造出蓬莱、瀛洲、方丈三神山之说，稍后，西方的昆仑山也被描绘为仙人之都。《淮南子·墬形训》云：“昆仑之丘，或上倍之，是谓凉风之山，登之而不死。或上倍之，是谓悬圃，登之乃灵，能使风雨。或上倍之，乃维上天，登之乃神，是谓太帝之居。”② 在当时人的想象和观念中，仙人活动于东部燕齐海滨和西方的昆仑山，仙人的活动地域是比较集中而且有限的范围。二是仙人的生活方式。《庄子·逍遥游》

---

① 鲁迅：《中国小说史略》，人民文学出版社 2006 年版，第 226 页。

② 何宁集释：《淮南子集释》，中华书局 1998 年版，第 328 页。

写仙人“不食五谷，吸风饮露。乘云气，御飞龙，而游乎四海之外”①。《史记·司马相如列传》称“列仙之传居山泽间，形容甚臞”②。《列仙传》则更多地表明，仙人往往独处于高山或隐于人间；隐于人间者，除非自显峥嵘，否则与世人无甚大异。总之，仙人尽管长生不死，却不免孤独与清苦。

《十洲记》以奇瑰的想象将仙人世界向“八方巨海”拓展开去，较之战国以来的传统说法，不但仙人世界的领域空前扩张，而且仙人的生活也变得荣华富贵了。《十洲记》描绘了祖、瀛、玄、炎、长、元、流、生、凤麟、聚窟等十洲与沧海岛、方丈洲、扶桑、蓬丘、昆仑等世外仙洲神岛，各洲、岛生长着种种珍禽异兽，充满奇物异宝，均有仙人优游乐居。此以描述瀛洲、长洲、沧海岛、方丈洲的文字为例：

> 瀛洲在东海之东，地方四千里；大抵是对会稽，去西岸七十万里。上生神芝、仙草。又有玉石，高且千丈，出泉如酒，味甘，名之为玉醴泉。饮之数升辄醉，令人长生。洲上多仙家，风俗似吴人，山川如中国也。
>
> 长洲，一名青丘，在南海辰巳之地，地方五千里，去岸二十五万里。上饶山川，又多大树。树乃有二千围者。一洲之上，专是林木，故一名青丘。又有仙草、灵药、甘液、玉英，靡所不有。又有风山，山恒震声。有紫府宫，天真仙女游于此地。
>
> 沧海岛在北海中，地方三千里，去岸二十一万里。海四面绕岛，各广五千里，水皆苍色，仙人谓之沧海也。岛上专是大山，积石至多，石象、八石、石脑、石桂英、流丹、黄子、石胆之辈百余种，皆生于岛。石，服之神仙长生。岛中有紫石宫室，九老仙都治处，仙官数万人居焉。
>
> 方丈洲在东海中心，西南东北岸相去正等方丈，面各五千里。上专是群龙所聚，有金玉琉璃之宫，三天司命所治之处。群仙不欲升天者，皆往来此洲，受太玄生箓。仙家数十万，耕田种芝草，课计顷亩，如种稻状；亦有玉石泉。上有九源丈人宫，主领天下水神及龙、

① （清）王先谦撰，沈啸寰点校：《庄子集解》，中华书局2012年版，第14页。
② （汉）司马迁：《史记》，中华书局1982年版，第3056页。

蛟、巨鲸、阴精水兽之辈。①

这些文字所描绘的仙人世界和生活是前所未见的：仙人遨游于世外仙洲神岛之上，居于琼宫玉宇之中，饮醴食芝，富贵长生。《十洲记》一改传统说法中仙人孤独清苦的形象，所写仙人世界充满了富丽华贵的气象，吸引世间凡人的向往。

《十洲记》所写仙人世界有了不同的等级分别。所谓“群仙不欲升天者，皆往来此洲”，说明仙人有天上与地上之分，此或为后世天仙、地仙之说的由来。长洲“有紫府宫，天真仙女游于此地”，沧海岛中“有紫石宫室，九老仙都治处，仙官数万人居焉”，方丈洲“有九源丈人宫，主领天下水神及龙、蛟、巨鲸、阴精水兽之辈”，如此等等，都说明同为地上仙人，也有地位的差别和职责的不同。可见《十洲记》营构的是一个等级有序、职责分明的仙人世界，仙人被纳入一定的等级与秩序之中，不再是传统说法中游神散仙、天马行空的无序状态。这样的仙人世界是前所未见的，显示了《十洲记》作者建构仙界体系的意图。

天上神仙，人间帝王，《十洲记》描绘的仙人世界不过是对帝王与富贵阶层豪奢生活的翻版和夸饰。当然，仙人世界也有着农夫勤于稼穑的影子，方丈洲仙家数十万“耕田种芝草，课计顷亩，如种稻状”，就说明了这一点。但总体看来，《十洲记》营构的仙人世界表现的是富贵神仙的意蕴，这成为后世小说描绘仙人世界的参照和借鉴。像《西游记》中以玉皇大帝为首的天上仙界，仙班井然，荣华富贵，明显就是对《十洲记》中仙人世界的推衍与增饰。

其次，《十洲记》文字具有赋化色彩，颇具艺术表现力。

《十洲记》假托汉武帝和东方朔之间的问答而展开故事，主客问答的形式明显受到汉赋的影响。在题材内容上，“穷天地之奇”是汉赋创作的一个基本特点，表现为对天地之间奇异物象的罗列铺陈。汉赋的这一特点影响到了地理博物类志怪小说的创作（见第三章第四节所论）。《十洲记》篇幅较短，仅五千余字，却不厌其烦地罗列铺陈宫室名目、神仙真人、珍禽异兽及奇物异宝，极尽夸饰之能事。所写宫室之名目，有太玄仙官宫室、紫府宫、太帝宫、紫石宫室、九天真王宫、金台、玉楼等；神仙真人

---

① 王国良：《海内十洲记研究》，（台北）文史哲出版社1993年版，第61、65、81、82页。

有鬼谷先生、九源丈人、太真东王父、太上真人、西王母、上元夫人等；珍禽异兽和奇物异宝有不死草、玉醴泉、风生兽、火光兽、火浣布、甘液玉英、凤、麟、续弦胶、切玉刀、反魂树、却死香、猛兽、扶桑椹等。《十洲记》在较短的篇幅内，所列仙人、珍奇名目密度之大，远超其他地理博物类志怪小说（如《神异经》《汉武洞冥记》和《博物志》等），具有明显的赋化色彩。

《文心雕龙·诠赋》论及汉赋"极声貌以穷文""写物图貌，蔚似雕画"[①] 的艺术特征。作为小说的《十洲记》也表现了类似特征。如写月支国使者向汉武帝介绍所献"猛兽"，云：

> 猛兽所出，或生昆仑，或生玄圃，或生聚窟，或生天路。其寿不穷；食气饮露，解人言语，仁惠忠恕。当其仁也，爱护蠢动，不犯虎豹。当其威也，一声叫发，千人伏息，牛马恐骇，惊断絙系；武士奄忽，失其势力。当其神也，立兴风云，吐嗽雨露，百邪迸走，蛟龙腾骛。息于天王之林，处于太上之厩，役御狮子，名曰猛兽。盖神化无常，能为大禽之宗主，乃玃天之元王，辟邪之长帅者也。[②]

这段文字以四字押韵句式为主，行文夸饰，将一头"形如五六十日犬子，大似狸而色黄"[③]，名曰"猛兽"的小动物写得神乎其神。再如《十洲记》描写"猛兽"发声之威的文字，亦极富表现力：

> 兽舐唇良久，忽叫如天大雷霹雳，又两目如䃨磹之交光，光朗冲天，良久乃止。帝登时颠蹶，掩耳震动，不能自止，侍者及武士虎贲，皆失仗伏地；诸内外牛马豕犬之属，皆绝绊离系，惊骇放荡，久许咸定。[④]

文字夸张，颇为生动，是《十洲记》中富有艺术韵味的笔墨。又如《十洲记》写昆仑仙府，更是不惜笔墨，极力铺写，自"昆仑，一号曰昆崚"至

---

① (南朝梁)刘勰著，范文澜注：《文心雕龙注》，人民文学出版社 1958 年版，第 134、136 页。

② 王国良：《海内十洲记研究》，(台北)文史哲出版社 1993 年版，第 73—74 页。

③ 王国良：《海内十洲记研究》，(台北)文史哲出版社 1993 年版，第 72 页。

④ 王国良：《海内十洲记研究》，(台北)文史哲出版社 1993 年版，第 74 页。

“品物群生，希奇特出，皆在于此”[1]，达280字，极尽夸饰之能事。

与《山海经》《神异经》《汉武洞冥记》和《博物志》等先唐地理博物体志怪作品相比，《十洲记》在艺术上的一个明显特征，就是更具文学的夸饰性，从而使其成为一部自具特色的地理博物志怪之作。长期以来，不少小说史著作对《十洲记》评价不高，若从艺术性上看，这是有欠公允的。

第二节　《列仙传》和《神仙传》

在以鲁迅《中国小说史略》及《中国小说的历史的变迁》为标志的中国小说史学科建立过程中，《列仙传》是最早被确认的汉代小说。它是一部杂史体的仙人传记。还有一部与《列仙传》题材相同，但未见历代公私书目著录的佚名《神仙传》，汉末应劭《风俗通义》和西晋张华《博物志》均有称引，可以确定属于汉代之作，故也在本节中讨论。

一、《列仙传》的作者与成书时代

《列仙传》始见于《隋志》史部杂传类著录：“《列仙传赞》三卷，刘向撰，鬷续，孙绰赞。《列仙传赞》二卷，刘向撰，晋郭元祖赞。”[2]《旧唐志》乙部史录杂传类著录：“《列仙传赞》二卷，刘向撰。”[3]《新唐志》改入丙部子录道家类神仙之属。两《唐志》未著录《隋志》所称鬷续本，当已散佚。

《隋志》和两《唐志》著录《列仙传》，作者均题刘向，乃因袭东晋葛洪之说。北宋黄伯思《东观余论》卷下《跋刘向列仙传后》质疑《列仙传》作者刘向说，云：“《汉书》（刘）向所序六十七篇但有《新序》《说苑》《列女传》等，而无此书；又叙事并赞不类向文，恐非其笔。然事详语约，辞旨明润，疑东京文也。”[4] 黄伯思认为《列仙传》可能是东汉之作。南宋陈振孙《直斋书录解题》卷十二《神仙类》著录《列仙传》，说

---

① 王国良：《海内十洲记研究》，（台北）文史哲出版社1993年版，第86—87页。
② （唐）魏徵、令狐德棻：《隋书》，中华书局1973年版，第979页。
③ （后晋）刘昫等撰：《旧唐书》，中华书局1975年版，第2004页。
④ （宋）黄伯思：《东观余论》，中国书店2018年版，第246—247页。

该书"每传有赞，似非（刘）向本书，西汉人文章不尔也"[①]。审陈氏之意，他不否认刘向曾著《列仙传》，但对此书的传世之作，认为它不是出自西汉人之手。自宋迄今，多有学者质疑《列仙传》作者刘向说，有认为东汉人作者，有认为魏晋人作者。与此问题相关的便是《列仙传》成书时代，有西汉末年、东汉和魏晋时期等不同意见。

葛洪首倡《列仙传》作者为刘向。《抱朴子内篇·论仙篇》云："刘向……所撰《列仙传》，仙人七十有余"；"世人以刘向作金不成，便谓索隐行怪，好传虚无，所撰《列仙》，皆复妄作"；"（刘）向……撰《列仙传》，自删秦大夫阮仓书中出之，或所亲见，然后记之，非妄言也。"[②]《极言篇》云："刘向所记《列仙传》亦言彭祖是仙人也。"[③] 刘向编撰《列仙传》，葛洪言之凿凿。但葛洪之说与《汉书》记载不符。《汉志》著录："刘向所序六十七篇。《新序》《说苑》《世说》《列女传颂图》也。"[④]《汉书》卷三十六刘向本传载，刘向"著《疾谗》《擿要》《救危》及《世颂》，凡八篇"，"序次为《列女传》，凡八篇"，"采传记行事，著《新序》《说苑》凡五十篇"。[⑤]《汉志》和刘向本传均未提及《列仙传》的片言只语，则该书是否刘向之作？这难免令人产生疑问。

按《列仙传》一书，最早见于东汉王逸《楚辞章句》和应劭《汉书音义》称引。《楚辞章句·天问》云："鳌戴山抃，何以安之？"王逸注引《列仙传》曰："有巨灵之鳌，背负蓬莱之山而抃舞，戏沧海之中，独何以安之乎？"[⑥]《汉书》卷二十五、卷五十七颜师古注引应劭《汉书音义》曰：

> 《列仙传》曰崔文子学仙于王子乔，〔王子乔〕化为白蜺，文子惊，引戈击之，俯而见之，王子乔之尸也，须臾则为大鸟飞而去。
>
> 《列仙传》陵阳子言春（朗）〔食〕朝霞，朝霞者，日始欲出赤黄气也。夏食沆瀣，沆瀣，北方夜半气也。并天地玄黄之气为六气。[⑦]

---

① （宋）陈振孙著，徐小蛮、顾美华点校：《直斋书录解题》，上海古籍出版社 1987 年版，第 345 页。
② 王明：《抱朴子内篇校释》（增订本），中华书局 1985 年版，第 16、21、22 页。
③ 王明：《抱朴子内篇校释》（增订本），中华书局 1985 年版，第 242 页。
④ （汉）班固撰，（唐）颜师古注：《汉书》，中华书局 1962 年版，第 1727 页。
⑤ （汉）班固撰，（唐）颜师古注：《汉书》，中华书局 1962 年版，第 1948、1957—1958 页。
⑥ （宋）洪兴祖补注，卞岐整理：《楚辞补注》，凤凰出版社 2007 年版，第 89 页。
⑦ （汉）班固撰，（唐）颜师古注：《汉书》，中华书局 1962 年版，第 1204、2599 页。

王逸、应劭之后，明确称引《列仙传》的还有曹魏如淳和西晋刘渊林。颜师古《汉书叙例》云："如淳，冯翊人，魏陈郡丞。"[①]《汉书》卷六十四下《王褒传》如淳注云："《五帝纪》彭祖，尧舜时人。《列仙传》彭祖，殷大夫也，历夏至商末，寿年七百。"[②]《文选》刘渊林注引《列仙传》，凡四见。卷四《蜀都赋》"赤斧服而不朽"刘注概述赤斧故事，云"见《列仙传》"；"娉江斐，与神游"刘注概述江斐二女与郑交甫故事，云"语在《列仙传》"。卷五《吴都赋》"巨鳌赑屃，首冠灵山"刘注云："《列仙传》曰：'鳌负蓬莱山，而抃沧海之中。'""剖巨蚌于回渊"刘注云："《列仙传》曰：'高后时，会稽朱仲献三寸四寸珠，此非回渊巨蚌不出之也。'"[③] 与王逸、应劭一样，如淳、刘渊林也都没有说明《列仙传》作者为谁。到了东晋，《列仙传》作者就被葛洪指为刘向，后著录于《隋志》，成为历代普遍接受的说法。那么，《列仙传》作者何以被指为刘向呢？朝鲜中期文臣金万重《西浦漫笔》对此曾有所论，云："窃谓（刘）向作《列女传》，故后人传列仙而托之（刘）向。亦如今世演义评话之皆称罗贯中。"[④] 此论近是。当然，我们也不能排除另一种可能，即刘向校理皇家藏书过程中，曾整理过《列仙图》[⑤]，因而被葛洪指为《列仙传》作者。

《列仙传》既见诸东汉王逸《楚辞章句》和应劭《汉书音义》称引，故而它作为一部汉代小说是无可置疑的。王逸是东汉中期人，安帝元初年间（114—120）任校书郎，顺帝时为侍中，以《楚辞章句》名于世。学界一般认为《楚辞章句》始作于安帝元初年间。应劭于灵帝时举孝廉，辟车骑将军何苗掾，后官拜泰山太守，政治活动主要在汉末灵、献之世。王逸和应劭对《列仙传》的称引表明，该书在东汉中后期已经流传世间。而结合《楚辞章句》的成书时间予以综合考虑，则《列仙传》成书应在安帝元初之前，这是其成书时间的下限。

从《汉志》未予著录的情况来看，《列仙传》成书的时间上限不会早于西汉末年，而应在东汉光武帝以后。又据《后汉书·刘苍传》记载，建初七年（82）三月，章帝赏赐东平宪王刘苍，"赐以秘书、列仙图、道术

① （汉）班固撰，（唐）颜师古注：《汉书》，中华书局1962年版，"叙例"第5页。
② （汉）班固撰，（唐）颜师古注：《汉书》，中华书局1962年版，第2828页。
③ （南朝梁）萧统编，（唐）李善注：《文选》，中华书局1977年版，第76、80、84、93页。
④ 陈文新、〔韩〕闵宽东：《韩国所见中国古代小说史料》，武汉大学出版社2011年版，第75页。
⑤ 《后汉书》卷四十二《刘苍传》记载汉章帝赏赐刘苍，其中有《列仙图》。

秘方”[①]。值得注意的是，章帝赏赐物品中有《列仙图》，而无《列仙传》。《刘苍传》表明，《列仙传》在章帝建初年间（76—84）应该还没有结集问世。[②] 由此来看，《列仙传》成书当在章帝建初之后到安帝元初之前的三四十年间，约为东汉中期。

当然，就《列仙传》中个别故事来看，该书在汉末、魏晋时期可能经历了一个内容或者篇目增益的过程。《朱璜》就透露出这一历史的信息，其文云：

> 朱璜者，广陵人也。少病毒瘕，就睢山上道士阮邱，邱怜之。言：“卿腹中三尸，有真人之业可度教也。”璜曰：“病愈，当为君作客三十年，不敢自还。”邱与璜七物药，日服九丸，百日病下如肝脾者数斗，养之数十日肥健，心意日更开朗，与《老君》《黄庭经》。令日读三过，通之，能思其意。遂与璜俱入浮阳山玉女祠，且八十年，后见故处。白发尽黑，鬓更长三尺余，过家，食止数年复去。如此，至武帝末故在焉。[③]

故事中提到的《老君》和《黄庭经》均为道教经典，“道士”“三尸”“真人”均属于道教教义的范畴，“玉女祠”为道教宫观建筑。这个故事表现的道教色彩较为明显。道教形成于东汉末年、魏晋时期。如此看来，《朱璜》或为后人增益了内容，或为后人增加的篇目，均未可知，但它作为道教早期的辅教之作是很有可能的。

二、《列仙传》的仙道观念

《列仙传》是我国最早的一部仙人传记，反映了东汉时人的仙道观念。战国末年以迄汉武帝时，方士的说法是仙人逍遥世外，“居山泽间，形容甚臞”[④]。但如此为仙，不但惯享荣华的帝王无法接受，恐怕大多数平民百姓也难以信从。从扩张信徒数量、传播神仙方术的角度看，这绝不符合

① （南朝宋）范晔撰，（唐）李贤等注：《后汉书》，中华书局1965年版，第1440页。

② 此时，列仙故事可能已流传于世，但只是作为配合列仙图像的口头解说，尚未形成结集的专书。

③ 王叔岷：《列仙传校笺》，中华书局2007年版，第153页。

④ （汉）司马迁：《史记》，中华书局1982年版，第3056页。

方士集团的利益。因此，极力拉近人仙之间的距离，便是方士的努力方向。我们从《列仙传》中可以看到，一方面，不少仙人居于世间，操持常业，与世人并无大异，只因偶露峥嵘，方显仙人本色。如寇先、瑕丘仲、酒客、朱仲、呼子先等仙人的故事，皆有这类情节。另一方面，仙人时常救世人于灾难之中。如预言水灾并劝人避灾的骑龙鸣、救族人脱离淄水之灾的鹿皮公、疫病之年送药上门的负局先生。《列仙传》叙写的仙人行为使人仙之间不再隔阂，骑龙鸣、鹿皮公、负局先生等仙人形象还很能获得人们的好感和期待。通过这些仙人故事，《列仙传》力图向世人表明，仙人近在咫尺，世间凡人均有成仙的可能。这种观念更能契合百姓的心理，表现了明显的平民色彩。另外，《列仙传》中的《东方朔》故事写东方朔于武帝时官拜郎中，昭帝时继之，宣帝时弃官以避乱世，飘然仙去，卖药于五湖。该故事表现了太平时仙隐于朝、乱世则仙游天下的思想，这也是一种前所未有的仙道观念。

《列仙传》共记七十一位仙人，属于齐地仙人故事的有《涓子》《安期先生》《稷丘君》《崔文子》《东方朔》《钩翼夫人》《鹿皮公》《服闾》等八篇；《吕尚》和《范蠡》两篇，因为历史上的吕尚和范蠡都与齐地有密切关系，故也应归入齐地仙人故事的范围。这样一来，齐地仙人故事有十篇之多，占全书故事的七分之一。这并非一种偶然现象，而应是战国秦汉时期齐地好仙风气在《列仙传》中的反映。刘跃进曾经推测："《列仙传》者，齐人所著邪?"[①] 战国以迄秦汉，燕齐海滨盛产方士，流行神仙之说，秦皇、汉武的求仙活动主要在齐地展开；泰山石闾早在汉武帝时就被方士指称为仙人闾而受到朝廷祭祀。综观先秦两汉时期的齐地，神仙信仰风气浓厚，确有产生《列仙传》这种仙人传记的社会土壤与文化氛围。从这个意义上说，我们不能排除《列仙传》作者为齐地方士的可能性。

三、《列仙传》的小说史意义

《列仙传》文笔朴拙，故事篇幅短小，文学性实无可称道处。但在小说史上，《列仙传》具有不可忽视的意义。

首先，《列仙传》是我国最早的一部以仙人为题材的志怪小说，开创了中国古代小说中的仙传小说类型。《列仙传》之后，历代不乏同类题材

① 刘跃进:《秦汉文学编年史》,商务印书馆2006年版,第72页。

之作，形成一个仙传小说的系统，如东晋葛洪《神仙传》，南唐沈汾《续仙传》，五代杜光庭《墉城集仙录》《神仙感遇传》《仙传拾遗》，五代佚名《女仙传》，明洪应明《仙佛奇踪》等。无论题名还是内容，这些作品都表现出《列仙传》影响的印迹。

其次，《列仙传》开创了一些富有艺术潜力、影响深远的文学母题。李剑国《唐前志怪小说史》将此总结为四个方面。一是《江妃二女》和《萧史》在志怪小说中首次引入了人仙爱情故事；二是《邗子传》开创了世人入仙窟的叙事模式，后来陶潜《搜神后记》“袁相根硕”、刘义庆《幽明录》“刘晨阮肇”等故事写洞窟遇仙的奇遇，即本源于此；三是《毛女》故事开创了乱世避难、出世成仙等具有原型意义的母题和叙事模式；四是《子英》《马师皇》记小说主人公救助有神性的动物而得善报成仙，这在后世小说中也成为常见母题。[①] 在这些文学母题中，最具魅力的是人仙爱情故事。自魏晋至明清，以人仙爱情为题材的小说代不乏作，其艺术渊源可溯至《列仙传》。

最后，《葛由》故事在小说史上也有值得注意之处。其文云：

> 葛由者，羌人也。周成王时，好刻木羊卖之。一旦，骑羊而入西蜀，蜀中王侯贵人追之，上绥山，在娥媚（峨嵋）山西南，高无极也。随之者不复还，皆得仙道。故里谚曰：“得绥山一桃，虽不得仙，亦足以豪。”山下立祠数十处云。[②]

故事写的绥山之桃属于仙家长生之果，这在中国古代小说中是较早写及仙桃的文字，初步确立了中国古代小说以及民俗信仰中的仙桃意象。《汉武故事》《汉武帝内传》和《博物志》等汉魏六朝小说均写到仙桃意象，可能都本源于此。

四、《神仙传》

佚名《神仙传》，未见历代史志和公私书目著录，但在汉末应劭《风俗通义》和西晋张华《博物志》中，有称引佚名《神仙传》的零星文字。

在应劭《风俗通义》的《姓氏篇》佚文中，残存出于佚名《神仙传》

① 参见李剑国:《唐前志怪小说史》(修订本),天津教育出版社 2005 年版,第 174—178 页。

② 王叔岷:《列仙传校笺》,中华书局 2007 年版,第 50 页。

的文字。据吴树平《风俗通义校释》和王利器《风俗通义校注》辑录的佚文，共有四条，如下：

《神仙传》，沃焦，吴人。

《神仙传》有东陵圣母。

《神仙传》有帛和。①

赤氏，帝喾师赤松子之后，见《神仙传》，单姓赤。②

张华《博物志》卷四《药物》、卷九《杂说上》分别引录佚名《神仙传》文字两条，如下：

《神仙传》云："松柏脂入地千年化为茯苓，茯苓化为琥珀。"

《神仙传》曰："说上据辰尾为宿，岁星降为东方朔。傅说死后有此宿，东方生无岁星。"③

以上《神仙传》佚文中的东陵圣母与帛和，又见于东晋葛洪《神仙传》。应劭《风俗通义》和张华《博物志》既均称引佚名《神仙传》文字，则此书与葛洪《神仙传》属于同名异书的情形。该书大约成书于东汉时期，不会晚于东汉末年。从书名和佚文来看，佚名《神仙传》与《列仙传》属于同一题材类型的仙人传记，两书均成为葛洪《神仙传》的题材来源，并为其提供了艺术借鉴。

第三节　《蜀王本纪》和《汉武故事》

两汉史传文学发达。西汉末年以后，被正统史家称为"史官之末事"的杂史杂传受到文人的重视，数量日渐其多。在此背景下，有两部杂史性质的志怪之作分别出现于西汉末年和东汉末年，即《蜀王本纪》和《汉武故事》。

---

① （汉）应劭撰，吴树平校释：《风俗通义校释》，天津古籍出版社 1980 年版，第 465、469、471 页。

② （汉）应劭撰，王利器校注：《风俗通义校注》，中华书局 2010 年版，第 557 页。

③ （晋）张华撰，范宁校证：《博物志校证》，中华书局 2014 年版，第 48、105 页。

一、《蜀王本纪》

《蜀王本纪》作者扬雄（前53—18），字子云，蜀郡成都（今四川成都）人。早期居于家乡，四十余岁时离蜀进京，历仕成、哀、平三朝，为给事黄门侍郎；新莽时迁太中大夫，天凤五年（18）卒，年七十一。扬雄长于辞赋，《汉志》诗赋略著录十二篇；著有《太玄》《法言》《方言》等哲学和语言学著作，时人评价很高。

《蜀王本纪》首见于《隋志》史部地理类著录，题作《蜀王本记》，一卷。[①]《册府元龟》卷五百五十五《国史部·采撰一》云："杨雄为郎，给事黄门，撰《蜀王本记》一卷。"[②] 如此，则《蜀王本纪》作于扬雄出蜀为官之后，但不知此说何据。陆侃如《中古文学系年》推测《蜀王本纪》可能作于扬雄离蜀去京之前[③]，即在蜀期间。刘跃进也持类似意见，认为《蜀王本纪》作于扬雄在蜀时期，二十岁之前。[④] 按《汉书》卷八十七上扬雄本传载："雄少而好学，不为章句，训诂通而已，博览无所不见。"[⑤]离蜀去京之前，扬雄作成《蜀都赋》，云："昔天地降生杜鄘密促之君，则荆上亡尸之相。"[⑥] 杜鄘即杜宇，周末蜀主望帝；"荆上亡尸之相"指鳖灵，古蜀国之相。杜鄘、鳖灵故事亦皆见于《蜀王本纪》。由此来看，《蜀王本纪》或系扬雄离蜀之前，杂采蜀地的古神话传说编撰而成，可能与《蜀都赋》先后相继。

不过，扬雄并非首撰《蜀王本纪》者。常璩《华阳国志·序志》云："司马相如、严君平、杨子云、阳成子玄、郑伯邑、尹彭城、谯常侍、任给事等，各集传记以作本纪，略举其隅。"[⑦] 在这八位蜀人之中，司马相如最早撰作《蜀王本纪》，其他七人也均有同名之书，因此，常璩所见当有八家《蜀王本纪》。至北宋时，八家书中仅存扬雄《蜀王本纪》，见于《太平御览·经史图书纲目》著录。此后，该书不见公私书目著录，大概散佚于南宋。清人洪颐煊、顾观光、王仁俊、严可均等有《蜀王本纪》辑

---

① 参见（唐）魏徵、令狐德棻：《隋书》，中华书局1973年版，第983页。

② （宋）王钦若等编：《册府元龟》，中华书局1960年版，第6663页。

③ 参见陆侃如：《中古文学系年》，人民文学出版社1985年版，第9页。

④ 参见刘跃进：《秦汉文学编年史》，商务印书馆2006年版，第257页。

⑤ （汉）班固撰，（唐）颜师古注：《汉书》，中华书局1962年版，第3514页。

⑥ 费振刚、仇仲谦、刘南平校注：《全汉赋校注》，广东教育出版社2005年版，第214页。

⑦ （晋）常璩撰，任乃强校注：《华阳国志校补图注》，上海古籍出版社1987年版，第723页。

本，近年张震泽《扬雄集校注》、董治安主编《两汉全书》收入该书。

在《隋志》和两《唐志》中，《蜀王本纪》均入史部地理类，大约系因该书较多记载古蜀之地理遗迹、民物风俗等。《蜀王本纪》今存佚文主要是关于古蜀国蚕丛、柏濩、鱼凫、杜宇、开明等君王的故事，还有五丁故事、禹生石纽和李冰治水等传说，亦有秦国伐蜀的片段内容。由此来看，《蜀王本纪》是一部杂史性质的志怪小说。

《蜀王本纪》的精彩内容是关于望帝杜宇和五丁力士的故事。望帝故事神奇瑰丽，如下：

> 后有一男子，名曰杜宇，从天堕，止朱提。有一女子名利，从江源地井中出，为杜宇妻。宇自立为蜀王，号曰望帝，治汶山下邑曰郫，化民往往复出。
>
> 望帝积百余岁，荆有一死人名鳖灵，其尸亡去，荆人求之不得。鳖灵尸随江水上至郫，复生，与望帝相见，望帝以为相。时玉山出水，若尧之洪水。望帝不能治水，使鳖灵决玉山，民得陆处。鳖灵治水去后，望帝与其妻通，惭愧。自以薄德，不如鳖灵，委国授鳖灵而去，如尧之禅舜。鳖灵即位，号曰开明帝。帝生卢保，亦号开明。下至五代，有开明尚，始去帝号，复称王也。
>
> 望帝去时子䳏鸣，故蜀人悲子䳏鸣而思望帝。宇死，俗说云宇化为子䳏。子䳏，鸟名也。蜀人闻子䳏鸣，皆曰望帝也。[1]

根据这三段文字，我们可以看出望帝传说的概貌：望帝治蜀后，“化民往往复出”，即蜀地桑蚕业获得很大发展[2]，有功于蜀民；任用鳖灵治水，民得陆处，望帝亦复有功于蜀民；因与鳖灵之妻私通，望帝难以承受内心自责的道德压力，委国于鳖灵而出走，死后化为子䳏；蜀人每闻子䳏鸣而触景生情，思念望帝。这个故事中的望帝是一位深受蜀民爱戴，但因情感过失而内疚和自责，以去位出走求得心灵解脱的君王，是一个带有悲剧意味的形象。

---

① 李剑国辑释：《唐前志怪小说辑释》(修订本)，上海古籍出版社 2011 年版，第 89 页。

② 《河图括地象》云：“化民食桑，二十七年化而身裹，九年生翼，十年而死。”此为化民食桑化蚕的传说，化民乃蚕之代称。《蜀王本纪》“化民往往复出”的传说，反映了古蜀桑蚕业的早期发展情况。

《蜀王本纪》有三段文字叙写五丁力士的故事：

天为蜀王生五丁力士，能徙蜀山。王死，五丁辄立大石，长三丈，重千钧，号曰“石井”。千人不能动，万人不能移。

秦惠王欲伐蜀，以道不通，乃刻五石牛，置金其后。蜀人见之，以为牛能大便金。牛下有养卒，以为此天牛也，能便金。蜀王以为然，即发卒千人，使五丁力士拖牛成道，致三枚于成都。秦得道通，石牛力也。后遣丞相张仪等将兵，随石牛道伐蜀。

于是秦王知蜀王好色，乃献美女五人与蜀王，爱之，遣五丁迎女。还至梓潼，见一大蛇入山穴中。一丁引其尾，不能出，五丁共引蛇，五女往就观之。山崩，压五丁，五丁踏蛇而大呼。秦王五女及送迎者上山，化为石。因名其山曰“五妇山”也。蜀王登台，望之不来，因名“五妇候台”。蜀王亲理作冢，皆致方石，以志其墓。①

第一段文字描写五丁力士的神力。第二、三段文字分别叙写五丁力士的不同传说，讥刺蜀王好色，贪财亡国，具有一定的批判意味；两个故事也生动表现了秦国伐蜀的谋略之深。五丁力士故事想象奇诡，大约产生于秦惠王灭蜀之后，当为蜀人反思蜀国历史之作，其中五石牛故事堪与荷马史诗中的特洛伊木马故事相媲美。

《蜀王本纪》表现了蜀地先民渴望战胜水患的理想。该书不但载有鳖灵治理玉山洪水的传说（见上引），而且写及李冰治理长江水患之事，云：

江水为害，蜀守李冰作石犀五枚，二枚在府中，一枚在市桥下，二枚在水中，以厌水精，因曰石犀里也。②

《蜀王本纪》还写神话传说中的治水英雄大禹出生于蜀地：

禹本汶山郡广柔县人，生于石纽，其地名痢儿畔。禹母吞珠孕禹，拆副而生于县涂山，娶妻生子名启。于今涂山有禹庙，亦为其母立庙。③

---

① 李剑国辑释：《唐前志怪小说辑释》（修订本），上海古籍出版社2011年版，第98—99页。
② （汉）扬雄著，张震泽校注：《扬雄集校注》，上海古籍出版社1993年版，第257页。
③ （汉）扬雄著，张震泽校注：《扬雄集校注》，上海古籍出版社1993年版，第256页。

这使大禹、鳖灵、李冰等三位治水英雄的故事集于《蜀王本纪》一书。其所以如此，盖在蜀地四围环山，降水丰沛，易遭水患，百姓要想生存，必须与水患斗争，因而产生三位治水英雄的传说。

《蜀王本纪》还曲折表达了蜀地先民与外界交流的愿望。蜀地多高山环绕，蜀道难通，对古蜀与周边文化的交流造成极为严重的障碍。但蜀地先民仍然不懈地寻求对外交流，努力吸收周边文化。《蜀王本纪》写荆人鳖灵之尸逆江流而上，复活后与望帝相会，且得重用，就曲折反映出古蜀与长江中下游一带荆楚文化交流的历史。所写五丁力士乃自天生，巨力能徙蜀山，拖石牛而通蜀道，这些神奇的想象曲折表达了蜀民努力克服天险，开辟对外交流通道的强烈愿望，富于奇情壮彩的浪漫之美。

二、《汉武故事》

《汉武故事》又题《汉武帝故事》，最早见于东晋葛洪《〈西京杂记〉跋》称说。葛洪云："洪家复有《汉武帝禁中起居注》一卷，《汉武故事》二卷，世人希有之者。今并五卷①为一帙，庶免沦没焉。"② 文中不言《汉武故事》撰人。《隋志》史部旧事类著录《汉武帝故事》二卷，亦不题撰人。

隋唐时期，有《汉武故事》作者班固说、王俭说行世。佚名《三辅黄图》（又题《西京黄图》）凡四引《汉武故事》，卷五关于飞廉观的记载中，引述汉武帝时方士公孙卿言神人见于东莱山故事，引文前称"班固《汉武故事》"③，这是今见最早以班固为《汉武故事》作者的资料。《三辅黄图》初本成书于东汉末曹魏初期，但据陈直考证，今本为中唐以后人所作。④ 今本《三辅黄图》既非复初本，则不能轻易据以判断《汉武故事》作者班固说起于东汉末曹魏初；但可以肯定的是，较早在中唐时已有班固为《汉武故事》作者的说法。

《汉武故事》作者王俭说出于初唐人张柬之。王俭为南朝宋齐间人，《南齐书》卷二十三、《南史》卷二十二有传。晁载之《续谈助》卷一《洞冥记跋》引张柬之语云："昔葛洪造《汉武内传》《西京杂记》，虞义造

① 其中包括《西京杂记》二卷。

② （汉）刘歆撰，（晋）葛洪集，向新阳、刘克任校注：《西京杂记校注》，上海古籍出版社1991年版，第280页。

③ 陈直校证：《三辅黄图校证》，中华书局2021年版，第121页。

④ 参见陈直校证：《三辅黄图校证》，中华书局2021年版，"序言"第3页。

《王子年拾遗录》，王俭造《汉武故事》，并操觚凿空，恣情迂诞。”[1] 晁公武《郡斋读书志》卷九著录《汉武故事》一卷，云：“世言班固撰。唐张柬之《书洞冥记后》云：‘《汉武故事》，王俭造。’”[2] 在《汉武故事》作者班固、王俭两说之中，班固说在后世影响为大。

我们认为，无论《汉武故事》作者班固说还是王俭说，都难以成立。首先，《汉武故事》不可能为班固作，古今学者对此多有考论。司马光《资治通鉴考异》云：“按《汉武故事》，语多诞妄，非班固书；盖后人为之，托固名耳。”[3] 晁载之《续谈助》卷三《〈汉武故事〉跋》云：“世所传班固所撰《汉武故事》，其事与《汉书》时相出入，而文不逮，疑非固所撰也。”[4] 两说均指出《汉武故事》作者并非班固。李剑国《唐前志怪小说史》对此问题详予考论，说：

> 称班固作，可能是因为《汉武故事》多出入《汉书》，但仔细对照，尽有不合处。如《汉书·外戚传》载栗姬、钩弋夫人皆失宠忧死，《故事》则称栗姬自杀，钩弋自知死日而卒；《公孙弘传》载弘有瘳，年八十，终丞相位，《故事》却作尸谏自杀。虽说《故事》采逸闻非实录，但此等基本史实不应在同一人手中自相抵牾。[5]

诸家所论可证，班固非《汉武故事》作者。

其次，王俭也不可能是《汉武故事》作者。西晋潘岳《西征赋》早已化用《汉武故事》典故（详下所论），葛洪《〈西京杂记〉跋》明谓家藏《汉武故事》二卷。生活时代远在潘岳、葛洪之后的王俭，岂能成为《汉武故事》作者？还有余嘉锡曾推论“葛洪别有《汉武故事》，其后日久散佚，王俭更作此以补之”[6]。据《南齐书·王俭传》，王俭曾“上表求校坟籍，依《七略》撰《七志》四十卷……又撰定《元徽四部书目》”[7]。校理典籍期间，王俭或有可能做过《汉武故事》的辑佚、补校等事，但这不

---

① (宋)晁载之:《续谈助》(外二种),(台北)新文丰出版公司 1984 年版,第 16 页。
② (宋)晁公武撰,孙猛校证:《郡斋读书志校证》,上海古籍出版社 1990 年版,第 362 页。
③ (宋)司马光:《资治通鉴》,中华书局 2011 年版,第 593 页。
④ (宋)晁载之:《续谈助》(外二种),(台北)新文丰出版公司 1984 年版,第 69 页。
⑤ 李剑国:《唐前志怪小说史》(修订本),天津教育出版社 2005 年版,第 180 页。
⑥ 余嘉锡:《四库提要辨证》,云南人民出版社 2004 年版,第 956 页。
⑦ (南朝梁)萧子显:《南齐书》,中华书局 1972 年版,第 433 页。

应是王俭可被视为《汉武故事》作者的理据。

自宋以来，还有《汉武故事》作者为汉成帝时人之说。此说起于宋人刘弇，其《龙云集》卷二十九《书〈汉武帝故事〉后》云："撰人班周，世出官次不他见。《故事》中言仪君传方朔术，至今上元延中已百三十七岁。元延，成（帝）年号也，则周者，其成、哀间人欤?"① 不过，刘弇对自己的意见疑而未定。但其说后为清人所采，渐至几成定论。清黄廷鉴《第六弦溪文钞》卷三《重辑〈汉武故事〉又跋》辨析刘弇所谓"班周"应为"班固"后，说："惟所云元延为成帝年号，而作者既称'今上'，则当为西汉末人，此说近是。"② 俞樾《春在堂随笔》卷四亦云："《汉武故事》旧称班固撰，然其载长陵女子徐仪君事云：'至今上元延中已百三十七岁矣。'按元延乃汉成帝年号，则此书乃成帝时人所为，非班固也。"③ 黄、俞两家都肯定《汉武故事》为成帝时人所作。近今多有学者赞同此说，在学界影响颇大。

然细审刘氏、黄氏、俞氏之说，乃单以"今上元延"为依据，且尤重"今上"一词，从而得出《汉武故事》作者为西汉成帝时人的结论，不免失之轻率。例如，《汉武故事》云："汉成帝为赵飞燕造服汤殿，绿琉璃为户。""平帝时，哀帝庙衣自在柙外。"④ 这并非成帝时人口气。如以《汉武故事》为成帝时人所作，则对此难以解释。

考论《汉武故事》作者乃至成书时代的问题，"今上元延"之说实非堪凭之据。检阅《史记》等唐前古籍，其行文若叙及前世帝王，并不避以"今王"之类称谓称之，可证刘弇、黄廷鉴、俞樾等持据不确。如下述诸例：

（一）《史记·燕召公世家》

> 孝王元年，秦围邯郸者解去。三年卒，子今王喜立。
>
> 《索隐》："今王"犹"今上"也。有作"令"者，非也，按《谥法》无"令"也。⑤

① （宋）刘弇：《龙云集》，《景印文渊阁四库全书》第 1119 册，（台北）台湾商务印书馆 1986 年版，第 310 页。

② （清）黄廷鉴：《第六弦溪文钞》，《丛书集成初编》第 2462 册，商务印书馆 1939 年版，第 56—57 页。

③ （清）俞樾著，方霏点校：《春在堂随笔》，江苏古籍出版社 2000 年版，第 51 页。

④ 鲁迅校录：《古小说钩沉》，齐鲁书社 1997 年版，第 228 页。

⑤ （汉）司马迁：《史记》，中华书局 1982 年版，第 1559 页。

（二）《史记·魏世家》

十六年，襄王卒，子哀王立。张仪复归秦。

《集解》：荀勖曰："和峤云'《纪年》起自黄帝，终于魏之今王'。今王者，魏惠成王子。"①

（三）《史记·梁孝王世家》

褚先生曰："……今太后，女主也，以爱少子故，欲令梁王为太子。"②

（四）荀勖《穆天子传序》

古文《穆天子传》者，太康二年，汲县民不准盗发古冢所得书也……案所得《纪年》，盖魏惠成王子，今王之冢也。于《世本》，盖襄王也。案《史记·六国年表》，自今王二十一年至秦始皇三十四年燔书之岁，八十六年。③

《燕召公世家》所谓"今王"乃指战国时燕国的末代王燕王喜，史不载其谥号，有人误将"今王"解为"令王"，以"令"为其谥号，司马贞《索隐》纠正此谬，指出"《谥法》无'令'"，"今王"犹如"今上"之谓。在《魏世家》例中，裴骃《集解》所引《纪年》乃晋时出土于战国魏襄王墓的《竹书纪年》，荀勖与和峤曾奉诏整理，和峤所谓"今王"指魏襄王。《梁孝王世家》例中褚先生即褚少孙，西汉元、成间的一位经学博士，他所谓"今太后"乃指汉景帝与梁孝王之母窦太后。最后一例中，荀勖《穆天子传序》所称"今王"指魏襄王。以上各例均为后人在行文中称前人为"今干"或"今太后"。

其所以如此，主要在于古人著述时引古必用原文的传统。顾炎武《日知录》卷二十《引古必用原文》云："凡引前人之言必用原文。"并举《水

---

① （汉）司马迁：《史记》，中华书局1982年版，第1849页。

② （汉）司马迁：《史记》，中华书局1982年版，第2089页。

③ （晋）郭璞注，王贻樑、陈建敏校释：《穆天子传汇校集释》，中华书局2019年版，第1页。

经注》引盛弘之《荆州记》为例，云：“记中所指‘今上’，则南宋文帝以宜都王即帝位之事，古人不以为嫌。”① 历史学家吕思勉也曾指出：“古人著书，文辞非其所重，故其有所依据者，大抵直录前人之辞，不加更定。”② 也就是说，古人修史，对基本史实的叙述大都因袭前人著作，其中就包括对前人著作的原文抄录。这一现象在汉魏六朝文献中并不罕见。像范晔《后汉书·光武帝纪赞》有“系隆我汉”字句，《孝明八王列传》开篇所谓“本书”，就都是沿用东汉《东观汉记》的旧文。③ 因此，上举《史记》《穆天子传序》等例中“今王”“今太后”称谓，应是袭取旧史的原文。依此而论，《汉武故事》作者可能杂抄前人著作，从而出现“今上元延”等字句。换言之，《汉武故事》所写徐仪君事，当有西汉成帝时资料为据，并说明成帝时曾盛传徐仪君的方术。由此可知，刘弇、黄廷鉴、俞樾等仅以“今上元延”为据，判断《汉武故事》作者为成帝时人，结论很不可靠。另外，有学者注意到，两汉之际的崔篆《易林》采用了大量西汉小说资料，“记载汉武帝时代史事若干条，却没有《汉武故事》《汉武帝内传》中渲染的汉武帝会西王母的故事情节，说明这几篇故事当时还未产生”④。此也可为一佐证。至于余嘉锡认为《汉武故事》“称成帝为今上”是王俭“故弄狡狯”⑤，实未必然。

以上是清代以前关于《汉武故事》作者的三种意见。与作者诸说相联系的，是《汉武故事》的成书时代，历代出现了西汉成帝时、东汉以及六朝时期等不同意见。然而诸说同样不可靠，原因亦如上述对作者问题的考论。当今学界也多有学者赞同《汉武故事》成书于西汉成帝时的意见，依据就是《汉武故事》中“今上元延”之说，然如上所论，实难成立。由这些情况看，《汉武故事》作者与成书时代的问题还需再作考察。

《汉武故事》中的谶言应该是判断该书成书时代的一个重要依据。谶言出自汉武帝之口，云：

---

① （清）顾炎武撰，（清）黄汝成集释，栾保群校点：《日知录集释》，中华书局 2020 年版，第 1043—1044 页。

② 吕思勉：《吕思勉说史》，上海古籍出版社 2000 年版，第 188 页。

③ 参见周一良：《略论南朝北朝史学之异同》，《魏晋南北朝史论集》，商务印书馆 2020 年版，第 513 页。

④ 张树国：《〈易林〉繇辞中的西汉小说元素》，赵敏俐主编：《汉代文学与文化研究》，商务印书馆 2018 年版，第 738、768 页。

⑤ 余嘉锡：《四库提要辨证》，云南人民出版社 2004 年版，第 956 页。

汉有六七之厄，法应再受命。宗室子弟，谁当应此者？六七四十二，代汉者当涂高也。①

所谓“六七之厄”，意指从刘邦建汉到汉末黄巾起义，汉家历经四百二十年而终至气数衰微灭亡，故汉武帝又谓“六七四十二”。这是以“三七之厄”说为基础而造作的谶言。“三七之厄”的谶言起于西汉末年。《汉书·路温舒传》载：“温舒从祖父受历数天文，以为汉厄三七之间”；《谷永传》载，成帝时谷永上书说汉“涉三七之节纪”；《王莽传上》载王莽上书云：“遇汉十二世三七之厄。”② 这些都是西汉末年的事情。“六七之厄”由“三七之厄”说衍变而来，为东汉末年人语。至于谶言“代汉者当涂高也”，因“当涂高”多被解为曹魏，故而人们通常认为此谶是暗示曹魏代汉。史实固然是曹魏代汉，但在当时，由于含义的隐晦性，这种关乎政治的谶言可作多义解，凡有政治野心、觊觎帝位的人物都可往自身附会。早在曹操父子之前，袁术就曾依此谶语而称帝。袁术，字公路，所部是活动于灵、献之世的地方割据势力之一。《后汉书·袁术传》载袁术少年时观览谶书，书中有谶言“代汉者当涂高”，以为自己的名、字对应此谶③，且又“以袁氏出陈为舜后，以黄代赤，德运之次”④，正应符命，遂称帝淮南，但不久即败。袁术称帝事发生于献帝建安二年（197），可知在献帝（189—220年在位）即位前后，谶言“代汉者当涂高”就已流布天下。由此来看，《汉武故事》可能成书于汉末灵献之世，这是成书时间的上限。

还有《汉武故事》成书时间下限的问题。西晋潘岳《西征赋》是今见最早明确以《汉武故事》情节为典的作品。《文选》卷十《西征赋》云：“汉六叶而拓畿，县弘农而远关。厌紫极之闲敞，甘微行以游盘。长傲宾于柏谷，妻睹貌而献餐。畴匹妇其已泰，胡厥夫之缪官。”所写为汉武帝微行柏谷事，李善注引《汉武故事》曰：

帝即位，为微行，尝至柏谷，夜投亭长宿。亭长不纳，乃宿逆旅。逆旅翁要少年十余人，皆持弓矢刀剑，令主人妪出遇客。妇谓其

① 鲁迅校录：《古小说钩沉》，齐鲁书社1997年版，第226页。

② （汉）班固撰，（唐）颜师古注：《汉书》，中华书局1962年版，第2372、3468、4093页。

③ 唐李贤注谓“术”“路”意皆可释为“涂”，故袁术自以为应谶。

④ （南朝宋）范晔撰，（唐）李贤等注：《后汉书》，中华书局1965年版，第2439页。

翁曰："吾观此丈夫非常人也，且有备，不可图也。"天寒，妪酌酒，多与其夫。夫醉，妪自缚其夫，诸少年皆走。妪出谢客，杀鸡作食。平旦，上去。还宫，乃召逆旅夫妻见之，赐妪金千斤，擢其夫为羽林郎。①

《西征赋》又云："卫鬒发以光鉴，赵轻体之纤丽。"李善注引《汉武故事》曰："卫子夫得幸，头解，上见其美发，悦之。"②《西征赋》两次用典均取自《汉武故事》，则该书在潘岳的时代早已成书流传。

《西征赋》作于晋惠帝元康二年（292）。此时距惠帝即位（290年）三年，可知在此前的晋武帝司马炎时代，《汉武故事》即已行世。当然，这还不能就作为《汉武故事》成书时间的下限。刘文忠考证《汉武故事》写作时代时指出："近几十年内的典籍，一般不会用作典故，特别是本朝的典籍，更少用作典故。"③ 因此，《汉武故事》成书不会晚于曹魏末年。游国恩《居学偶记》谈及潘岳《西征赋》取典于《汉武故事》，说："观于安仁赋已用为典实，远在王俭之前，则《汉武故事》即不出于班氏，至晚当亦建安、正始间人所作无疑也。"④ 此说近是。

我们还应注意《汉武故事》中汉武帝的慨叹："汉有六七之厄，法应再受命。宗室子弟，谁当应此者？"话语中透露出一种况味杂陈的心态：一是看到汉家江山不保，败亡在即，深感无奈；二是对宗室子弟"受命"再兴仍有所期待；三是对汉家社稷江山仍有不舍与留恋。这样的话语自当出于汉末之人，因而让我们有理由认为《汉武故事》成书于灵献之世。

东汉自灵帝时乱象已成，《风俗通义·服妖篇》有谓"朝廷瞀乱，上下无别"⑤；献帝时更是乱不可遏，汉家朝不保夕，江山易姓几成定局，凡人对此皆可察知。这一政治与社会现实在《汉武故事》中投下了影子。小说写汉武帝忧虑"汉有六七之厄"的情节：

群臣进曰："汉应天受命，祚逾周殷，子子孙孙，万世不绝。陛

① （南朝梁）萧统编，（唐）李善注：《文选》，中华书局1977年版，第151—152页。

② （南朝梁）萧统编，（唐）李善注：《文选》，中华书局1977年版，第156页。

③ 刘文忠：《〈汉武故事〉写作时代新考》，《中古文学与文论研究》，学苑出版社2000年版，第47页。

④ 《游国恩学术论文集》，中华书局1989年版，第565页。

⑤ （汉）应劭撰，王利器校注：《风俗通义校注》，中华书局2010年版，第573页。

> 下安得亡国之言，过听于臣妾乎?”上曰：“吾醉言耳！然自古以来，不闻一姓遂长王天下者；但使失之非吾父子可矣。”①

这实是小说作者借武帝之口抒己之怀。武帝话语既充满了对王朝更替的沧桑与无奈之感，又有着仅求父子相保、得过且过的哀苦心态。非末世中人不能有此心，亦不能有此语。或认为《汉武故事》作者是亲曹派的文人，但细味汉武帝忧虑“汉有六七之厄”的情节意涵，其作者并非为曹魏代汉摇唇鼓舌者，而是一位既看透汉末时局，又对汉家江山颇有感情的人物。

以上所论为《汉武故事》。汉魏六朝时期以汉武帝为主人公的杂史体志怪小说还有《汉武洞冥记》和《汉武内传》，人们将两书与《汉武故事》并称“汉武三传”。《汉武洞冥记》，《隋志》史部杂传类著录一卷，题郭氏撰；两《唐志》著录四卷，题郭宪撰。不过，无论“郭氏”还是“郭宪”之说，均为附会依托。该书卷一汉景帝梦赤彘而王夫人生武帝、东方朔游鸿濛之泽等情节袭自《汉武故事》，可知《汉武洞冥记》成书晚于《汉武故事》，属于魏晋六朝之作。《汉武内传》，初唐张柬之称其作者为葛洪②，《隋志》和两《唐志》著录均不题撰人，明清传本始署班固撰。该书乃增饰《汉武故事》中汉景帝梦赤彘而王夫人生武帝、汉武帝会西王母诸事而成，其成书最早在曹魏之时。《四库全书总目》卷一百四十二小说家类三推测《汉武内传》殆为魏晋间文士所作，其说为是。

第四节 《异闻记》与《风俗通义》中的志怪篇章

陈寔《异闻记》和应劭《风俗通义》都成书于东汉末年，在志怪小说的题材和体制方面均有所开拓，因此，本节将两书一起讨论。

一、《异闻记》

《异闻记》作者陈寔（104—187），字仲弓，颍川许（今河南许昌）人，汉末名士。陈寔出身单微，有志好学，少从南阳樊英习学图纬，后受业太学。曾任颍川郡西门亭长、功曹、闻喜长、太丘长等职，汉灵帝初

---

① 鲁迅校录：《古小说钩沉》，齐鲁书社1997年版，第226页。

② 见本节前引晁载之《续谈助》卷一《洞冥记跋》引张柬之语。

年，大将军窦武辟为掾属。陈寔在官清静修德，颇有治绩；归乡平心率物，享有声望。灵帝中平四年（187）卒于家，年八十四，谥文范先生。范晔《后汉书》卷六十二有传。

《异闻记》不见史志著录，亦无传本，最早见于葛洪《抱朴子内篇·对俗篇》称引，云："故太丘长颍川陈仲弓，笃论士也，撰《异闻记》。"并引该书张广定女故事。[①] 唐李冗《独异志》卷下亦称引"陈仲弓《异闻记》"，概述张广定女故事[②]，内容略同《抱朴子内篇·对俗篇》。另有唐段公路《北户录》卷一《乳穴鱼》引《异闻记》，是一则志怪性质的动物故事：

> 陈仲弓《异闻记》："东城池有王余鱼，池决，鱼不得去，将死。或以镜照之，鱼看影，谓其有双，于是比目而去。"[③]

《抱朴子内篇》《独异志》和《北户录》为明确称引《异闻记》的晋唐古籍。此外，《后汉书》卷八十二下《方术列传》载上成公故事，云：

> 上成公者，密县人也。其初行久而不还，后归，语其家云："我已得仙。"因辞家而去。家人见其举步稍高，良久乃没云。陈寔、韩韶同见其事。[④]

这段文字写陈寔亲见上成公成仙事，或为出于《异闻记》的故事。

《异闻记》张广定女故事最令人感叹，文如下：

> 郡人张广定者，遭乱常避地，有一女年四岁，不能步涉，又不可担负，计弃之固当饿死，不欲令其骸骨之露，村口有古大冢，上巅先有穿穴，乃以器盛缒之，下此女于冢中，以数月许干饭及水浆与之而舍去。候世平定，其间三年，广定乃得还乡里，欲收冢中所弃女骨，更殡埋之。广定往视，女故坐冢中，见其父母，犹识之甚喜。而父母

---

① 参见王明：《抱朴子内篇校释》(增订本)，中华书局1985年版，第48页。

② (唐)李冗：《独异志》，中华书局1983年版，第74页。

③ (唐)段公路：《北户录》，《丛书集成初编》第3021册，商务印书馆1936年版，第15页。

④ (南朝宋)范晔撰，(唐)李贤等注：《后汉书》，中华书局1965年版，第2748页。

> 犹初恐其鬼也，父下入就之，乃知其不死。问之从何得食，女言粮初尽时甚饥，见冢角有一物，伸颈吞气，试效之，转不复饥，日月为之，以至于今。父母去时所留衣被，自在冢中，不行往来，衣服不败，故不寒冻。广定乃索女所言物，乃是一大龟耳。女出食谷，初小腹痛呕逆，久许乃习。①

张广定之女竟然侥幸不死，这虽然使故事结局有了几分喜剧意味，但并不能掩盖乱离人不如太平犬的悲剧性。东汉末年，社会动荡，百姓流离失所，故事反映了这一社会背景，表达了人们期盼生活安宁、家人团聚的愿望。

故事写张广定之女所以不死，乃在效龟吞气之故，表现了道教效仿龟息以求长生的方技，表明道教的仙术修炼已从访仙采药转向内丹修炼，从一个侧面反映出道教在汉末的发展状况。表现类似观念的故事还见诸《博物志·杂说下》，云："人有山行堕深涧者，无出路，饥饿欲死。左右见龟蛇甚多，朝暮引颈向东方，人因伏地学之，遂不饥，体殊轻便，能登岩岸。经数年后，竦身举臂，遂超出涧上，即得还家。颜色悦怿，颇更黠慧胜故。还食谷，啖滋味，百余日中复本质。"② 这则故事单纯张扬仙术方技，思想意蕴远不及《异闻记》张广定女故事。

《异闻记》久已散佚失传，具体情况已不可详考。虽然如此，《异闻记》在先唐志怪小说发展演变中仍具有重要意义，标志着先唐志怪小说中一种新类型的初步形成。其一，从题材内容看，地理博物体志怪如《山海经》《神异经》和《十洲记》，其题材关注点在于山川动植、荒外珍怪、域外异民等；杂史体志怪如《汉武故事》《列仙传》等，偏重于历史异闻与仙人故事。《异闻记》取材趋向与此有异。以张广定女故事为观察点，我们可以发现，《异闻记》开始关注带有现实生活气息的怪异之事，这就打破了前此志怪小说的题材畛域，拓宽了志怪小说的取材范围。其二，从书名和佚文来看，《异闻记》不专记地理博物类、杂史杂传类志怪故事，而记录各种属于社会"异闻"的怪异故事，此可谓杂记体志怪。这标志着先唐志怪小说中杂记体志怪这一类型的初步形成，因而具有较为重要的意义。总体来看，杂记体志怪小说既具有取材自由、广泛的优势，亦可显示

---

① 王明：《抱朴子内篇校释》(增订本)，中华书局 1985 年版，第 48 页。

② (晋)张华撰，范宁校证：《博物志校证》，中华书局 2014 年版，第 111 页。

作者博闻多识的才华，因而受到文人的青睐和效仿，后来成为魏晋六朝志怪小说的主要类型。

二、《风俗通义》中的志怪篇章

稍后于《异闻记》的是应劭《风俗通义》。

应劭，字仲瑗（一说仲远），汝南郡南顿县（今河南项城西南）人，少笃学，博览多闻。灵帝时举孝廉，辟车骑将军何苗掾。灵帝中平六年（189），由营陵令拜泰山太守。献帝兴平元年（194），曹操之父曹嵩在泰山郡境内为徐州刺史陶谦部下袭杀，因畏曹操之诛，应劭弃官投奔冀州牧袁绍。卒于献帝建安九年（204）前。① 应劭勤于著述，有《汉书集解音义》《汉官仪》《风俗通义》等，其中前两书久佚；《隋志》集部别集类著录《应劭集》二卷，亦久佚。应劭本传见《后汉书》卷四十八。

《风俗通义》又题《风俗通》，成书于应劭泰山太守任上或稍后，《隋志》子部杂家类著录三十一卷，含《录》一卷；两《唐志》子部杂家类著录三十卷。宋代苏颂校定本书，次第为十卷，即流传至今的十卷本，并非完帙。据应劭自序，编撰《风俗通义》的目的是“通于流俗之过谬，而事该之于义理也”②，以正时俗。故该书留意闾巷风俗，多举俗说，成为一部内容广博的“杂”书。书中多采民间逸闻传说，某些篇章载录、保存了较多志怪故事和人物逸事，小说色彩明显。对此，张可礼指出：“《风俗通义》内容比较广泛，比较杂乱，不能把它看成是单纯的小说创作……但《风俗通义》当中确实有一部分内容具有小说的特点，特别是不少有关志怪的故事，我们应当把它们看成是志怪小说。”③ 以下讨论《风俗通义》中的志怪篇章。

《风俗通义》中的志怪故事主要见于《正失》《怪神》《祀典》等篇及佚文中，数量颇多。这些志怪故事大致可分为两类，一是先秦时期的神话传说，二是产生于汉代的志怪故事。

（一）先秦神话传说

《风俗通义》所载先秦神话传说见于《正失》《祀典》等篇及该书佚文

① 应劭生卒年不详，吴树平在《风俗通义校释·序》一文中有考论。参见吴树平：《风俗通义校释》，天津古籍出版社 1980 年版。

② （汉）应劭撰，王利器校注：《风俗通义校注》，中华书局 2010 年版，“风俗通义序”第 4 页。

③ 张可礼：《建安文学论稿》，山东教育出版社 1986 年版，第 86 页。

中。如《正失篇》记夔一足故事："俗说：夔一足而用精专，故能调畅于音乐。"① 这是关于夔的传说。《祀典篇》记载有神荼郁垒故事②。《河图括地象》亦载此故事，而在内容上有所增饰，可知神荼郁垒故事在汉代流传广泛。

在《风俗通义》的佚文中，我们可见更多的先秦神话传说。如《辨惑篇》佚文中的女娲造人故事：

> 俗说：天地开辟，未有人民，女娲抟黄土作人，务剧力不暇供，乃引絙于泥中，举以为人。故富贵者黄土人也，贫贱者絙人也。③

关于女娲造人的故事，前此《淮南子·说林训》已有载录，云："黄帝生阴阳，上骈生耳目，桑林生臂手，此女娲所以七十化也。"④ 内容极简，其义难详。《风俗通义》所记比《淮南子》要详细一些，以"俗说"引起，说明采自民间传说；故事反映了当时人们对人类起源的想象、阶级差别的思考，比《淮南子》所记更具认识价值。

叙事较详、情节生动的是《新秦篇》佚文李冰勇斗江神故事，如下：

> 秦昭王听田贵之议，遣李冰为蜀郡太守，开成都两江，溉田万顷，无复水旱之灾，岁大丰熟。江水有神，岁取童女二人以为妇，不然，为水灾。主者白出钱百万以行聘，冰曰："不须，吾自有女。"到时，装饰其女，当以沈江水，径至神祠，上神坐，举酒酹曰："今得傅九族，江君大神，当见尊颜，相为进酒。"冰先投杯，但澹澹不耗，冰厉声曰："江君相轻，当相伐耳。"拔剑，忽然不见，良久，有两苍牛斗于岸旁。有间，冰还，流汗，谓官属曰："吾斗大极，当相助也，若欲知我，南向腰中正白者，我绶也。"主簿乃刺杀北面者，江神遂死，后无复患。蜀人慕其气决，凡壮健者，因名冰儿。⑤

---

① (汉)应劭撰，王利器校注：《风俗通义校注》，中华书局2010年版，第62页。

② 参见本书第一章第一节关于《黄帝说》的佚文。

③ (汉)应劭撰，王利器校注：《风俗通义校注》，中华书局2010年版，第601页。

④ 何宁集释：《淮南子集释》，中华书局1998年版，第1186页。

⑤ (汉)应劭撰，王利器校注：《风俗通义校注》，中华书局2010年版，第583页。

这则故事首见于《风俗通义》记载，歌颂了李冰敢于自我牺牲、勇于为民除害的大无畏精神。在汉代，与李冰故事情节、意蕴较相类似的，还有《史记·滑稽列传》中西门豹治邺故事，为西汉末年褚少孙续补之作，写西门豹严惩为河伯娶妇的地方恶势力；该故事亦当来自民间传说，王利器将之作为一篇小说推荐大家阅读。[①] 李冰故事与西门豹治邺故事均有江神、河伯岁娶童女为妇的情节，两者或有彼此借鉴的关系。

在《风俗通义》佚文中可见的先秦神话传说尚多。《四夷篇》佚文中槃瓠神话、九隆神话[②]，是关于边疆少数民族起源的神话传说，首见于该书，后为范晔采入《后汉书·南蛮西南夷列传》。扬雄《蜀王本纪》中望帝与鳖灵的传说故事，见于《辑事篇》佚文，云："荆鳖令死，尸随水上，荆人求之，不得也。鳖令至岷山下，已复生起，见蜀望帝，帝使鳖令凿巫山，然后蜀得陆处。望帝自以德不如，以国禅与鳖令，为蜀王，号曰开明。"[③] 此可与《蜀王本纪》相参读。《风俗通义》佚文中还有黄帝、彭祖、织女等神话传说。总体来看，在记载先秦神话传说方面，除刘安《淮南子》和汉代纬书之外，还没有哪一部汉代作品能超过《风俗通义》。

（二）汉代的志怪故事

《风俗通义》的《正失》《怪神》和《祀典》等篇以及佚文记录了不少产生于汉代的志怪故事，而以《怪神篇》所载较为集中，有十余则，故而学界论及《风俗通义》的志怪篇章时，多举《怪神篇》为例。大略言之，《风俗通义》所载汉代的志怪故事有如下七种情形。

一是汉代帝王的传说故事。如：

> 俗说：高祖与项羽战，败于京、索间，遁丛薄中，羽追求之。时鸠正鸣其上，追者以为必无人，遂得脱，及即位，异此鸟，故作鸠杖以赐老人也。（《辨惑篇》）[④]
>
> 俗说：岱宗上有金箧玉策，能知人年寿修短。武帝探策得十八，因到（倒）读曰八十，其后果用耆长。……又言武帝与仙人对博，棋没石中，马蹄迹处，于今尚存，虚妄若此，非一事也。（《正失篇·封

---

① 参见王利器注释：《王利器推荐古代文言小说》，广陵书社 2004 年版，第 27—29 页。
② 参见（汉）应劭撰，王利器校注：《风俗通义校注》，中华书局 2010 年版，第 489—490 页。
③ （汉）应劭撰，王利器校注：《风俗通义校注》，中华书局 2010 年版，第 595 页。
④ （汉）应劭撰，王利器校注：《风俗通义校注》，中华书局 2010 年版，第 606 页。

泰山禅梁父》)①

第一则故事后来为南朝梁《殷芸小说》所采录，仅在文字上小有异同。第二则故事所写与汉武帝的封禅活动有关，从“虚妄若此，非一事也”一语来看，东汉时期民间还流传着不少关于汉武帝封禅的传说。

二是物怪精魅故事。古人认为物老成精，多能作祟害人。《怪神篇》“来季德”条写老狗作祟：

司空南阳来季德停丧在殡，忽然坐祭床上，颜色服饰，声气熟是也，孙儿妇女，以次教诫，事有条贯，鞭挞奴婢，皆得其过，饮食饱满，辞诀而去，家人大哀剥断绝，如是三四，家益厌苦。其后饮醉形坏，但得老狗，便朴杀之，推问里头沽酒家狗。②

同在《怪神篇》，还有“李叔坚”条、“臧仲英”条、“郅伯夷”条和“张辽”条，分别写狗怪、狸怪和白头公怪故事。这些故事的思想价值不等，对后世小说亦各有影响。“来季德”条张皇精怪，缺乏思想性，但所写精怪变形为人、醉酒之后现出原形的情节，成为魏晋六朝志怪小说以至明清神魔小说中的常见情节模式。“李叔坚”条、“郅伯夷”条和“张辽”条赞美故事主人公不惧精怪的无畏气概。这五则精怪故事后来均为干宝《搜神记》所采录。

三是鬼故事。《怪神篇》“汝南汝阳西门亭有鬼魅”条写女鬼害人故事：

汝南汝阳西门亭有鬼魅，宾客宿止，有死亡，其厉厌者，皆亡发失精，寻问其故，云：“先时颇已有怪物，其后，郡侍奉掾宜禄郑奇来，去亭六七里，有一端正妇人，乞得寄载，奇初难之，然后上车，入亭，趋至楼下，吏卒檄，白：‘楼不可上。’奇曰：‘我不恶也。’时亦昏冥，遂上楼，与妇人栖宿，未明发去。亭卒上楼扫除，见死妇，大惊，走白亭长。亭长击鼓会诸庐吏，共集诊之，乃亭西北八里吴氏妇新亡，以夜临殡，火灭，火至失之；家即持去。奇发行数里，腹

---

① (汉)应劭撰，王利器校注：《风俗通义校注》，中华书局2010年版，第65、69页。

② (汉)应劭撰，王利器校注：《风俗通义校注》，中华书局2010年版，第416—417页。

痛，到南顿利阳亭加剧，物故，楼遂无敢复上。”①

女鬼害人故事首见于《风俗通义》。单就故事内容来看，纯为张皇鬼神，因而无可称道，但在艺术上却有可圈点的新变之处。

按《吕氏春秋·疑似篇》载有黎丘奇鬼故事，云：

梁北有黎丘部，有奇鬼焉，喜效人之子侄昆弟之状。邑丈人有之市而醉归者，黎丘之鬼效其子之状，扶而道苦之。丈人归，酒醒而诮其子，曰："吾为汝父也，岂谓不慈哉？我醉，汝道苦我，何故？"其子泣而触地曰："孽矣！无此事也。昔也往责于东邑人，可问也。"其父信之，曰："嘻！是必夫奇鬼也，我固尝闻之矣。"明日端复饮于市，欲遇而刺杀之。明旦之市而醉，其真子恐其父之不能反也，遂逝迎之。丈人望其真子，拔剑而刺之。丈人智惑于似其子者，而杀其真子。②

黎丘奇鬼恶作剧，导致丈人误杀其子，害人太甚，令人憎恶。较之黎丘奇鬼故事，《风俗通义》中女鬼害人故事在艺术上有两点变化。其一是鬼的性别的变化。鬼作为故事的主角，由此前莫可名状的男鬼改为美丽女鬼（吴氏女鬼乃"一端正妇人"）。其二是故事结构模式的变化。与鬼的性别变化相关，故事演为世间男子邂逅美丽女鬼的模式。这两点变化具有一定的小说史意义。自《风俗通义》之后，以年轻男子（多为书生）和美丽女鬼为主角的鬼故事频见于魏晋六朝以迄明清的小说；有所变化的是，魏晋以后，写女鬼以色害人的故事相对较少，而多为男子与女鬼的缠绵恋情故事。

《恕度篇》佚文中还有一则汝南周霸故事，写周霸所养儿子原为其妻以亲生女儿暗中私换的屠妇之子，导致祭祀时周氏先祖不能歆享血食。③事涉神怪，也属于鬼故事。

四是神仙故事。如《正失篇》叶令王乔故事、东方朔故事、淮南王刘安故事、王阳能铸黄金故事等。叙写较详的是叶令王乔故事，如下：

---

① (汉)应劭撰，王利器校注：《风俗通义校注》，中华书局2010年版，第425页。

② 许维遹撰，梁运华整理：《吕氏春秋集释》，中华书局2009年版，第608—610页。

③ 参见(汉)应劭撰，王利器校注：《风俗通义校注》，中华书局2010年版，第591页。

俗说孝明帝时，尚书郎河东王乔，迁为叶令，乔有神术，每月朔常诣台朝，帝怪其来数而无车骑，密令太史候望，言其临至时，常有双凫从东南飞来；因伏伺，见凫举罗，但得一双舄耳。使尚方识视，四年中所赐尚书官属履也。每当朝时，叶门鼓不击自鸣，闻于京师。后天下一玉棺于厅事前，令臣吏试入，终不动摇。乔："天帝独欲召我。"沐浴服饰寝其中，盖便立覆，宿夜葬于城东，土自成坟，县中牛皆流汗吐舌，而人无知者，百姓为立祠，号叶君祠。牧守班禄，皆先谒拜，吏民祈祷，无不如意，若有违犯，立得祸。明帝迎取其鼓，置都亭下，略无音声。但云叶太史候望，在上西门上，遂以占星辰，省察气祥，言此令即仙人王乔者也。①

按成书时间早于《风俗通义》的《列仙传》中有仙人王子乔，乃周灵王太子晋。叶令王乔也被附会为仙人王乔，可知仙人王乔故事在汉代流传颇广。这两则王乔故事均被干宝《搜神记》采录。

五是妖异故事。古人认为，事出反常者为妖，妖异预示世间大凶。东汉末年，社会动荡不安，百姓流离失所，民不聊生。在这一背景下，民间产生了许多妖异故事，人们试图借以探究、解释汉末动乱的原因。《风俗通义》中的《服妖篇》（一作《灾异篇》）对这类故事亦多有收录。如：

桓帝元嘉中，京师妇人作愁眉、啼妆、堕马髻、折腰步、龋齿笑。愁眉者，细而曲折；啼妆者，薄拭目下若啼痕；堕马髻者，侧在一边；折腰步者，足不任体；龋齿笑者，若齿痛不忻忻。始自梁冀家所为，京师翕然皆放效之。天戒若曰：将收捕冀，妇女忧愁，踧眉将啼也。

灵帝光和二年，洛阳上西门外，女子生儿，两头异肩，四臂共胸，俱以为不祥，因弃去。朝廷瞀乱，上下无别，二头之象也。

灵帝光和七年，陈留济阴诸郡，西及成皋、阳武，城郭路边草生，作人状，操持矛弩，牛马万状，一一备具。后关东义兵，先起于宋、卫之郊。东郡太守桥瑁负众怙乱，陵蔑同盟，忿嫉同类，以殒厥

① （汉）应劭撰，王利器校注：《风俗通义校注》，中华书局2010年版，第81—82页。

命。陈留、济阴迎助，谓为离德，弃好即戎，吏民歼之。草妖之兴，岂不或信。①

三则故事所写分别为服妖、人妖和草妖，都被视为人间失序和社会动荡的预兆。这是汉末人们对乱世征兆的观察与社会动荡根源的解释。

六是感应故事。《正失篇》载九江太守宋均令虎渡江故事，具有较为积极的思想意义。故事如下：

九江多虎，百姓苦之。前将募民捕取，武吏以除赋课，郡境界皆设陷阱。后太守宋均到，乃移记属县曰："夫虎豹在山，鼋鼍在渊，物性之所托。故江、淮之间有猛兽，犹江北之有鸡豚。今数为民害者，咎在贪残居职使然，而反逐捕，非政之本也。坏槛阱，勿复课录，退贪残，进忠良。"后虎悉东渡江，不为民害。②

汉人认为，"政有苛暴，则虎狼食人"③。这则故事从正面立意，写宋均整顿吏治，为政以宽，感得老虎渡江东去，不为民害。故事表达了百姓向往吏治清明、希冀官府爱民的美好愿望，同时也隐然有苛政如虎的批判意味。

七是民间传言造神故事。汉时去上古未远，人们相信万物有神，是以巫风颇盛，影响所及，社会上产生了许多由于民间传言而造成的神灵故事。《风俗通义》记录了不少这类故事，如《怪神篇》中《鲍君神》《李君神》和《石贤士神》等即属此类。《石贤士神》故事云：

汝南汝阳彭氏墓路头立一石人，在石兽后。田家老母，到市买数片饵，暑热行疲，顿息石人下小瞑，遗一片饵去，忽不自觉。行道人有见者，时客适会，问何因有是饵？客聊调之："石人能治病，愈者来谢之。"转语："头痛者摩石人头，腹痛者摩其腹，亦还自摩，他处放此。"凡人病自愈者，因言得其福力，号曰贤士；辎辇毂击，帷帐绛天，丝竹之音，闻数十里，尉部常往护视，数年亦自歇，沫复其故矣。④

① （汉）应劭撰，王利器校注：《风俗通义校注》，中华书局2010年版，第567、573、570页。
② （汉）应劭撰，王利器校注：《风俗通义校注》，中华书局2010年版，第122页。
③ （南朝宋）范晔撰，（唐）李贤等注：《后汉书》，中华书局1965年版，第1992页。
④ （汉）应劭撰，王利器校注：《风俗通义校注》，中华书局2010年版，第406—407页。

所谓石贤士神只是起于某个路人的一时戏语，经辗转相传，众口流播，石人竟被讹传为包治百病的神仙，得享烟火。鲍君神、李君神的形成原因亦与此类似。这些故事既反映了当时人们相信万物有神的观念，也揭示了部分神怪故事产生自民间传言的事实。

《风俗通义》中的志怪故事题材广泛，举凡神话传说、仙人鬼魅、神灵感应和灾异变怪等，均有记录和辨析。《正失》《怪神》和《祀典》等篇首次将神、仙、鬼、精怪和妖异等故事集中收载，表现出荟萃古今志怪故事的恢宏气度，已经基本具备了杂记体志怪小说的规模。《风俗通义》亦为干宝《搜神记》提供了题材的来源和艺术的准备，仅《怪神篇》中，就有“陈国张汉直”“司空南阳来季德”“桂阳太守汝南李叔坚”“鲁相右扶风臧仲英”“汝南汝阳西门亭”“北部督邮西平郅伯夷”“桂阳太守江夏张辽叔高”“车骑将军巴郡冯绲鸿卿”和“太尉梁国桥玄公祖”等九条故事，为《搜神记》所直接取材。《风俗通义》的志怪篇章开启了魏晋六朝志怪小说写鬼谈怪说妖的路子与风气，具有不应忽视的小说史意义。

总体来看，《异闻记》和《风俗通义》的志怪篇章确立了杂记体志怪的基本体式，使之与汉代地理博物志怪（如《神异经》《十洲记》）和杂史体志怪（如《列仙传》《汉武故事》）鼎足而立，标志着先唐志怪小说的三种题材类型均已形成，这就为魏晋六朝志怪小说的繁荣奠定了艺术的基础。

第五节　谶纬小说

一、汉代纬书与谶纬小说

谶纬兴起于西汉末年，流行于东汉时期，出现了《河图纬》《洛书纬》《七经纬》《论语谶》等一批被尊为“秘经”、号为“内学”[①] 的纬书。在汉代文献中，张衡最早明确提到纬书的篇籍与数目。《后汉书》张衡本传载其上疏云：“《河洛》《六艺》，篇录已定，后人皮傅，无所容篡。”[②] 李

① 《后汉书》卷三十《苏竟列传》载，苏竟与刘龚书云：“孔丘秘经，为汉赤制。”李贤注：“秘经，幽秘之经，即纬书也。”《后汉书》卷八十二《方术列传序》云：“自是习为内学。”李贤注：“内学谓图谶之书也。其事秘密，故称内。”

② （南朝宋）范晔撰，（唐）李贤等注：《后汉书》，中华书局1965年版，第1912页。

贤注："《衡集》上事云：'《河洛》五九，《六艺》四九，谓八十一篇也。'"① 所谓"《河洛》五九"，是指有关《河图》《洛书》的纬书篇籍有四十五篇，"《六艺》四九"是说有关儒家六经的纬书篇籍有三十六篇，两者合计八十一篇。张衡所说"篇录已定"，是指光武帝刘秀于中元元年（56）"宣布图谶于天下"② 而确定的纬书篇目，属于官方定本，不容改窜。

关于东汉八十一篇纬书篇籍的源流、作者等情况，《隋志》经部曾详为解说，云："说者又云，孔子既叙六经，以明天人之道，知后世不能稽同其意，故别立纬及谶，以遗来世。其书出于前汉，有《河图》九篇，《洛书》六篇，云自黄帝至周文王所受本文。又别有三十篇，云自初起至于孔子，九圣之所增演，以广其意。又有《七经纬》三十六篇，并云孔子所作，并前合为八十一篇。"③ 可知八十一篇纬书托名于黄帝、周文王、孔子等人。唯其与《后汉书》张衡本传李贤注所说不同的是，张衡称"《六艺》四九"，即《六经纬》三十六篇，而《隋志》称"《七经纬》三十六篇"。不过，八十一篇纬书并不是汉代纬书的全部数量。《隋志》经部云："而又有《尚书中候》《洛罪级》《五行传》《诗推度灾》《泛历枢》《含神务》《孝经勾命决》《援神契》《杂谶》等书。汉代有郗氏、袁氏说。汉末，郎中郗萌，集图纬谶杂占为五十篇，谓之《春秋灾异》。"④ 也就是说，在早期官方八十一篇定本之外，东汉末年又产生了一批纬书，仅郗萌《春秋灾异》就有五十篇。由此可知，两汉纬书数量相当可观。

自魏晋六朝时期，尤其隋唐以后，历代统治者对谶纬严加禁毁，两汉纬书散佚殆尽，至今仅存少量佚文。明清以迄近今，中外多有学者致力于两汉纬书的辑佚之事，成果颇丰，其中以日人安居香山、中村璋八《纬书集成》和董治安主编《两汉全书》所辑最为完备。

我们今天所见的纬书篇目，大都产生于西汉末年至东汉末年之间，作者均不可考。古人或称纬书作者为孔子，实不可信，孔子只是托名而已。纬书的题名也很特别，多以三字连文，如"稽览图""考灵曜""含神雾""演孔图"等，并冠以儒家经典《易》《诗》《书》《礼》《乐》《春秋》《孝

① （南朝宋）范晔撰，（唐）李贤等注：《后汉书》，中华书局1965年版，第1913页。
② （南朝宋）范晔撰，（唐）李贤等注：《后汉书》，中华书局1965年版，第84页。
③ （唐）魏徵、令狐德棻：《隋书》，中华书局1973年版，第941页。
④ （唐）魏徵、令狐德棻：《隋书》，中华书局1973年版，第941页。

经》《论语》以及《河图》《洛书》之名。纬书内容包罗万象，光怪陆离，涉及天文、地理、哲学、政治、历史、神话、民俗以及医学等领域。从文学角度看，纬书采录了数量不菲的上古神话传说、地理博物故事等，实为颇可观览的志怪小说，对此，我们统称为谶纬小说。

如同纬书内容包罗万象，谶纬小说的内容也是相当驳杂的。据其内容，谶纬小说可以分为两大类。一类是神话传说。故事主人公包括从传说中的上古伏羲到汉代刘季（刘邦）等圣帝明王，还有夏商周三代始祖、孔子及其弟子、西王母、羿，以及桃都山神郁、垒等。另一类是地理博物故事，略如《山海经》之风貌。

二、谶纬小说中的神话传说

纬书可谓先秦两汉神话的渊薮。吕思勉在《史通·采撰篇》的评语中就曾指出："我国神话，存于谶纬中者最多。"[①] 根据故事主人公的不同，谶纬小说中的神话传说大致可以分为三类：圣帝明王神话传说，三代始祖与孔门弟子等神话传说，西王母、羿等神话传说。其中，最引人注目的是以圣帝明王为主人公的故事体系，构成谶纬小说中神话传说的主体。

（一）圣帝明王神话传说

西汉末年，刘向、刘歆以五行相生为根基，创立新五德终始说，宣称汉家火德，并以此为其历史哲学的基点，解释古今历史传承，构建了一套从传说中的伏羲到汉家当代的历史系统。东汉时期，人们对此续有发挥。如《易纬辨终备》云："自伏羲已来，（至）汉永和元年[②]，凡四十万九千三百八十九岁。"[③] 根据纬书的说法，这一漫长历史中每一朝代的开基创业者，分别是伏羲、神农、黄帝、朱宣、颛顼、帝喾、尧、舜、禹、商汤、周文王和刘季。他们都是承天命兴起，在五行相生体系中各有相应德运，有圣德于天下并泽被后世的圣帝明王。孔子也位居这一帝王系统，序位在周文王和刘季之间。其所以如此，乃因纬书称孔子为汉家制法，有帝王圣德而无帝王之位，故尊号为"玄圣""素王"，地位同于历代开基创业的帝王。在纬书的话语体系中，这便是自伏羲时代至刘汉当代的正统历史。在这一系统中，秦朝居于闰统，属于旁支，故有关秦朝、秦始皇的传

① （唐）刘知几撰，（清）浦起龙通释，吕思勉评：《史通》，上海古籍出版社 2008 年版，第 85 页。

② 东汉顺帝年号，136 年。

③ 〔日〕安居香山、中村璋八辑：《纬书集成》，河北人民出版社 1994 年版，第 186 页。

说故事在纬书中比较少见。

纬书中关于圣帝明王的神话传说内容丰富，想象奇特，自具逻辑且自成体系，具体而言，包括感生、异貌、受命、功业及祥瑞等递相关联的五个方面。

一是感生故事。《论衡·奇怪篇》云："帝王之生，必有怪奇，不见于物，则效于梦矣。"① 这就是汉人的帝王感生观念。感生不同于佛教的生死轮回，周予同有一简明解释，说："所谓'感生'，就是说天子是天帝所生；如尧母庆都与赤龙合而生尧；禹母修纪梦与昴星接而生禹等是。"② 在纬书中，举凡圣帝明王，均为其母先感于神物或梦境，而后受孕、生育。兹举神农、孔子感生的故事为例，以概其余：

> 少典妃安登，游于华阳，有神龙首，感之于常羊。生神子，人面龙颜，好耕，是谓神农。（《春秋元命苞》）

> 孔子母徵在，游大泽之陂，睡梦黑帝使，请己已往梦交，语曰："汝乳必于空桑之中。"觉则若感，生丘于空桑。（《春秋演孔图》）③

前者写少典感生神农，后者写颜徵在感生孔子，故事想象瑰奇，充满神秘性。在纬书的语境中，圣帝明王都是受命于天、开基一个朝代的标志性人物和历史的创造者，以他们为主人公的感生故事构成圣帝明王神话传说的逻辑起点和意义基础。

二是异貌故事。这类故事叙写圣帝明王相貌非凡，异于常人。如纬书所写神农、孔子与刘季的相貌：

> 神农长八尺有七寸，弘身而牛头，龙颜而大唇，怀成铃，戴玉理。（《孝经援神契》）

> 仲尼斗唇，舌理七重，吐教陈机受度。（《孝经钩命决》）

---

① 黄晖：《论衡校释》，中华书局1990年版，第165—166页。

② 《周予同经学史论著选集》，上海人民出版社1996年版，第61页。

③ 〔日〕安居香山、中村璋八辑：《纬书集成》，河北人民出版社1994年版，第589、576页。

帝季，日角，载胜，斗胸，龟背，龙股，长七尺八寸，明圣宽仁，好任主轸。（《河图提刘篇》）①

异貌故事着力描写主人公的面部、胸、背、四肢、身高等外在形貌特征，并将此特征或作动物性比拟，或以日月星辰为喻，以宣扬帝王天相，刻画、凸显他们的真命天子形象。根据纬书所写，伏羲、黄帝、颛顼、帝喾、尧、舜等圣帝明王均各秉异貌。在纬书的语境中，异貌是圣帝明王承受天命、创业垂统的必要条件。自伏羲至刘季，他们的异貌故事形成一个有序、完整的系统。

三是受命故事，亦即天书授受故事，基本内容都是讲述圣帝明王接受上天所授“图”（《河图》）或“书”（《洛书》）。在纬书对历史的叙述中，伏羲、神农、黄帝、尧、舜、禹、汤、周文王、刘邦等开基帝王与素王孔子，均获上天赐授的“图”或“书”，从而形成一个上天赐书于圣帝明王的天书授受故事系列。如《河图挺佐辅》写黄帝受书受命故事：

黄帝修德立义，天下大治，乃召天老而问焉：“余梦见两龙挺日图，即帝以授余于河之都，觉味素喜，不知其理，敢问于子。”天老曰：“河出龙图，洛出龟书，纪帝录州圣人所纪姓号，典谋治平，然后凤皇处之。今凤皇以下三百六十日矣，合之图纪，天其授帝图乎?”黄帝乃祓斋七日，衣黄衣、黄冠、黄冕，驾黄龙之乘，戴蛟龙之旗。天老五圣，皆从以游河洛之间，求所梦见者之处，弗得。至于翠妫之渊，大卢鱼溯流而至。乃问天老曰：“子见天中河流者乎?”曰：“见之。”顾问五圣，皆曰莫见。乃辞左右，独与天老跪而迎之，五色毕具，天老以授黄帝，帝舒视之，名曰《录图》。②

再如《尚书中候洛予命》写上天赐书天乙（商汤）故事：

天乙在亳，夏桀迷惑，诸邻国襁负归德。东观于洛，习礼尧坛，降三分璧，沈于洛水。退立，荣光不起，黄鱼双跃，出济于坛。黑乌以雄，随鱼亦止，化为黑玉，赤勒曰：“元精天乙受神福，伐桀克，

① 〔日〕安居香山、中村璋八辑：《纬书集成》，河北人民出版社1994年版，第965、1011、1185页。

② 〔日〕安居香山、中村璋八辑：《纬书集成》，河北人民出版社1994年版，第1108—1109页。

三年天下悉合。”①

前一故事写黄帝接受上天所赐《河图》，后一故事写上天授予商汤《洛书》。两则故事的文字叙写有致，想象奇妙。

四是功业故事。这类故事讲述伏羲以来历代开基帝王（包括素王孔子）的盖世功业。如《龙鱼河图》和《河图括地象》两书，即对黄帝、禹的功勋事业各有叙写，如下：

> 黄帝摄政前，有蚩尤兄弟八十一人，并兽身人语，铜头铁额，食沙石子，造立兵仗刀戟大弩，威振天下，诛杀无道，不仁不慈。万民欲令黄帝行天子事。黄帝仁义，不能禁止蚩尤，遂不敌，乃仰天而叹。天遣玄女下，授黄帝兵信神符，制伏蚩尤，以制八方。蚩尤没后，天下复扰乱不宁。黄帝遂画蚩尤形象，以威天下。天下咸谓蚩尤不死，八方万邦，皆为殄伏。

> 禹诛防风氏，夏后德盛，二龙降之。禹使范氏御之以行，经南方。防风神见禹，怒射之，有迅雷，二龙升去。神惧，以刃自贯其心而死。禹哀之，瘗以不死草，皆生，是名穿胸国。②

这两则故事应是纬书作者对古来流传的神话传说的记录与加工，叙写有致。故事表现了黄帝和禹富于仁德、功业非凡的形象，属于谶纬小说中的佳作。

五是祥瑞、预言故事。据纬书所写，凡圣王在位，天下必有祥瑞。如《礼含文嘉》写神农时祥瑞：“神农作田道，就耒耜，天应以嘉禾，地出以醴泉。”③ 纬书还宣称凡圣王之将兴，或有祥瑞临世，或有圣哲预言。如《孝经援神契》写孔子获麟、预言汉室当兴的故事：

> 鲁哀公十四年，孔子夜梦三槐之间，沛丰之邦，有赤烟气起。乃呼颜渊、子夏往视之，驱车到楚西北范氏街，见刍儿捕麟，伤其前左

① 〔日〕安居香山、中村璋八辑：《纬书集成》，河北人民出版社 1994 年版，第 433 页。
② 〔日〕安居香山、中村璋八辑：《纬书集成》，河北人民出版社 1994 年版，第 1149、1093 页。
③ 〔日〕安居香山、中村璋八辑：《纬书集成》，河北人民出版社 1994 年版，第 494 页。

足，薪而覆之。孔子曰："儿来，汝姓为谁？"儿曰："吾姓为赤诵，名子乔，字受纪。"孔子曰："汝岂有所见耶？"儿曰："见一兽，巨如羔羊，头上有角，其末有肉。"孔子曰："天下已有主也，为赤刘，陈项为辅。五星入井，从岁星。"儿发薪下麟示孔子，孔子趋而往。麟蒙其耳，吐三卷，图广三寸，长八寸，每卷二十四字，其言赤刘当起，曰："周亡赤气起，火耀兴，玄丘制命，帝卯金。"[①]

据刘歆新五德终始说，汉属火德，火色为赤，故纬书称汉朝为赤刘或赤汉。在这则故事中，孔子获麟受图，预言周亡而汉兴，接受为汉家"制命"之任，并预言汉家火德刘姓，即所谓"周亡赤气起，火耀兴……帝卯金"[②]。这就是纬书所谓孔子为赤汉制法之事。这则故事以人物对话展开情节，想象瑰奇，应当出自汉儒之手。

（二）三代始祖、孔门弟子等神话传说

纬书循着感生—异貌—受书—创业垂统的自设逻辑，讲述以圣帝明王为主人公的故事，形成了一个具有简单的自洽性的志怪故事体系。以此为主干，纬书旁及夏商周三代始祖、孔门弟子以及先秦两汉名臣，载录或编撰以他们为主人公的故事。

如《诗含神雾》写商之始祖契的感生故事，《春秋元命苞》写尧时名臣皋陶故事，其文如下：

汤之先为契，无父而生。契母与姊妹浴于元丘水，有燕衔卵坠之，契母得，故含之，误吞之，即生契。

尧为天子，季秋下旬，梦白虎遗吾马喙子。其母曰扶始，升高丘，睹白虎，上有云，感己生皋陶。索扶始问之，如尧言，明于刑法，罪次终始，故立皋陶为大理。[③]

再如《论语谶》，不但写子路感生，而且还将此与其性格、人生结局相牵

① 〔日〕安居香山、中村璋八辑：《纬书集成》，河北人民出版社1994年版，第992页。
② "卯金"是对"劉"的拆字，"帝卯金"意指帝王刘姓。
③ 〔日〕安居香山、中村璋八辑：《纬书集成》，河北人民出版社1994年版，第462、592页。

合，云："子路感雷精而生，尚刚好勇，亲涉卫难，结缨而死。"① 《论语摘辅象》一书中则有不少叙写孔门弟子异貌的文字，如"颜回山庭日角，曾子珠衡犀角"② 之类。此外，谶纬小说写先秦两汉名臣亦往往生有与其职司相关的异貌。在纬书的故事话语中，皋陶后来身任大理之职、执掌刑法，就与其鸟喙之貌有关。《春秋演孔图》云："皋陶鸟喙，是谓至诚，决讼明白，察于人情。"③

（三）西王母、羿等神话传说

在圣帝明王这一历史神话系统之外，纬书还不乏以西王母为主人公的神话传说。兹以《尚书帝验期》中一则故事为例："西王母于大荒之国，得益地图，慕舜德，远来献之。"④ 所写西王母是一个身居荒外但仰慕中土文德教化的形象，与《山海经》《穆天子传》中的西王母形象颇有不同。纬书也载有羿的故事，虽然较少，但所写多为感人的内容。如《河图括地象》所写：

> 羿五岁，父母与之入山，处之木下，以待蝉鸣。还欲取之，而群蝉俱鸣，遂捐而去。羿为山间所养，年二十，习于弓矢。仰天叹曰："我将射四方。矢至吾门止。"因捍即射，矢靡地截草，径至羿之门，乃随矢去。⑤

这则故事不见于他书。在《淮南子·本经训》中，有一则故事写羿射日，解救人间被十日炙烤的灾难，羿是一位善射的大英雄。《河图括地象》的这则故事写羿习于弓矢，射箭寻家，也是一位善射者的形象，其最初可能是射日神话的组成内容之一。故事文字简洁，叙述条理，其感人之处在于，羿虽然幼遭遗弃，但成年后思念家乡，射箭寻家，箭遂人愿，这样的情节内容极富人情味，容易引起读者情感的共鸣。无论从文字叙述还是蕴含的情感来看，这则故事都属于谶纬小说中的佳作。此外，《河图括地象》所写桃都山神郁、垒与金鸡的神话，也是不可多得的佳作：

---

① 〔日〕安居香山、中村璋八辑：《纬书集成》，河北人民出版社 1994 年版，第 1083 页。
② 〔日〕安居香山、中村璋八辑：《纬书集成》，河北人民出版社 1994 年版，第 1072 页。
③ 〔日〕安居香山、中村璋八辑：《纬书集成》，河北人民出版社 1994 年版，第 574 页。
④ 〔日〕安居香山、中村璋八辑：《纬书集成》，河北人民出版社 1994 年版，第 388 页。
⑤ 〔日〕安居香山、中村璋八辑：《纬书集成》，河北人民出版社 1994 年版，第 1093 页。

桃都山有大桃树，盘屈三千里，上有金鸡，下有二神，一名郁，一名垒，并执苇索，伺不祥之鬼、禽奇之属。乃将旦，日照金鸡，鸡则大鸣，于是天下众鸡悉从而鸣。金鸡飞下，食诸恶鬼。鬼畏金鸡，皆走之矣也。①

故事叙写东方欲晓，金鸡首唱并飞食恶鬼，文字简练有致，让人读之难忘。

三、谶纬小说中的地理博物故事

在纬书中，数量上可与圣帝明王神话传说故事比肩的，是地理博物故事。据其内容，这些地理博物故事可分为四类。

一是荒外殊方的远国异民故事。如《河图玉版》写龙伯、大秦等国的巨人："从昆仑以北九万里，得龙伯国，人长三十丈，生万八千岁而死。从昆仑以东，得大秦国，人长十丈。从此以东十万里，得佻吐凋国，人长三丈五尺。从此以东千里，得中秦国，人长一丈。"② 而《诗含神雾》所写焦侥国人、竫人，身体几乎矮到极致："从中州以东四十万里，得焦侥国，人长一尺五寸"；"东北极有人，名竫人，长九寸。"③《河图括地象》所写远国异民尤多。该书简称《括地象》，又称《括地图》，所写有天皇氏、穿胸国、凶奴、不周之国、丈夫民、君子民、化民、三身之国、越俚之民、羽民、孟虧、无咸民、细民、白民、大人国、天毒国、奇肱民、丁零之民、菮路之民、纳民、肃民等。他们都是远国异民，有着令人骇然的形貌和风俗习惯，比如所写化民和大人国："化民食桑，二十七年化而身裹，九年生翼，十年而死。""大人国，其民孕三十六年而生儿。生儿长大，能乘云，盖龙类。去会稽四万六千里。"④

二是叙写鳞介、珍禽、异兽神性的故事。如《乐叶图徵》所写焦明鸟：

焦明，南方鸟也，状似凤皇，鸠喙疏翼负尾，身礼，戴信，婴

① 〔日〕安居香山、中村璋八辑：《纬书集成》，河北人民出版社1994年版，第1098页。

② 〔日〕安居香山、中村璋八辑：《纬书集成》，河北人民出版社1994年版，第1146—1147页。

③ 〔日〕安居香山、中村璋八辑：《纬书集成》，河北人民出版社1994年版，第461页。

④ 〔日〕安居香山、中村璋八辑：《纬书集成》，河北人民出版社1994年版，第1102、1103页。

仁，膺智，负义，至则水之减，为水备也。①

再如《论语摘衰圣》所写瑞兽麟：

麟，北方玄枵之兽，西方之毛虫，中央轩辕大角之神，麕身，牛尾，狼项，马蹄，高六尺，身备五色，腹下茹黄，角端带肉。含仁怀义，居不群，行不侣。音中宫羽，步中规矩。不践生虫，不折生莽，不犯陷获，不罹罟网，饮清池而游乐土。牡鸣游圣，牝鸣归和。春鸣扶幼，夏鸣养绥，秋鸣藏嘉，冬鸣思边。食嘉禾，饮玉英。彬彬乎有文藻，申申乎有乐章，寿或一千，或三千。王其政太平则在郊。②

所写焦明、麟富于神性，都被赋予了儒家道德的内涵，麟还被视为天下太平的象征。实际上，纬书所写鳞介、珍禽和异兽等，大都具有这样的特点。

三是想象与解释天地构造的故事。《春秋元命苞》描写天地构造，云："天如鸡子，天大地小，表里有水，地各承气而立，载水以浮，天如车毂之过。"③ 此说以鸡蛋为喻，解释天地之构造，形象生动，简直是一种天才的想象。再如，在纬书描绘的地理世界中，昆仑山号称天柱，为大地之中，万山之首，仙人之都，表现出鲜明的神话色彩。《河图括地象》是这样描写昆仑山的：

昆仑山为天柱，气上通天。昆仑者，地之中也，地下有八柱，柱广十万里，有三千六百轴，互相牵制，名山大川，孔穴相通。

地南北三亿三万五千五百里。地部之位，起形高大者，有昆仑山，广万里，高万一千里，神物之所生，圣人仙人之所集也。出五色云气，五色流水，其泉东南流入中国，名曰河也。其山中应于天，最居中，八十城市绕之。中国东南隅，居其一分，是奸城也。④

① 〔日〕安居香山、中村璋八辑：《纬书集成》，河北人民出版社1994年版，第561页。
② 〔日〕安居香山、中村璋八辑：《纬书集成》，河北人民出版社1994年版，第1076—1077页。
③ 〔日〕安居香山、中村璋八辑：《纬书集成》，河北人民出版社1994年版，第598页。
④ 〔日〕安居香山、中村璋八辑：《纬书集成》，河北人民出版社1994年版，第1091、1095页。

这些文字对昆仑山的描写，极尽其雄奇阔大之意象，达到了先秦两汉乃至中国古代有关昆仑神话的顶点，令人赞叹。

四是与仙道有关的奇草异木、琼浆玉液等故事。如《易纬坤灵图》："灵蓍四十九茎，下有千岁龟守之。"[①]《尚书考灵曜》："桑木者，箕星之精。木虫食叶为文章，人食之，老翁成小童。"[②]《诗含神雾》："太华之山，上有明星玉女，主持玉浆，服之神仙。"[③] 诸书所谓灵蓍、千岁龟、桑木、太华山玉浆等，都和服食、修仙成道有关。由此也可看出，纬书的地理博物内容与汉代的神仙方术信仰密切相关。

纬书中的地理博物故事大略如上所述。在题材内容上，这类故事大都侈言远国异民、殊方物产、绝域珍奇等，继踵《山海经》而又有所拓展。两汉时期，神仙信仰盛行，在这些故事中还时时可见神仙家言。与圣帝明王的神话传说相比，地理博物故事想象尤为雄奇，境界阔大邈远。在文字上，地理博物故事较为通俗，可读性强。总体来看，地理博物故事显示了汉人对天地奥秘、外部世界的执着探索，颇具引人阅读的魅力。

四、谶纬小说的艺术特色

谶纬小说是汉代志怪小说的一个组成部分。如同其他志怪小说，谶纬小说相信鬼神实有，侈言神怪，同时也有自身的特点，主要表现为以下两个方面。

第一，圣帝明王神话传说有意神化故事主人公，建构神圣叙事，是谶纬小说的一个突出特点。

先秦神话传说神化故事主人公的手段，一般是将人物外貌作动物性比拟，人而具有动物的某些外形特征。《山海经》中时见人与动物的复合形象，《西山经・西次三经》写西王母"其状如人，豹尾虎齿而善啸，蓬发戴胜"[④]，即其典型一例。在纬书的语境中，圣帝明王神话传说建构了一个以神圣叙事为旨趣、具有自身内在逻辑的故事体系。各个故事神化主人公的出生、形貌或功业等，是对先秦神话传说的继承和衍化。

与先秦神话传说不同的是，纬书中的圣帝明王神话传说为当时的政治

---

① 〔日〕安居香山、中村璋八辑：《纬书集成》，河北人民出版社 1994 年版，第 312 页。

② 〔日〕安居香山、中村璋八辑：《纬书集成》，河北人民出版社 1994 年版，第 357 页。

③ 〔日〕安居香山、中村璋八辑：《纬书集成》，河北人民出版社 1994 年版，第 461 页。

④ 袁珂校注：《山海经校注》（最终修订版），北京联合出版公司 2014 年版，第 45 页。

所左右。日人安居香山曾分析纬书中感生故事的编撰意图，指出圣帝明王的感生故事是为论证汉家火德尧后的政治目的而编撰的。他说："感生帝说的形成具有极明确的意图，十分整齐划一。而且，很可能这一意图是特定的、是在某个特定时期形成的。这就是为了确定汉王朝是火德王朝，同时也为了确立它为尧之后裔的地位。"① 国内有学者将纬书中的圣帝明王神话传说定性为"纬书政治神话"，认为"纬书神话中文化自觉意识大大加强了。……纬书神话是文明神话，而且应该承认它是文明时代的知识分子所（自觉）造作的神话"②，可谓中的之论。总之，纬书圣帝明王神话对故事主人公的神化描写是有其明确意图的。在这个意义上，谶纬小说显示了其作者有意虚构故事的意识，值得我们深入探讨。

第二，谶纬小说表现出总揽天地、古今与人神的宏大气魄。

无论神话传说还是地理博物题材的谶纬小说，都表现出类似汉大赋"控引天地，错综古今""苞括宇宙，总览人物"③ 的宏大气魄。在圣帝明王神话传说中，纬书作者将传说中的伏羲到东汉顺帝永和元年（136）的历史，推算为四十万九千三百八十九年的漫长时期（见本节前引《易纬辨终备》），将其纳入以伏羲、神农、黄帝、朱宣、颛顼、帝喾、尧、舜、禹、商汤、周文王、刘邦等圣帝明王为标志人物的神圣历史之中，建构起一个主线明晰的圣王历史演变系统。这种历史叙述的规模气吞古今，宏大无伦。其他神话，如《尚书帝验期》写西王母居于大荒之国，慕舜之德，主动向舜贡献地图，表现的是中原政权以德来远、八荒臣服的王者气象。再如《河图括地象》写桃都山金鸡鸣则天下鸡鸣，天下恶鬼皆畏金鸡（见本节前引），故事着眼于"天下"，气势雄浑无伦。

地理博物题材的谶纬小说放眼天地宇宙，驰骋大小九州、八荒内外，气魄尤为豪迈。《春秋演孔图》以鸡子为喻，描绘、解说天地构造，表现出一种纳天地于眼前的宏大气魄。在对八方内外的想象性叙写中，谶纬小说特别青睐昆仑山，产生了不少瑰丽的昆仑神话，营构出谶纬小说特有的昆仑气象。在《河图括地象》中，昆仑山号为天柱，总控天下名山，是大地中心、万山之王与仙人之都。《河图录运法》亦云："地之位起形于昆

① 〔日〕安居香山、中村璋八辑：《纬书集成·解说》，河北人民出版社 1994 年版，第 75 页。
② 冷德熙：《超越神话——纬书政治神话研究》，东方出版社 1996 年版，第 261 页。
③ （汉）刘歆撰，（晋）葛洪集，向新阳、刘克任校注：《西京杂记校注》，上海古籍出版社 1991 年版，第 91 页。

仑，坐广万里，高万一千里，神物之所生，众仙之所集也，其上有五色云气。”① 这是何其雄浑壮阔的气象！总之，在谶纬小说构建的地理空间中，昆仑山作为仙人之都雄极天际，广袤无垠，八荒内外之山均为其臣属。当然，谶纬小说亦不废其他山岳。《孝经援神契》云：“太山天帝孙，主召人魂。东方万物始，故主人生命之长短。”② 故事文字虽然简短，但写泰山居万物始生的东方之位，主宰世人寿夭生死，泰山被赋予了无上的神界尊严。谶纬小说无论写昆仑山也好，泰山也好，都表现出力图控引天地、总览人神与古今的宏大气魄。

五、谶纬小说的小说史影响

谶纬小说对魏晋六朝以迄明清时期的小说创作产生了深远影响。

谶纬小说中的地理博物故事成为魏晋六朝地理博物志怪小说取材的重要来源。魏晋六朝志怪小说作者多有深明图纬者，代表性人物是张华。王嘉《拾遗记》卷九云：“张华字茂先，挺生聪慧之德，好观秘异图纬之部，捃采天下遗逸，自书契之始，考验神怪，及世间闾里所说，造《博物志》四百卷，奏于武帝。”③ 《晋书·张华传》载：“华学业优博，辞藻温丽，朗赡多通，图纬方伎之书莫不详览。”④ 所著《博物志》多采《河图括地象》《孝经援神契》《尚书考灵曜》《河图玉版》等书中故事。仅《河图括地象》一书，《博物志》采录即十余条，计有：卷一“《河图括地象》”条，“昆仑山北”条，“神宫在高石沼中”条，“员丘山上有不死树”条；卷二“君子国”条，“大人国”条，“结胸国”条（含奇肱民故事），“羽民国”条，“穿胸国”条，“孟舒国”条，“无启民”（含细民故事）条。⑤ 东晋郭璞博采群书以著《玄中记》，书中“丈夫民”“化民”“奇肱氏”“君子之国”“东南有桃都山”等故事⑥，均早见于《山海经》与《河图括地象》。“桃都山”故事中鸡鸣情节仅见于《河图括地象》，可知郭璞也曾将该书作为《玄中记》的取材来源。在先唐志怪小说的发展演变中，谶纬小

① 〔日〕安居香山、中村璋八辑：《纬书集成》，河北人民出版社 1994 年版，第 1164 页。
② 〔日〕安居香山、中村璋八辑：《纬书集成》，河北人民出版社 1994 年版，第 961 页。
③ （晋）王嘉撰，（南朝梁）萧绮录，齐治平校注：《拾遗记校注》，中华书局 1981 年版，第 210—211 页。
④ （唐）房玄龄等撰：《晋书》，中华书局 1974 年版，第 1068 页。
⑤ 据范宁校证《博物志校证》（中华书局 2014 年版）统计。
⑥ 据鲁迅校录《古小说钩沉》（齐鲁书社 1997 年版）统计。

说中的地理博物故事是从《山海经》到魏晋六朝地理博物志怪小说之间的桥梁，为后者提供了丰富的题材来源。可以说，如果没有谶纬小说作为桥梁的连通维系作用，那么，《山海经》与魏晋六朝地理博物志怪小说之间是难以跨越两汉四百余年历史而传承相续的。

一些富有意义的文学母题，或为谶纬小说所开创，或为其所发展，进而对后世小说创作产生了影响。其一是感生母题。感生母题肇端于《诗经》的《玄鸟》和《生民》，汉代纬书大量造作帝王圣贤的感生故事，感生母题得到进一步发展，引人注目。在魏晋六朝志怪小说中，多有采录自汉代纬书的感生故事。干宝《搜神记》中"附宝""女枢""庆都"等故事①，即属这种情形。王嘉《拾遗记》卷一"春皇庖羲"、卷二"殷汤"故事中，也有采自纬书感生故事的内容。明清长篇小说更是不乏感生故事情节。例如，才子佳人小说《平山冷燕》写女主人公之一的山黛乃其母梦吞星而生（第一回），另一女主人公冷绛雪出生时，其父梦见下了一庭红雪（第六回）；时事小说《梼杌闲评》第三回"飞盖园妖蛇托孕"，写小说主人公魏忠贤乃妖蛇与其母梦中交合而生；《野叟曝言》写主人公文素臣生时有玉燕入其母之怀、其父夜梦空中有四大金字、孔子捧赤日相赐（第一回）。这些情节都取法或借鉴了纬书中的感生故事，借以表现小说主人公的神异不凡。在施耐庵、吴敬梓笔下，感生故事被点铁成金，夺胎换骨，不仅成为小说的重要情节，而且发挥着隐括全书的结构作用。《水浒传》第一、二回写洪太尉误走之妖魔，原是"三十六员天罡星，七十二座地煞星，共是一百单八个魔君"②，他们是人间一百零八位梁山好汉的前身。《儒林外史》第一回写"只见天上纷纷有百十个小星，都坠向东南角上去了。王冕道：'天可怜见，降下这一伙星君去维持文运，我们是不及见了。'"③ 此等情节也借鉴了纬书的感生故事。无论《水浒传》还是《儒林外史》，这些感生情节均在全书开头，暗示"一百单八个魔君""一伙星君"与梁山一百零八位好汉、尘世的文人学士有对应关系，预示他们的不凡人生与坎壈命运。这些感生情节看似荒诞，实际被作家赋予了"敷陈大义""隐括全文"（《儒林外史》第一回）的结构作用。

① 参见汪绍楹校注：《搜神记》，中华书局1979年版，第248—249页；（晋）干宝撰，李剑国辑校：《新辑搜神记》，中华书局2007年版，第75—77页。

② （清）施耐庵、罗贯中著，李永祜点校：《水浒传》，中华书局1998年版，第11页。

③ （清）吴敬梓原著，陈美林批评校注：《陈批儒林外史》，商务印书馆2014年版，第11页。

其二是异貌母题。纬书神话传说中的异貌故事开创了异貌母题。魏晋六朝志怪小说就采录了较多的异貌故事。如葛洪《神仙传》“老子”条、王嘉《拾遗记》卷一“春皇庖羲”条，各写到老子、伏羲的异貌。同纬书中的异貌故事一样，魏晋六朝小说写人物异貌意在表现人物神异不凡，天降神圣。唐宋以后，小说中的异貌故事更多地被赋予小说主人公发迹变泰或精忠报国的内涵，并在某种程度上抒发小说作者对世态炎凉的感慨。有学者就注意到，在《鹤林玉露》《广阳杂记》等文言短篇小说，“三言”等白话短篇小说，《杨家将演义》《飞龙全传》《大唐秦王词话》等长篇英雄传奇中，均有写主人公为蜥蜴、龙、蛇、虎等异貌形象的情节，寄寓了世态炎凉、发迹变泰、知恩图报等意蕴。① 作为一种艺术表现的手段，纬书中的异貌描写被后世小说家继承和发展。综观纬书中的异貌故事，纯在描写故事主人公的外观与容貌，对人物加以神化，难以表现人物性格。唐宋以后，小说中对人物异貌的描写日益与人物性格刻画相结合。例如，《三国志通俗演义》卷一《祭天地桃园结义》写刘备生得“两耳垂肩，双手过膝，目能自顾其耳，面如冠玉，唇若涂朱”；张飞其人“豹头环眼，燕颔虎须，声若巨雷，势如奔马”；关羽“髯长一尺八寸，面如重枣，唇若抹朱，丹凤眼，卧蚕眉，相貌堂堂，威风凛凛”。② 小说通过描写刘、张、关异于常人的相貌，借以表现刘备仁厚、张飞威武、关羽忠勇的性格特征。当然，在明清时期不少小说作者的笔下，异貌描写沦为刻画人物性格的脸谱化的俗套，这也为有识之士所反对。《红楼梦》第一回脂砚斋评语云：“最可笑世之小说中，凡写奸人，则用鼠耳鹰腮等语。”③ 凡此等等，都说明异貌描写经历了从单纯描写人物形貌到与人物性格刻画相结合的过程，也是异貌描写作为一种艺术手段得以发展的过程。

其三是上天赐书母题。在两汉时期，上天赐书故事较早见于《史记·留侯世家》，写张良少年时，圯上老人夜授《太公兵法》，老人乃济北谷城山下黄石化身。这则只能以小说家言视之的故事被司马迁写入《史记》，实是汉代上天赐书故事母题的滥觞。《诗含神雾》云：“风后，黄帝师，又

---

① 参见吴光正：《原型与母题——中国古代小说叙事的重要元素》，武汉大学出版社 2022 年版，第 261—267 页。

② （明）罗贯中：《三国志通俗演义》，上海古籍出版社 1980 年版，第 4—5 页。

③ （清）曹雪芹著，脂砚斋评，邓遂夫校订：《脂砚斋重评石头记甲戌校本》，作家出版社 2004 年版，第 89 页。

化为老子，以书授张良。”[①] 这是《史记》张良受书故事在纬书中的改写。在谶纬小说中，帝王奉天命受书故事的数量尤多。伏羲、神农、黄帝、尧、舜、禹、汤、周文王、刘邦等帝王以及素王孔子，以他们为主人公的上天赐“书”（“图”）故事形成了颇为可观的上天赐书故事系统。这些故事前承张良受书——上天赐书的母题，又对其加以拓展。这些故事为后世小说采录或者化用。像干宝《搜神记》中“玉历”“麟书”故事[②]，即采自纬书中的上天授书故事。再如《龙鱼河图》中天遣玄女授黄帝兵法故事[③]，为《水浒传》所化用。《水浒传》第四十二回写宋江为追兵所迫，躲入玄女庙，九天玄女赐天书三卷，天书为兵法书，这一情节与《龙鱼河图》写玄女授书黄帝故事何其相似。在明清小说家笔下，上天赐书母题亦有所变化，翻新出奇，《红楼梦》写贾宝玉衔玉而生，玉上刻有“莫失莫忘，仙寿恒昌”字样，即为此类。天书授受是中国古代小说特别是通俗小说中的一个惯常意象母题。[④] 而这一意象母题的艺术渊源，其实就在于谶纬小说。

刘勰《文心雕龙·正纬篇》云：“若乃羲农轩皞之源，山渎钟律之要，白鱼赤乌之符，黄金紫玉之瑞，事丰奇伟，辞富膏腴，无益经典，而有助文章。是以后来辞人，采摭英华。”[⑤] 刘勰所论乃从谶纬对后世文学的普遍影响着眼。从小说史角度看，刘勰何尝不是指出了谶纬小说的历史影响呢。其中尤为明显的就是，魏晋六朝志怪小说往往直接从谶纬小说中采摭英华，用作建构志怪世界的题材。

---

① 〔日〕安居香山、中村璋八辑：《纬书集成》，河北人民出版社 1994 年版，第 462 页。
② 参见（晋）干宝撰，李剑国辑校：《新辑搜神记》，中华书局 2007 年版，第 77、78 页。
③ 见本节前引《龙鱼河图》“黄帝摄政前，有蚩尤兄弟八十一人”一段文字。
④ 参见王立：《宗教民俗文献与小说母题》，吉林人民出版社 2001 年版，第 201 页。
⑤ （南朝梁）刘勰著，范文澜注：《文心雕龙注》，人民文学出版社 1958 年版，第 31 页。

第六章　汉代轶事小说

汉代轶事小说的主要作品有韩婴《韩诗外传》、刘向《新序》和《说苑》、刘歆《西京杂记》、应劭《风俗通义》中《愆礼》《过誉》《十反》等篇，在蔡邕《琴操》中也有不少轶事篇章。刘向《世说》虽然久佚，但可信为轶事小说。刘向、刘歆父子以其出色的小说编撰与创作，成为汉代最重要的小说家。邯郸淳《笑林》作为一部汉魏之际的笑话集，本章也予以讨论。

第一节　《韩诗外传》

《韩诗外传》作者韩婴，汉文帝时博士，景帝时为常山太傅。传见《史记》卷一百二十一《儒林列传》、《汉书》卷八十八《儒林传》。西汉初年，传授《诗经》的有鲁、齐、韩三家，韩婴是韩诗的创立者。《史记·儒林列传》云："韩生推《诗》之意而为《内外传》数万言，其语颇与齐鲁间殊，然其归一也。"① 据《汉志》著录，韩婴传《诗》著作有"《韩故》三十六卷。《韩内传》四卷。《韩外传》六卷。《韩说》四十一卷"②。《隋志》经部著录："《韩诗》二十二卷。汉常山太傅韩婴，薛氏章句。""《韩诗外传》十卷。"③ 韩婴著作今存《韩诗外传》十卷，也是三家诗说中唯一传世之作。

---

① (汉)司马迁:《史记》,中华书局 1982 年版,第 3124 页。

② (汉)班固撰,(唐)颜师古注:《汉书》,中华书局 1962 年版,第 1708 页。

③ (唐)魏徵、令狐德棻:《隋书》,中华书局 1973 年版,第 915—916 页。

一、《韩诗外传》的小说性质

《韩诗外传》旧时列于经部，虽然如此，并不专解经，历代学者对此多有关注和评论。班固《汉志》就已提到，韩婴传诗与《诗》本义有别，说他“或取《春秋》，采杂说，咸非其本义”①。陈振孙《直斋书录解题》卷二《诗类·韩诗外传》云：“所存惟《外传》……盖多记杂说，不专解《诗》。”② 王世贞《读韩诗外传》批评该书“大抵引《诗》以证事，而非引事以明《诗》，故多浮泛不切、牵合可笑之语，盖驰骋胜而说《诗》之旨微矣”③。《四库全书总目》卷十六《诗类二·韩诗外传十卷》肯定王世贞之说“至确”，并因《韩诗外传》已无关于《诗》义，故从《易纬》《尚书大传》著录之例，将其别缀于《诗》类之末。④ 今按《韩诗外传》体例，一般先讲述一个历史故事，最后引《诗》作结，以助成其说，但取义多与《诗》义乖违，确如王世贞所说引《诗》以证事，而非引事以明《诗》，已经出离经学而进入文学的范畴。

《韩诗外传》共计310章，其中历史故事有170多章，是一部以历史故事为主体的短篇故事集。书中所载绝大多数为先秦历史故事，还有少量为汉初故事，如卷七第三章“齐有隐士东郭先生梁石君”故事即是。《韩诗外传》故事颇能表现人物性格的某一特点，往往具有比较明显的小说色彩。如卷一第三章“孔子南游适楚”故事：

> 孔子南游适楚，至于阿谷之隧，有处子佩瑱而浣者。孔子曰：“彼妇人其可与言矣乎?”抽觞以授子贡，曰：“善为之辞，以观其语。”子贡曰：“吾北鄙之人也，将南之楚。逢天之暑，思心潭潭，愿乞一饮，以表我心。”妇人对曰：“阿谷之隧，隐曲之汜，其水载清载浊，流而趋海，欲饮则饮，何问于婢子!”受子贡觞，迎流而挹之，奂然而弃之；从流而挹之，奂然而溢之，坐置之沙上。曰：“礼固不亲授。”子贡以告。孔子曰：“丘知之矣。”抽琴去其轸，以授子贡曰：“善为之辞，以观其语。”子贡曰：“向子之言，穆如清风，不悖我语，

① (汉)班固撰,(唐)颜师古注:《汉书》,中华书局1962年版,第1708页。

② (宋)陈振孙著,徐小蛮、顾美华点校:《直斋书录解题》,上海古籍出版社1987年版,第35页。

③ 屈守元:《韩诗外传笺疏》,巴蜀书社2012年版,第522页。

④ 参见(清)永瑢等撰:《四库全书总目》,中华书局1965年版,第136页。

和畅我心。于此有琴而无轸，愿借子以调其音。”妇人对曰：“吾野鄙之人也，僻陋而无心，五音不知，安能调琴？”子贡以告。孔子曰：“丘知之矣。”抽絺纮五两以授子贡，曰：“善为之辞，以观其语。”子贡曰：“吾北鄙之人也，将南之楚。于此有絺纮五两，吾不敢以当子身，敢置之水浦。”妇人对曰：“行客之人，嗟然永久，分其资财，弃之野鄙。吾年甚少，何敢受子？子不早去，今窃有狂夫守之者矣。”《诗》曰：“南有乔木，不可休思。汉有游女，不可求思。”此之谓也。①

这个故事充满嘲戏意味，调侃孔子及其弟子子贡。《孔丛子》卷四《儒服篇》云：“平原君问子高曰：‘吾闻“子之先君亲见卫夫人南子”，又云“南游过乎阿谷，而交辞于漂女”，信有之乎？’答曰：‘……若夫阿谷之言，起于近世，殆是假其类以行其心者之为也。’”② 子高，名穿，孔子六世孙，战国时人。因该故事对自己祖上孔子大不敬，子高自然以其所写为耻；但他认为该故事出于“近世”之人的恶意造作，所言为是，非为祖上讳饰。洪迈《容斋续笔》卷八亦力辩故事非实，云：“观此章，乃谓孔子见处女而教子贡以微词三挑之，以是说《诗》，可乎？其谬戾甚矣，它亦无足言。”③ 可知该故事为小说家言。本篇语言韵散相间，写孔子轻薄与无聊，子贡微言传意，浣女知礼自尊，文笔颇为生动，三人形象较为分明。在结构上，故事写孔子支使子贡三挑浣女，情节分为有序的三个层次，形成“三复情节”的结构模式，显然出于作者的用心组织。最后引《诗经·周南·汉广》诗句作结，以明故事主旨，有类于以诗为证，这也是《韩诗外传》故事普遍运用的结尾模式。

二、《韩诗外传》的主要内容

《韩诗外传》故事大都涉及士人节义问题，这是其思想内容上的一个重要特征。春秋中期以后，士作为新兴的政治阶层和文化精英，成为社会上一支活跃的力量，以至于诸侯得士则可兴，失士则危殆。士的作用如此重要，士人的立身处世便成为备受关注的问题。因其成书的汉初时代去先秦较近，故《韩诗外传》能够较多收录春秋战国时期士人立身处世的故

① (汉)韩婴撰，许维遹校释：《韩诗外传集释》，中华书局1980年版，第2—5页。
② 傅亚庶：《孔丛子校释》，中华书局2011年版，第297—298页。
③ (宋)洪迈著，孔凡礼点校：《容斋随笔》，中华书局2005年版，第313页。

事。如卷一第二十一章士人庄之善辞母死君故事：

> 楚白公之难，有庄之善者，辞其母，将死君。其母曰："弃母而死君可乎?"曰："吾闻事君者，内其禄而外其身。今之所以养母者，君之禄也，请往死之。"比至朝，三废车中。其仆曰："子惧，何不反也?"曰："惧，吾私也；死君，吾公也。吾闻君子不以私害公。"遂往死之。君子闻之曰："好义哉，必济矣夫。"《诗》云："深则厉，浅则揭。"此之谓也。①

辞母死君是庄之善人生的艰难抉择，因为他首先要强迫自己克服直面死亡时的本能恐惧。"比至朝，三废车中"，这七个字的细节描写生动表现出庄之善是怀着对死亡的极端恐惧而奔赴君难的。正是这一细节，凸显了庄之善在向生惧死的本能反应与死君之难的大义选择之间，内心发生的激烈冲突和艰难抉择，表现了庄之善"不以私害公"、慷慨赴死的悲壮形象和士阶层舍生取义的人生价值取向。

士人立身处世的大节无非忠、孝二义。在庄之善故事中，主人公选择辞母死君，舍孝尽忠，君子赞美他的死君之举合乎大义。与此不同，卷十第十三章卞庄子故事写主人公先尽孝，后忠君，养母事大，忠君次之，表现出不同于庄之善故事的价值取向。故事写道：

> 传曰：卞庄子好勇，母无恙时，三战而三北，交游非之，国君辱之。卞庄子受命，颜色不变。及母死三年，鲁兴师，卞庄子请从。至见于将军曰："前犹与母处，是以战而北也，辱吾身。今母没矣，请塞责。"遂走敌而斗，获甲首而献之，曰："请以此塞一北。"又获甲首而献之，曰："请以此塞再北。"将军止之，曰："足!"不止，又获甲首而献之，曰："请以此塞三北。"将军止之，曰："足！请为兄弟。"卞庄子曰："三北以养母也，今母殁矣，吾责塞矣。吾闻之，节士不以辱生。"遂奔敌，杀七十人而死。君子闻之曰："三北已塞责，又灭世断宗，士节小具矣，而于孝未终也。"《诗》曰："靡不有初，鲜克有终。"②

① （汉）韩婴撰，许维遹校释：《韩诗外传集释》，中华书局1980年版，第22—23页。

② （汉）韩婴撰，许维遹校释：《韩诗外传集释》，中华书局1980年版，第352—353页。

母亲在世时，卞庄子为了全身以尽孝，在战场上不敢死命，三战三北。母亲去世后，卞庄子舍身尽忠，死于君事。对卞庄子先尽孝、后忠君的人生选择，该故事体现的是肯定与赞许之意。从将军之言与君子评论看，当时人们甚至认为，卞庄子三获甲首，已补其过去的三战三北之过，尽足忠君之责，于君臣道义已经无亏；但他再杀敌七十而身死，则是尽忠过当，以至自身灭世断宗，于孝道殊不足取了。由此可知，卞庄子故事传达的要义在于士人应平衡忠、孝二节，不宜尽忠过当，也就是不赞成“武死战”的愚忠行为。

孔子曰：“士志于道，而耻恶衣恶食者，未足与议也。”[①] 士之人生的首要目标是修养自我，追求道义，不以贫穷为耻，不以富贵为荣。卷一第九章原宪居鲁故事对此作了阐释：

> 原宪居鲁，环堵之室，茨以蒿莱，蓬户瓮牖，揉桑而为枢，上漏下湿，匡坐而弦歌。子贡乘肥马，衣轻裘，中绀而表素，轩车不容巷而往见之。原宪楮冠黎杖而应门，正冠则缨绝，振襟则肘见，纳履则踵决。子贡曰：“嘻！先生何病也？”原宪仰而应之，曰：“宪闻之，无财之谓贫，学而不能行之谓病。宪贫也，非病也。若夫希世而行，比周而友，学以为人，教以为己，仁义之匿，车马之饰，衣裘之丽，宪不忍为之也。”子贡逡巡，面有惭色，不辞而去。原宪乃徐步曳杖歌《商颂》而反，声满于天地，如出金石。天子不得而臣也，诸侯不得而友也。故养身者忘家，养志者忘身。身且不爱，孰能忝之？《诗》曰：“我心匪石，不可转也。我心匪席，不可卷也。”[②]

该故事取材于《庄子·让王》中的原宪居鲁、曾子居卫故事。韩婴将原宪和曾子的故事捏合、改写为以原宪为主人公的故事，赞美原宪安贫乐道，不慕富贵，坚守士人节操。故事运用对比手法，刻画原宪与子贡贫富悬殊的衣着，以凸显原宪的形象。作为世俗意义上成功者形象的子贡，是该故事否定的对象，以反衬并借之肯定原宪高洁狷介的品格。题旨相同且将子贡作为否定对象的，还有卷一第二十七章“鲍焦衣弊肤见，挈畚持蔬，遇

① 杨伯峻译注：《论语译注》，中华书局1980年版，第37页。
② （汉）韩婴撰，许维遹校释：《韩诗外传集释》，中华书局1980年版，第11—12页。

子贡于道”①故事。

勇也是士人品格的重要内涵。儒家固然称道壮士之勇猛，但更崇尚智勇。卷十第七章“东海有勇士”，通过描写菑丘䜣不畏神怪的勇猛之举，借以赞美要离折冲菑丘䜣的智勇品格：

> 东海有勇士，曰菑丘䜣，以勇猛闻于天下。过神渊，曰：“饮马。”其仆曰：“饮马于此者，马必死。”曰：“以䜣之言饮之。”其马果沈。菑丘䜣去朝服拔剑而入，三日三夜，杀三蛟一龙而出。雷神随而击之，十日十夜，眇其左目。要离闻之，往见之，曰：“䜣在乎？”曰：“送有丧者。”往见䜣于墓。曰：“闻雷神击子十日十夜，眇子左目。夫天怨不全日，人怨不旋踵。至今弗报，何也？”叱而去，墓上振愤者不可胜数。要离归，谓门人曰：“菑丘䜣，天下勇士也。今日我辱之人中，是其必来攻我。暮无闭门，寝无闭户。”菑丘䜣果夜来，拔剑拄要离头，曰：“子有死罪三。辱我以人中，死罪一也。暮无闭门，死罪二也。寝不闭户，死罪三也。”要离曰：“子待我一言。来谒，不肖一也。拔剑不刺，不肖二也。刃先辞后，不肖三也。能杀我者，是毒药之死耳。”菑丘䜣引剑而去曰：“嘻！所不若者，天下惟此子尔！”传曰：“公子目夷以辞得国，今要离以辞得身。言不可不文，犹若此乎？”《诗》曰：“辞之怿矣，民之莫矣。”②

故事以菑丘䜣的勇猛衬托要离的智勇，反映了先秦与汉初士人对勇的内涵理解：斗杀蛟龙的勇猛乃血气之勇，固可称道，但非勇之上者；勇之上者，乃不战而屈人之兵的智勇。故事写菑丘䜣与要离言语交锋，各陈三事，推动情节，刻画人物，是一种“三事”话语模式③，增强了故事的小说意味。这则故事后为《吴越春秋》的《阖闾内传》取材。

《韩诗外传》写先秦士人节义的故事篇章尚多，涉及士人的忠、信、孝、智、勇、廉、穷、通等人生价值观念，颇见士人追求名节的价值取向与人生境界，所写人物形象也都颇见性格。

---

① (汉)韩婴撰，许维遹校释：《韩诗外传集释》，中华书局1980年版，第27页。

② (汉)韩婴撰，许维遹校释：《韩诗外传集释》，中华书局1980年版，第342—343页。

③ 关于“三事”话语模式，参见杜贵晨：《中国古代文学的“三事”话语》，《泰山学院学报》2004年第2期。

三、《韩诗外传》的小说史影响

《韩诗外传》是汉代最早的一部短篇历史故事集，对刘向编撰《新序》《说苑》和《列女传》产生了直接影响。从故事题材来看，刘向三书就以《韩诗外传》作为重要的资料来源，或径取之，或借鉴之，承其统绪而有所发展。我们做了一个大略统计，仅《新序》一书，吸收、采录《韩诗外传》的故事就有三十余章，如表1所列：

表1　《新序》所吸收、采录《韩诗外传》的故事

《新序》目次	吸收、采录《韩诗外传》的故事	合计
杂事一	昔者周舍事赵简子 晋平公欲伐齐	2
杂事二	无	0
杂事三	孙卿与临武君议兵于赵孝成王前	1
杂事四	楚庄王伐郑克之 桓公田，至于麦丘	2
杂事五	鲁哀公问子夏曰 管仲傅齐公子纠 颜渊侍鲁定公于台 魏文侯问李克曰 孔子侍坐于季孙 君子曰：天子居闉阙之中 楚有善相人者 宋玉因其友以见于楚襄王 田饶事鲁哀公而不见察 昔者楚丘先生行年七十	10
刺　奢	桀作瑶台 纣为鹿台 齐景公饮酒而乐	3

续表

《新序》目次	吸收、采录《韩诗外传》的故事	合计
节　士	桀为酒池 纣作炮烙之刑 原宪居鲁 楚昭王有士曰石奢 晋文公反国 申徒狄非其世 鲍焦衣弊肤见	7
义　勇	陈恒弑简公而盟 崔杼弑庄公 白公之难 齐崔杼弑庄公也 卫懿公有臣曰弘演 卞庄子好勇	6

《说苑》和《列女传》也都较多从《韩诗外传》取材。①

在结构体制上，《韩诗外传》故事引《诗》作结，开创了古代小说的诗赞体式，其影响从两汉直贯明清小说。一方面，就汉代小说而言，《韩诗外传》采用讲述历史轶闻和传说故事并引《诗经》以助成其说的体例，成为刘向《新序》《说苑》和《列女传》编写体例的借鉴。另一方面，对《韩诗外传》在中国古代小说史上的影响，屈守元曾作过如下阐说：

> 若论其在写作上的成就……有的章节是通俗上口的谣谚（往往有韵），为两汉著作所采用者实在不少。又有的是娓娓动人的故事，为《列士传》《高士传》一类书所取用的很多。卷十所载蓝丘䜣的故事，宋人讲平话小说所取资的《太平广记》，也加以采录，这就是古代的武侠小说。文章曲折波澜，实堪借鉴。此书每段故事，结束时总引“诗曰”，这就为以“有诗为证”作收场的我国古典小说树立了楷模，

① 《说苑》二十篇，除《谈丛》和《反质》外，十八篇中均有故事取材于《韩诗外传》，有七十余则。《韩诗外传》为《列女传》所取材的故事有九则，分别为卷一“孔子南游适楚”，卷二“鲁监门之女婴相从绩”“楚庄王听朝罢晏”“楚狂接舆”，卷八“齐景公使人为弓”，卷九“孟子少时诵”“田子为相”“孟子妻独居”“楚庄王使使赍金百斤”。

要探寻具有中国特色的古典小说渊源，万万不能不提及此书。①

可见《韩诗外传》不唯对古代文言小说，而且对宋元明清白话小说的题材、体制等，都产生了一定的示范性，它的小说史价值和意义是不能忽视的。

第二节　《新序》和《说苑》

《新序》和《说苑》成书于刘向之手。刘向（前79—前8），本名更生，字子政，沛（今江苏省沛县）人，汉高祖刘邦同父少弟楚元王刘交四世孙。宣帝时任谏大夫，元帝时因反对宦官弘恭、石显而下狱，成帝时更名为“向”，任光禄大夫，官终中垒校尉。传见《汉书》卷三十六《楚元王传》。

刘向是西汉著名的学者和文学家，尤富学识，曾领校宫廷藏书，撰成《七略别录》二十卷。《汉志》诸子略儒家著录“刘向所序六十七篇”，班固注：“《新序》《说苑》《世说》《列女传颂图》也。”②《汉志》诸子略小说家著录《百家》一百三十九卷，未题撰人，但古今学者大都认为该书是刘向之作。诗赋略著录：“刘向赋三十三篇。”③《隋志》史部谱系篇著录：“《世本》二卷。刘向撰。”④《隋志》著录有误，《世本》是刘向经手整理的先秦文献，非其编撰。在刘向著述之中，今存者有《新序》《说苑》和《列女传》，以及《九叹》、《请雨华山赋》（残篇）等辞赋，余均亡佚。明人张溥辑有《刘中垒集》。邓骏捷《刘向校书考论》第二章“刘向著作考述”对刘向一生著作有详考。⑤

《新序》《说苑》《世说》以及《百家》，都是具有明显小说性质的作品。按诸《汉书》刘向本传和《隋志》子部儒家类著录，《新序》原本三十卷，《说苑》原本二十卷。到北宋时，《新序》仅存十卷，《说苑》仅存五卷，两书有二十五卷亡佚于唐宋之际。《新序》后经曾巩整理缀补，成

---

① 屈守元：《韩诗外传笺疏》，巴蜀书社2012年版，“前言”第3页。

② （汉）班固撰，（唐）颜师古注：《汉书》，中华书局1962年版，第1727页。

③ （汉）班固撰，（唐）颜师古注：《汉书》，中华书局1962年版，第1748页。

④ （唐）魏徵、令狐德棻：《隋书》，中华书局1973年版，第988页。

⑤ 参见邓骏捷：《刘向校书考论》，人民出版社2012年版，第41—87页。

十卷本。《说苑》亦经曾巩搜辑与整理。据《说苑序》，曾巩从士大夫间搜得《说苑》十五篇，与既有之五篇，复为二十篇。《新序》《说苑》今本即由曾巩整理本而来。《世说》和《百家》亡佚于魏晋六朝时期，仅存少量佚文。关于《百家》，我们已在本书第一章第一节做过讨论，兹不赘论。本节研讨的是《新序》和《说苑》。

一、《新序》《说苑》的作者问题

在以往的研究中，一个时有争议的问题是，《新序》和《说苑》是否"旧本有之"，亦即刘向是否具有两书的著作权。南宋以来，多有学者认为《新序》和《说苑》并非创自刘向，他只是做了编辑或校订的工作。首倡此说者是南宋黄震。《黄氏日抄》卷五十六云："《说苑》者，刘向之所校雠，去其复重与凡已见《新序》者，而定为二十卷，名《说苑》。"① 此之所谓"校雠"，《七略别录》有释，云："雠校，一人读书，校其上下，得谬误，为校。" "雠校者，一人持本，一人读书，若怨家相对，故曰雠也。"② 据此可知，黄震意指《说苑》非刘向编撰。宋代以迄近今，不断有学者附和、发挥此说。如清卢文弨《新雕西京杂记缘起》云："《说苑》《新序》，其书皆在刘向前，向校而传之，后人因名二书为刘向著。"③ 清沈钦韩《汉书疏证》卷二十七云："此二书旧本有之，向重为订正，非创自其手也。"④ 近人罗根泽《〈新序〉〈说苑〉〈列女传〉不作始于刘向考》一文认为，三书乃当时已有之成书，题名已定，刘向只是"得读而校之……非自刘向撰著"⑤。余嘉锡《古书通例》卷二《明体例·汉魏以后诸子》认为，《新序》《说苑》和《列女传》"皆非（刘）向所创造，特虽采自古书，而能自以义法部勒之，故得为一家之言"⑥。此说肯定了刘向对三书的编撰之功。不过，在《四库提要辨证》卷十中，余嘉锡改易此前意见，说："当时本有《说苑》之书，（刘）向但除其与《新序》复重者，

---

① （宋）黄震：《黄氏日抄》，《景印文渊阁四库全书》第708册，（台北）台湾商务印书馆1986年版，第441页。

② （汉）刘向、刘歆撰，（清）姚振宗辑录，邓骏捷校补：《七略别录佚文　七略佚文》，上海古籍出版社2008年版，第19页。

③ （汉）刘歆撰，（晋）葛洪集，向新阳、刘克任校注：《西京杂记校注》，上海古籍出版社1991年版，第283页。

④ （清）沈钦韩等撰：《汉书疏证》（外二种），上海古籍出版社2006年版，第762页。

⑤ 罗根泽编著：《古史辨》第四册，上海古籍出版社1982年版，第228页。

⑥ 余嘉锡：《目录学发微》（含《古书通例》），中国人民大学出版社2004年版，第231页。

为之条别篇目，令以类相从耳。《新序》序录虽亡，度其体例，当亦与《说苑》相同。"[1] 认为《新序》《说苑》均非刘向编撰，而为旧有之书。赵善诒《新序疏证·前言》亦谓《新序》《说苑》"均非（刘向）自撰"[2]。如此等等，古今类似意见颇多。这样一来，《新序》《说苑》在文学史上的定位便有些尴尬了。聂石樵《先秦两汉文学史》对《新序》《说苑》不作具体阐释，即因认为两书"不是刘向所撰述"[3]。郭预衡《中国散文史》则认为，《新序》《说苑》"都是辑录前代的传记，只是加以重新编排。其中虽有秦汉之文，但以先秦为多，可以说基本上是先秦传记等类作品的汇编"[4]，故将两书置于先秦文学之中论析。

我们认为以上诸家意见失之偏颇，刘向实为《新序》《说苑》的编撰者，或者说就是两书作者。《说苑·叙录》云：

> 护左都水使者光禄大夫臣向言：所校中书说苑杂事及臣向书，民间书，诬校雠。其事类众多，章句相溷，或上下谬乱，难分别次序。除去与《新序》复重者，其余者浅薄不中义理，别集以为《百家》后，令以类相从，一一条别篇目，更以造新事十万言以上，凡二十篇，七百八十四章，号曰《新苑》，皆可观。臣向昧死。[5]

文中"所校中书说苑杂事及臣向书"等文字，容易使人产生"说苑杂事"即为《说苑》，并非"臣（刘）向书"的观感，进而得出《新序》作者亦非刘向的结论。不过，如此理解却忽略了对《叙录》文意的整体把握。对这段文字，徐复观曾分析提出三点意见。第一，所谓"所校中书说苑杂事"的"说苑"，是刘向对许多积聚在一起的零星言论的统一称呼，并非先有《说苑》一书。第二是刘向说他对这些材料的整理。他先从其中撰为《新序》，次将"浅薄不中义理"者编为《百家》。第三是说他著《说苑》的情形，即把撰《新序》《百家》之外剩下的材料，再加上汉代的新材料，勒为《新苑》一书。徐复观还通过比较《新序》《说苑》与《韩诗外传》的内容，指出"《新序》《说苑》之作，盖承《韩传》之统绪而有所发展。

---

① 余嘉锡：《四库提要辨证》，云南人民出版社 2004 年版，第 468 页。
② 赵善诒：《新序疏证》，华东师范大学出版社 1989 年版，"前言"第 1 页。
③ 聂石樵：《先秦两汉文学史》，中华书局 2007 年版，第 806 页。
④ 郭预衡：《中国散文史》上册，上海古籍出版社 2000 年版，第 179 页。
⑤ （汉）刘向：《宋本说苑》第一册，国家图书馆出版社 2017 年版，第 7 页。

其非先秦本有《新序》《说苑》之书，更为明显”[①]。徐复观所论全面融通，可证《新序》《说苑》作始于刘向。

根据《汉志》著录，以《新序》《说苑》并非刘向之作的意见也是有欠妥当的。首先，《汉志》称《新序》《说苑》为“刘向所序”。《说文解字》第九篇下广部“序”字段玉裁注云：“次弟谓之叙。经传多假‘序’为‘叙’。《周礼》《仪礼》‘序’字，注多释为次弟，是也。”[②]“序”的这个意义也见于汉魏六朝文献。王逸《离骚经序》云：“上述唐、虞、三后之制，下序桀、纣、羿、浇之败。”[③] 萧统《文选序》云：“铭则序事清润。”[④] 在这两例之中，“序”即叙述、叙写之义。依此而论，“刘向所序”之“序”，也当如此理解。其次，紧接《新序》《说苑》之后，《汉志》儒家类著录：“扬雄所序三十八篇。《太玄》十九，《法言》十三，《乐》四，《箴》二。”[⑤]《太玄》《法言》为扬雄著作，这在历代以来无人疑议。既然如此，为何“刘向所序”之《新序》《说苑》就不属刘向之作呢？最后还需注意的是，《汉书》刘向本传云：“向……采传记行事，著《新序》《说苑》凡五十篇奏之。”[⑥] 这里明确记载《新序》和《说苑》为刘向所“著”。凡此均表明，《新序》《说苑》并非“旧本有之”的前人成书，而确为刘向编撰。

根据东汉人的看法，《新序》《说苑》亦确为刘向编撰。上述《汉书》刘向本传和《汉志》著录的情况已自表明这一点。我们再看王充的说法。在《论衡》的《超奇篇》和《对作篇》中，王充将《新序》《说苑》《列女传》与司马迁《史记》及其续书等相提并论，以三书为刘向编撰。《超奇篇》谈到刘向诸书的成书方式，说：“或抽列古今，纪著行事，若司马子长、刘子政之徒，累积篇第，文以万数，其过子云、子高远矣，然而因成纪前，无胸中之造。”[⑦] 对司马迁、刘向的著作，王充颇有不以为然的意思，这在今天看来自非公允之论。但我们需要注意的是，在王充看来，司马迁《史记》与刘向《新序》《说苑》和《列女传》等，都采用了“抽列

① 徐复观：《两汉思想史》第三卷，华东师范大学出版社 2001 年版，第 40—41、47 页。
② 赖永海主编：《段玉裁全书》第三册，江苏人民出版社 2015 年版，第 452 页。
③ （宋）洪兴祖补注，卞岐整理：《楚辞补注》，凤凰出版社 2007 年版，第 2 页。
④ （南朝梁）萧统编，（唐）李善注：《文选》，中华书局 1977 年版，第 2 页。
⑤ （汉）班固撰，（唐）颜师古注：《汉书》，中华书局 1962 年版，第 1727 页。
⑥ （汉）班固撰，（唐）颜师古注：《汉书》，中华书局 1962 年版，第 1958 页。
⑦ 黄晖：《论衡校释》，中华书局 1990 年版，第 607—608 页。

古今，纪著行事”“累积篇第”而成书的方式。按诸《史记·六国年表》，太史公序就明确说“因《秦记》，踵《春秋》之后”① 而成《六国年表》。换言之，《六国年表》的部分内容乃司马迁采录《秦记》而写成。《史记·礼书》结末“太史公曰”一段文字，司马贞《索隐》云：“已下亦是太史公取荀卿《礼论》之意，极言礼之损益，以结《礼书》之论也。”② 郎瑛《七修类稿》卷二十三《秦汉书多同》论及《史记·礼书》的后段与《荀子·礼论》相同，指出这并非剽窃，而是秦汉时期著书的一种常见情形。③ 这就告诉我们，如同《史记》那样，《新序》《说苑》固然大量采录了早前文献中的资料，却并非“旧本有之”。虽然如此，历代以来，人们没有怀疑乃至否定《史记》是出自司马迁之手的巨著，那么，《新序》《说苑》为何不可属之于刘向呢？

《新序》《说苑》的内容也透露了刘向编撰两书的某些信息。《新序·杂事四》云：

> 宋康王时，有爵生鸇于城之陬，使史占之。曰：“小而生巨，必霸天下。”康王大喜，于是灭滕，伐薛，取淮北之地。乃愈自信，欲霸之亟成，故射天笞地，斩社稷而焚之，曰：“威伏天地鬼神。”骂国老之谏者，为无头之冠，以示有勇，剖伛者之背，锲朝涉之胫，而国人大骇。齐闻而伐之，民散，城不守，王乃逃兒侯之馆，遂得病而死。故见祥而为不可祥，反为祸。臣向愚以《鸿范传》推之，宋史之占非也。此黑祥，传所谓黑眚者也。犹鲁之有鸜鹆，为黑祥也，属于不谋，其咎急也。鸇者，黑色，食爵，大于爵，害爵也。攫击之物，贪叨之类。爵而生鸇者，是宋君且行急暴击伐贪叨之行，距谏以生大祸，以自害也。故爵生鸇于城陬者，以亡国也，明祸且害国也。康王不悟，遂以灭亡，此其效也。④

宋康王故事早见于《战国策·宋策》和贾谊《新书·春秋篇》，刘向采录于《新序》之中，并发表评论，就是“臣向愚以《鸿范传》推之”以下一

---

① （汉）司马迁：《史记》，中华书局 1982 年版，第 687 页。
② （汉）司马迁：《史记》，中华书局 1982 年版，第 1171 页。
③ 参见（明）郎瑛：《七修类稿》，上海书店出版社 2009 年版，第 247—248 页。
④ （汉）刘向编著，石光瑛校释，陈新整理：《新序校释》，中华书局 2001 年版，第 632—640 页。

段文字。这一情形表明，刘向对前代故事不是单纯整理或校雠，而是有意识、有目的地予以纂辑。《新序》中还有不少故事附有提示题旨的评论，虽未像宋康王故事这样署明“臣向”云云，但实亦出自刘向之手。[①] 至于《说苑》，徐复观早就指出，该书二十卷，除《君道》外，其余十九篇篇首皆有刘向所写综论性的一段文字，以贯穿全篇，各篇中故事也加入许多议论，都显示出刘向有计划著书的印记。[②]

由上论可知，《新序》《说苑》乃系刘向编撰，而非“旧本有之”。故刘向对于两书的著作权是不必怀疑乃至否定的。

二、《新序》《说苑》的文体争议

《新序》包括“杂事”五卷，“刺奢”“节士”“义勇”各一卷，“善谋”二卷，收入故事176则。《说苑》分为“君道”“臣术”“建本”“立节”“贵德”等，总计二十个门类，收入故事600余则。两书分门别类纂辑先秦至汉初的历史故事，是具有类书性质的短篇历史故事集。《新序》《说苑》多有同记一事而相互出入者，或与《左传》《史记》等史书记事不合者，而且书中故事大都具有明显的虚构性。因此之故，历代学者对两书内容的真实性多有批评乃至否定。唐人刘知几的意见很具代表性，他在《史通·外篇·杂说下》中说：“（刘向）自造《洪范》《五行》，及《新序》《说苑》《列女》《神仙》诸传，而皆广陈虚事，多构伪辞。非其识不周而才不足，盖以世人多可欺故也。”[③] 刘知几“广陈虚事，多构伪辞”的指责可谓严厉。

不过，古代也有学者对《新序》《说苑》故事的虚构性表示理解与认可。严可均《铁桥漫稿》卷八《书〈说苑〉后》云：“（刘）向所类事，与《左传》及诸子间或时代牴牾，或一事而两说、三说兼存，《韩非子》亦如此。良由所见异词、所闻异词、所传闻异词，不必同李斯之法，别黑白而定一尊。浅学之徒少所见，多所怪，谓某事与某书违异，某人与某人不相值。生二千载后，而欲画一二千载以前之人之事，甚非多闻阙疑之意。善读书者，岂宜然乎？”[④] 再如朱一新《无邪堂答问》卷四云：“刘子政作《新序》《说苑》，冀以感悟时君，取足达意而止，亦不复计事实之舛误。

---

① 参见（汉）刘向编著，石光瑛校释，陈新整理：《新序校释》，中华书局2001年版，“整理说明”第3页；夏德靠：《论〈说苑〉〈新序〉的编撰及其文体特征》，《中华文化论坛》2018年第5期。

② 参见徐复观：《两汉思想史》第三卷，华东师范大学出版社2001年版，第41页。

③ （唐）刘知几撰，（清）浦起龙通释，吕思勉评：《史通》，上海古籍出版社2008年版，第378页。

④ （清）严可均著，孙宝点校：《严可均集》，浙江古籍出版社2018年版，第270页。

盖文章体制不同，议论之文源出于子，自成一家，不妨有此。”① 严氏、朱氏分别着眼于刘向的撰著之法和著述目的，对《新序》《说苑》故事的虚构性表达了一种理解、认可的意见。

不过，以上诸家意见，无论批评、否定，还是理解、认可，究其根本，都是从史学纪实角度立论的。从文学的角度看，所谓《新序》《说苑》“广陈虚事，多构伪辞”，表现的其实是小说文体的特征。如有学者所指出的，刘向在两书的编撰过程中，“已自觉不自觉地运用了小说的创作手法，这使得其编撰过程成为一种文学再创作的过程，使得其文本显示出了鲜明的小说特征”②。

二十世纪二十年代末，胡怀琛《中国小说研究》较早从小说史角度论及《新序》《说苑》和《列女传》。他认为，《汉志》小说家著录的小说“原书确已失传了，但是原来的作品，并没有完全失传，大概是散见在刘向的《说苑》《新序》及《列女传》三部书中。在刘向典校秘书的时候，《汉志》上的书，大概都还存在，刘向没有不见到的。……刘向凭他的眼光，把他们整理了一下，他以为有价值的，就辑录起来，成了《说苑》《新序》《列女传》三部书……从刘向的三部书里，还可以窥见周、秦至汉初的小说的一斑。不能说周、秦小说作品，完全失传了”。接下来谈到包括两汉小说在内的“晋唐小说”时，又列举这三部书。③ 胡怀琛对《新序》《说苑》和《列女传》文本的小说性质，是颇为关注的。八十年代，屈守元在为向宗鲁《说苑校注》所作《序言》中提出：“选编历代小说作品，把《说苑》也算进去，并无可非议。把《说苑》看成是带有一定古代小说集性质的书，这是符合中国小说发展的历史实际的。”④ 九十年代，杜贵晨《中国古代短篇小说史》、吴志达《中国文言小说史》、王恒展《中国小说发展史概论》、苗壮《笔记小说史》以及赵明等主编《两汉大文学史》的小说部分等，均论列《新序》和《说苑》。程毅中《古体小说论要》将《新序》《说苑》定位为“原生态的小说”⑤，我们认为这是合乎古代小说尤其汉代小说发展的实际情形的观点。

---

① (清)朱一新著，吕鸿儒、张长法点校：《无邪堂答问》，中华书局 2000 年版，第 161 页。

② 周蔚：《刘向小说的定位思考》，《南京师大学报》(社会科学版)2002 年第 3 期。

③ 参见陈洪主编，王振良、王之江副主编：《民国中国小说史著集成》第四卷，南开大学出版社 2014 年版，第 139—140、142—144 页。

④ 屈守元：《向宗鲁先生遗著〈说苑校注〉序言》，《四川师院学报》(社会科学版)1985 年第 2 期。

⑤ 程毅中：《古体小说论要》，北京出版社 2017 年版，第 14 页。

另外，长期以来，学界往往将《新序》《说苑》归入散文范畴。但在各种散文史著作中，二书并未得到重视，一般仅予简要论述，或一提而过，甚至不予置论。这也从一个方面说明，《新序》《说苑》作为散文的文体特征、性质等并不充分，因而把两书纳入古代小说的范围来考察也许更合适一些。

三、《新序》《说苑》的小说性质

刘向的写作意图和目的，对《新序》《说苑》的文体形态产生了重要影响。如《汉书》刘向本传所载，为向汉成帝“言得失，陈法戒”，刘向编撰《新序》《说苑》。晚清谭献《复堂日记》卷六记其舟中阅读《新序》，就感慨刘向“以著述当谏书，皆与封事相发，董生所谓陈古以刺今”[①]。为达到讽谏汉成帝的目的，在《新序》《说苑》的内容上，刘向并不追求史书般的谨严，不为史实所束缚，对各种历史故事，或从旧籍抄录，或予改编生发，因而形成《新序》《说苑》故事的一个基本特点，就是叙事重其义，而轻其事之真伪。吕思勉指出，先秦子书中所记事实，乖谬者十有七八，但取其足以明义，不复重其事实与否。[②]《新序》《说苑》虽为后出之书，但继承并表现出了先秦子书的这种著述特征。不过，作为历史故事的总集，两书同时也确有偏重记事的史书特征。

在古代公私书目中，从《汉志》《隋志》《唐志》到《四库全书总目》，《新序》《说苑》一直作为子书著录。刘勰《文心雕龙·诸子》谓“博明万事为子，适辨一理为论”，并举陆贾《新语》、贾谊《新书》、扬雄《法言》、王符《潜夫论》等为例，刘向《说苑》亦列于其中。[③] 然而，与《新语》《新书》等以论为主、议论风生的特点相比，《说苑》偏重记事，在子书中显得颇异其趣。张之洞可能注意到了这个问题，在《书目答问》卷二中，将《新序》《说苑》列于古史类，认为两书“虽汉人作，然皆纪古事，多本旧文，故列古史”[④]。客观地看，两书的确表现出兼备子史的文体形态特征。就此而言，《新序》《说苑》不但与先秦时期的《晏子春秋》有着相似文体形态，而且在两汉群籍中也是最为突出的。

---

① 范旭仑、牟晓朋整理：《谭献日记》，中华书局 2013 年版，第 132 页。

② 参见吕思勉：《先秦学术概论》，云南人民出版社 2005 年版，第 20—23 页。

③ 参见（南朝梁）刘勰著，范文澜注：《文心雕龙注》，人民文学出版社 1958 年版，第 310 页。

④ 范希曾编：《书目答问补正》，江苏古籍出版社 2000 年版，第 100 页。

作为这一特征的具体表现，《新序》《说苑》的内容构成以历史故事为主体，类似杂史。但两书往往有一事而多存其说，如严可均所说“一事而两说、三说兼存”[①]，甚至不乏在一则故事中将不同时期历史人物捏合到一起的现象，这明显取法于先秦诸子寓言虚构故事的手段，同时也有《韩诗外传》造作故事手法的影响。[②]《四库全书总目》卷九十一子部儒家类一著录《说苑》，云：

> 叶大庆《考古质疑》摘其赵襄子赏晋阳之功孔子称之一条，诸御已谏楚庄王筑台引伍子胥一条，晏子使吴见夫差一条，晋太史屠余与周桓公论晋平公一条，晋胜智氏后阖闾袭郢一条，楚左史倚相论越破吴一条，晏子送曾子一条，晋昭公时战郯一条，孔子对赵襄子一条，皆时代先后，邈不相及。又介子推、舟之侨并载其龙蛇之歌，而之侨事尤舛。黄朝英《缃素杂记》亦摘其固桑对晋平公论养士一条，《新序》作舟人古乘对赵简子。又楚文王爵筦饶一条，《新序》作楚共王爵筦苏。二书同出向手，而自相矛盾。殆捃拾众说，各据本文，偶尔失于参校也。[③]

王谟《〈说苑〉跋》也指出《说苑》“所采春秋时事，亦实多牴牾”，并引南宋王应麟《困学纪闻》所摘书中人物时代牴牾的故事四条，又另举四条以为证。[④] 对这一现象，《四库全书总目》解释是因“捃拾众说，各据本文，偶尔失于参校”造成的。《四库全书简明目录》卷九子部一则是另一说法：

> 《说苑》……与《新序》体例相同，大旨亦复相类。其所以分为两书之故，莫之能详。中有一事而两书异词者，盖采摭群书，各据其所见，既莫定其孰是，宁传疑而两存也。[⑤]

---

① (清)严可均著，孙宝点校：《严可均集》，浙江古籍出版社2018年版，第270页。

② 如本章第一节所论《韩诗外传》将《庄子·让王》原宪居鲁和曾子居卫故事捏合为原宪故事。这则故事被《新序·节士》直接取材。

③ (清)永瑢等撰：《四库全书总目》，中华书局1965年版，第772页。

④ 《困学纪闻》举例：咎犯以乐见晋平公；石乞侍坐于屈建；介子推行年十五而相荆，孔子使人往视；晋灵公造九层台，荀息上书求见。王谟《〈说苑〉跋》举例：楚昭王问太史州黎，韩武子谓栾怀子，叔向间杀苌宏，左史倚相谏楚庄王。参见赵善诒：《说苑疏证》附录王谟《〈说苑〉跋》，华东师范大学出版社1985年版，第652—653页。

⑤ (清)永瑢等撰：《四库全书简明目录》，上海古籍出版社1985年版，第341页。

其实，无论“偶尔失于参校”，还是“莫定其孰是，宁传疑而两存”，都不是接近历史实际的意见。本来，刘向的著述意图是谏诫成帝，故采取先秦诸子以寓言寄意的手段，而不以是否合乎史实为关注的重点。对两书中的历史故事，刘向重其义而轻其事之真伪，取其足以明义，如此而已。

我们以晋文公、齐桓公故事为例来看这一问题。《新序·杂事三》“晋文公出田”章和“晋文公逐麋而失之”章，分别讲晋文公出猎而遇渔者、农夫的故事，如下：

> 晋文公出田，逐兽，砀入大泽，迷不知所出。其中有渔者，文公谓曰：“我，若君也。道安从出，我且厚赐若。”渔者曰：“臣愿有献。”文公曰：“出泽而受之。”于是送出泽。公令曰：“子之所欲以教寡人者何等也？愿受之。”渔者曰：“鸿鹄保河海之中，厌而欲数移，徙之小泽，则必有丸矰之忧；鼋鼍保深渊，厌而出之浅渚，则必有罗网钓射之忧。今君逐兽，砀入至此，何行之太远也。”文公曰：“善哉。”谓从者，记渔者名。渔者曰：“君何以名为？君其尊天事地，敬社稷，固四国，慈爱万民，薄赋敛，轻租税者，臣亦与焉。君不敬社稷，不固四国，外失礼于诸侯，内逆民心，一国流亡，渔者虽得厚赐，不能保也。”遂辞不受，曰：“君亟归国，臣亦反渔所。”①

> 晋文公逐麋而失之，问农夫老古曰：“吾麋何在?”老古以足指曰：“如是往矣。”文公曰：“寡人问子，子以足指，何也?”老古振衣而起曰：“一不意人君之如此也。虎豹之居也，厌闲而近人，故得；鱼鳖之居也，厌深而之浅，故得；诸侯厌众而亡其国。《诗》云：‘维鹊有巢，维鸠居之。’君放不归，人将居之矣。”于是文公恐（而）归，遇栾武子。栾武子曰：“猎得兽乎？侯有悦色。”文公曰：“寡人逐麋而失之，得善言，故有悦色。”栾武子曰：“其人安在乎?”曰：“吾未与来也。”栾武子曰：“居上位而不恤其下，骄也；缓令急诛，暴也；取人之言，而弃其身，盗也。”文公曰：“善。”还载老古与俱归。②

① （汉）刘向编著，石光瑛校释，陈新整理：《新序校释》，中华书局2001年版，第226—230页。

② （汉）刘向编著，石光瑛校释，陈新整理：《新序校释》，中华书局2001年版，第230—236页。

在这两则故事中，除了主人公晋文公，其他人物均不同。但比较无名渔者和农夫老古向晋文公进言之事，取喻相近，意旨相同；两则故事的情节构思也颇为相似。就此情况，石光瑛说，这两则故事“事甚相类，文公既听渔者之言，则不应再蹈故辙，而来老古之讥矣。或即一事，传闻之异，本书连类载之”①。所言为是。

不过，石氏所说只是指出了问题的一个方面。综观《新序》《说苑》，与晋文公故事“事甚相类”而传闻异辞的故事并不止于此。《说苑·政理》云：

> 齐桓公出猎，逐鹿而走入山谷之中，见一老公而问之，曰：“是为何谷？”对曰：“为愚公之谷。”桓公曰：“何故？”对曰：“以臣名之。”桓公曰：“今视公之仪状，非愚人也，何为以公名？”对曰：“臣请陈之，臣故畜牸牛，生子而大，卖之而买驹。少年曰：‘牛不能生马。’遂持驹去。傍邻闻之，以臣为愚，故名此谷为愚公之谷。”桓公曰：“公诚愚矣！夫何为而与之。”桓公遂归。明日朝，以告管仲。管仲正衿再拜曰：“此夷吾之愚也。使尧在上，咎繇为理，安有取人之驹者乎？若有见暴如是叟者，又必不与也。公知狱讼之不正，故与之耳，请退而修政。”②

除了人物的不同，该故事与上述两则晋文公故事的情节构思、主题意旨何其相似！可知这三则故事之间应当有某种承袭或模仿推衍的关系。

再看《新序·杂事四》“昔者齐桓公出游于野”章、“晋文公田于虢”章：

> 昔者，齐桓公出游于野，见亡国故城郭氏之墟，问于野人曰：“是为何墟？”野人曰：“是为郭氏之墟。”桓公曰：“郭氏者，曷为墟？”野人曰：“郭氏者，善善而恶恶。”桓公曰：“善善而恶恶，人之善行也，其所以为墟者，何也？”野人曰：“善善而不能行，恶恶而不能去，是以为墟也。”桓公归，以语管仲。管仲曰：“其人为谁？”桓

① （汉）刘向编著，石光瑛校释，陈新整理：《新序校释》，中华书局2001年版，第235页。

② （汉）刘向撰，赵善诒疏证：《说苑疏证》，华东师范大学出版社1985年版，第174—175页。

公曰："不知也。"管仲曰："君亦一郭氏也。"于是桓公召野人而赏焉。[1]

晋文公田于虢，遇一老夫而问曰："虢之为虢久矣，子处此故矣，虢亡，其有说乎？"对曰："虢君断则不能，谋则无与也，不能断，又不能用人，此虢之所以亡也。"文公以辍田而归，遇赵衰而告之。赵衰曰："今其人安在？"君曰："吾不与之来也。"赵衰曰："古之君子，听其言而用其人；今之君子，听其言而弃其身。哀哉，晋国之忧也。"文公乃召赏之，于是晋国乐纳善言，文公卒以霸。[2]

这两则故事内容相近，主旨与情节构思相同，所不同者唯其人物。对此现象，仅以传闻异辞、各书所闻来解释，恐怕难称尽善。

综观这五则故事，我们可以发现它们的主旨相同，均设定为君王善纳野人之谏；情节构思和结构安排都采用了相同的模式：君王狩猎或出游—偶遇农夫野老—受教于农夫野老之言—赏赐或厚待农夫野老。这一情形说明，五则故事可能以其中某一则故事为蓝本，辗转生发、衍变而来。五则故事的主人公要么是齐桓公，要么是晋文公，都是春秋五霸中人物，也透露了这一信息。《孟子·梁惠王上》载，齐宣王问孟子，云："齐桓、晋文之事可得闻乎？"孟子对以"仲尼之徒无道桓文之事者"。[3] 孟子推行仁政王道，反对齐桓、晋文之霸道，因而他拒绝回答齐宣王提出的问题。这从一个方面说明，在兼并战争频繁的战国时期，人们对齐桓、晋文的霸业故事有浓厚兴趣。因此，齐桓、晋文便成为箭垛式人物，被时人出于某种意图而编造、附会上一些纳谏成霸的故事。上述五则故事都是在这种历史语境下形成的，不宜作历史事实观。

这样明显出于围绕某个主旨而虚构的故事，频见于《新序》和《说苑》，不是"偶尔失于参校"或"宁传疑而两存"所能完全解释的。结合《汉书》刘向本传所载《新序》《说苑》的编撰意图来分析，我们只能说，刘向关注的重点不在两书的人物故事是否合乎历史真实，其主要目的是为汉成帝提供可资鉴戒、警示和具有教育意义的历史故事读本，以含蓄宛转

① (汉)刘向编著，石光瑛校释，陈新整理：《新序校释》，中华书局 2001 年版，第 591—594 页。
② (汉)刘向编著，石光瑛校释，陈新整理：《新序校释》，中华书局 2001 年版，第 594—596 页。
③ 杨伯峻：《孟子译注》，中华书局 1960 年版，第 14 页。

地表达自己对政治时局的忧虑，以及对施行王教、重振汉室的殷殷期待。这样一来，《新序》和《说苑》中故事虽呈现为史的面目，实质却大都是不合史实的虚构，从而也就更近于文言短篇小说了。

《新序》《说苑》中故事情节单一，叙事简约。两书按照一定的主题，将故事分门别类，以类相从，这是两书在撰著体例上的一个突出特点。除了《新序》的《杂事》五篇、《说苑》的《谈丛》和《杂言》篇，两书分为“刺奢”“节士”“义勇”“善谋”“君道”“臣术”“建本”“立节”“贵德”“复恩”“政理”“尊贤”“正谏”“敬慎”“善说”“奉使”“权谋”“至公”“指武”“辨物”“修文”及“反质”等二十余类明确的主题，以某一主题统摄故事，汇编符合题旨的各种故事。这些故事固然有不少来自先秦旧籍的原文，但为了符合主题取向，刘向对有的故事进行了不同程度的加工或改写，一个明显的例子，便是《新序·节士》“公孙杵臼程婴”章和《说苑·复恩》“晋赵盾举韩厥”章所写赵氏孤儿故事。在“节士”主题下，赵朔门客公孙杵臼和程婴作为故事主人公，故事主要叙写两人设计保护赵氏孤儿、程婴完成立孤大业的流血斗争和殊死经历，表现两人忠信、侠义、肝胆相照的性格和义士形象。故事情节和主旨符合“节士”的主题。在“复恩”主题下，曾受赵盾举荐之恩的韩厥作为故事主人公，写屠岸贾欲屠赵氏，韩厥在劝阻屠岸贾未果、劝说赵朔逃亡又不成的情况下，向赵朔许诺帮助其后人。十五年后，韩厥巧谏景公，与程婴复立赵氏孤儿。这则故事赞美了韩厥知恩必报的君子人格，与“复恩”主题是相符的。两则故事都以保护和复立赵氏孤儿为叙写的因由，但人物、情节的重点和主旨各有不同。这种情形就是刘向根据不同的主题取向，对故事进行加工和改写的结果，是一种文学性的创作了。这样一来，《新序》《说苑》中故事表现出小说的性质，也就不足为奇了。

四、《新序》《说苑》的主要内容

《新序》和《说苑》的成书时间，分别在汉成帝阳朔元年（前 24）和鸿嘉四年（前 17）。[①] 关于两书的编撰背景和缘起，《汉书》刘向本传有载，云：

---

① 晁公武《郡斋读书志》卷十：“《新序》，阳朔元年上。”王应麟《汉书艺文志考证》：“（《新序》）阳朔元年二月癸卯上。”宋本《说苑》题有“鸿嘉四年三月己亥，护左都水使者光禄大夫臣刘向上”。上书时间可视为两书的成书时间。

向睹俗弥奢淫，而赵、卫之属起微贱，逾礼制。向以为王教由内及外，自近者始。故采取《诗》《书》所载贤妃贞妇，兴国显家可法则，及孽嬖乱亡者，序次为《列女传》，凡八篇，以戒天子。及采传记行事，著《新序》《说苑》凡五十篇奏之。数上疏言得失，陈法戒。书数十上，以助观览，补遗阙。上虽不能尽用，然内嘉其言，常嗟叹之。①

由此可知，《新序》《说苑》乃刘向感于成帝时皇室暗弱、外戚逾制的政治现状而有意编撰。《晋书》卷五十四《陆喜传》载其《自叙》云："刘向省《新语》而作《新序》。"② 这告诉我们，汉初陆贾所著《新语》于汉室之兴有其大功，刘向著书是从中受到启发的。明人张溥说，刘向"鉴往古而著《新序》《说苑》，其书皆非无谓而作者"③，正此之谓。刘向的编撰意图和目的，是向成帝"言得失，陈法戒"，企图以历史故事作谏书，讽谏成帝，重振汉室，成帝亦深明其义。这就决定了《新序》和《说苑》故事的资治取向。

《新序》和《说苑》两书故事数量丰富，从文体形态上看，可分为对话体故事和记行体故事，其中又以对话体故事居多，这在《新序》一书尤为明显。从题材内容来看，《新序》《说苑》所载故事可归纳为如下五种情形。

（一）人君之道

在《说苑·君道篇》"当尧之时，舜为司徒"章中，刘向提出："知人者，主道也；知事者，臣道也。主道知人，臣道知事，毋乱旧法，而天下治矣。"④ 这是《新序》《说苑》借历史故事阐发人君之道、君臣关系的总指导思想。两书的多数故事都关涉君王任贤、纳谏、拒谗、爱民、节俭等人君之道的重大问题。如《新序·杂事二》"楚人有献鱼楚王者"章：

楚人有献鱼楚王者，曰："今日鱼获，食之不尽，卖之不售，弃之又惜，故来献也。"左右曰："鄙哉辞也。"楚王曰："子不知渔者，

① （汉）班固撰，（唐）颜师古注：《汉书》，中华书局1962年版，第1957—1958页。
② （唐）房玄龄等撰：《晋书》，中华书局1974年版，第1486页。
③ （明）张溥著，殷孟伦注：《汉魏六朝百三家集题辞注》，中华书局2007年版，第26页。
④ （汉）刘向撰，赵善诒疏证：《说苑疏证》，华东师范大学出版社1985年版，第9页。

仁人也。盖闻囷仓粟有余者，国有饿民；后宫有幽女者，下民多旷夫；余衍之蓄，聚于府库者，境内多贫困之民：皆失君人之道。故庖有肥鱼，厩有肥马，民有饿色，是以亡国之君，藏于府库。寡人闻之久矣，未能行也。渔者知之，其以此谕寡人也，且今行之。”于是乃遣使恤鳏寡，而存孤独；出仓粟，发币帛，而振不足；罢去后宫不御者，出以妻鳏夫。楚民欣欣大悦，邻国归之。故渔者一献余鱼，而楚国赖之，可谓仁智矣。①

故事的主人公，文中泛称为“楚王”，不予指实；对其他人物，泛称为“渔者”“左右”等。人物的称谓表明，这则故事更像一则寓言，内容的真实性是很不可靠的。可佐证我们这种判断的，是《说苑·贵德篇》中楚国渔者献鱼于孔子的故事，如下：

孔子之楚，有渔者献鱼甚强，孔子不受。献鱼者曰：“天暑市远，卖之不售，思欲弃之，不若献之君子。”孔子再拜受，使弟子扫除将祭之。弟子曰：“夫人将弃之，今夫子将祭之，何也?”孔子曰：“吾闻之，务施而不腐余财者，圣人也。今受圣人之赐，可无祭乎?”②

在这两则故事中，渔者均为楚人，一为献鱼于楚王，一为献鱼于孔子，虽然受鱼对象不同，但故事主旨、情节构思均较相类似。这种情形表明，《新序》中楚人献鱼楚王故事应为传闻异词的小说家言。刘向通过这则故事表达了君王应当矜恤民隐、德政惠民的治国理念。

在《新序》和《说苑》中，颇多这样正面阐发人君之道的故事，刘向企图借以为成帝指出可资学习的榜样。在这一意图下，刘向也以反面人物故事为人君提供鉴戒。如《新序·刺奢篇》“桀作瑶台”章：

桀作瑶台，罢民力，殚民财。为酒池糟堤，纵靡靡之乐，一鼓而牛饮者三千人。群臣相持歌曰：“江水沛沛兮，舟楫败兮，我王废兮，趣归薄兮，薄亦大兮。”又曰：“乐兮乐兮，四牡跻兮，六辔沃兮，去不善而从善，何不乐兮。”伊尹知天命之去，举觞而告桀曰：“君王不

① （汉）刘向编著，石光瑛校释，陈新整理：《新序校释》，中华书局2001年版，第198—201页。

② （汉）刘向撰，赵善诒疏证：《说苑疏证》，华东师范大学出版社1985年版，第120页。

> 听臣之言，亡无日矣。”桀拍然而作，哑然而笑曰：“子何妖言，吾有天下，如天之有日也。日有亡乎，日亡吾亦亡矣。”于是伊尹接履而趣，遂适汤，汤立为相。故伊尹去夏入殷，殷王而夏亡。[①]

这则故事早见于《韩诗外传》卷二“昔者桀为酒池糟堤”章。《韩诗外传》引《诗经·硕鼠》“适将去汝，适彼乐土。适彼乐土，爰得我所”作为故事的结尾。刘向去掉这一结尾，改为简明扼要的评论：“故伊尹去夏入殷，殷王而夏亡。”这样的修改，使“桀作瑶台”故事一方面主要批判夏桀拒谏失贤、荒淫亡国，明为君王之戒；另一方面也赞美商汤任贤兴国而王天下，给君王指出向善的方向。

《说苑》以“君道”主题为全书开篇，在此主题下汇编四十余则故事，借以阐发人君之道，如“务在博爱”（“晋平公问于师旷”章）、“文武俱行”（“成王封伯禽为鲁公”章）、“布德施惠”（“周公践天子之位”章）、“得贤而任之”（“齐桓公问于宁戚”章）、“明主有三惧”（“明主者有三惧”章）等。这些都是君王治国理政应予遵循的基本原则。

（二）人臣之术

《说苑·臣术篇》开宗明义，云：“人臣之术，顺从而复命，无所敢专，义不苟合，位不苟尊，必有益于国，必有补于君。”[②] 从根本上说，人臣之术与人君之道是一个问题的两个方面，两者相辅相成。因此，《新序》《说苑》有不少故事讲述历代贤臣的嘉言懿行，也就是树立人臣如何作为的榜样，指出帝王如何任贤、纳谏、评价臣下等问题。如《新序·杂事一》所写史鰌尸谏故事：

> 卫灵公之时，蘧伯玉贤而不用，弥子瑕不肖而任事，卫大夫史鰌患之，数以谏灵公而不听。史鰌病且死，谓其子曰：“我即死，治丧于北堂。吾不能进蘧伯玉而退弥子瑕，是不能正君也。生不能正君，死不当成礼。置尸北堂，于我足矣。”史鰌死，灵公往吊，见丧在北堂，问其故。其子具以父言对灵公。灵公蹴然易容，寤然失位，曰：“夫子生则欲进贤而退不肖，死且不懈，又以尸谏，可谓忠而不衰矣。”于是乃召蘧伯玉而进之以为卿，退弥子瑕，徙丧正堂，成礼而

---

① （汉）刘向编著，石光瑛校释，陈新整理：《新序校释》，中华书局 2001 年版，第 789—797 页。

② （汉）刘向撰，赵善诒疏证：《说苑疏证》，华东师范大学出版社 1985 年版，第 37 页。

> 后返，卫国以治。史䲡字子鱼，所谓直哉史鱼者也。①

史䲡数谏卫灵公进贤退不肖，死且不已，直以尸谏，堪为遵行人臣之术的模范。卫灵公知过即改，纳谏从善，卫国以治，亦不失为明君。故事通过史䲡的形象表现了人臣应当矢志进贤退不肖、以有益于国的主旨，也以卫灵公的形象表达了君王纳谏从善的极端重要性。通过这个故事，我们可以感受到作为宗室老臣的刘向对汉家社稷的炯炯丹心。

（三）节士高义

《新序》和《说苑》很重视士节问题。其所以如此，是有两汉时代的现实原因的。近人石光瑛对此曾有分析，说："西京诸儒，多溷涊随俗，曲学干世，元成间又甚焉。新莽窃政，颂功德者至数万人，所由来者渐矣，非一朝一夕之故也。中垒叙节士，意欲挽回薄俗，树之风声，使人主远便佞而崇气节，用心良苦。其于汉臣独取一苏武，微意可见矣。"②《新序》中《节士》《义勇》等篇，《说苑》中《立节》《复恩》等篇，收录的主要就是关于士节的历史故事，合计有 90 多则。且看《节士篇》延陵季子故事：

> 延陵季子将西聘晋，带宝剑以过徐君。徐君观剑，不言而色欲之。延陵季子为有上国之使，未献也，然其心已许之矣。致使于晋，顾反，则徐君死于楚，于是脱剑致之嗣君。从者止之曰："此吴国之宝，非所以赠也。"延陵季子曰："吾非赠之也，先日吾来，徐君观吾剑，不言而其色欲之，吾为有上国之使，未献也，虽然，吾心许之矣。今死而不进，是欺心也。爱剑伪心，廉者不为也。"遂脱剑致之嗣君。嗣君曰："先君无命，孤不敢受剑。"于是季子以剑带徐君墓树而去。徐人嘉而歌之曰："延陵季子兮不忘故，脱千金之剑兮带丘墓。"③

对吴国延陵季子佩以出使晋国的宝剑，徐君甚为羡慕，形于颜色。延陵季子察知其意，但因使任在身，未便相赠，心中却已默然许之。使晋归来，

---

① （汉）刘向编著，石光瑛校释，陈新整理：《新序校释》，中华书局 2001 年版，第 41—46 页。

② （汉）刘向编著，石光瑛校释，陈新整理：《新序校释》，中华书局 2001 年版，第 837 页。

③ （汉）刘向编著，石光瑛校释，陈新整理：《新序校释》，中华书局 2001 年版，第 867—869 页。

不料徐君已薨，延陵季子不肯欺心，欲将宝剑留赠徐之嗣君。嗣君辞不敢受，延陵季子便将宝剑悬挂于徐君墓前树上，去而归吴。故事赞美延陵季子心有然诺即必行之、绝不欺心的高尚品德，以为士人楷模。

（四）刍荛狂夫之议

《新序》和《说苑》还收录了不少关于刍荛狂夫之议的故事。故事所写多发生于君王和平民百姓之间，写君王从平民百姓的言论中感悟治国理政的道理，受到启迪和教益。如《新序·杂事一》所写晋平公与船人固桑的故事：

> 晋平公浮西河，中流而叹曰："嗟乎，安得贤士与共此乐者？"船人固桑进对曰："君言过矣。夫剑产干越，珠产江汉，玉产昆山，此三宝者，皆无足而至。今君苟好士，则贤士至矣。"平公曰："固桑来。吾门下食客者三千余人，朝食不足，暮收市租。暮食不足，朝收市租。吾尚可谓不好士乎？"固桑对曰："今夫鸿鹄高飞冲天，然其所恃者六翮耳。夫腹下之毳，背上之毛，增去一把，飞不为高下。不知君之食客三千余人，六翮邪，将腹背之毛毳也？"平公默然而不应焉。①

故事为人物对话的形式，重点写船人固桑的言论。固桑以干越宝剑、江汉之珠、昆山之玉和鸿鹄为喻，说明君王滥养食客不等于好士，更不能认为食客就是贤士的道理。内容相似的故事，在《韩诗外传》卷六、《说苑·尊贤篇》亦各有载，主人公分别为晋平公和船人盍胥、赵简子和舟人古乘。② 在《新序》和《说苑》中，同一题旨的故事还有本节前已引述的"晋文公出田""晋文公逐麋而失之""齐桓公出猎"等。可见刍荛狂夫之议类型故事的本质还是讲人君之道的问题。

（五）列女懿范

《新序》《说苑》还载有一些赞美女子睿智贤明的故事。如《新序·杂事一》"孙叔敖为婴儿之时"章孙叔敖之母故事、"禹之兴也以涂山"章樊姬故事，《杂事二》"齐有妇人"章无盐女故事等。《说苑》佚文中也有这

---

① （汉）刘向编著，石光瑛校释，陈新整理：《新序校释》，中华书局2001年版，第120—126页。

② 见《韩诗外传》卷六第二十七章"晋平公游于西河而乐"故事，《说苑·尊贤篇》"赵简子游于西河而乐之"章。

类主旨的故事，如：

> 齐遣兵攻鲁，见一妇人，将两小儿走，抱小而挈大，顾见大军且至，抱大而挈小。使者甚怪，问之。妇人曰："大者妾夫兄之子，小者妾之子。夫兄子者公义也，妾之子者私爱也，宁济公而废私耶。"使者怅然，贤其辞，即罢军还。对齐王说之曰："鲁未可攻也，匹妇之义尚如此，何况朝廷之臣乎。"①

在齐国入侵的危急时刻，鲁妇人怀抱年龄较大的夫兄之子，挈带年龄较小的亲生儿子，躲避战火兵锋。这一反常之举被随军的齐国使者发现，了解个中原委后，深为鲁妇人的贤明大义所感动。齐国使者认为，一个普通妇人尚且如此深明大义，何况鲁国朝臣呢？于是罢兵息战。它如《北堂书钞》卷一百零二艺文部八引《说苑》柳下惠之妻故事、《太平御览》卷四百六十九人事部引《说苑》鲁贤女故事等，也都赞美女性美德。这些故事后来又被刘向收入《列女传》。

以上五类故事中，后两类的数量虽然较少，但《新序》和《说苑》载录这两类故事，透露出刘向对民间声音和女性的关注，是难能可贵的。

五、《新序》《说苑》的小说史影响

《新序》《说苑》首开按照一定主题将故事分门别类、以类相从的编撰方式。此前的《晏子春秋》是以晏子为中心人物的故事汇编，《韩非子》的《说林》《内储说》《外储说》等篇也是历史故事的汇编。不过，无论《晏子春秋》还是《韩非子》，都不是在一定主题下的故事汇编，尤其《韩非子·说林》的汇编方式，对故事的收录有较大的随意性。《新序》和《说苑》则根据一定主题汇编相关故事。较之《晏子春秋》和《韩非子》，这种编排方式是一个重要的新变，开创了按照主题分门别类编排故事的编撰体例，干宝《搜神记》和刘义庆《世说新语》的编撰体例即由此而来②；乃至汇汉唐小说为巨帙的《太平广记》，在编撰体例上也取法于刘向。

---

① （汉）刘向撰，赵善诒疏证：《说苑疏证》，华东师范大学出版社1985年版，第623页

② 据《水经注》《荆楚岁时记》及《法苑珠林》等书称引，干宝《搜神记》原书在体例上也分门别类编排故事，有《感应》《神化》《变化》《妖怪》等篇。如《水经注》卷二十一《汝水》云："河东王乔之为叶令也……或云即古仙人王乔也，是以干氏书之于《神化》。"

《新序》《说苑》对《世说新语》的影响尤为明显。《世说新语》分“德行”“言语”“政事”“文学”等共计三十六门，每门都根据确定的主题记载名人逸事。这一为人称道的“世说体”即借鉴自《新序》和《说苑》。甚至在题名方面，《世说新语》也一度被人们称为《说苑》。唐玄宗时徐坚等所编《初学记》，凡两称引“刘义庆《说苑》”，一为卷十七“人饷魏武”故事①，今见《世说新语·捷悟篇》；一为卷十九“郑玄家奴婢皆读书”故事②，今见《世说新语·文学篇》。题名相同的原因，可能是人们见两书均收录短篇历史故事，编排体例相同，故如此题之，而冠著者姓名以为区别。两书同名的现象表明，《世说新语》受《说苑》的影响较大。

《新序》《说苑》中的故事也为后世小说乃至元杂剧创作提供了素材。一个典型的例子是《说苑·贵德篇》中的东海于公故事：

> 丞相西平侯于定国者，东海下邳人也。其父号曰于公，为县狱吏决曹掾，决狱平法，未尝有所冤。郡中离文法者，于公所决，皆不敢隐情。东海郡中为于公生立祠，命曰于公祠。东海有孝妇，无子，少寡，养其姑甚谨。其姑欲嫁之，终不肯。其姑告邻之人曰：“孝妇养我甚谨，我哀其无子守寡，日久我老，累丁壮，奈何?”其后母自经死，母女告吏曰：“妇杀我母。”吏捕孝妇，孝妇辞不杀姑。吏毒治，孝妇自诬服。具狱以上府，于公以为养姑十年以孝闻，此不杀姑也。太守不听，数争不能得，于是于公辞疾去吏。太守竟杀孝妇。郡中枯旱三年。后太守至，卜求其故，于公曰：“孝妇不当死，前太守强杀之，咎当在此。”于是杀牛祭孝妇冢，太守以下自至焉。天立大雨，岁丰熟，郡中以此益敬重于公。于公筑治庐舍，谓匠人曰：“为我高门，我治狱未尝有所冤，我后世必有封者，令容高盖驷马车。”及子，封西平侯。③

---

① 《初学记》卷十七《人部上·聪敏》：“刘义庆《说苑》：人饷魏武，尝讫，题酪器上为合字，以示众。众莫之解。次至杨修，修便啖之。公问之：‘人皆遥过，卿何独餐?’修曰：‘公教人一口，复何疑也。’”文字与《世说新语》略异。

② 《初学记》卷十九《人部下·奴婢六》：“刘义庆《说苑》曰：郑玄家奴婢皆读书。玄尝怒，使曳一婢于泥中，一婢来问曰：‘胡为乎泥中?’答曰：‘薄言往诉，逢彼之怒。’”文字与《世说新语》略异。

③ (汉)刘向撰，赵善诒疏证：《说苑疏证》，华东师范大学出版社1985年版，第122页。

故事重在赞美于公，也赞扬孝妇的贞操节烈，同时记下了一个冤死民命的惊天大案。这则故事为干宝《搜神记》所采录并有所增饰。元杂剧《窦娥冤》也取材于于公故事，窦娥形象的原型就是东海孝妇。

第三节　《世说》

一、《世说》其书诸说

《汉志》诸子略著录《世说》，与《新序》《说苑》《列女传》并称为“刘向所序六十七篇”①，未载明该书具体篇卷数目。据刘向《说苑叙录》《七略别录》中的《列女传》编撰说明和《汉书》刘向本传可知，《新序》三十卷，《说苑》二十卷，《列女传》七篇，如此，则《世说》当为十卷。该书不见《隋志》著录，可能亡佚于魏晋六朝时期。

宋代以迄近今，古今学者对《世说》的内容、体例等问题多有探讨，言人人殊，形成了四种不同意见。

第一种意见认为，《世说》是一部与刘义庆《世说新语》性质相似、独立成书的作品。首倡此说者是宋人黄伯思，近人胡怀琛、余嘉锡等附和此说。黄伯思《东观余论》卷下《跋〈世说新语〉后》云：“《世说》之名肇刘向，六十七篇中已有此目。其书今亡，宋临川孝王因录汉末至江左名士佳语，亦谓之《世说》。”② 胡怀琛《中国小说概论》说：“（刘向）辑了五种小说：（1）《说苑》，（2）《新序》，（3）《列女传》，（4）《世说》，（5）《百家》。……在南北朝时，另有刘义庆所著的《世说新语》，而《世说新语》这个名称，是因袭《世说》而来的，可以知道他们的性质是差不多。”③ 余嘉锡《四库提要辨证》卷十七小说家类一“《世说新语》三卷”条认为：“刘向《世说》虽亡，疑其体例亦如《新序》《说苑》，上述春秋，下纪秦、汉。义庆即用其体，托始汉初，以与向书相续，故即用向之例，名曰《世说新书》，以别于向之《世说》。其《隋志》以下但题《世说》者，省文

---

① （汉）班固撰，（唐）颜师古注：《汉书》，中华书局1962年版，第1727页。

② （宋）黄伯思：《东观余论》，中国书店2018年版，第187页。

③ 陈洪主编，王振良、王之江副主编：《民国中国小说史著集成》第四卷，南开大学出版社2014年版，第314—315页。

耳。”①黄、胡、余等古今三位学者均以刘向《世说》为独立的一书，认为它对《世说新语》的编撰体例乃至题名都产生了影响，为其所取法和借鉴。

第二种意见认为，《世说》或即《汉书》刘向本传记载的《世颂》。清人王先谦持此说。《汉书补注·艺文志第十》“刘向所序六十七篇”条下王先谦注云：“《世说》不详，本传有《世颂》，疑即其书。”②

第三种意见认为，《世说》与《说苑》系同书异名。此说出自近人向宗鲁。在《说苑校证·叙例》中，向宗鲁说：“《汉志》载子政所序有《说苑》，又有《世说》。予谓《世说》即《说苑》，原注③《说苑》二字，浅人加之。”向宗鲁持论依据为：《太平御览》卷三十五引《世说》载汤时大旱七年故事，见于《说苑·君道篇》；《北堂书钞》卷一百四十一引《世本》雍门伏故事，其文与《世本》不类，《世本》乃《世说》之讹，而雍门伏故事见于《说苑·立节篇》；这两则故事均不见于刘义庆《世说新语》，故《太平御览》和《北堂书钞》所引应皆出于刘向《世说》。④

第四种意见则以《世说》乃《汉书》刘向本传所载《疾谗》《擿要》《救危》和《世颂》等八篇。近人顾实《汉书艺文志讲疏》云：“《疾谗》《擿要》《救危》《世颂》，盖皆《世说》中篇目，即《世说》也。”⑤杨树达《汉书窥管》、张舜徽《汉书艺文志通释》均持此说。⑥

二、《世说》诸说考辨

我们认为，上面第一说近是，其他三说均有欠安妥。先看王先谦之说。据《汉书》刘向本传，《世颂》作于汉元帝时。《世颂》的写作起因是，正直忠良之士周堪及其弟子张猛，皆与刘向同心辅政，但遭到专权弄事的宦官石显集团排挤迫害，两人一死于瘖疾，一被逼自杀。刘向为周、张二人感慨伤悲，“乃著《疾谗》《擿要》《救危》及《世颂》，凡八篇，依

---

① 余嘉锡：《四库提要辨证》，云南人民出版社2004年版，第863页。

② (清)王先谦：《汉书补注》，商务印书馆1959年版，第3139页。

③ 指《汉志》“刘向所序六十七篇”班固注：“《新序》《说苑》《世说》《列女传颂图》也。”

④ 参见(汉)刘向撰，向宗鲁校证：《说苑校证》，中华书局1987年版，“叙例”第1页。

⑤ (汉)班固编撰，顾实讲疏：《汉书艺文志讲疏》，上海古籍出版社2009年版，第109页。

⑥ 参见杨树达：《汉书窥管》，商务印书馆2015年版，第201页；张舜徽：《广校雠略　汉书艺文志通释》，华中师范大学出版社2004年版，第278页。

兴古事，悼己及同类也。遂废十余年”①。对于同道死命的伤痛是刘向写作《世颂》的动因。但面对石显集团的专权威压和险恶的政治环境，刘向不敢也不能直言，只能“依兴古事”，托古言今，含蓄婉转地抒发心志。岂料还是因文贾祸，竟被废十余年，直到成帝即位，石显伏法，方复进用。

“颂”是由《诗经》的颂诗演变而来的一种偏重抒情的文体，行文多用四言。刘歆就为刘向《列女传》而作《列女颂》，每传主一颂，每篇八句，四言押韵，典雅凝重。《文心雕龙·颂赞》云：“颂者，容也，所以美盛德而述形容也。……至于秦政刻文，爰颂其德，汉之惠景，亦有述容，沿世并作，相继于时矣。”② 可知在西汉惠、景之时，“颂”已经是颇为流行的文体了。刘向悼念同道，抒其胸中块垒，取适于抒情的“颂”体以为文，文体选择是恰当的。但我们如果以《世说》即为《世颂》，则存在一个问题，就是“说”体侧重说理，似难以符合刘向倾吐悲伤愤懑情感之需。《文心雕龙·论说》释“说”云：“说者，悦也。兑为口舌，故言咨悦怿。”并举例云：“说之善者，伊尹以论味隆殷，太公以辨钓兴周，及烛武行而纾郑，端木出而存鲁，亦其美也。”③ 作为一种文体，“说”一般通过讲说故事等方式使人明白道理，心悦诚服。《文心雕龙》所谓“伊尹以论味隆殷”，即《吕氏春秋·孝行览》中《本味》故事，是根据《汉志》“小说”《伊尹说》而写的，就是“说”体文的一个著名例子。因此，“说”与偏重抒情的“颂”，两者文体功能不同。刘向在情感伤痛、意欲一抒块垒的情形下，自应首取“颂”体以为文。因而无论从“颂”“说”两种文体的不同功能，还是刘向的行文意图来看，《世颂》不可能是《世说》。况且今存《世说》佚文（详下）都是散体之文，而非四言韵语的颂体。《汉书·高帝纪赞》引刘向颂汉高祖文，云：“汉帝本系，出自唐帝。降及于周，在秦作刘。涉魏而东，遂为丰公。”④ 严可均辑《全汉文》卷三十七将此文拟题为《高祖颂》，按语云：“刘向有《世颂》八篇。”⑤ 盖以此为《世颂》之佚文，这也可佐证《世说》非《世颂》。

---

① （汉）班固撰，（唐）颜师古注：《汉书》，中华书局 1962 年版，第 1948 页。
② （南朝梁）刘勰著，范文澜注：《文心雕龙注》，人民文学出版社 1958 年版，第 156—157 页。
③ （南朝梁）刘勰著，范文澜注：《文心雕龙注》，人民文学出版社 1958 年版，第 328 页。
④ （汉）班固撰，（唐）颜师古注：《汉书》，中华书局 1962 年版，第 81 页。
⑤ （清）严可均辑：《全上古三代秦汉三国六朝文》，中华书局 1958 年版，第 335 页。

再看向宗鲁和顾实的意见。向先生认为《汉志》班固注语“《新序》《说苑》《世说》《列女传颂图》”中的“《说苑》”为浅人所加，此说颇有臆断之嫌。向先生举《北堂书钞》和《太平御览》所引《世说》佚文，也不足以证明《世说》就是《说苑》。《新序》《说苑》和《列女传》三书中多有互见的故事，这是一个不争的事实，依此而言，《世说》的两段佚文可能与《说苑》同引一书而已，而非同书异名。

那么，《世说》可能是一部什么样的书呢？对此，我们不妨先看《汉志》的图书分类义例，大略而言：先依学术性质分出《六艺略》《诸子略》《诗赋略》《兵书略》《数术略》和《方技略》等大类；次则同类之书约略依时代先后为序；又其学术性质相同者，再依思想之派别，或体裁之歧异予以分类。如此等等。[①] 再看《汉志》著录“刘向所序六十七篇”，班固注云：“《新序》《说苑》《世说》《列女传颂图》也。”[②] 由此可推知如下两点。

（一）《世说》成书于汉成帝时，在《新序》《说苑》之后，《列女传》之前。《新序》上书时间是成帝阳朔元年（前 24），《说苑》上书在成帝鸿嘉四年（前 17），此即两书成书时间。《列女传》的成书时间史无明载，《资治通鉴》卷三十一系于汉成帝永始元年（前 16）[③]。因此，《世说》应成书于成帝鸿嘉四年至永始元年之间，略早于《列女传》。

（二）《世说》与《新序》《说苑》《列女传》三书的题材、体例等相近，也就是说，应当是一部历史故事集，甚至其编排体例可能也是分门别类、以类相从的方式。对此，《世说新语》的研究成果也可为佐证。关于《世说新语》，学界无论是通常根据《隋志》子部小说家的著录而认为其原题为《世说》[④]，还是以其原名为《世说新书》，大家的基本意见是刘义庆以“世说”名书，受到了刘向《世说》的启发，并有赓续其书之意。这也间接可证刘向《世说》应是一部记载人间言动的故事集。

《世说》既为一部与《新序》《说苑》《列女传》性质同类的书，那么，《汉书》刘向本传记载的《疾谗》《擿要》《救危》《世颂》等八篇，是否为《世说》中篇目呢？按《新序》《说苑》和《列女传》三书内容，以收录先

① 参见姚名达：《中国目录学史》，上海古籍出版社 2005 年版，第 37—38 页。

② （汉）班固撰，（唐）颜师古注：《汉书》，中华书局 1962 年版，第 1727 页。

③ 参见（宋）司马光：《资治通鉴》，中华书局 2011 年版，第 1020 页。

④ 《隋志》著录：“《世说》八卷，宋临川王刘义庆撰。”“《世说》十卷，刘孝标注。”

秦故事为主，兼收秦与汉初故事，不收宣帝到成帝时（刘向当世）发生的故事，以及这一时期的其他文字内容。由此推断，刘向编撰《世说》时不可能收入他本人的《疾谗》《摘要》《救危》和《世颂》。因此，顾实等学者的意见也是有欠安妥的。

综上所论，《世说》应是一部题材、体例等与《新序》《说苑》和《列女传》大略相同、独立成书的短篇历史故事集。

三、《世说》佚文考辨

刘向《世说》今存佚文之一是《太平御览》卷三十五《时序部》所引汤时大旱七年故事，文如下：

> 《世说》曰："汤时大旱七年，雒川竭，煎沙烂石，乃使持三鼎祝山川，教祀曰：'政不节邪？使人疾邪？贿赂行邪？谗夫昌邪？宫室荣邪？女谒成邪？何不雨之甚！'"①

文字与《说苑·君道篇》"汤之时大旱七年"章略同，可能系两书征引同一古籍造成的，这在《新序》《说苑》和《列女传》中也是常见的现象，不足为奇。

《北堂书钞》卷一百四十一《车部下》引《世本》云：

> 越甲至齐，雍门伏请死。齐王曰："天（矢）石未了，何务死？"对曰："臣闻王者昔囚（田）于囿，车毂鸣，车右请死。王曰：'此工师之罪，子何事焉？'车右曰：'王不见工师之为乘，而见鸣。'右遂刎颈而死。今越甲至，人鸣吾君，岂独车下哉？"自刎。越军闻之，遂退。②

这则故事在《说苑·立节篇》有载，文字略异，所写主人公为雍门子狄，"伏"乃"狄"形近而讹。清人张澍、近人向宗鲁均注意到这段文字风格不类《世本》本文；向宗鲁还指出，此处所谓"《世本》"为刘向《世说》

① （宋）李昉等撰：《太平御览》，中华书局 1960 年版，第 167 页。
② （唐）虞世南辑录：《北堂书钞》第二册，学苑出版社 2015 年版，第 444 页。

之讹。①

张澍和向宗鲁的意见是正确的。《世本》为先秦时期帝王贵族氏姓之书。《汉志》六艺略著录《世本》十五篇，班固注云："古史官记黄帝以来讫春秋时诸侯大夫。"② 又据《汉书·司马迁传赞》，《世本》"录黄帝以来至春秋时帝王公侯卿大夫祖世所出"③，司马迁撰写《史记》就采用了《世本》资料。按诸《隋志》史部谱系篇，著录《世本》二卷，题刘向撰。④ 但谱系篇小序云："氏姓之书，其所由来远矣。……汉初，得《世本》，叙黄帝已来祖世所出。而汉又有《帝王年谱》，后汉有《邓氏官谱》。"⑤ 明谓《世本》早出于刘向之前的西汉初年。《史记集解序》司马贞《索隐》引刘向云："《世本》，古史官明于古事者之所记也。录黄帝已来帝王诸侯及卿大夫系谥名号，凡十五篇也。"⑥ 表明《世本》非刘向所撰，但他应当对《世本》作过整理工作。由此可知，《世本》与刘向《世说》并非一书。这就说明，雍门伏故事应为刘向《世说》佚文，《北堂书钞》将《世说》误题为《世本》。再者，《世本》虽久已亡佚，但存世佚文尚多。综观清人所辑《世本》佚文，与雍门伏故事的文字风格有着明显差异，这也说明雍门伏故事不当出于《世本》。因此，《世本》与刘向《世说》是不同的两书，雍门伏故事是后者佚文。

第四节 《西京杂记》

《西京杂记》(以下如非引文则简称《杂记》)，《隋志》史部旧事类著录二卷，不题撰人。宋代有二卷、六卷之别。《崇文总目》《郡斋读书志》著录二卷，《直斋书录解题》《宋史·艺文志》著录为六卷，六卷本当经宋人编次。自《隋志》以下，《杂记》均著录于史部，列于旧事类、故事类、地理类或传记类，《四库全书总目》改隶子部小说家杂事类。今本六卷。

---

① 参见《世本八种》之《张澍粹集补注本》卷五[(汉)宋衷注，(清)秦嘉谟等辑：《世本八种》，中华书局2008年版，第115页]，向宗鲁《说苑校证·叙例》。

② (汉)班固撰，(唐)颜师古注：《汉书》，中华书局1962年版，第1714页。

③ (汉)班固撰，(唐)颜师古注：《汉书》，中华书局1962年版，第2737页。

④ 严可均辑《全汉文》卷三十五称刘向《世说》二卷，当据此而言，殆以《世本》为《世说》。

⑤ (唐)魏徵、令狐德棻：《隋书》，中华书局1973年版，第990页。

⑥ (南朝宋)裴骃：《史记集解序》，(汉)司马迁：《史记》，中华书局1982年版，"附录"第2页。

一、《西京杂记》作者诸说

葛洪《西京杂记跋》（以下如非引文则简称“葛《跋》”）云：

> 洪家世有刘子骏《汉书》一百卷，无首尾题目，但以甲乙丙丁纪其卷数。先父传之。歆欲撰《汉书》，编录汉事，未得缔构而亡，故书无宗本，止杂记而已，失前后之次，无事类之辨。后好事者以意次第之，始甲终癸为十帙，帙十卷，合为百卷。洪家具有其书，试以此记考校班固所作，殆是全取刘氏，有小异同耳。并固所不取，不过二万许言。今抄出为二卷，名曰《西京杂记》，以禆《汉书》之阙。尔后洪家遭火，书籍都尽，此两卷在洪巾箱中，常以自随，故得犹在。刘歆所记，世人希有，纵复有者，多不备足。见其首尾参错，前后倒乱，亦不知何书，罕能全录。恐年代稍久，歆所撰遂没，并洪家此书二卷不知出所，故序之云尔。
>
> 洪家复有《汉武帝禁中起居注》一卷，《汉武故事》二卷，世人希有之者。今并五卷为一帙，庶免沦没焉。[①]

葛洪所说，历代学者或信其真，或以其伪，进而形成《西京杂记》作者的多种说法。兹将有关观点陈述如下。

（一）刘歆说，始于葛《跋》，宋代以后多有主张此说者。宋黄伯思《东观余论》卷下《跋〈西京杂记〉后》云：“此书中事皆刘歆所记，葛稚川采之，以补班史之缺耳。其称‘余’者，皆歆本语。”[②] 明孔天胤《西京杂记序》云：“本叙谓是刘歆所编录，歆多闻博综，故所述经奇。”[③] 相信《杂记》作者为刘歆。清卢文弨《新雕西京杂记缘起》云：“今此书或以为晋葛洪著，或以为梁吴均伪撰……余则以此汉人所记无疑也。……今此书之果出于歆，别无可考，即当以葛洪之言为据。”[④] 姚振宗《隋书经

---

① （汉）刘歆撰，（晋）葛洪集，向新阳、刘克任校注：《西京杂记校注》，上海古籍出版社 1991 年版，第 279—280 页。

② （宋）黄伯思：《东观余论》，中国书店 2018 年版，第 249 页。

③ （汉）刘歆撰，（晋）葛洪集，向新阳、刘克任校注：《西京杂记校注》，上海古籍出版社 1991 年版，第 280 页。

④ （汉）刘歆撰，（晋）葛洪集，向新阳、刘克任校注：《西京杂记校注》，上海古籍出版社 1991 年版，第 283 页。

籍志考证》卷十六赞同此说，云："是实为稚川所录，卢学士之序可为定论，毋庸疑也。"[①] 今之小说史著，如杜贵晨《中国古代短篇小说史》、王枝忠《汉魏六朝小说史》、赵明等主编《两汉大文学史》、李剑国和陈洪主编《中国小说通史·先唐卷》、魏世民《魏晋南北朝小说史》等，均取《杂记》作者刘歆说。

（二）葛洪说，起于唐初张柬之，是唐宋以来为人较多接受的观点。宋晁载之《续谈助》卷一《洞冥记跋》引张柬之之语云："昔葛洪造《汉武内传》《西京杂记》，虞义造《王子年拾遗录》，王俭造《汉武故事》，并操觚凿空，恣情迂诞。"[②] 刘知几《史通·杂述》也称"葛洪《西京杂记》"[③]。在史志著录中，《旧唐志》题葛洪撰，《新唐志》《崇文总目》《宋史·艺文志》等因之；私家书目如晁公武《郡斋读书志》题葛洪撰。胡应麟《少室山房笔丛·四部正讹下》、沈钦韩《汉书疏证》卷三十二、孙诒让《札迻》卷十一"《西京杂记》"条等，并信《杂记》作者为葛洪。近世鲁迅和余嘉锡力倡此说。鲁迅《中国小说史略》第四篇认为《杂记》"固以葛洪所造为近是"[④]。余嘉锡《四库提要辨证》卷十七"《西京杂记》六卷"条目条分缕析，论证《杂记》系葛洪杂抄诸书、左右采获而成。[⑤]

（三）吴均说，可溯至晚唐段成式《酉阳杂俎》。该书卷十二《语资篇》记载："庾信作诗，用《西京杂记》事，旋自追改，曰：'此吴均语，恐不足用也。'"[⑥] 后遂有人据此指称《杂记》作者为南朝梁吴均。故晁公武《郡斋读书志》卷六云："江左人或以为吴均依托为之。"[⑦] 然在晁氏，此说尚属疑而未定。《四库全书简明目录》卷十四则直接以为定论，云："《西京杂记》……旧本或题汉刘歆撰，或题晋葛洪撰，实则梁吴均撰，托言葛洪得刘歆《汉书》遗稿，录班固所不载者为此书也。"[⑧]

（四）萧贲说，可溯至唐初李延寿。李延寿《南史》卷四十四记载，萧贲"好著述，尝著《西京杂记》六十卷"[⑨]。此《杂记》不见于《隋志》

① 二十五史刊行委员会编：《二十五史补编》第四册，中华书局1955年版，第5305页。
② （宋）晁载之：《续谈助》（外二种），（台北）新文丰出版公司1984年版，第16页。
③ （唐）刘知几撰，（清）浦起龙通释，吕思勉评：《史通》，上海古籍出版社2008年版，第193页。
④ 鲁迅：《中国小说史略》，人民文学出版社2006年版，第38页。
⑤ 参见余嘉锡：《四库提要辨证》，云南人民出版社2004年版，第862页。
⑥ （唐）段成式撰，杜聪校点：《酉阳杂俎》，齐鲁书社2007年版，第76页。
⑦ （宋）晁公武撰，孙猛校证：《郡斋读书志校证》，上海古籍出版社1990年版，第242页。
⑧ （清）永瑢等撰：《四库全书简明目录》，上海古籍出版社1985年版，第530页。
⑨ （唐）李延寿：《南史》，中华书局1975年版，第1106页。

和两《唐志》著录。那么，它和今本《杂记》是何关系呢？劳榦《论西京杂记之作者及成书时代》认为，今本《杂记》作者决非刘歆、葛洪、吴均，“或出于萧贲之手，但亦需更进一步之证明。若就其时代而言，则出于齐梁之间，殆无疑问也”[①]。美国学者倪豪士意见与此较相类似，认为今本《杂记》为萧贲所作，但他后来被萧绎所杀，身败名裂，致使该书只能以佚名方式流传世间，而后人不察，遂托名于博学多识的刘歆或葛洪。[②]

（五）无名氏说，起于唐初。唐初魏徵等纂修《隋志》，著录《杂记》，未题作者名氏。《汉书》卷八十一《匡衡传》颜师古注云：“今有《西京杂记》者，其书浅俗，出于里巷，多有妄说，乃云匡衡小名鼎，盖绝知者之听。”[③] 颜师古乃唐初人，亦未言其作者。又有《三辅黄图》，凡两引《杂记》[④]，均未称作者。《三辅黄图》成书于东汉末曹魏初期，今本为中唐以后人所作[⑤]，非其初本之旧，如此，则不题《杂记》作者或为唐人的意见。陈振孙《直斋书录解题》卷七著录《西京杂记》，按语云：“（葛）洪博闻深学，江左绝伦，所著书几五百卷，本传具载其目，不闻有此书。而（刘）向、歆父子亦不闻其尝作史传于世，使班固有所因述，亦不应全没不著也。殆有可疑者，岂惟非向、歆所传，亦未必洪之作也。”[⑥] 陈振孙认为《杂记》不出于刘歆或葛洪之手，作者不可考。

（六）其他说法，有汉魏人伪作说和集体编纂说，起于近今。严薇青在《魏晋南北朝志怪小说书录附考证》文中说道：“今按其内容，多汉人记事，有阴阳五行、谶纬、瑞应之说，而绝无道家及佛教色彩，盖是汉魏人伪作，而托名刘歆者。”[⑦] 宁稼雨《中国志人小说史》认为，《杂记》先

① “中研院”历史语言研究所集刊编辑委员会：《中研院历史语言研究所集刊》第三十三本，(台北)台湾商务印书馆 1962 年版，第 34 页。

② 参见跃进：《倪豪士论〈西京杂记〉作者为萧贲》，《文学遗产》1992 年第 2 期。

③ (汉)班固撰，(唐)颜师古注：《汉书》，中华书局 1962 年版，第 3331 页。

④ 《三辅黄图》卷二《汉宫・桂宫》：“《西京杂记》云：‘武帝为七宝床，杂宝桉，厕宝屏风，列宝帐，设于桂宫，时人谓为四宝宫。’”这段文字见于今本《西京杂记》卷二《四宝宫》。卷三《未央宫・温室殿》：“《西京杂记》曰：‘温室以椒涂壁，被之文绣，香桂为柱，设火齐屏风，鸿羽帐，规地以罽宾氍毹。’”这段文字不见于今本《西京杂记》。参见陈直校证：《三辅黄图校证》，中华书局 2021 年版，第 49、57 页。

⑤ 参见陈直校证：《三辅黄图校证》，中华书局 2021 年版，“序言”第 3 页。

⑥ (宋)陈振孙著，徐小蛮、顾美华点校：《直斋书录解题》，上海古籍出版社 1987 年版，第 195—196 页。

⑦ 《严薇青文稿》，齐鲁书社 1993 年版，第 38 页。

后经过汉刘歆、晋葛洪和齐代萧贲三人的参与，而在葛洪手中成书；因葛洪对此书贡献最大，故而视其为晋代作品。[①] 日人小南一郎则认为："《西京杂记》与葛洪集团的诸作品一样，应认为是与葛氏道的后裔有关联并是在南北朝时期于江南编纂的。这恐怕是现在最有可能成立的结论。"[②]

通过以上对《杂记》作者诸说的梳理，可见《杂记》作者葛洪说、吴均说、萧贲说和无名氏说均出于唐朝，而且当时影响较大的观点似为无名氏说。然则自唐朝起，《杂记》作者问题就已经多说俱存，莫衷一是了。

二、《西京杂记》作者考辨

在《杂记》作者诸说中，首先需要辨明今本《杂记》和萧贲《杂记》的关系。洪业《再说〈西京杂记〉》对此有详细考论，指出两书彼此无关，萧贲书名之"西京"，或指江陵城西北邻近纪南城内的西京湖。[③] 除此，我们认为还有一证亦可佐证两书彼此无关，即无论《隋志》著录的二卷本《杂记》，还是《南史》所载萧贲六十卷本《杂记》，都与李延寿有一定关系。李延寿先后参加《隋书》纪传、十志和《晋书》的纂修，并且继承父亲李大师之业，修成《南史》和《北史》。他参与了《隋志》的编纂，自应知晓二卷本《杂记》的著录之事，而《南史》又系他亲自纂修，两种卷帙差别悬殊的《杂记》，他不可能予以混淆。这也让我们有理由认为，《隋志》与《南史》各所载录的《杂记》应为同名异书。萧贲《杂记》早佚，与《隋志》二卷本《杂记》及由此流传而来的今本《杂记》没有关系，因此，劳榦、倪豪士的意见是不对的。

作者吴均说源于对《酉阳杂俎》记载的误读。所谓"此吴均语"意为庾信所作诗句类似吴均之作，是就诗歌文字而言，不是指《杂记》作者为吴均。此外，鲁迅和余嘉锡都曾注意到，梁时殷芸《小说》已多引《杂记》文字；余先生还指出，吴均、殷芸仕于同朝，同以博学知名，虑无不相识者，若《杂记》果出于吴均，则殷芸不至于信其为古书。[④] 因此，吴均不是《杂记》作者，这也是可以确定的。

实际上，《杂记》作者诸说之所以产生，关键原因还是对葛《跋》内

---

① 参见宁稼雨：《中国志人小说史》，辽宁人民出版社 1991 年版，第 32 页。

② 〔日〕小南一郎：《中国的神话传说与古小说》，孙昌武译，中华书局 2006 年版，第 181 页。

③ 参见《洪业论学集》，中华书局 1981 年版，第 403—404 页。

④ 参见鲁迅《中国小说史略》第四篇《今所见汉人小说》，余嘉锡《四库提要辨证》卷十七《〈西京杂记〉六卷》。

容解读的歧异。详葛《跋》前半段文意，基本意思是：（一）葛洪家藏刘歆准备撰著《汉书》的材料，虽然这些材料已经“好事者”整理，非复原本之旧，却仍“无首尾题目”“止杂记而已”，也就是粗具其形的资料汇编。（二）将这些资料与班固《汉书》对比，葛洪发现《汉书》中的史料大都取自这些资料，仅小有差异。（三）在此资料汇编中，为班固《汉书》所删略的材料，葛洪抄集以为《杂记》。

但历代以来，多有人片面理解葛洪的意思，认为葛洪说刘歆撰有《汉书》，班固取其成事；但考之史籍，却不载刘歆撰《汉书》事，再加上魏晋六朝人喜作伪书的文化印象，于是首先就想到葛洪撒了一个弥天大谎，进而推断《杂记》为葛洪托名刘歆之作。如陈振孙《直斋书录解题》卷七传记类云：“向、歆父子亦不闻其尝作史传于世，使班固有所因述，亦不应全没不著也。”① 近人杨树达《〈汉书〉所据史料考》对《汉书》本之刘向、刘歆父子的材料详为考析，余嘉锡《积微居小学金石文字论丛序》且对该文予以补证②，但两文均未提及葛洪之说，其实就是对葛《跋》说法的否定。这种情形在对葛《跋》的解读中是比较常见的。

但是，对葛《跋》的怀疑和否定难以成立。首先，如上分析，葛《跋》并未说刘歆著有“《汉书》”，而是说葛洪家藏只是刘歆“欲撰《汉书》”的西汉史料汇集。正如卢文弨《新雕西京杂记缘起》所说：“历朝撰造，裒然成编，所云百卷，特前史官之旧，向传之歆，歆欲编录而未成，其见于洪之序者如此，本不谓其父子皆尝作史也。”③ 其实，即使“汉书”这个题名，恐怕也是葛洪所说的“好事者”所加。况且，班固撰著《汉书》，不必全然写出自己所采据的史料来源，这本是当时著书的通例。不过，在《汉书》卷一百下《叙传》中，班固还是说：“太初以后，阙而不录，故探纂前记，缀集所闻，以述《汉书》。”④ 这也就足够了。

其次，刘歆意欲修史之事虽不见于正史记载，但在汉唐文献中还是有迹可寻的。《汉书》卷三十六记载，刘歆曾“典儒林史卜之官”⑤。《文选》

① （宋）陈振孙著，徐小蛮、顾美华点校：《直斋书录解题》，上海古籍出版社 1987 年版，第 196 页。

② 参见杨树达：《积微居小学金石论丛》，商务印书馆 2017 年版，第 419—420 页；余嘉锡：《余嘉锡论学杂著》，中华书局 2007 年版，第 576—582 页。

③ （汉）刘歆撰，（晋）葛洪集，向新阳、刘克任校注：《西京杂记校注》，上海古籍出版社 1991 年版，第 283—284 页。

④ （汉）班固撰，（唐）颜师古注：《汉书》，中华书局 1962 年版，第 4235 页。

⑤ （汉）班固撰，（唐）颜师古注：《汉书》，中华书局 1962 年版，第 1972 页。

卷十潘岳《西征赋》云："长卿、渊、云之文，子长、政、骏之史。"① 西晋时潘岳赋既以刘向（子政）、刘歆（子骏）与司马迁（子长）著作并言，称之为"史"，可知刘歆曾有修史之举，从而葛洪之言亦当不虚。《后汉书·班彪列传》云："武帝时，司马迁著《史记》，自太初以后，阙而不录，后好事者颇或缀集时事，然多鄙俗，不足以踵继其书。"李贤注："好事者谓扬雄、刘歆、阳城衡、褚少孙、史孝山之徒也。"② 刘知几《史通·古今正史》云："《史记》所书，年止汉武，太初已后，阙而不录。其后刘向、向子歆及诸好事者，若冯商、卫衡、扬雄、史岑、梁审、肆仁、晋冯、段肃、金丹、冯衍、韦融、萧奋、刘恂等相次撰续，迄于哀、平间，犹名《史记》。"③ 据李贤和刘知几所说，刘歆确曾有修史之举。那么，此事做到何种程度？应如葛洪所说"未得缔构""止杂记而已"，也就是初步的资料汇编。这样一来，史不明载刘歆修史之事，倒也在情理之中。

再次，据《晋书·葛洪传》记载，葛洪性寡欲，不好荣利，少以儒学知名，后转好神仙导养之法；葛洪勤于攻读，才堪国史，除数量颇丰的各类著述外，还"抄《五经》、《史》、《汉》、百家之言、方技杂事三百一十卷"④ 等。从葛洪的个性与学识来看，他没有自撰《杂记》而依托刘歆以自取重的必要。卢文弨《新雕〈西京杂记〉缘起》云："洪非不能自著书者，何必假名于歆？书中称'成帝好蹴踘，群臣以为非至尊所宜，家君作弹棋以献'，此歆谓向家君也。洪奈何以一小书之故，至不惮父人之父，求以取信于世也邪？"⑤ 所论甚是。

最后，《杂记》事典见于葛洪之前的晋人诗歌。《文选》卷十六潘岳《闲居赋》云："张公大谷之梨，梁侯乌椑之柿。"李善注引《西京杂记》曰："上林苑有乌椑木。"⑥ 按《杂记》卷一"上林名果异木"条云："初修上林苑，群臣远方，各献名果异树，亦有制为美名，以摽奇丽者。梨十：紫梨……大谷梨……椑三：青椑、赤叶椑、乌椑。"⑦ "椑"属于柿的

---

① （南朝梁）萧统编，（唐）李善注：《文选》，中华书局1977年版，第155页。

② （南朝宋）范晔撰，（唐）李贤等注：《后汉书》，中华书局1965年版，第1324—1325页。

③ （唐）刘知几撰，（清）浦起龙通释，吕思勉评：《史通》，上海古籍出版社2008年版，第241页。

④ （唐）房玄龄等撰：《晋书》，中华书局1974年版，第1913页。

⑤ （汉）刘歆撰，（晋）葛洪集，向新阳、刘克任校注：《西京杂记校注》，上海古籍出版社1991年版，第283页。

⑥ （南朝梁）萧统编，（唐）李善注：《文选》，中华书局1977年版，第226页。

⑦ （汉）刘歆撰，（晋）葛洪集，向新阳、刘克任校注：《西京杂记校注》，上海古籍出版社1991年版，第47—48页。

一种，今谓之油柿。《闲居赋》“大谷之梨”“乌椑之柿”之典出于此处。又，《文选》卷二十五刘琨《重赠卢谌》诗云：“何意百炼刚，化为绕指柔。”李善注引应劭《汉书注》曰：“说者以金取坚刚，百炼不耗。”[①] 按《杂记》卷一“弳环”条云：“戚姬以百炼金为弳环，照见指骨。”[②] 刘琨用《杂记》之典，李善失于注引。潘岳（247—300）和刘琨（271—318）均年长于葛洪（283—363），而均取典于《杂记》，此亦佐证《杂记》非葛洪所作。

综上所论，《杂记》可信为刘歆所作而经葛洪抄录整理的作品。

三、《西京杂记》的内容与艺术

《杂记》全书故事有一百三十余条，所记为西汉一朝遗闻逸事，明黄省曾《西京杂记序》概括为四个方面：“猥琐可略，闲漫无归，与夫杳昧而难凭，触忌而须讳者也。”[③] 具体而言，《杂记》所写人物有帝王后妃、王侯将相、文人雅士、能工巧匠、宫女僮隶等；所记内容广泛，包括宫廷生活、将相逸闻、文人逸事、内外习俗、服饰器物以及长安形制等。

《杂记》的人物逸事是全书最为出色的内容，多有脍炙人口的精彩故事。历代吟咏不绝的是卷二《画工弃市》所写王昭君故事、《相如死渴》所写司马相如与卓文君故事。兹引如下：

元帝后宫既多，不得常见，乃使画工图形，案图召幸之。诸宫人皆赂画工，多者十万，少者亦不减五万，独王嫱不肯，遂不得见。匈奴入朝求美人为阏氏，于是上案图以昭君行。及去，召见，貌为后宫第一，善应对，举止闲雅。帝悔之，而名籍已定，帝重信于外国，故不复更人。乃穷案其事，画工皆弃市。籍其家，资皆巨万。画工有杜陵毛延寿，为人形，丑好老少，必得其真。安陵陈敞，新丰刘白、龚宽，并工为牛马飞鸟，亦肖人形，好丑不逮延寿。下杜阳望亦善画，尤善布色。樊育亦善布色。同日弃市。京师画工，于是差稀。

---

① （南朝梁）萧统编，（唐）李善注：《文选》，中华书局 1977 年版，第 357 页。

② （汉）刘歆撰，（晋）葛洪集，向新阳、刘克任校注：《西京杂记校注》，上海古籍出版社 1991 年版，第 14 页。

③ （汉）刘歆撰，（晋）葛洪集，向新阳、刘克任校注：《西京杂记校注》，上海古籍出版社 1991 年版，第 281 页。

司马相如初与卓文君还成都，居贫愁懑，以所着鹔鹴裘就市人阳昌贳酒，与文君为欢。既而文君抱颈而泣曰："我平生富足，今乃以衣裘贳酒。"遂相与谋于成都卖酒。相如亲著犊鼻裈涤器，以耻王孙。王孙果以为病，乃厚给文君，文君遂为富人。文君姣好，眉色如望远山，脸际常若芙蓉，肌肤柔滑如脂。十七而寡，为人放诞风流，故悦长卿之才而越礼焉。长卿素有消渴疾，及还成都，悦文君之色，遂以发痼疾。乃作《美人赋》，欲以自刺，而终不能改，卒以此疾至死。文君为诔，传于世。①

王昭君故事意蕴颇丰：元帝既荒淫残暴，又重信于外国，表现了一个帝王性格的两面性；王嫱美丽闲雅，洁身自重，却落得远嫁塞外的结局，透露着人生世事的荒诞；画工弃市的结局，虽可谓咎由自取，但也说明伴君如伴虎，帝王残暴。司马相如和卓文君故事虽然不足200字，但文学色彩鲜明，刻画了一对风流放诞的才子佳人形象。本篇文字描写卓文君美貌："眉色如望远山，脸际常若芙蓉，肌肤柔滑如脂。"藻饰形容，充满诗意，成为文学史上描写美人的经典笔墨。这两则故事历代传诵，文人骚客频频引为典故。

其他如五侯鲭（卷二《五侯鲭》）、相如论赋（卷二《百日成赋》）、匡衡偷光（卷二《闻〈诗〉解颐》）、东海黄公（卷三《箓术制蛇御虎》）、李广射石（卷五《金石感偏》）等故事，在后世也流传甚广，有的还成为诗词作家经常化用的典故与戏曲的题材来源。

《杂记》大量记录了长安的宫殿、池沼、苑囿、珍异、风俗、游艺等。这些内容多为介绍说明的知识性文字，虽然缺乏故事性，但是确如明孔天胤《西京杂记序》所说："烂然如汉之所极观，实盛称长安之旧制。"② 这使全书体现了一定的博物化倾向，故有学者就把该书视为博物杂记类小说。③《杂记》还载有一些志怪故事。如卷一《弘成子文石》故事：

---

① （汉）刘歆撰，（晋）葛洪集，向新阳、刘克任校注：《西京杂记校注》，上海古籍出版社1991年版，第67、82页。

② （汉）刘歆撰，（晋）葛洪集，向新阳、刘克任校注：《西京杂记校注》，上海古籍出版社1991年版，第280页。

③ 参见罗欣：《汉唐博物杂记类小说研究》，中国社会科学出版社2016年版，第43—48页。

> 五鹿充宗受学于弘成子。成子少时，尝有人过之，授以文石，大如燕卵。成子吞之，遂大明悟，为天下通儒。成子后病，吐出此石，以受充宗，充宗又为硕学也。①

具有志怪色彩的故事还有卷一《旌旗飞天堕井》，卷二《扬雄梦凤作〈太玄〉》，卷三《大人赋》，卷四《滕公葬地》和《元后燕石文兆》，卷六《栾书冢》等。因此之故，有的学者将《杂记》归类为志怪小说。② 我们认为，从题材内容的主要倾向来看，将《杂记》归为轶事小说更为妥当。当然，所记知识性文字和所写志怪故事使《杂记》显示了某种程度的文人杂俎意味。

《杂记》记事简明扼要，语言简练省净。那些记述人物逸事的篇章，三言两语就能勾勒出人物神态、行为等，颇见人物风貌，达到了较高的艺术水准。如卷二所载如下故事：

> 武帝欲杀乳母，乳母告急于东方朔。朔曰："帝忍而愎，旁人言之，益死之速耳。汝临去，但屡顾我，我当设奇以激之。"乳母如言。朔在帝侧曰："汝宜速去，帝今已大，岂念汝乳哺时恩邪！"帝怆然，遂舍之。

> 公孙弘起家徒步，为丞相，故人高贺从之。弘食以脱粟饭，覆以布被。贺怨曰："何用故人富贵为？脱粟布被，我自有之。"弘大惭。贺告人曰："公孙弘内服貂蝉，外衣麻枲，内厨五鼎，外膳一肴，岂可以示天下？"于是朝廷疑其矫焉。弘叹曰："宁逢恶宾，无逢故人。"

> 长安有儒生曰惠庄，闻朱云折五鹿充宗之角，乃叹息曰："茧栗犊反能尔邪？吾终耻溺死沟中。"遂裹粮从云。云与言，庄不能对，逡巡而去，拊心谓人曰："吾口不能剧谈，而此中多有。"

---

① (汉)刘歆撰，(晋)葛洪集，向新阳、刘克任校注：《西京杂记校注》，上海古籍出版社1991年版，第34页。

② 严薇青认为，《西京杂记》是阴阳五行思想影响下产生的志怪小说。参见《严薇青文稿》，齐鲁书社1993年版，第3、38页。此说虽有一定道理，但失之偏颇。

杜陵杜夫子善弈棋，为天下第一。人或讥其费日，夫子曰："精其理者，足以大裨圣教。"①

这四则故事言简义丰，人物描写富于艺术表现力，即使比之于后来的《世说新语》，亦不逊色。

鲁迅对《杂记》有很高的评价，说："若论文学，则此在古小说中，固亦意绪秀异，文笔可观者也。"②《杂记》以西汉为限断代取材，开了中国古代专记一代故事的专题性轶事小说的先河。《杂记》又且善于以简练省净、富于表现力的语言状人写物，意绪秀异，达到了汉代轶事小说艺术的最高水准，标志着先唐轶事小说文体的基本成熟。

第五节　汉代其他轶事小说

一、《风俗通义》中的轶事篇章

在第五章第四节，我们讨论了《风俗通义》中的志怪篇章。在该书《愆礼》《过誉》《十反》《穷通》等篇以及佚文中，还有杂记人间言动的轶事小说，数量可观，大致有以下四个方面内容。

（一）东汉士人逸事

这类故事见于《愆礼》《过誉》《十反》和《穷通》等篇。③ 在东汉尤其汉末官场和文人中，存在一种言行有意矫枉过正甚至故作惊人之举以沽名钓誉的不良风气。应劭极度反感这种歪风，故在《风俗通义序》中称，其著书本意为"通于流俗之过谬，而事该之于义理也"④，意在纠正时俗，表彰风教；书写东汉士人故事时，锋芒直露，如《愆礼篇》批评当时士人"矫情直意"，《过誉篇》批评"讦以为直，隐以为义，枉以为厚，伪以为名"⑤ 的恶劣士风。《十反》《穷通》等篇固然有一些故事赞美士人嘉言懿

① （汉）刘歆撰，（晋）葛洪集，向新阳、刘克任校注：《西京杂记校注》，上海古籍出版社 1991 年版，第 72、74—75、97、99 页。

② 鲁迅：《中国小说史略》，人民文学出版社 2006 年版，第 38 页。

③ 其中对先秦与西汉士人故事也有收录，但不过数则，见于《穷通篇》。

④ （汉）应劭撰，王利器校注：《风俗通义校注》，中华书局 2010 年版，"序"第 4 页。

⑤ （汉）应劭撰，王利器校注：《风俗通义校注》，中华书局 2010 年版，第 168 页。

行，但也是为批评不堪士风而树立正面典型，以作正反对比。像《十反篇》中《巴郡太守太山但望》和《高唐令乐安周玔》，写但望与周玔营救各自侄子的故事。但望救得死罪的侄子出狱，周玔则使尚有一线生机的侄子死于狱中。应劭赞扬但望“义动君子，合礼中矣”，批评周玔“苟执果毅，忽如路人”①，在正反对比中强化了对周玔的批评力度。

应劭是从儒家立场出发来记载这些故事并评价故事主人公的，生动展示了东汉士人的精神风貌。如：

太原郝子廉，饥不得食，寒不得衣，一介不取诸人。曾过姊饭，留十五钱，默置席下去。每行饮水，常投一钱井中。（《愆礼》）②

江夏太守河内赵仲让，举司隶茂材，为高唐令，密乘舆车，径至高唐，变易名姓，止都亭中十余日，默入市里，观省风俗，已，呼亭长问：“新令为谁？从何官来？何时到也？”曰：“县已遣吏迎，垂有起居。”曰：“正我是也。”亭长怖，遽拜谒，竟，便具吏。其日入舍，乃谒府，数十日无故便去。为郡功曹所选，颇有不用，因称狂，乱首走出府门。太守以其宿有重名，忍而不罪。后为大将军梁冀从事中郎，冬月坐庭中，向日解衣裘捕虱，已，因倾卧，厥形悉表露。将军夫人襄城君云：“不洁清，当亟推问。”将军叹曰：“是赵从事，绝高士也。”他事若此非一也。（《过誉》）③

河内太守司徒颍川韩演伯南，举孝廉，唯临辞，一与相见，无所宠拔，曰：“我已举若，岂可令恩偏积于一门乎？”（《十反》）④

太尉沛国刘矩叔方，为尚书令，失将军梁冀意，迁常山相，去官。冀妻兄孙礼为沛相，矩不敢还乡里，访友人彭城环玉都；玉都素敬重矩，欲得其意，喜于见归，为除处所，意气周密。人有请玉都者：“祸至无日，何宜为其主乎？”玉都因事远出，家人不复占问，暑

① （汉）应劭撰，王利器校注：《风俗通义校注》，中华书局2010年版，第230页。

② （汉）应劭撰，王利器校注：《风俗通义校注》，中华书局2010年版，第152页。

③ （汉）应劭撰，王利器校注：《风俗通义校注》，中华书局2010年版，第203页。

④ （汉）应劭撰，王利器校注：《风俗通义校注》，中华书局2010年版，第237页。

则郁蒸，寒则凛冻，且饥且渴，如此一年。矩素直亮，众谈同愁。冀亦举瘤，转薄为厚，上补从事中郎，复为尚书令，五卿三公，为国光镇。玉都惭悔自绝。(《穷通》)①

以上故事，应劭均有按语评论。在应劭看来，郝子廉行为“伤恩薄礼，弊之至也”②，赵仲让的举动“傲很天常，若无君父”③，韩演“不唯善是务”④；刘矩故事虽讲其落魄境遇，用意却在批评环玉都不够朋友，感慨世情。当然，郝子廉、赵仲让等人的故事客观上反映了东汉士人不拘礼法、率意而行、张扬个性的生活态度，他们的言行已开魏晋名士风度的先河；刘矩的落魄遭际则反映出当时某些士人内心软弱、势利的一面。这些故事都是对东汉士人精神状态的生动写照。

（二）狱讼奇闻

有一些见于《风俗通义·折当篇》佚文的公案故事，或写官员智断疑案，或记案件基本情节，其中前者更具文学性，可读性更强。如：

沛郡有富家公，资二千余万，小妇子年裁数岁，顷失其母，又无亲近，其大妇女甚不贤，公病困，思念恶婿争其财，儿判不全，因呼族人为遗令云：“悉以财属女，但遗一剑与儿，年十五，以还付之。”其后儿大，姊不肯与剑，男乃诣郡自言求剑。谨案：时太守大司空何武也，得其辞，因录女及婿，省其手书，顾谓掾吏曰：“女性强梁，婿复贪鄙，其父畏贼害其儿，又计小儿正得此财，不能全护，故且俾与女，内实寄之耳，不当以剑与之乎？夫剑者，亦所以决断也；限年十五者，度其子智力足以自活，此女婿必不复还其剑，当闻县官，县官或能证察，得以见伸展也。凡庸何能思虑强远如是哉！”悉夺取财以与子，曰：“弊女恶婿温饱十五岁，亦以幸矣。”于是论者乃服，谓武原情度事得其理。(《折当》佚文)⑤

颍川有富室，兄弟同居，两妇皆怀任，数月，长妇胎伤，因闭匿

① (汉)应劭撰，王利器校注：《风俗通义校注》，中华书局2010年版，第337页。
② (汉)应劭撰，王利器校注：《风俗通义校注》，中华书局2010年版，第153页。
③ (汉)应劭撰，王利器校注：《风俗通义校注》，中华书局2010年版，第205页。
④ (汉)应劭撰，王利器校注：《风俗通义校注》，中华书局2010年版，第238页。
⑤ (汉)应劭撰，王利器校注：《风俗通义校注》，中华书局2010年版，第588页。

之；产期至，同到乳舍，弟妇生男，夜因盗取之，争讼三年，州郡不能决。丞相黄霸出坐殿前，令卒抱儿，去两妇各十余步，叱妇曰："自往取之。"长妇抱持甚急，儿大啼叫；弟妇恐伤害之，因乃放与，而心甚自凄怆，长妇甚喜。霸曰："此弟妇子也。"责问大妇，乃伏。（《折当》佚文）①

这是两则饶有趣味的公案故事，赞美何武、黄霸的明察与睿智。在《风俗通义》之前，《说苑·贵德篇》中的东海于公故事亦属公案故事，但其重点是写于公对孝妇冤案昭雪的功劳，不是写案件的审理过程，情节生动性尚嫌不足。同于公故事相比，这两则故事对案件的推详、审理过程叙写较详，情节较为生动，属于公案故事中的短篇佳作。这两则故事在后世都很有影响，以此形成巧析家产和二母争子主题类型的系列故事。元杂剧《灰阑记》中包拯智断马员外妻妾争子案，就以黄霸智断妯娌争儿案的故事为原型。何武智断孤儿求剑的故事，对冯梦龙《古今小说》中《滕大尹鬼断家私》的创作亦有启发。

其他如《折当篇》佚文中的邴吉断老翁儿案、鲍宣断女子何侍案、鲍昱断陈国赵祐案、薛宣断两人争缣案等，也都是颇可一读的公案故事。

（三）人生悲欢离合

这类故事主要见于《艺文类聚》《初学记》《太平御览》等唐宋类书所引《风俗通义》的文字，或叙父子完聚，或写夫妻重逢，或记兄弟相识，情节新奇，富于戏剧性。如庞俭买奴得父故事：

河南平阴庞俭，本魏郡邺人，遭仓卒之世，亡失其父，时俭三岁，弟才襁抱耳，流转客居庐里中，凿井，得钱千余万，遂温富。俭作府吏，躬亲家事，行求老仓头谨信属任者，年六十余，直二万钱，使主牛马耕种。有宾婚大会，母在堂上，酒酣，陈乐歌笑。奴在灶下助厨，窃言："堂上老母，我妇也。"客罢，婢语次，说："老奴无状，为妄语，所说不可道也。"穷诘其由，母谓婢试问其形状，奴曰："家居邺时，在富乐里宛西，妇艾氏女，字阿横，大儿字阿痴，小儿曰越子，时为县吏，为人所略卖。阿横右足下有黑子，右腋下赤志如半

① （汉）应劭撰，王利器校注：《风俗通义校注》，中华书局 2010 年版，第 590 页。

栉。”母曰：“是汝公也。”因下堂相对啼泣：“儿妇前，为汝公拜。”即洗浴身，见衣被，遂为夫妇如初。俭子历二千石刺史七八人。时人为之语曰：“庐里诸庞，凿井得铜，买奴得公。”子孙羞之，言：“我先人初居庐里者兄弟二人，家买奴得公尔。”（《情遇》佚文）①

庞俭因乱世而与父亲分离无耗，客居异乡致富后，买得家奴竟是亲父，得以阖家团圆。故事结局虽然是喜剧性的，但隐含着乱世离人的痛苦与悲哀。

（四）琐闻趣事

这类故事大都带有笑话的性质，有的流传既广，成为一时掌故。如：

牛氏，汉有牛崇为陇西主簿，马文渊为太守，羊喜为功曹，凉部云：“三牲备具。”（《姓氏》佚文）②

陈国张伯喈，弟仲喈妇炊于灶下，至井上，谓伯喈曰：“我今日妆宁好不?”伯喈曰：“我伯喈也。”妇大惭愧。其夕时，伯喈到更衣，妇复牵伯喈曰：“今旦大误，谓伯喈为卿。”答曰：“我故伯喈也。”盖亲密无过夫妇，然尚如此，况于初未相见而责先识之乎?（《折当》佚文）③

两袒。俗说：齐人有女，二人求之，东家子丑而富，西家子好而贫，父母疑不能决，问其女：“定所欲适，难指斥言者，偏袒令我知之。”女便两袒，怪问其故，云：“欲东家食，西家宿。”此为两袒者也。（《阴教》佚文）④

这三则故事富于生活气息，颇有谐趣，在《风俗通义》中是别具一格的文字。

以上为《风俗通义》中轶事小说的基本内容。就题材而言，它们大都属于传闻故实、里巷闲谈等“俗说”，既不像《韩诗外传》《新序》《说苑》

① （汉）应劭撰，王利器校注：《风俗通义校注》，中华书局2010年版，第593—594页。
② （汉）应劭撰，王利器校注：《风俗通义校注》，中华书局2010年版，第526页。
③ （汉）应劭撰，王利器校注：《风俗通义校注》，中华书局2010年版，第587页。
④ （汉）应劭撰，王利器校注：《风俗通义校注》，中华书局2010年版，第600页。

《列女传》等书中故事多为事关君国、士节、人生的危言庄论，也不同于《西京杂记》多所采录的宫闱秘闻，显示了关注闾巷风俗的题材取向。

在情节结构方面，《风俗通义》中轶事小说叙事条理，文字详略得当。上举“沛郡有富家公”故事，情节结构分为三个层次：富家公遗嘱，孤儿求剑，何武智断疑案。由于富家公留下的是一份谜语似的遗嘱，解开其间深意成为断案的关键，因此，故事叙写何武如何令人信服地推理遗嘱真实意涵，得以审结疑案。至于孤儿求剑不得这一层，并非故事重点所在，但从叙事行文来看又不能省却，便以十数语简要一提。再像庞俭买奴得父故事，先写庞俭幼年时父子离散，次叙庞俭致富买奴，再叙庞父识妻，最后写父子相识，全家团聚。在这一情节链条中，庞父识妻是庞俭父子相识、全家散而复聚的关键环节，所以叙写这对老夫妻如何相识重逢就成为故事的重点，而略写庞俭父子离散、致富买奴、全家团聚等内容。庞俭买奴得父故事情节看似荒诞离奇，但完全符合生活真实和事理。凡此均表明，应劭对故事情节构思、笔墨详略等颇为用心，应有一番经营之功。

在语言方面，范晔《后汉书》应劭本传、《三国志·王粲传》裴松之注都批评《风俗通义》文辞“不典”[①]，实乃以魏晋六朝华丽文风为参照，自非公允之论。《四库全书总目》子部杂家类四评价《风俗通义》“文辞清辨”“叙述简明”[②]，《阅微草堂笔记·姑妄听之·自序》赞以“引经据古，博辨宏通”[③]，应是较为公允的评价。就《风俗通义》中的轶事小说来看，简练省净是其语言的一个突出特点。像“太尉沛国刘矩”故事，写刘矩遭环玉都冷落后的凄惨处境：“暑则郁蒸，寒则凛冻，且饥且渴，如此一年。”[④] 短短十六字，将刘矩落魄情景勾勒尽出，然用语颇为简练。

《风俗通义》中轶事小说对后世小说有三个方面的影响。一是作为主要的方面，《风俗通义》以简练省净的笔墨叙写士人的日常言行，表现了士人不拘礼法、张扬个性的名士风度，开启《世说新语》等魏晋六朝轶事小说写人记事的先河。曹道衡就指出，《风俗通义·过誉篇》赵仲让故事、郝子廉故事，《十反篇》刘祖奉和薛君卓故事，笔调与《世说新语》颇为

① (南朝宋)范晔撰，(唐)李贤等注：《后汉书》，中华书局 1965 年版，第 1614 页；(晋)陈寿撰，(南朝宋)裴松之注：《三国志》，中华书局 1982 年版，第 601 页。

② (清)永瑢等撰：《四库全书总目》，中华书局 1965 年版，第 1033 页。

③ (清)纪昀：《阅微草堂笔记》，上海古籍出版社 2005 年版，第 268 页。

④ (汉)应劭撰，王利器校注：《风俗通义校注》，中华书局 2010 年版，第 337 页。

相似，思想一脉相承。[①] 二是书中收录笑话性质的故事，如《姓氏篇》三牲备具、《阴教篇》齐女两袒等故事，开启魏晋六朝笑话书的先声。三是《风俗通义》收录了不少公案故事，公案由此逐步成为古代小说的一个题材类型。魏晋六朝以后这类题材的小说日益增多，并在明清时期发展成为章回小说的一个重要类型。

以上所论是《风俗通义》中轶事篇章的思想内容、艺术特点及其小说史影响。从全书来看，《风俗通义》兼收志怪和轶事，两者在数量上几乎平分秋色；另外，还有许多不属于小说范畴的百科杂记。可见该书对各种各样故事性及知识性题材的巨大包容性。因此，历代公私书目往往将其列入子部杂家类。周中孚《郑堂读书记》卷五十六批评该书“颇近小说”，“摭拾谀闻，郢书燕说也”。[②] 龚自珍《最录汉官仪》亦谓《风俗通义》乃“小学之旁支，小说之别祖也，予无所取”[③]。这些评价虽然未脱传统上轻视小说的偏见，但都道出了《风俗通义》作为小说书的一面。《风俗通义》兼收志怪与轶事篇章，并载百科知识，成为后世文人杂俎的滥觞。

二、《琴操》中的琴曲故事

《琴操》二卷，学界一般认为是东汉末年蔡邕所作。该书至唐宋间已不全，今本为清人孙星衍辑校。《琴操》收录琴曲故事四十余则，主要介绍琴曲创作缘起与基本内容，故事主人公大多为先秦人物，少量为西汉人物。从小说史的角度看，《琴操》的文本性质和刘向《新序》《说苑》《列女传》等类似，属于短篇历史故事集。

在《琴操》中，引人注目的篇章之一是聂政刺韩王故事。这是在《燕丹子》之外，另一篇流传后世的有关刺客故事的汉代小说。《太平御览》卷三百六十八、卷四百八十二与卷五百七十八均引这一故事，内容基本相同。其中，卷三百六十八、卷四百八十二所引均注明出自《琴操》，但文字简略，仅陈述故事梗概；卷五百七十八注明引自《大周正乐》[④]，叙写较为细致。孙星衍《琴操校本》辑校该故事文字如下：

---

① 参见曹道衡:《〈风俗通义〉和魏晋六朝小说》,《文学遗产》1988年第3期。

② (清)周中孚:《郑堂读书记》,中华书局1993年版,第278页。

③ (清)龚自珍著,王佩诤校:《龚自珍全集》,上海古籍出版社1975年版,第252页。

④ 《大周正乐》是五代后周窦俨等人编撰的一部综合性音乐著作,书久佚,《太平御览》中存有佚文。其佚文中有二十多篇琴曲解题文字,大都出自《琴操》。

《聂政刺韩王》者，聂政之所作也。政父为韩王治剑，过期不成，王杀之。时政未生。及壮，问其母曰："父何在?"母告之。政欲杀韩王，乃学涂，入王宫，拔剑刺王，不得，逾城而出，去入太山。遇仙人，学鼓琴。漆身为厉，吞炭变其音，七年而琴成。欲入韩，道逢其妻，从置栉，对妻而笑。妻对之泣下。政曰："夫人何故泣?"妻曰："聂政出游，七年不归，吾尝梦想思见之。君对妾笑，齿似政齿，故悲而泣。"政曰："天下人齿尽政若耳，胡为泣乎!"即别去，复入山中，仰天而叹曰："嗟乎！变容易声，欲为父报仇，而为妻所知，父仇当何时复报!"援石击落其齿。留山中三年，习操，持入韩国，人莫知政。政鼓琴阙下，观者成行，马牛止听。以闻韩王，王召政而见之，使之弹琴。政即援琴而歌之，内刀在琴中。政于是左手持衣，右手出刀，以刺韩王，杀之，曰："乌有使生者不见其父，可得使乎!"政杀国君，知当及母，即自犁剥面皮，断其形体，人莫能识。乃枭磔政形体（于）市，悬金其侧，有知此人者，赐金千斤。遂有一妇人往而哭曰："嗟乎！为父报仇邪!"顾谓市人曰："此所谓聂政也。为父报仇，知当及母，乃自犁剥面。何爱一女之身而不扬吾子之名哉!"乃抱政尸而哭，冤结陷塞，遂绝行脉而死。故曰《聂政刺韩王》。[1]

此即聂政刺韩王故事。值得注意的是，东汉民间还曾流传聂政为严翁仲（严仲子）刺杀韩王的故事。王充《论衡·书虚篇》云："传书言：聂政为严翁仲刺杀韩王。此虚也。夫聂政之时，韩列侯也。列侯之三年，聂政刺韩相侠累。十二年列侯卒，与聂政杀侠累，相去十年，而言聂政刺杀韩王，短书小传，竟虚不可信也。"[2] 王充看到的"传书"所写聂政刺韩王故事，是聂政为严翁仲复仇，这与《琴操》所写聂政为父复仇之事不同。由此来看，《琴操》中的《聂政刺韩王》成于王充之后，是一篇东汉中后期的作品。

按聂政行刺事，见诸《战国策·韩策二》和《史记·刺客列传》，均为聂政受严仲子之使，刺杀韩相侠累。《战国策》所记还多一细节，乃聂政行刺时，侠累走抱韩王哀侯，故兼中之，竟使韩王成为冤死鬼。这一历史事件就是《琴操》聂政刺韩王故事之所本。《琴操》聂政刺韩王故事对

① （清）孙星衍辑：《平津馆丛书·琴操校本》，凤凰出版社 2010 年版，第 985—987 页。

② 黄晖：《论衡校释》，中华书局 1990 年版，第 199 页。

史实虽有所依傍，但主要内容出于文学虚构。尤为明显者，在于该故事杂取种种人，合成一个，增加了不少虚构的成分。胡应麟在《少室山房笔丛·二酉缀疑上》中说，这一故事“似合聂政、豫让、高渐离事为一者，附会审矣，而其说亦僻，可喜”①，肯定了它的艺术虚构。杜贵晨《中国古代短篇小说史》详予分析，指出这个故事“说聂政的父亲是个冶工，由于铸剑误了期限，被韩王杀害，聂政为遗腹子等身世，是与汉代流行的干将莫邪故事同源；说聂政‘漆身为厉，吞炭变其音’是取自豫让事迹；说聂政藉弹琴以接近韩王行刺，类似高渐离；而聂政之视死如归，从容笑傲似荆轲”②。这些虚构情节将历史上一个单纯的政治谋杀事件，改编成一个充满血泪的反抗暴君的血亲复仇故事，可见该故事作者是颇具文学创作能力的。

其次，《琴操》中以王昭君为主人公的《怨旷思惟歌》也颇有特色。该故事见于《艺文类聚》卷三十所引，孙星衍亦有辑校，如下：

> 王昭君者，齐国王襄女也。昭君年十七时，颜色皎洁，闻于国中。襄见昭君端正闲丽，未尝窥看门户，以其有异于人，求之皆不与，献于孝元帝。以地远，既不幸纳，叨备后宫，积五六年。昭君心有怨旷，伪不饰其形容。元帝每历后宫，疏略不过其处。后单于遣使者朝贺，元帝陈设倡乐，乃令后宫妆出。昭君怨恚日久，不得侍列，乃便修饰，善妆盛服，形容光晖而出，俱列坐。元帝谓使者曰：“单于何所愿乐?”对曰：“珍奇怪物，皆悉自备。唯妇人丑陋，不如中国。”帝乃问后宫，欲以一女赐单于，谁能行者起。于是昭君喟然越席而前曰：“妾幸得备在后宫，粗丑卑陋，不合陛下之心，诚愿得行。”时单于使者在旁，帝大惊悔之，不得复止，良久，太息曰：“朕已误矣。”遂以与之。昭君至匈奴，单于大悦，以为汉与我厚，纵酒作乐，遣使者报汉，送白璧一双，骏马十匹，胡地珠宝之类。昭君恨帝始不见遇，心思不乐，心念乡土，乃作《怨旷思惟歌》曰：“秋木萋萋，其叶萎黄。有鸟爰止，集于苞桑。养育毛羽，形容生光。既得升云，获侍帷房。离宫绝旷，身体摧藏。志念幽沉，不得颉颃。虽得倭食，心有徊徨。我独伊何，改往变常。翩翩之燕，远集西羌。高山

① (明)胡应麟:《少室山房笔丛》,上海书店出版社 2001 年版,第 356 页。

② 杜贵晨:《中国古代短篇小说史》,中州古籍出版社 1991 年版,第 52—53 页。

峨峨，河水泱泱。父兮母兮，道里悠长。呜呼哀哉，忧心恻伤。”昭君有子曰世违。单于死，子世违继立。凡为胡者，父死妻母。昭君问世违曰：“汝为汉也？为胡也？”世违曰：“欲为胡耳。”昭君乃吞药自杀。单于举葬之。胡中多白草，而此冢独青。①

这则故事对历史史实既有所依傍，也有出自虚构的内容。据《汉书·匈奴传下》，单于入朝谒见，请元帝赐婚；王昭君的籍贯，《汉书·元帝纪》颜师古注引文颖曰：“本南郡秭归人也。”②《后汉书·南匈奴列传》也记载王昭君为南郡人，终老于匈奴。《琴操》中该故事写王昭君为齐国人，元帝询问单于使者有何要求并主动赐婚，昭君的人生是怀着对胡俗的绝望而吞药自杀的悲剧结局，这些内容与《汉书》《后汉书》所载不合，系出于附会史实、传闻异辞的小说家言。“胡中多白草，而此冢独青”的结尾文字，语颇隽永，强化了故事的伤感意蕴。

再次，在《琴操》中，孔子及其弟子的故事也是比较重要的内容。《将归操》《猗兰操》《龟山操》写孔子创作三首琴曲的故事，《残形操》《曾子归耕》《梁山操》写曾子创作三首琴曲的故事。这六首琴曲故事内容平实。相比而言，《孔子厄》内容具有一定志怪色彩，如下：

《孔子厄》者，孔子使颜渊执辔，到匡郭外，颜渊举策指匡穿垣曰：“往与阳虎正从此入。”匡人闻其言，孔子貌似阳虎，告匡君曰：“往者阳虎，今复来至。”乃率众围孔子。数日不解，弟子皆有饥色。于是孔子仰天而叹曰：“君子固亦穷乎！”子路闻孔子之言悲感，悖然大怒，张目奋剑，声如钟鼓，顾谓二三子曰：“使吾有此厄也！”孔子曰：“由，来！今汝欲斗，名为戮我于天下。为汝悲歌而感之，汝皆和我。”由等唯唯。孔子乃引琴而歌，音曲甚哀，有暴风，击拒军士僵仆。于是匡人乃知孔子圣人，瓦解而去。③

孔子曾历陈蔡之厄，见于《论语》《史记》等文献记载。《琴操》所写这则故事，叙述条理，语言流畅，颇见孔子、子路性格，是对孔子陈蔡之厄的

① (清)孙星衍辑：《平津馆丛书·琴操校本》，凤凰出版社2010年版，第987—990页。
② (汉)班固撰，(唐)颜师古注：《汉书》，中华书局1962年版，第297页。
③ (清)孙星衍辑：《平津馆丛书·琴操校本》，凤凰出版社2010年版，第981—982页。

生动演义。《琴操》还有孔子见麟受书故事：

> 鲁哀公十四年，西狩，薪者获麟，击之，伤其左足，将以示孔子。孔子道与相逢，见，俯而泣抱麟曰："尔孰为来哉！孰为来哉！"反袂拭面，乃歌曰："唐虞世兮麟凤游，今非其时来何求？麟兮麟兮我心忧。"仰视其人，龙颜日月。夫子奉麟之口，须臾吐三卷图。一为赤伏，刘季兴为王；二为周灭，夫子将终；三为汉制，造作《孝经》。夫子还谓子夏曰："新主将起，其如得麟者。"①

这则琴曲故事写孔子受麟图书、预言刘汉将兴等，从中可见汉代谶纬思想的影响，与本书第五章所论谶纬小说《孝经援神契》中孔子获麟故事性质同类。

最后，《琴操》中有不少故事赞美忠、孝、节、义等伦理品德。如《周金縢》故事：

> 《周金縢》者，周公作也。《书》曰："武王薨，太子诵袭武王之业，年十岁，不能统理海内，周公为摄政。"是时，周公囚诛管、蔡之后，有谤公于王者，言："公专国大权，诈策谋，将危社稷，不可置之。"成王闻之，勃然大怒，欲囚周公。周公乃奔于鲁而死。成王闻公死，且怒之，且伤之，以公礼葬之。天乃大暴风疾雨，禾稼皆偃，木折伤。成王惧，发金縢之书，见周公所为武王祷命以身赎之书。成王执书而泣，曰："谁言周公欲危社稷者？"取所谗公者而诛之，天乃反风霁雨，禾稼复起。成王作思慕之歌。②

《尚书·金縢》早有类似记载。比较可见，《周金縢》对《尚书·金縢》进行了较多改写。一是改写君臣关系。《尚书·金縢》中的周公略显强势，成王弱势，对周公虽有疑忌但不敢形于颜色。《周金縢》所写则是成王强势而周公弱势，周公忠而被谤，竟至惧成王之怒，逃奔鲁国而死，这实际是汉代大一统政治环境下君臣关系的反映。二是增加对成王的描写。在《尚书·金縢》中，成王畏惧周公，属于故事中的次要人物。《周金縢》中

---

① (清)孙星衍辑:《平津馆丛书·琴操校本》,凤凰出版社 2010 年版,第 993 页。

② (清)孙星衍辑:《平津馆丛书·琴操校本》,凤凰出版社 2010 年版,第 969—971 页。

的成王虽然年幼却君威十足，闻听谤言后“勃然大怒”，要囚禁周公，吓得周公逃奔鲁国避祸；闻知周公死讯，成王“且怒”“且伤”，这是不和谐的君臣关系羼杂周公与成王的叔侄伦理关系而形成的复杂情感。三是改写周公命运，这是整个故事中的关键性改写。《尚书·金縢》写成王睹金縢之书后，亲迎周公返回王都，是皆大欢喜的喜剧结局。《周金縢》写周公惧怕成王，逃鲁而死，是一个悲剧，事后成王所作思慕之歌，是对这一悲剧的反思。由三处改写来看，《周金縢》可谓对《尚书·金縢》的演义，旨在赞美周公忠荩，也含有哀感忠臣不得善终的悲伤之情。

《三士穷》也是可读的篇章。该篇写其思革子、户文子、叔衍子如楚求仕，途中遭遇飘风暴雨，三人衣寒粮乏，不能俱活，户文子、叔衍子甘愿冻饿而死，把衣、粮都留给其思革子，助其如楚求仕；其思革子往见楚王，酒宴之中，痛思故友，援琴而鼓，感动楚王；楚王赐黄金百斤，让其思革子安葬户文子、叔衍子。这个故事旨在赞美三士生死之交的大义。

《琴操》故事以先秦、西汉的历史人物为主人公，介绍某一琴曲的创作缘起与内容，没有谏戒说教的文字；语言古朴、简洁，总体表现为平实的特征，但有的亦颇具文学的表现力，如《怨旷思惟歌》结末文字、《孔子厄》写子路勃然大怒的神态；大多数故事首尾完具，结构完整。就其文学性而言，《琴操》胜于刘向《新序》《说苑》和《列女传》。

三、《笑林》

《笑林》首见《隋志》子部小说类著录，三卷，注云：“后汉给事中邯郸淳撰。”[①] 两《唐志》著录同。据《三国志·魏书·王粲传》裴松之注引《魏略》，邯郸淳一名竺，字子叔，博学善文，魏文帝黄初（220—226）初年辟为博士给事中。[②] 他颇怀才艺，是一位典型的鸿都派的人物。[③] 所著《笑林》成书于汉末魏初，是我国古代最早的一部笑话集。在后世流传中，《笑林》续有陆云等人增补，宋时已达十卷之多。吴曾《能改斋漫录》卷七《事实》“《笑林》”条云：“秘阁有《古笑林》十卷。晋孙楚《笑赋》曰：‘信天下之笑林，调谑之巨观。’《笑林》本此。”[④] 《笑林》不见于

① （唐）魏徵、令狐德棻：《隋书》，中华书局 1973 年版，第 1011 页。

② 参见（晋）陈寿撰，（南朝宋）裴松之注：《三国志》，中华书局 1982 年版，第 603 页。

③ 参见刘季高：《鸿都门学在中国文艺发展过程中的作用》，《刘季高文存》，上海古籍出版社 2009 年版，第 232 页。

④ （宋）吴曾：《能改斋漫录》，上海古籍出版社 1979 年版，第 184 页。

《宋史·艺文志》著录，当散佚于宋元之际。马国翰《玉函山房辑佚书》、鲁迅《古小说钩沉》等，均有《笑林》辑本，但有的佚文，如张温使蜀故事，出于邯郸淳身后。宁稼雨推测，《隋志》和两《唐志》著录的三卷本《笑林》为邯郸淳撰，吴曾所见十卷本《笑林》当为陆云在三卷本基础上增补而成；今存《笑林》佚文，邯郸淳不可能为者，便应属陆云；记汉魏事者，则很难分清为谁所写了。[①] 此说于义为长，可从。

从《笑林》佚文来看，有的故事出于虚构。如：

> 鲁有执长竿入城门者，初竖执之，不可入；横执之，亦不可入，计无所出。俄有老父至，曰："吾非圣人，但见事多矣。何不以锯中截而入？"遂依而截之。[②]

故事讽刺了那些头脑愚蠢、盲听盲从之人和自作聪明、好为人谋之辈。有的故事则为汉末的社会写实。如：

> 桓帝时，有人辟公府掾者，倩人作奏记文；人不能为作，因语曰："梁国葛龚先善为记文，自可写用，不烦更作。"遂从人言写记文，不去葛龚名姓。府君大惊，不答而罢。故时人语曰："作奏虽工，宜去葛龚。"[③]

所写为发生于桓帝时官场的文抄公故事，对不学无术的官吏极尽嘲讽。

《笑林》题名含有笑话集林之意，应受《韩非子·说林》篇题的启发。一如书之以"笑"为题，《笑林》所载故事诙谐幽默，每则故事大都有一个机锋所向的笑点，让读者在粲然一笑中领会故事意旨，受到某种启迪。综观全书故事，作者往往灵活运用三种手法以达制造笑点的写作意图。一是通过神态、动作等描写表现人物之可笑。如"汉世有人年老无子"故事，描写富翁打发借钱人时的吝啬之态："入内取钱十，自堂而出，随步辄减，比至于外，才余半在，闭目以授乞者。"[④] 描写传神，颇有画面感。

---

① 参见宁稼雨：《中国志人小说史》，辽宁人民出版社1991年版，第15页。

② 鲁迅校录：《古小说钩沉》，齐鲁书社1997年版，第39页。

③ 鲁迅校录：《古小说钩沉》，齐鲁书社1997年版，第40页。

④ 鲁迅校录：《古小说钩沉》，齐鲁书社1997年版，第40—41页。

二是以侧面着笔之法表现人物可笑。如“赵伯公为人肥大”故事云：“有数岁孙儿缘其肚上戏，因以李子八九枚内其臆脐中。……李大烂，汁出，以为脐穴，惧死。”① 故事没有正面描写赵伯公肥胖之状，而写其肚脐可容纳八九枚李子，李子烂而误以为肚脐穿孔，差点儿被吓死，以此侧面之笔描写他令人可笑的肥态。三是叙写悖于生活常理的人物故事，让读者阅后会心一笑。上述“鲁有执长竿入城门者”和“桓帝时有人辟公府掾者”等故事，主要用此手法。

《笑林》具有较高的艺术性，与魏晋六朝时期裴启《语林》、郭澄之《郭子》和刘义庆《世说新语》等，同属于“远实用而近娱乐”② 一类的作品。就写作意图而言，《笑林》以娱乐读者为目的，重在让读者一笑，和大多数汉魏六朝小说往往被赋予实用性的目标指向大不相同，这使它成为中国古代小说史上第一部为娱乐目的而编撰的轶事小说集。

四、《讥俗节义》

在对汉代轶事小说的考察中，王充《讥俗节义》也值得一说。该书十二篇，书名为王充自题，清姚振宗《后汉艺文志》卷三小说家类著录作《讥俗书》。王恒展《中国小说发展史概论》对此书有论。③

《讥俗节义》久佚，未见佚文存世。王充《论衡·自纪篇》自陈《讥俗节义》写作缘起与主要内容，以及时人对此书语言的评价，说：“俗性贪进忽退，收成弃败。充升擢在位之时，众人蚁附；废退穷居，旧故叛去。志俗人之寡恩，故闲居作《讥俗节义》十二篇。冀俗人观书而自觉，故直露其文，集以俗言。或谴谓之浅。”④ 可知王充根据自身经历的世情冷暖，以讥世刺俗为目的，以直白通俗的语言撰著《讥俗节义》。从“志俗人之寡恩”等语来看，《讥俗节义》当以揭露刻薄寡恩、趋炎附势之“俗人”嘴脸的故事为主。如此，则《讥俗节义》当为中国古代小说史上最早的讽刺性通俗小说。

---

① 鲁迅校录：《古小说钩沉》，齐鲁书社 1997 年版，第 40 页。

② 鲁迅：《中国小说史略》，人民文学出版社 2006 年版，第 60 页。

③ 参见王恒展：《中国小说发展史概论》，山东教育出版社 1996 年版，第 118 页。

④ 黄晖：《论衡校释》，中华书局 1990 年版，第 1192 页。

第七章　汉代杂史小说

杂史小说由来已久，战国时期的《穆天子传》是中国古代小说史上最早的一部杂史小说。汉代杂史小说肇始于秦汉之际的《燕丹子》。西汉末年以后，杂史之作日渐其多，《列女传》《越绝书》《吴越春秋》等一批为数可观的杂史小说陆续问世，《赵飞燕外传》则以其较高的艺术水准而成为一颗亮丽的明珠。

第一节　《燕丹子》

《燕丹子》首见《隋志》子部小说类著录，一卷，不著撰人，注云："丹，燕王喜太子。"[①]《旧唐志》丙部子录小说家类著录《燕丹子》三卷，注"燕太子撰"，不可信。《新唐志》丙部子录小说家类著录一卷，注"燕太子"，亦误。马端临《文献通考·经籍考》和《宋史·艺文志五》小说家类均著录作三卷。《燕丹子》今本三卷，系四库馆臣从《永乐大典》中辑出，纪昀以抄本付孙星衍，由此刊行传世。但今传本仍有阙文，并存异文，近今学者对此多有辑校和考证。[②]

一、《燕丹子》成书时代诸说

关于《燕丹子》的成书时代问题，历代众说纷纭，自宋元至今，出现了如下一些说法。

（一）战国说。清人孙星衍、周中孚等主张此说。孙星衍《燕丹子叙》

① （唐）魏徵、令狐德棻：《隋书》，中华书局1973年版，第1011页。

② 参见宁稼雨《关于〈燕丹子〉辑校的几个问题》，《绍兴文理学院学报》（人文社会科学）2019年第4期；叶岗《〈燕丹子〉研究》，中华书局2021年版，第375—384页。

云："其书长于叙事，娴于词令，审是先秦古书。"① 此所谓"先秦古书"，指《燕丹子》为战国之作。周中孚《郑堂读书记》卷六十三云："（《燕丹子》）当由六国游士哀太子之志，综其事迹，加之缘饰。故有仰天叹息，乌头白，马生角，及秦王乞听琴声而死之语。太史公作《燕世家》《刺客传》，俱削之不载焉。"② 周氏亦以《燕丹子》为战国之作。

（二）秦代说。此说起自近世。鲁迅《中国小说史略》第二篇《神话与传说》称"汉前之《燕丹子》"③，以《燕丹子》为战国或秦代之书。胡怀琛《中国小说研究》认为《燕丹子》是"周、秦时小说之一种"④，其意略同鲁迅。明确主张成书秦代说的是霍松林，他认为从《燕丹子》"对秦王'虎狼其行'的揭露看，从对燕丹、荆轲刺秦及其失败所流露的赞颂、同情和惋惜的强烈情绪看，它应该是秦并天下以后至覆亡以前十余年间的产物。其风格接近《左传》《国策》，而与西汉以后的作品不同，也足以说明问题"⑤。

（三）秦汉之间说。明初宋濂《诸子辨》倡《燕丹子》成书于秦汉之间说，云："其辞气颇类《吴越春秋》《越绝书》，决为秦、汉间人所作无疑。"⑥ 李剑国、陈洪主编《中国小说通史·先唐卷》认为："说《燕丹子》是六国游士所为，是先秦古书并不确切，应当说是出于秦汉间。……但不会在司马迁作《史记》之后，否则恐怕不会不受到《史记·刺客列传》的影响。"⑦

（四）汉代说。具体而言，自明代至今先后有成书东汉说、汉代说和西汉说等虽然相近但亦有所区别的意见。

成书东汉说始于明人胡应麟。在《少室山房笔丛·四部正讹下》中，胡应麟说，《燕丹子》"文彩诚有足观，而词气颇与东京类，盖汉末文士因太史《庆卿传》增益怪诞为此书"⑧，即以《燕丹子》为东汉末年之作。侯忠义亦持类似意见，认为"《燕丹子》经过了一个较长时期的酝酿、创

---

① 程毅中点校：《燕丹子》，中华书局1985年版，第1页。
② （清）周中孚：《郑堂读书记》，中华书局1993年版，第313页。
③ 鲁迅：《中国小说史略》，人民文学出版社2006年版，第21页。
④ 陈洪主编：《民国中国小说史著集成》第四卷，南开大学出版社2014年版，第140页。
⑤ 霍松林：《〈燕丹子〉成书的时代及在我国小说发展史上的地位》，《文学遗产》1982年第4期。
⑥ 罗月霞主编：《宋濂全集》，浙江古籍出版社1999年版，第143页。
⑦ 李剑国、陈洪主编：《中国小说通史·先唐卷》，高等教育出版社2007年版，第98页。
⑧ （明）胡应麟：《少室山房笔丛》，上海书店出版社2001年版，第316页。

作过程，大约至东汉末年成书定稿，成为今天这个样子”[①]。吴志达《中国文言小说史》认为，“《燕丹子》可能成书于东汉和帝时或稍后”[②]，亦即成书于东汉中期。另外，《四库全书总目》卷一百四十三子部小说家类存目一推测《燕丹子》成书“在唐以前……在应劭、王充后矣”[③]，所说成书时间虽然比较宽泛，但不排除该书为东汉末年之作。

程毅中、王培元等学者持成书汉代说。程毅中《〈燕丹子〉点校说明》认为：“《燕丹子》的文字可能曾有所删改增饰，但这个故事在汉代已基本定型，则是不能轻易否定的。……《燕丹子》产生于汉代甚至更早，是完全可能的。”[④] 王培元《汉代小说作品辨证》认为，《燕丹子》为汉代作品无疑。[⑤] 赵明、杨树增、曲德来主编《两汉大文学史》将《燕丹子》归入汉代小说之中。叶岗认为《燕丹子》成书于入汉之后、《史记》成书之前的西汉初年。[⑥]

（五）宋齐说。清李慈铭《越缦堂读书记》第八《文学·小说》“《燕丹子》”条认为，该书“文甚古雅，孙氏[⑦]谓审是先秦古书，诚未必然，要出于宋齐以前高手所为，故至《隋志》始著录”[⑧]。李慈铭的意见比较审慎，尚在存疑之间。近人罗根泽《〈燕丹子〉真伪年代之旧说与新考》力辩《燕丹子》出于南朝齐，云：“宋裴骃为《史记集解》，从未征引，知宋时尚无此书。梁庾仲容《子钞》载有《燕丹子》三卷。《子钞》虽亡，然高似孙《子略目》谓马总《意林》一遵庾目。考《意林》所采与今本同，则梁时已有矣。然则其时代上不过宋，下不过梁，盖在萧齐之世。”[⑨]

（六）隋代说。张心澂《伪书通考》子部小说家认为，《燕丹子》在“《隋志》始著录，唐时始见引用，当系隋牛宏购书时，人掇古书古事增损之以献，至宋复亡，而明初所存者，又系后人杂缀者也”[⑩]。此说以《燕丹子》为隋代作品，今本则为宋元人杂缀而成。

---

① 侯忠义：《〈燕丹子〉辨析》，《北京大学学报》（哲学社会科学版）1983 年第 5 期。

② 吴志达：《中国文言小说史》，齐鲁书社 1994 年版，第 42 页。

③ （清）永瑢等撰：《四库全书总目》，中华书局 1965 年版，第 1215 页。

④ 程毅中点校：《燕丹子》，中华书局 1985 年版，“点校说明”第 3—4 页。

⑤ 参见马瑞芳、邹宗良主编：《中国古典文学研究》，人民文学出版社 2006 年版，第 182 页。

⑥ 参见叶岗：《〈燕丹子〉成书时代考论》，《文献》2021 年第 3 期。

⑦ 指孙星衍。

⑧ （清）李慈铭撰，由云龙辑：《越缦堂读书记》，中华书局 2006 年版，第 923 页。

⑨ 罗根泽编著：《古史辨》第六册，上海古籍出版社 1982 年版，第 364—365 页。

⑩ 张心澂：《伪书通考》，上海书店出版社 1991 年版，第 867 页。

二、《燕丹子》成书时代考论

在先唐文献中，最早明确引述《燕丹子》故事情节的是郦道元《水经注》。卷十一《易水》引《燕丹子》云："荆轲入秦，太子与知谋者，皆素衣冠送之于易水之上，荆轲起为寿，歌曰：'风萧萧兮易水寒，壮士一去兮不复还。'高渐离击筑，宋如意和之。为壮声，士发皆冲冠；为哀声，士皆流涕。"① 卷十九《渭水》引《燕丹子》曰："燕太子丹质于秦，秦王遇之无礼，乃求归。秦王为机发之桥，欲以陷丹，丹过之，桥不为发。"②《燕丹子》既早为北魏时期的《水经注》引述，则张心澂成书隋代之说自难成立。

《燕丹子》成书南朝宋齐之说亦有不妥。首先，东晋陶渊明《咏荆轲诗》歌咏易水送别荆轲的场面，写道：

> 饮饯易水上，四座列群英。渐离击悲筑，宋意唱高声。
> 萧萧哀风逝，淡淡寒波生。商音更流涕，羽奏壮士惊。③

诗中咏及宋意高歌与音奏商羽等饯别场面的细节。宋意高歌的细节，不见于《史记·刺客列传》，而见于《淮南子·泰族训》和《燕丹子》。《泰族训》云："荆轲西刺秦王，高渐离、宋意为击筑，而歌于易水之上，闻者莫不瞋目裂眦，发植穿冠。"④《燕丹子》的相关描写是："高渐离击筑，宋意和之。"⑤ 陶诗"渐离击悲筑，宋意唱高声"与此描写相合。至于音奏商羽的细节，见诸《刺客列传》和《燕丹子》，《泰族训》无所记载。唯有《燕丹子》对《咏荆轲诗》中两处细节均有描写，如此则陶渊明所据当为《燕丹子》。

其次，张华《博物志》卷八《史补》云：

> 燕太子丹质于秦，秦王遇之无礼，不得意，思欲归。请于秦王，王不听，谬言曰："令乌头白，马生角，乃可。"丹仰而叹，乌即头

① (北魏)郦道元著，(清)王先谦校：《合校水经注》，中华书局2009年版，第186—187页。
② (北魏)郦道元著，(清)王先谦校：《合校水经注》，中华书局2009年版，第287页。
③ 逯钦立辑校：《先秦汉魏晋南北朝诗》，中华书局1983年版，第985页。
④ 何宁集释：《淮南子集释》，中华书局1998年版，第1425页。
⑤ 程毅中点校：《燕丹子》，中华书局1985年版，第14页。

白；俯而嗟，马生角。秦王不得已而遣之，为机发之桥，欲陷丹。丹驱驰过之，而桥不发。遁到关，关门不开，丹为鸡鸣，于是众鸡悉鸣，遂归。①

《燕丹子》首段云：

燕太子丹质于秦，秦王遇之无礼，不得意，欲求归。秦王不听，谬言曰："令乌白头，马生角，乃可许耳。"丹仰天叹，乌即白头，马生角。秦王不得已而遣之，为机发之桥，欲陷丹。丹过之，桥为不发。夜到关，关门未开，丹为鸡鸣，众鸡皆鸣，遂得逃归。②

《博物志》由张华博采众书编撰而成。比较上面两段文字，《博物志》所写当采自《燕丹子》。张华是魏晋间人，王嘉《拾遗记》卷九载张华曾向晋武帝司马炎上其《博物志》，由此以推《燕丹子》的成书时代，最晚在魏晋之际。马振方认为"《燕丹子》成书时代的下限不当晚于三国时期"③，所说为是。因刘宋裴骃《史记集解》从未征引《燕丹子》，罗根泽便断定刘宋时尚无此书，有轻率之失。

今本《燕丹子》文末写秦王斩断荆轲双手后，"轲因倚柱而笑，箕踞而骂，曰：'吾坐轻易，为竖子所欺。燕国之不报，我事之不立哉！'"④文止于此，没有交代荆轲刺秦之后的情况，从叙事常规和篇章结构上说，这是不够完整和圆融的。按《太平御览》卷六百九十九《服用部一》引《燕丹太子》曰："秦始皇置高渐离于帐中击筑。"⑤ 此为《燕丹子》佚文，不见于今本《燕丹子》。据此，孙星衍怀疑今本《燕丹子》文末"尚有阙文"⑥。大约出于六朝末期的佚名《琱玉集》⑦，卷十二《感应篇》的《燕

① (晋)张华撰，范宁校证：《博物志校证》，中华书局2014年版，第95页。

② 程毅中点校：《燕丹子》，中华书局1985年版，第3页。

③ 马振方：《〈燕丹子〉考辨》，《浙江大学学报》(人文社会科学版)2010年第1期。

④ 程毅中点校：《燕丹子》，中华书局1985年版，第16页。

⑤ (宋)李昉等撰：《太平御览》，中华书局1960年版，第3120页。

⑥ 程毅中点校：《燕丹子》，中华书局1985年版，第16页。

⑦ 《琱玉集》见《通志·艺文略》与《宋史》卷二百零七《艺文志》著录，无撰人。今存两卷，出自日本人旧抄卷子本，每卷末记云："天平十九年岁在丁亥写。"天平十九年当唐玄宗天宝六年(747)。李慈铭《越缦堂读书记·综合参考·类书》认为，《琱玉集》"盖是六朝末季底下之书"。

丹》故事梗概，文末注出自一部题为《燕太子传》的书，云：

燕丹，六国时燕太子也，而质于秦。秦王遇之无礼，丹乃求归。秦王曰："乌头白，马生角，当听子归。"太子仰天而叹，乌为头白，马为生角。秦王大惊，始遣丹归。丹乃募得荆轲，以刺秦王，不达。秦王大兴兵众，遂灭燕国，竟煞燕丹也。①

这段文字概述《燕太子传》内容，与今本《燕丹子》情节基本相同，两书当为同书而异题。文中叙及秦灭燕事，可证孙星衍所疑为是，可知今本《燕丹子》文末确有阙文，即交代燕国和太子丹被秦所灭的文字。又，敦煌本《类林》有一段注为"出《燕丹子》"的文字：

高渐离者，齐人也。善击筑，与燕人荆轲为友，见轲刺秦始皇不中而死，渐离于是毁形改姓入秦国，于市中击筑而乞，市人观之，无不美者。以闻始皇，始皇召渐离于前，令使击筑。始皇善之，心犹疑焉，瞽其两目，置于帐中，使遣作乐。始皇耽之，日日亲近。渐离望始皇叹息之声，举筑撞之，中始皇膝。[始] 皇怒，遂诛渐离也。六国末人。②

这段文字也是写荆轲刺秦之后的故事。秦灭燕事在秦王嬴政二十五年（前222），《燕丹子》既叙及此事，且《太平御览》卷六百九十九有关佚文和《类林》引文均称秦王为"秦始皇"，如此，则《燕丹子》成书上限不会早于秦灭燕时，而在秦灭六国（即前 221 年）之后，因而不可能成书于战国时期，亦即非"先秦古书"。

总结以上所论，可推定《燕丹子》成书于秦汉三国时期。不过，《燕丹子》这种气势慷慨、赞美刺秦壮举的作品，在以吏为师、文化专制政策严酷的秦始皇时代（前 221—前 210），写成以及流传的可能性不大。到了秦二世，天下大乱，秦政权摇摇欲坠，人心思量复秦亡家灭国之仇，《燕丹子》方才可能具有成书问世的政治环境与社会条件。因此，秦朝末年是

① （清）黎庶昌编：《瑁玉集零本》（外三种），华东师范大学出版社 2017 年版，第 53 页。

② 王三庆撰，谢明勋助理：《敦煌本〈类林〉校笺及其研究（上）》，《敦煌学》第十六辑，（台北）新文丰出版公司 1990 年版，第 123—124 页。

我们可以确定的《燕丹子》成书时代上限。

西汉初年，荆轲刺秦故事广为流传。汉初文士邹阳狱中上书梁孝王，云："昔荆轲慕燕丹之义，白虹贯日，太子畏之。"① 汉武帝建元二年（前139），淮南王刘安上《淮南子》，《泰族训》有荆轲刺秦易水饯别、高渐离和宋意击筑事（见本节前引）。汉武帝建元三年（前138），中山靖王刘胜慨叹："高渐离击筑易水之上，荆轲为之低而不食。"② 白虹贯日、宋意击筑及荆轲"低而不食"之说，俱为《史记·刺客列传》所不载，但在《传》赞中，司马迁还是补说道："世言荆轲，其称太子丹之命，'天雨粟，马生角'也，太过。又言荆轲伤秦王，皆非也。"③ 所谓"世言"和"又言"，也就是流行于汉初的荆轲刺秦故事，这在当时的文人学士中很受关注并引发讨论。司马相如就有专论荆轲之文，《汉志》诸子略杂家类著录《荆轲论》五篇，班固注："轲为燕刺秦王，不成而死，司马相如等论之。"④

将上述汉初荆轲刺秦传说与《燕丹子》相比较，可见两者多有内容细节与艺术手法的相似之处。首先，有三个内容细节相似处。一是燕丹归国的条件。秦王向太子丹所提"天雨粟，马生角"等归国条件，与《燕丹子》所谓"乌头白，马生角"颇为相似。二是易水送别。《淮南子·泰族训》写易水饯别时宋意击筑，此为《史记·刺客列传》所不载，而《燕丹子》中正有宋意临场。三是刺秦战果。据《史记·刺客列传》，荆轲秦廷行刺并未伤及秦王，但《传》赞中有"又言荆轲伤秦王"之说，也表明当时还有另一说法认为荆轲刺伤了秦王，这就符合《燕丹子》所写"荆轲拔匕首掷秦王，决耳入铜柱"⑤ 的情形了。其次，艺术手法有两点相似处。一是叙事夸张。如易水送别的情节，《淮南子·泰族训》有"瞋目裂眦，发植穿冠"的夸张描写，《燕丹子》"怒发冲冠"的描写与之颇为相似。二是移花接木。聂政刺韩隗时"白虹贯日"，载于《战国策·魏策四》。而据邹阳狱中上书，汉初人已将"白虹贯日"移植于荆轲刺秦故事。这一手法也见于《燕丹子》，所写太子丹学鸡鸣逃过秦关的情节，就是附会孟尝君借助门客学鸡鸣逃过函谷关的故事。可知西汉初年荆轲刺秦传说与《燕丹子》在基本内容、艺术手法等方面较为接近。这种情况表明，在西汉初年

① （汉）班固撰，（唐）颜师古注：《汉书》，中华书局 1962 年版，第 2343 页。

② （汉）班固撰，（唐）颜师古注：《汉书》，中华书局 1962 年版，第 2422—2423 页。

③ （汉）司马迁：《史记》，中华书局 1982 年版，第 2538 页。

④ （汉）班固撰，（唐）颜师古注：《汉书》，中华书局 1962 年版，第 1741 页。

⑤ 此处引文据《史记》卷八十六《刺客列传》张守节《正义》引《燕丹子》。

《燕丹子》可能已经成书，唯其文字与今本有所差异而已，但古文籍中多有此类现象，故不足为怪。因此，我们认为《燕丹子》成书在秦朝末年至西汉初年间，亦即秦汉之际的作品。

与《燕丹子》成书时代问题相关的，是它与《史记·刺客列传》的关系，在此亦作赘论。[①] 胡应麟《少室山房笔丛》卷三十二《四部正讹下》提出疑问：《燕丹子》"书果太史事本，汉《艺文志》乃遗之乎？"进而推断"《汉志》有《荆轲论》五篇，《燕丹》必据此增损成书者"。[②] 在胡应麟看来，《燕丹子》非《刺客列传》事本，乃据司马相如等所作《荆轲论》而成书。不过，元明以迄近今学者大都认为两者有承袭关系，意见的分歧在于两者之间谁承袭了谁。一种意见认为《刺客列传》事本于《燕丹子》。马端临《文献通考》卷二百十五引《周氏涉笔》云："今观《燕丹子》三篇，与《史记》所载皆相合，似是《史记》事本也。然乌头白、马生角、机桥不发，《史记》则以怪诞削之；进金掷蛙、脍千里马肝、截美人手，《史记》则以过当削之；听琴姬得隐语，《史记》则以征所闻削之。"[③] 宋濂《诸子辨》赞同《周氏涉笔》之说，云："周氏谓迁削而去之，理或然也。"[④] 另一种意见则认为《燕丹子》取材于《刺客列传》。罗根泽云："考《史记》传荆轲事，自言'始公孙季功、董生与夏无且游，具知其事，为余道之如是'（《史记刺客传赞》），不言本之《燕丹子》。其辟'天雨粟，马生角'谓'世言荆轲'云云，亦不言《燕丹子》。"因而认为《燕丹子》"与《史记》合者，本之《史记》也，非《史记》本此也"。[⑤]

我们认为，罗根泽的意见有欠安妥。首先，《刺客列传》太史公曰："世言荆轲，其称太子丹之命，'天雨粟，马生角'也，太过。又言荆轲伤秦王，皆非也。始公孙季功、董生与夏无且游，具知其事，为余道之如是。"[⑥] 审其上下文意，所谓"为余道之如是"者，乃指荆轲行刺秦王的场面与细节，非关太子丹、荆轲等人密谋行刺的其他事情。《周氏涉笔》可能注意到了这一点，故云："（秦王）听琴姬得隐语，《史记》则以徵所闻削之。"其次，由《刺客列传》赞语来看，司马迁以严谨的态度，对荆

① 《燕丹子》与《刺客列传》文字表述多有相似处，列表（即表2）附本节后。
② （明）胡应麟：《少室山房笔丛》，上海书店出版社2009年版，第317页。
③ （元）马端临：《文献通考》，中华书局1986年版，第1755页。
④ 罗月霞主编：《宋濂全集》，浙江古籍出版社1999年版，第143页。
⑤ 罗根泽编著：《古史辨》第六册，上海古籍出版社1982年版，第362页。
⑥ （汉）司马迁：《史记》，中华书局1982年版，第2538页。

轲刺秦事件进行了调查，否定了“世言”“又言”等传闻异词，而这些内容恰是《燕丹子》的精彩之处。如果《燕丹子》取材于《刺客列传》，那么，它不可能是这种传说性内容较多而又情感悲壮的情形，恐怕会受《刺客列传》纪实性倾向的影响，显得较为质实。因此，《燕丹子》为《刺客列传》所取资的可能性更大。从小说对太子丹、荆轲的同情倾向来看，《燕丹子》作者当为秦汉之际仍然在世的太子丹门客或其传人。

三、《燕丹子》人物形象分析

今本《燕丹子》分为上、中、下三卷。上卷写秦王轻慢燕丹，燕丹衔恨逃归燕国，欲募勇士刺秦。鞠武不赞同偏信一剑之任的刺秦之策，建议燕丹作长远之计，联合楚、赵、韩、魏等国共同抗秦。燕丹不悦，拒从其谏，鞠武不得已为之举荐田光。中卷写燕丹盛迎田光，请其谋划刺秦之策。田光因年事已老，便为燕丹举荐勇士荆轲，亲请荆轲来到燕国。下卷写燕丹厚遇荆轲，不惜进黄金投龟，脍千里马肝，截姬人好手，以邀其心。荆轲同意为燕丹刺秦，于是函盛秦国流亡将军樊於期之首，携燕之督亢地图，以秦武阳为副手，在易水诀别燕丹等人，赴秦行刺。秦廷之上，荆轲麻痹大意，致使行刺功败垂成，反为秦王所诛。《燕丹子》颂美侠义，激荡着壮烈、凄美的悲剧氛围，是中国古代小说史上第一部侠义小说。

《燕丹子》刻画的主要人物是燕丹和荆轲。燕丹自秦逃归燕国后，贵匹夫之勇，偏信一剑之任，拒绝采纳鞠武虽“引日缦缦”但可使燕国“永无秦忧”的合纵之计；又在荆轲刺秦准备尚不充分的情况下，声称先派遣秦武阳入秦行刺，用激将之法迫使荆轲仓促赴秦。这都表明燕丹是一个意气用事、急于事功、缺乏谋略的富贵公子，注定了他必然迅速失败的悲剧结局。不过，在燕秦力量对比悬殊的形势下，燕丹相信“一剑之任，可当百万之师；须臾之间，可解丹万世之耻”[①]，招募天下勇士，行刺秦王，力图洗雪个人和国家之耻，企图扭转燕国被动不利的局面，其不畏强秦、锐意复仇的精神，豪迈悲壮，很能感动历代读者。

荆轲是中国古代小说史上最早的侠客形象。春秋战国时期，随着士阶层的兴起和活跃，士为知己者死的观念逐渐深入人心。荆轲对燕丹说“士信于知己也”[②]，正是这一观念的反映，他在燕、秦的所作所为均不出这

① 程毅中点校：《燕丹子》，中华书局1985年版，第4页。

② 程毅中点校：《燕丹子》，中华书局1985年版，第10页。

一观念的牢笼。黄金投蛙和脍千里马肝的豪奢之举，截姬人好手的残忍行为，固然是燕丹无所不用其极收买荆轲的手段，但在荆轲看来，却是考验燕丹，评估自己是否值得为他一死。刺秦事败，荆轲哀叹道："燕国之不报，我事之不立哉！"① 在事已败而身将死的绝境中，他仍念念不忘回报燕丹的知己之恩。作为一个甘为知己赴汤蹈火、任侠尚武的侠客形象，荆轲事功虽败，其人犹荣，颇令历代读者为之回肠荡气，叹惋低徊，陶渊明《咏荆轲诗》所谓"千载有余情"者。《燕丹子》塑造了荆轲这一侠客形象，是对中国古代小说人物画廊的一个重要艺术贡献。

表2　《燕丹子》与《刺客列传》内容比较

	《燕丹子》②	《刺客列传》③
燕丹亡归燕国原因	秦王遇之无礼，不得意，欲求归	秦王之遇燕太子丹不善，故丹怨而亡归
鞠武评价田光	其人深中有谋	其为人智深而勇沈，可与谋
田光初见燕丹所言	臣闻骐骥之少，力轻千里，及其罢朽，不能取道	臣闻骐骥盛壮之时，一日而驰千里；至其衰老，驽马先之
燕丹叮嘱田光	太子自送，执光手曰："此国事，愿勿泄之！"光笑曰："诺。"	太子送至门，戒曰："丹所报，先生所言者，国之大事也，愿先生勿泄也！"田光俯而笑曰："诺。"
荆轲谈刺秦准备	今得樊於期首、督亢地图，则事可成也	诚得樊将军首与燕督亢之地图，奉献秦王
荆轲对燕丹发怒	轲怒曰："何太子所遣，往而不返者，竖子也！轲所以未行者，待吾客耳。"	荆轲怒，叱太子曰："何太子之遣？往而不返者，竖子也！……仆所以留者，待吾客与俱。"

① 程毅中点校：《燕丹子》，中华书局1985年版，第16页。
② 本列除最后一栏外，引文均据程毅中点校《燕丹子》（中华书局1985年版）整理。
③ 本列文字据司马迁《史记》（中华书局1982年版，第2528—2535页）整理。

续表

	《燕丹子》	《刺客列传》
荆轲见樊於期所言	求将军邑万户、金千斤。 今愿得将军之首，与燕督亢地图进之，秦王必喜。喜必见轲，轲因左手把其袖，右手揕其胸	今闻购将军首金千斤，邑万家。 愿得将军之首以献秦王，秦王必喜而见臣，臣左手把其袖，右手揕其匈
易水送别	太子与知谋者皆素衣冠送之，于易水之上。荆轲起为寿，歌曰："风萧萧兮易水寒，壮士一去兮不复还。"	太子及宾客知其事者，皆白衣冠以送之。……荆轲……又前而为歌曰："风萧萧兮易水寒，壮士一去兮不复还!"
荆轲掩饰武阳失态	轲顾武阳前，谢曰："北蕃蛮夷之鄙人，未见天子。愿陛下少假借之，使得毕事于前。"	荆轲顾笑舞阳，前谢曰："北蕃蛮夷之鄙人，未尝见天子，故振慑。愿大王少假借之，使得毕使于前。"
秦廷行刺	秦王发图，图穷而匕首出。轲左手把秦王袖，右手揕其胸。 荆轲拔匕首掷秦王，决耳入铜柱，火出①	秦王发图，图穷而匕首见。因左手把秦王之袖，而右手持匕首揕之。 太史公曰："世言荆轲……又言荆轲伤秦王皆非也。"

第二节　《列女传》

一、《列女传》作始于刘向

长期以来，多有学者认为《列女传》是刘向所校，而非其编撰。此说所据为刘向《七略别录》中的一段文字：

① 此处引文据《史记》卷八十六《刺客列传》张守节《正义》引《燕丹子》。又，《文选》卷二十一卢子谅《览古》"挥袂睨金柱，身玉要俱捐"句下，李善注引《燕丹子》曰："荆轲拔匕首擿秦王，决耳，入铜柱，火出。"程毅中点校《燕丹子》文为："轲拔匕首擿之，决秦王，刃入铜柱，火出。"校语云："'刃'原作'耳'，属上读，据《大典》本改。孙(星衍)本作'耳'不知何据。"按：孙校本当据《史记正义》或《文选》李善注，《永乐大典》本误。

> 臣向与黄门侍郎歆所校《列女传》，种类相从为七篇，以著祸福荣辱之效，是非得失之分，画之于屏风四堵。①

《七略别录》虽然久佚，但这段文字见于《初学记》卷二十五《器物部》引用，因其明言《列女传》为刘向、刘歆父子“所校”，故而形成一种颇有影响的观点，认为刘向父子只是根据“著祸福荣辱之效，是非得失之分”的意图，对既有之书《列女传》进行了校订，而无关乎它的编撰与成书。罗根泽《〈新序〉〈说苑〉〈列女传〉不作始于刘向考》就认为，《列女传》在“刘向时已有成书，已有定名，故刘向得读而校之，其非作始刘向，毫无疑义”②。聂石樵《先秦两汉文学史》认为，《列女传》与《新序》《说苑》一样，“皆刘向类辑先秦至汉初之典籍及民间传说而成……不是刘向所撰述”③。罗、聂两先生的意见在学界是比较有代表性的。

但我们认为，这种意见有似是而非之嫌。首先，《汉志》著录《列女传》，同《新序》《说苑》一样，班固注语明确说乃“刘向所序”④。《汉书》卷三十六刘向本传亦载，刘向“采取《诗》《书》所载贤妃贞妇，兴国显家可法则，及孽嬖乱亡者，序次为《列女传》，凡八篇，以戒天子”⑤。《汉书》记载已然表明，《列女传》是刘向采择包括《诗经》《尚书》等在内各书所载列女故事，分类编撰而成，换言之，《列女传》作始于刘向。

其次，刘向领校宫廷藏书时，并不排除校订他本人的著作。在《说苑叙录》中，刘向讲了《新序》《说苑》和《百家》的编撰情况。⑥他将《说苑》同已成的《新序》作了条目、内容的比对与整理，这是在领校宫廷藏书过程中校订自己的著作。那么，《七略别录》所说“所校《列女传》”应当也属这种情况。

最后，《列女传》以收录先秦列女故事为主，同时也收入数则西汉当代女子的故事。卷四《陈寡孝妇》记陈氏之妇少而守寡，事姑甚谨，淮阳

---

① (汉)刘向、刘歆撰，(清)姚振宗辑录，邓骏捷校补：《七略别录佚文　七略佚文》，上海古籍出版社2008年版，第48页。

② 罗根泽编著：《古史辨》第四册，上海古籍出版社1982年版，第228页。

③ 聂石樵：《先秦两汉文学史》，中华书局2007年版，第806页。

④ (汉)班固撰，(唐)颜师古注：《汉书》，中华书局1962年版，第1727页。

⑤ (汉)班固撰，(唐)颜师古注：《汉书》，中华书局1962年版，第1957—1958页。

⑥ 刘向《说苑叙录》见第六章第二节所引，此略不录。

太守将其孝行汇报给汉文帝，朝廷封其为“孝妇”。卷六《齐太仓女》记文帝时齐太仓令淳于公少女缇萦救父故事。据《史记·扁鹊仓公列传》，缇萦救父事在文帝四年（前176）。卷五《珠崖二义》中“珠崖”为西汉郡名，武帝元鼎六年（前111）置。① 同卷《郃阳友娣》中“冯翊”即左冯翊，汉高祖刘邦在秦内史地置河上郡，武帝太初元年（前104）更名为左冯翊。② 卷五这两则故事的文字并未交代事情发生于何时，但据两郡的设置时间可知最早在汉武帝时。此外，卷五《京师节女》写到京师“长安”，显然也是西汉时的故事。总体来看，《陈寡孝妇》等五则故事所写事情的发生时间与刘向生活时代相当接近，当系刘向采自史料记载或故老传闻。这也可证《列女传》成于刘向之前他人之手的可能性不大。

刘向编撰《列女传》的时间，《资治通鉴》卷三十一系于汉成帝永始元年（前16）。钱穆《刘向歆父子年谱》、易小平《西汉文学编年史》等均取此说。③ 1993年，江苏尹湾6号汉墓发掘出土了一批简牍，其中《君兄缯方缇中物疏》记有“《列女传》一卷”。据考，墓主的下葬时间在成帝元延三年（前10）。④ 可知《列女传》成书后不久即流布于世，流传甚广。

刘向《列女传》是我国古代第一部以女性人物为主人公的短篇历史故事集，人们或将它与《新序》《说苑》并称“刘向三传”。但细较起来，《列女传》与《新序》《说苑》两书的文体还是有所不同的。《列女传》是对列女传闻逸事的记载，虽然有类于杂记人间言动的轶事小说，但就文体而言，它作为人物传记的特征和人物类传的体例更为明显，应该受到了《史记》人物类传的影响。对此，有学者指出，《史记》的《游侠列传》《滑稽列传》《日者列传》《龟策列传》《刺客列传》《循吏列传》和《酷吏列传》诸传，将同类人合为一传，以某类人的职业、行为或品德等共性特征题名；对照《列女传》以人物品德的题名，母仪传、贤明传等，二者之间的源流关系不言而喻。⑤ 另外，翻检历代史志与书目著录，《列女传》一直列入史部杂传类或传记类，属于传统上的史书范畴；而《新序》《说

① 珠崖郡不见《汉书·地理志》。据《汉书·武帝纪》，元鼎六年（前111）定越地，以为南海、苍梧、珠厓等九郡。

② 见《汉书·地理志上》。

③ 参见钱穆：《两汉经学今古文平议》，商务印书馆2001年版，第49—50页；易小平：《西汉文学编年史》，上海古籍出版社2012年版，第359页。

④ 参见连云港市博物馆：《江苏东海县尹湾汉墓群发掘简报》，《文物》1996年第8期。

⑤ 参见于雪棠：《先秦两汉文体研究》，北京师范大学出版社2012年版，第182页。

苑》多被归于子部儒家类，属于子书的范畴。这种情况也颇可说明，《列女传》与《新序》《说苑》虽同出刘向之手，但它与后两书的文体还是有所差异的。

二、《列女传》的流传与佚文

《汉志》著录“刘向所序六十七篇”，班固注云：“《新序》《说苑》《世说》《列女传颂图》也。”[①] 表明《列女传》在汉代又题《列女传颂图》，包括传、颂、图三部分，是一种图文并茂的书籍。《列女传》的篇卷数目，据刘向《七略别录》所说为七篇，《汉书》卷三十六刘向本传记载为八篇，当含《颂义》一篇。《隋志》史部杂传类著录：“《列女传》十五卷。刘向撰，曹大家注。”“《列女传颂》一卷。刘歆撰。”[②] 其十五卷者，曾巩《列女传目录序》认为系曹大家（班昭）析原七篇为十四篇，加《颂义》一篇。《新唐志》与《崇文总目》均著录《列女传》十五卷。《列女传》问世后，有东汉曹大家、马融和三国吴赵母（虞贞节）为作注解；北宋苏颂、王回、南宋蔡骥等予以整理编次，称为《古列女传》。今本《列女传》即出自苏、王等人整理编次本，共八卷，第一卷十四传，第二至七卷每卷十五传，每传附颂；第八卷《续列女传》收二十传，其作者与写作时代不可考。

在历代的流传中，《列女传》内容有所散佚。《太平御览》卷五百四十一引《列女传》云：

> 鲁师春姜者，鲁师氏之母也。嫁其女，三往而三逐。春姜问故，以轻其室人也。春姜召其女而笞之，曰：“夫妇人以顺从为务，贞悫为首，故妇事夫有五：平旦缅笄而朝，则有君臣之严；沃盥馈食，则有父子之敬；报反而行，则有兄弟之道；必期必诚，则有朋友之信；寝席之交，然后有夫妇之际。”君子谓春姜曰：“知阴阳之顺逆也。”[③]

这是一则以鲁师氏母为传主的故事，不见于今本《列女传》。又，《诗·齐风·鸡鸣》正义引《列女传》云：“鲁师氏之母齐姜戒其女云：‘平旦缅笄

---

① (汉)班固撰，(唐)颜师古注：《汉书》，中华书局1962年版，第1727页。

② (唐)魏徵、令狐德棻：《隋书》，中华书局1973年版，第978页

③ (宋)李昉等撰：《太平御览》，中华书局1960年版，第2453页。

而朝，则有君臣之严。’ ”[①] 这是唐人对《列女传》鲁师氏母故事的征引。可知唐宋时期流传的《列女传》是载有鲁师氏母故事的。从其题旨来看，鲁师氏母故事赞美的是人母典范，故清王照圆《列女传补注》将其补于《母仪》之末。

《艺文类聚》卷十五《后妃部》引《列女传》曰：“黄帝妃嫫母，于四妃之班居下。貌甚丑而最贤，心每自退。”[②]《太平御览》卷一百三十五也引此文字，并注：“余同《吕氏》。”[③] 按《吕氏春秋》卷十四《遇合篇》云：“嫫母执乎黄帝，黄帝曰：‘厉女德而弗忘，与女正而弗衰，虽恶奚伤？’ ”[④]《御览》注语所指即此。据《类聚》和《御览》所引，可知唐宋时期《列女传》还载有嫫母故事，但不见于今本《列女传》。

从今本《列女传》中，我们也可看到对唐宋时期流传版本中的故事情节有所删改的情况，卷一《有虞二妃》就是比较明显的一例。《史记·五帝本纪》司马贞《索隐》引《列女传》云：“二女教舜鸟工上廪”，“龙工入井。”[⑤] 对此，《楚辞·天问》洪兴祖补注有更为详尽的征引。洪氏注引《列女传》云：“瞽叟与象谋杀舜，使涂廪，舜告二女。二女曰：‘时唯其戕汝，时唯其焚汝，鹊如汝裳衣，鸟工往。’舜既治廪，戕旋阶，瞽叟焚廪，舜往飞。复使浚井，舜告二女。二女曰：‘时亦唯其戕汝，时其掩汝。汝去裳衣，龙工往。’舜往浚井，格其入出，从掩，舜潜出。”[⑥] 对照今本《有虞二妃》故事，无上述鸟工上廪、龙工入井的情节。

由以上情况来看，今本《列女传》并非全帙；不过，主体内容俱存，应当比较接近刘向原作的面貌。

三、《列女传》有意虚构故事

刘向编撰《列女传》，是出于西汉末年后妃逾礼和外戚专权的政治原因。《汉书》卷三十六刘向本传云：“向睹俗弥奢淫，而赵、卫之属起微贱，逾礼制。向以为王教由内及外，自近者始。故采取《诗》《书》所载贤妃贞妇，兴国显家可法则，及孽嬖乱亡者，序次为《列女传》，凡八篇，

① （清）阮元校刻：《十三经注疏》（清嘉庆刊本），中华书局2009年版，第738页。
② （唐）欧阳询：《宋本艺文类聚》，上海古籍出版社2013年版，第435页。
③ （宋）李昉等撰：《太平御览》，中华书局1960年版，第655页。
④ 许维遹撰，梁运华整理：《吕氏春秋集释》，中华书局2009年版，第343—344页。
⑤ （汉）司马迁：《史记》，中华书局1982年版，第34、35页。
⑥ （宋）洪兴祖补注，卞岐整理：《楚辞补注》，凤凰出版社2007年版，第91—92页。

以戒天子。”[①] 刘向企图以《列女传》劝谏成帝遏止后妃逾礼和外戚专权，重振暗弱的汉室。

写作目的决定材料的取舍。刘向特别重视《列女传》中故事包含的“祸福荣辱之效，是非得失之分”，亦即故事的鉴戒意义和教育价值，而不甚在意故事人物与内容是否符合史实，这就给后世一些历史学家留下了诟病的口实。刘知几的意见很有代表性。在《史通·杂说下·别传》中，刘知几指责《列女传》等书“广陈虚事，多构伪辞”，“故为异说，以惑后来”，列举《列女传》故事年世舛讹、事理附会等问题，说道：

> 案苏秦答燕易王，称有妇人将杀夫，令妾进其药酒，妾佯僵而覆之。又甘茂谓苏代云：贫人女与富人女会绩，曰：“无以买烛，而子之光有余，子可分我余光，无损子明。”此并战国之时，游说之士，寓言设理，以相比兴。及向之著书也，乃用苏氏之说，为二妇人立传，定其邦国，加其姓氏，以彼乌有，持为指实，何其妄哉！[②]

刘知几所举之例，即《列女传》卷五《周主忠妾》和卷六《齐女徐吾》。两则故事分别取材于《战国策·燕策一》（“人有恶苏秦于燕王者”章）和《秦策二》（“甘茂亡秦且之齐”章），以及《史记·甘茂列传》，所取材者均系无可考实的寓言故事。刘向因事借题发挥，增衍细节，刻画人物，使之成为首尾完具的传记体故事，读来恰如真事一般。这种“以彼乌有，持为指实”的文学创作手法，违背了史书编撰的基本原则——实录，因此，曾任朝廷史官的刘知几对《列女传》内容大为不满，指责刘向依据无根之谈编造故事，故为异说。

刘知几是一位严谨的史学家，既不能理解也不能容忍刘向的做法。不过，正如《汉书》刘向本传所载编撰缘起，刘向本就无意把《列女传》写成信史。他关注的是列女故事“戒天子”，“助观览，补遗阙”[③] 的鉴戒和教育功能，因而他根据自己的写作意图，整合列女材料，虚构故事，实际上已经进入小说创作的层面。如果从这个角度来看刘知几的批评之词，那么，他所依持的固然是史学的求实与实录原则，同时却也道出了刘向在

---

① （汉）班固撰，（唐）颜师古注：《汉书》，中华书局 1962 年版，第 1957—1958 页。

② （唐）刘知几撰，（清）浦起龙通释，吕思勉评：《史通》，上海古籍出版社 2008 年版，第 378 页。

③ （汉）班固撰，（唐）颜师古注：《汉书》，中华书局 1962 年版，第 1958 页。

《列女传》中有意虚构故事的创作行为。

先唐书籍的编撰往往两个手段同施共用：一是作者根据编撰目的，直接抄录旧籍；一是作者对既有素材进行加工与创作。《列女传》就属于这种情形，尤其对既有素材进行加工与创作的情形还是比较明显的。我们可以从两个方面来考察。一方面，《列女传》不拒前人著作中言无根基的故事，而予以采录。卷六《阿谷处女》，采自汉初韩婴《韩诗外传》卷一“孔子南游适楚”章，仅有文字小异。故事的真实性极不可靠，久为儒者诟病，《孔丛子》卷四《儒服篇》载子高曾为辩诬，指出“殆是假其类以行其心者之为也”①。刘向博学多识，并非不辨这则故事的荒诞虚无，他之所以把它编入带有褒扬意图的《辩通传》，意在赞美阿谷处女言辞辩通、知礼守常的良好品格。对比后妃逾礼、王教式微的皇室现状，这则故事的鉴戒、教育之意不言自明。

另一方面，刘向根据既有素材，虚构人物，增衍故事情节，进行文学的加工，这在《列女传》中是颇不乏见的情形。像传主以及故事中其他人物的身份，刘向往往在原素材基础上加以虚构。如卷五《周主忠妾》，取材于《战国策·燕策一》“人有恶苏秦于燕王者”章的一个寓言故事，苏秦所讲，如下：

> 臣邻家有远为吏者，其妻私人。其夫且归，其私之者忧之。其妻曰：“公勿忧也，吾已为药酒以待之矣。”后二日，夫至。妻使妾奉卮酒进之。妾知其药酒也，进之则杀主父，言之则逐主母，乃阳僵弃酒。主父大怒而笞之。故妾一僵而弃酒，上以活主父，下以存主母也。②

刘向以此为素材，在《周主忠妾》中虚构传主身份与故事中男主人公的姓名、官职，云：“周主忠妾者，周大夫妻之媵妾也。大夫号主父，自卫仕于周，二年且归。”③ 其中一个有意思的细节是，《战国策》苏秦所讲故事中的“主父”，指的是相对于婢妾而言的男主子，与主母是夫妇关系；刘向则自出机杼，通过转移词义的方式，使之与作为姓氏的“主父”同义，

---

① 傅亚庶：《孔丛子校释》，中华书局2011年版，第298页。

② （汉）刘向集录：《战国策》，上海古籍出版社1998年版，第1049页。

③ （汉）刘向撰，（汉）班昭增补：《古列女传》（附《续列女传》）卷五，中国书店2013年版，第19页。

将“主父”作为周大夫的别号，由此可见刘向虚构故事人物的创作用心。再如卷六“阿谷处女”故事，虽系采自《韩诗外传》卷一“孔子南游适楚”章，但刘向也不忘因事发挥，增衍内容，云：“阿谷处女者，阿谷之隧浣者也。”①《齐女徐吾》故事也属于这种情形。像这样虚构传主身份，固然不符合史著编撰的求实原则，却显示了《列女传》各人物故事的虚构性质。

再如卷六《齐管妾婧》，写齐桓公外出齐都东门，听宁戚歌声而知其为异人，遂使管仲迎之；宁戚赋诗“浩浩乎白水”，管仲不解其意，为此一连五日忧而不朝；妾婧为管仲释赋诗之意，乃宁戚欲仕齐国；管仲报告桓公，宁戚因以为相，齐国大治。这则故事的素材分别见诸《管子·小问》和《吕氏春秋·举难》。《管子·小问》云：

> 桓公使管仲求宁戚，宁戚应之曰：“浩浩乎！”管仲不知，至中食而虑之。婢子曰：“公何虑？”管仲曰：“非婢子之所知也。”婢子曰：“公其毋少少，毋贱贱。昔者吴、干战，未龀不得入军门。国子擿其齿，遂入，为干国多。百里傒，秦国之饭牛者也，穆公举而相之，遂霸诸侯。由是观之，贱岂可贱，少岂可少哉！”管仲曰：“然。公使我求宁戚，宁戚应我曰：‘浩浩乎！’吾不识。”婢子曰：“诗有之：‘浩浩者水，育育者鱼。未有室家，而安召我居？’宁子其欲室乎？”②

《吕氏春秋·举难》云：

> 宁戚欲干齐桓公，穷困无以自进，于是为商旅将任车以至齐，暮宿于郭门之外。桓公郊迎客，夜开门，辟任车，爝火甚盛，从者甚众。宁戚饭牛居车下，望桓公而悲，击牛角疾歌。桓公闻之，抚其仆之手曰：“异哉！之歌者，非常人也。”命后车载之。桓公反，至，从者以请。桓公赐之衣冠，将见之。宁戚见，说桓公以治境内。明日复见，说桓公以为天下。③

---

① (汉)刘向撰，(汉)班昭增补：《古列女传》(附《续列女传》)卷六，中国书店2013年版，第11页。

② 黎翔凤撰，梁运华整理：《管子校注》，中华书局2004年版，第974—975页。

③ 许维遹撰，梁运华整理：《吕氏春秋集释》，中华书局2009年版，第542—543页。

于是桓公力排众议，重用宁戚。《淮南子·道应训》也记有这个故事。

《管子·小问》所写为家事——宁戚欲成家室，《吕氏春秋·举难》所写则属国事——宁戚欲仕齐国，两事之大小不等，层次高低有别。在《齐管妾婧》中，刘向根据自己的写作意图，巧妙利用了两则材料，以曲改重铸之法，将齐桓公、管仲、宁戚和管仲婢子四人捏合到一起，加工改造成一篇管仲妾婧的传记，刻画传主言辞辩通、才识颖悟的性格，赞美她幕后识贤、荐贤的功劳。将管仲婢子与管仲妾婧比较，尽管她也言辞辩通，才识颖悟，但在所与事宜方面，究竟有着家事与国事的不同层次，故而其形象意蕴也不同于管仲妾婧。人物形象的变化和差异，正是刘向有意虚构、精心结撰的结果。

在《列女传》中，类似情形尚多。刘向寄意笔端，虚构传主，造作故事，表现出明显的有意虚构的意图。在两汉文学史上，有意虚构的风气乃枚乘、司马相如等人学习战国宋玉辞赋的结果。《七发》《子虚》《上林》等汉大赋，虚构宾主，假设其事，有意运用文学的虚构手段，因而有的学者视之为文学自觉时代的起点。[①] 刘向是西汉重要的赋作家，《汉志》诗赋略著录“刘向赋三十三篇”[②]，赋作数量居西汉赋家前列。对汉赋的虚构手法，刘向自是了然于心，亦必深有所悟，因此，在编撰《列女传》时，刘向借鉴汉赋之文法，有意虚构列女故事，也就是自然而然的事情了。

一般认为，有意虚构故事是小说文体的基本特征。在这个意义上，刘向有意虚构故事，使《列女传》在史传的形式下具备了小说的实质，成为一部表现列女性格和形象的传记体短篇小说集。

四、《列女传》的主要内容

《列女传》收载一百多则故事，主要包括两个方面的内容。一是历代贤女贞妇的嘉言懿行，构成全书的主体内容，见于《母仪》《贤明》《仁智》《贞顺》《节义》《辩通》等六传，故事主人公是刘向充分肯定和着力褒扬的正面榜样。二是孽嬖女子惑乱宫廷、灭家亡国的言行举动，见于《孽嬖传》，这些故事中的女子是君王治理天下应当戒之慎之的反面典型。

《列女传》卷一《母仪传》中的《邹孟轲母》，写孟母三迁、断机教

① 参见龚克昌：《中国辞赋研究》，山东大学出版社2003年版，第89—92页。

② （汉）班固撰，（唐）颜师古注：《汉书》，中华书局1962年版，第1748页。

子；卷七《孽嬖传》中的《周幽褒姒》，写褒姒烽火戏诸侯，都富有教育意义，在文学史上频为用典。还有些故事很有影响，成为民间文学的题材来源和文人墨客吟咏的故实。如卷四《贞顺传》中《齐杞梁妻》故事：

齐杞梁妻，齐杞梁殖之妻也。庄公袭莒，殖战而死。庄公归，遇其妻，使使者吊之于路。杞梁妻曰："今殖有罪，君何辱命焉？若令殖免于罪，则贱妾有先人之弊庐在，下妾不得与郊吊。"于是庄公乃还车，诣其室，成礼然后去。杞梁之妻无子，内外皆无五属之亲。既无所归，乃枕其夫之尸，于城下而哭，内诚动人，道路过者莫不为之挥涕。十日而城为之崩。既葬，曰："吾何归矣！夫妇人必有所倚者也，父在则倚父，夫在则倚夫，子在则倚子。今吾上则无父，中则无夫，下则无子。内无所依，以见吾诚；外无所倚，以立吾节。吾岂能更二哉？亦死而已。"遂赴淄水而死。君子谓杞梁之妻贞而知礼。《诗》云："我心伤悲，聊与子同归。"此之谓也。

颂曰："杞梁战死，其妻收丧。齐庄道吊，避不敢当。哭夫于城，城为之崩。自以无亲，赴淄而薨。"①

这则故事的雏形见诸《左传·襄公二十三年》，记齐侯袭莒，杞梁战死，齐侯归而吊诸杞梁之妻。《说苑·善说篇》"孟尝君寄客于齐王"章，孟尝君说"昔杞梁战而死，其妻悲之，向城而哭，隅为之崩，城为之阤"②，可知杞梁妻哭夫而城崩的文学化情节出于战国时人的增饰。《列女传》详细叙写这个故事，情感颇为悲伤，是刘向增衍情节、用心结撰的结果。

卷五《节义传》中《鲁秋洁妇》写秋胡戏妻故事，在中国古代文学史上也很有影响。故事如下：

洁妇者，鲁秋胡子妻也。既纳之五日，去而官于陈，五年乃归。未至家，见路傍妇人采桑。秋胡子悦之，下车谓曰："若曝采桑，吾行道远，愿托桑荫下餐，下赍休焉。"妇人采桑不辍。秋胡子谓曰："力田不如逢丰年，力桑不如见国卿。吾有金，愿以与夫人。"妇人曰："嘻！夫采桑力作，纺绩织纴，以供衣食，奉二亲，养夫子。吾

① （汉）刘向撰，（汉）班昭增补：《古列女传》（附《续列女传》）卷四，中国书店2013年版，第13页。
② （汉）刘向撰，赵善诒疏证：《说苑疏证》，华东师范大学出版社1985年版，第307页。

> 不愿金，所愿卿无有外意，妾亦无淫佚之志。收子之赍与笥金。”秋胡子遂去。至家，奉金遗母，使人唤妇至，乃向采桑者也，秋胡子惭。妇曰：“子束发辞亲往仕，五年乃还，当所悦驰骤，扬尘疾至。今也乃悦路傍妇人，下子之粮，以金予之，是忘母也，忘母不孝。好色淫佚，是污行也，污行不义。夫事亲不孝，则事君不忠；处家不义，则治官不理。孝义并忘，必不遂矣。妾不忍见子改娶矣，妾亦不嫁。”遂去而东走，投河而死。君子曰：“洁妇精于善。”夫不孝莫大于不爱其亲而爱其人，秋胡子有之矣。君子曰：“见善如不及，见不善如探汤。”秋胡子妇之谓也。《诗》云：“惟是褊心，是以为刺。”此之谓也。
>
> 颂曰：“秋胡西仕，五年乃归。遇妻不识，心有淫思。妻执无二，归而相知。耻夫无义，遂东赴河。”①

故事情节富于戏剧性，将秋胡子发迹后轻薄、好色与负心的丑态，秋胡妻端庄、贞洁与勤劳的形象，都写得较为分明。这个故事成为后世文学创作的一个题材来源，西晋傅玄、南朝颜延之各有《秋胡行》，敦煌变文中有《秋胡变文》。元代作家石君宝将这个故事改编成杂剧《秋胡戏妻》，搬上舞台，使《鲁秋洁妇》故事几至家喻户晓。

五、《列女传》的艺术特色

《列女传》在艺术上颇有可圈点之处。就题材而言，《列女传》别开生面。该书将《诗经》《尚书》《左传》《国语》和《战国策》等书中所载，以及西汉初年流传的各类女子的故事，分门别类予以加工和汇编，成为中国古代文学史上第一部专门以女性为中心、独立成书的人物传记。后世以“列女”名书者代不乏见，实都取法于《列女传》题名。在东汉至隋唐小说的发展演变史上，《列女传》不但对唐传奇小说中以女性为描写中心的作品产生了相当重要的影响②，而且启发了东汉、魏晋时期托名刘向《列仙传》、皇甫谧《高士传》、葛洪《神仙传》等杂传体例小说的立目。因此，《列女传》在中国古代小说史上具有题材乃至体例的拓展之功。

与《新序》《说苑》叙事简括的特点相比，《列女传》叙事趋详，主旨

① （汉）刘向撰，（汉）班昭增补：《古列女传》（附《续列女传》）卷五，中国书店2013年版，第17页。

② 参见张涛：《刘向〈列女传〉文学成就初探》，《齐鲁学刊》1993年第1期。

明确，人物形象亦较为分明。如《列女传》卷二《楚庄樊姬》故事，叙写樊姬谏楚庄王：

楚姬者，楚庄王之夫人也。庄王即位，好狩猎。樊姬谏，不止，乃不食禽兽之肉，王改过，勤于政事。王尝听朝罢晏，姬下殿迎曰："何罢晏也，得无饥倦乎？"王曰："与贤者俱，不知饥倦也。"姬曰："王之所谓贤者何也？"曰："虞丘子也。"姬掩口而笑。王曰："姬之所笑何也？"曰："虞丘子贤则贤矣，未忠也。"王曰："何谓也？"对曰："妾执巾栉十一年，遣人之郑卫，求贤人进于王。今贤于妾者二人，同列者七人，妾岂不欲擅王之爱宠乎？妾闻堂上兼女，所以观人能也。妾不能以私蔽公，欲王多见，知人能也。妾闻虞丘子相楚十余年，所荐非子弟则族昆弟，未闻进贤退不肖，是蔽君而塞贤路。知贤不进，是不忠；不知其贤，是不智也。妾之所笑，不亦可乎？"王悦。明日，王以姬言告虞丘子。丘子避席，不知所对，于是避舍，使人迎孙叔敖而进之，王以为令尹，治楚三季，而庄王以霸。楚史书曰："庄王之霸，樊姬之力也。"《诗》曰："大夫夙夜，无使君劳。"其"君"者，谓女者也。又曰："温恭朝夕，执事有恪。"此之谓也。①

该故事又见于《新序·杂事一》"禹之兴也以涂山"章，文如下：

樊姬，楚国之夫人也，楚庄王罢朝而晏，问其故。庄王曰："今旦与贤相语，不知日之晏也。"樊姬曰："贤相为谁？"王曰："为虞丘子。"樊姬掩口而笑。王问其故。曰："妾幸得执巾栉以侍王，非不欲专贵擅爱也，以为伤王之义，故所进与妾同位者数人矣。今虞丘子为相数十年，未尝进一贤。知而不进，是不忠也；不知，是不智也。不忠不智，安得为贤？"明日朝，王以樊姬之言告虞丘子。虞丘子稽首曰："如樊姬之言。"于是辞位而进孙叔敖。孙叔敖相楚，国富兵强，庄王卒以霸，樊姬与有力焉。②

---

① （汉）刘向撰，（汉）班昭增补：《古列女传》（附《续列女传》）卷二，中国书店 2013 年版，第 8 页。

② （汉）刘向编著，石光瑛校释，陈新整理：《新序校释》，中华书局 2001 年版，第 38—41 页。

比较两则故事，前者写樊姬与楚庄王的问答，尤其是樊姬谏言，写得比较详细；后者写来则概括得多，仅有前者二分之一的篇幅。这样一来，樊姬讽谏楚王向善的形象，前者较后者也就相对鲜明一些。再如《列女传》卷七《陈女夏姬》故事，是综合《左传》宣公十年、十一年和成公二年等有关夏姬的内容，加以虚构润色而写成，比较《新序·杂事一》“楚庄王既讨陈灵公之贼”章夏姬故事，情节更为充实，嬖色殒命的主题也更为突出。

在故事结构安排上，《列女传》故事的人物传记内容为一篇主体，通常是开篇介绍传主身份，次叙传主事迹，终以引《诗》作结。《列女传》故事引《诗》作结，借鉴了《韩诗外传》引《诗》以证事的结尾方式。这就使《列女传》故事既具《史记》那样人物传记结构完整的特点，也显示了某种程度的说《诗》色彩，可见文人效法《史记》的创作风气与尊崇经学的时代风尚。

第三节　《越绝书》

《越绝书》又称《越绝》《越传》《越记》或《越绝记》等，始见于南朝梁阮孝绪《七录》著录。《史记·孙子吴起列传》张守节《正义》引《七录》云：“《越绝》十六卷，或云伍子胥撰。”① 《隋志》史部杂史类著录：“《越绝记》十六卷，子贡撰。”② 两《唐志》因之，书名题为《越绝书》。《崇文总目》史部杂史类著录《越绝书》十五卷，云：“子贡撰，或曰子胥。旧有《内纪》八，《外传》十七，今文题阙舛，载二十篇。又载春申君，疑后人窜定。世或传二十篇者非是。”③ 是知《越绝书》旧本二十五篇，至北宋时已缺佚五篇。《宋史》卷二百四《艺文志三》霸史类著录：“《越绝书》十五卷，或云子贡所作。”④ 宋元以后，公私书目著录《越绝书》大率为十五卷；也有著录为十六卷者，如陈振孙《直斋书录解题》。今本《越绝书》十五卷，包括《内传》四篇、《内经》二篇、《外传》

① （汉）司马迁：《史记》，中华书局 1982 年版，第 2162 页。
② （唐）魏徵、令狐德棻：《隋书》，中华书局 1973 年版，第 960 页。
③ （元）马端临：《文献通考》，中华书局 1986 年版，第 1649 页。
④ （元）脱脱等撰：《宋史》，中华书局 1977 年版，第 5166 页。

十三篇，共十九篇，与南宋赵希弁《读书附志・拾遗》所载篇、卷数相同[①]，但较《崇文总目》著录的二十篇缺佚一篇。可知从北宋以来《越绝书》一直不是完本。

一、《越绝书》的作者问题

关于《越绝书》的作者及与之相关的成书时代问题，历代存有歧见。自《七录》以至《宋志》，或称伍子胥撰，或称子贡撰。陈振孙否定此说，《直斋书录解题》卷五《杂史类》云："《越绝书》……无撰人名氏，相传以为子贡者，非也。其书杂记吴、越事，下及秦、汉，直至建武二十八年。盖战国后人所为，而汉人又附益之耳。"[②] 陈振孙否定《越绝书》作者子贡说，并推测其作者为"战国后人"，则是对作者伍子胥说的否定。元人徐天祜的意见与此较相类似，在《吴越春秋》卷五《夫差内传》的考订文字中，称"常疑《越绝书》非子贡作，特后人托名耳"[③]。

迄今影响最大的是《越绝书》作者袁康、吴平说。明人杨慎首倡此说，经清四库馆臣综括以成之。此说所据为《越绝书》卷十五《越绝篇叙外传记》的一段文字：

> 记陈厥说，略其有人。以去为姓，得衣乃成。厥名有米，覆之以庚。禹来东征，死葬其疆。不直自斥，托类自明。写精露愚，略以事类，俟告后人。文属辞定，自于邦贤。邦贤以口为姓，丞之以天。楚相屈原，与之同名。[④]

文为隐语，杨慎《越绝书跋》和《丹铅余录》卷三据以推断《越绝书》作者为会稽（今浙江绍兴）人袁康、吴平，推论王充《论衡・案书篇》所说"会稽吴君高"就是吴平，疑吴君高《越纽录》即《越绝书》。[⑤] 明代学者

① 参见（宋）晁公武撰，陈猛校证：《郡斋读书志校证》，上海古籍出版社 1990 年版，第 1228 页。

② （宋）陈振孙撰，徐小蛮、顾美华点校：《直斋书录解题》，上海古籍出版社 1987 年版，第 142 页。

③ （汉）赵晔撰，（元）徐天祜音注，苗麓校点，辛正审订：《吴越春秋》，江苏古籍出版社 1999 年版，第 88—89 页。

④ 李步嘉：《越绝书校释》，中华书局 2018 年版，第 355 页。

⑤ 参见杨慎：《丹铅余录》，上海古籍出版社 1992 年版，第 19 页。

胡侍、田艺蘅、胡应麟、焦竑等，均附和杨慎之说。[①]《四库全书总目》卷六十六史部载记类综合杨慎等明代学者的意见，条分缕析，云：

> 《越绝书》十五卷，不著撰人名氏。书中《吴地传》，称勾践徙琅琊，到建武二十八年，凡五百六十七年，则后汉初人也。书末《叙外传记》以庾词隐其姓名。其云“以去为姓，得衣乃成”，是“袁”字也；“厥名有米，覆之以庚”，是“康”字也；“禹来东征，死葬其疆”，是会稽人也。又云“文属辞定，自于邦贤，以口为姓，承之以天”，是“吴”字也；“楚相屈原，与之同名”，是“平”字也。然则此书为会稽袁康所作，同郡吴平所定也。王充《论衡·按书篇》……所谓吴君高殆即平字，所谓《越纽录》殆即此书欤？杨慎《丹铅录》、胡侍《珍珠船》、田艺蘅《留青日札》皆有是说。核其文义，一一吻合。隋、唐《志》皆云子贡作，非其实矣。[②]

自清至今，这一观点影响深远，几成定论。

近年亦有学者对《越绝书》作者问题提出新说，深化了这一问题的探讨。李步嘉《〈越绝书〉研究》考证《越绝书》原作者当为东汉末年袁术身边之人，三国与西晋初年又由吴人对该书作了增补改编，最终形成今本《越绝书》的基本面貌。[③] 杜贵晨《〈越绝书〉作者新论》一文认为，《越绝书》作者袁康、吴平说大体可信；“若要作全面的说明，则《越绝书》之成，其发轫是在袁、吴二人之前，已有子贡、子胥或战国后其他人口述或某些文字记载的基础；其最终是在袁、吴二人之后，还有吴平的一位无名氏友人做过重要的增补与删削编定。这位无名氏才是今本《越绝书》祖本的最后作者”[④]。这是近年对《越绝书》作者和成书时间研究的最新成果。总体来看，学界现在多认为《越绝书》由袁康、吴平搜辑春秋末年以后流传的吴越争霸旧闻编撰而成，成书于东汉早期。

---

① 参见胡侍《真珠船》卷三、田艺蘅《留青日札》卷十七、胡应麟《少室山房笔丛》卷二十四、焦竑《焦氏笔乘续集》卷四。

② (清)永瑢等撰:《四库全书总目》,中华书局 1965 年版,第 583 页。

③ 参见李步嘉:《〈越绝书〉研究》,上海古籍出版社 2003 年版,第 302 页。

④ 杜贵晨:《〈越绝书〉作者新论——兼及文学“泰而不作……怨恨则作”说》,《学术研究》2017 年第 8 期。

二、《越绝书》的小说性质

《越绝书》所写为以吴越争霸为中心的系列故实传闻，涉及当时的政治、军事、经济、天文、地理以及占气等，内容驳杂。自唐至于明清，《越绝书》一般著录于史部杂史类①，在传统目录学中属于典型的杂史之作。当今历史学界或以《越绝书》为我国地方志的鼻祖，或视其为吴越地方史。

其实，《越绝书》也富有小说意味，是一部值得研讨的杂史小说。《隋志》史部杂史类小序以《越绝书》为例，称其“率尔而作，非史策之正也。……又有委巷之说，迂怪妄诞，真虚莫测”②，实际就是该书作为小说家言的特征。这一特征在《越绝书》的叙事性篇章中表现得较为明显。如《荆平王内传》《请籴内传》《外传纪策考》《内传陈成恒》《外传记吴王占梦》《外传记宝剑》《内经九术》和《外传春申君》诸篇，博采民间传闻，充溢着想象、虚构之词，富于小说色彩。即使侧重地理记载的篇章，也表现出对历史传闻的浓厚兴趣。如卷二《外传记吴地传》写道：“千里庐虚者，阖庐以铸干将剑。欧冶僮女三百人。去县二里，南达江。”“余杭城者，襄王时神女所葬也。神多灵。”③ 卷八《外传记地传》更是多将越国的神话和历史传说融汇于地理记载之中，内容瑰奇。

对于《越绝书》的小说性质，自宋元以迄近世，学者多有评论。例如，《外传春申君》中女环其人其事，《战国策·楚策四》宋人姚宏注云：“《越绝书》……杂记秦、汉事，疑后人所羼，不敢尽信。《史记》《战国策》《列女传》，不载女环之名，止见于此④。其画策终始，信如此，皆出于女环，尤为异也。至言烈王死后，李园相春申君，方封于吴，又立其子为假君，皆与《史记》《国策》不合。”⑤ 姚宏已然注意到《越绝书》中女环故事出于民间传闻。清姚范《援鹑堂笔记》卷三十五评论《越绝书》，云：“此书多属耳食，又加以委巷流俗之谈，虚言虚事，润饰无当于故实者也。其中叙事猥鄙，与后世稗官所述不殊。”⑥ 此所谓“后世稗官”，乃

---

① 《宋志》列于史部霸史类，《四库全书总目》列于史部载记类。

② （唐）魏徵、令狐德棻：《隋书》，中华书局 1973 年版，第 962 页。

③ 李步嘉：《越绝书校释》，中华书局 2018 年版，第 31 页。

④ 指《越绝书》。

⑤ （汉）刘向集录：《战国策》，上海古籍出版社 1998 年版，第 581—582 页。

⑥ （清）姚范：《援鹑堂笔记》，清道光十五年（1835）方东树校刻本。

指历史演义之类。在姚范看来，《越绝书》与历史演义几无区别，是富于小说意味的作品。

在中国古代文学的研究中，《越绝书》多被归入史传散文，但也有不少学者从小说史的角度关注和审视该书。鲁迅《中国小说史略》第二篇《神话与传说》将《越绝书》与《燕丹子》《蜀王本纪》和《吴越春秋》并举，谓诸书“虽本史实，并含异闻”①。鲁迅虽然没有明谓《越绝书》为小说，但指出了该书内容中包含较多神话与传说。若考虑到《中国小说史略》以神话为小说起源的观点，则鲁迅显然是把《越绝书》作为中国古代小说的源头之作来看待的。郭希汾《中国小说史略》、徐敬修《说部常识》均以《越绝书》为汉代小说。《说部常识》谓《越绝书》“书中所载，均为小说之记事……颇似后世演义体之‘军事小说’”②。刘修业《敦煌本〈伍子胥变文〉之研究》一文认为：“《吴越春秋》《越绝书》等，便像以伍子胥为主人翁而演撰的两部小说。”③ 这些是二十世纪二三十年代学者的研讨。八十年代以后，王培元《汉代小说作品辨证》、吴志达《中国文言小说史》、赵明等主编《两汉大文学史》、杨义《中国古典小说史论》、袁世硕主编《中国古代文学作品选（一）》等论著，均将《越绝书》列为汉代小说。另外，仓修良虽然认为《越绝书》是一部地方史，但也指出：“该书写法与后世历史演义小说相类似，故其虚构、夸张成分亦在不少。”④ 凡此均表明，《越绝书》的小说性质是相当明显的，可作小说观。

三、《越绝书》的艺术特色

《越绝书》以吴越争霸为叙事的中心，前后勾连，旁及左右，缀合传闻与故实。不过，书内各篇在内容上缺乏连贯性，基本独立成篇，进一步看，又有两种情况。

一是有的篇章以某一人物为中心，或以某一事件为缘起，叙写一个首尾完整的故事。如《荆平王内传》，以伍子胥为中心人物，叙写伍子胥逃亡和复仇的故事。《请籴内传》则以越向吴请籴事为缘起，叙写由此引起

① 鲁迅：《中国小说史略》，人民文学出版社 2006 年版，第 21 页。

② 陈洪主编，王振良、王之江副主编：《民国中国小说史著集成》第二卷，南开大学出版社 2014 年版，第 354 页。

③ 该文发表于 1937 年。参见周绍良、白化文编：《敦煌变文论文录》，上海古籍出版社 1982 年版，第 531 页。

④ 仓修良：《〈越绝书〉是一部地方史》，《历史研究》1990 年第 4 期。

的吴国君臣争论与分化，以及吴最终亡于越的结局。采用类似结构手法的还有《内传陈成恒》《外传记吴王占梦》《外传春申君》等。二是有的篇章在一篇之内汇编若干故事。如《外传记宝剑》中两则故事，一则是薛烛相剑，主人公为薛烛和越王勾践；另一则为风胡子论剑，主人公是风胡子和楚王。两则故事以宝剑为因由，收于一篇之内。再如《吴内传》，泛记尧、舜、禹、商汤、周文王、周武王、齐桓公、晋文公以至勾践之时的各种历史故事。这些故事之所以被收录于一篇之内，盖如王谟《〈越绝书〉跋》所说："若欲以吴越事附于帝王霸之后者。"[①]《外传纪策考》等篇亦复如此。以上两种情况说明，《越绝书》具有短篇历史故事集的特征。不过，《越绝书》是以吴越争霸为中心和主线来叙写、整合这些故事的，因而该书尽管呈现为短篇汇集之作，却具有了一定程度的历史演义意味。

《越绝书》材料来源广泛，书中故事表现出多样的风格。有的篇章侧重叙述一则则简短的故事，语言质实精练，《外传纪策考》《吴内传》就属于这种情形。《请籴内传》《内传陈成恒》《外传记宝剑》等篇以记言为主，善于通过人物语言描写人物形象。《内传陈成恒》写子贡在鲁国遭受外侮时，游说齐、吴、越、晋诸国，最终"子贡一出，存鲁，乱齐，破吴，强晋，霸越"[②]；所写子贡说辞纵横捭阖，富于谋略，表现出一个成功的外交家的风采。

还有的篇章，如《荆平王内传》《外传记吴王占梦》，广采异闻传说，情节生动，颇见人物性格，成为《越绝书》中最具小说色彩的篇章。《荆平王内传》写子胥逃亡：

> 于是乃南奔吴。至江上，见渔者，曰："来，渡我。"渔者知其非常人也，欲往渡之，恐人知之，歌而往过之，曰："日昭昭，侵以施，与子期甫芦之碕。"子胥即从渔者之芦碕。日入，渔者复歌往，曰："心中目施，子可渡河，何为不出？"船到即载，入船而伏。半江，而仰谓渔者曰："子之姓为谁？还，得报子之厚德。"渔者曰："纵荆邦之贼者，我也，报荆邦之仇者，子也。两而不仁，何相问姓名为？"子胥即解其剑，以与渔者，曰："吾先人之剑，直百金，请以与子也。"渔者曰："吾闻荆平王有令曰：'得伍子胥者，购之千金。'今吾

① 乐祖谋点校：《越绝书》，上海古籍出版社 1985 年版，第 118 页。
② 李步嘉：《越绝书校释》，中华书局 2018 年版，第 175 页。

不欲得荆平王之千金，何以百金之剑为？”渔者渡于于斧之津，乃发其箄饭，清其壶浆而食，曰：“亟食而去，毋令追者及子也。”子胥曰：“诺。”子胥食已而去，顾谓渔者曰：“掩尔壶浆，无令之露。”渔者曰：“诺。”子胥行，即覆船，挟匕首自刎而死江水之中，明无泄也。[①]

这段写子胥逃亡的文字，营造出一种紧张氛围，表现了子胥机警、渔者智勇侠义的性格，富于小说意味。

《外传记吴王占梦》写吴王夫差占梦及梦之应验，通篇事涉神怪。吴王昼卧而梦，召术士公孙圣占梦；公孙圣借解梦直谏吴王；吴王拒谏，出兵齐、晋，结果大败于晋，带残兵归吴，公孙圣解梦之言逐一应验。本篇写道：

吴王不忍，率其余兵，相将至秦余杭之山。饥饿，足行乏粮，视瞻不明。据地饮水，持笼稻而餐之。顾谓左右曰：“此何名？”群臣对曰：“是笼稻也。”吴王曰：“悲哉！此公孙圣所言，王且不得火食。”太宰嚭曰：“秦余杭山西坂闲燕，可以休息，大王亟餐而去，尚有十数里耳。”吴王曰：“吾尝戮公孙圣于斯山，子试为寡人前呼之，即尚在耶，当有声响。”太宰嚭即上山三呼，圣三应。吴王大怖，足行属腐，面如死灰色，曰：“公孙圣令寡人得邦，诚世世相事。”言未毕，越王追至。兵三围吴，大夫种处中。[②]

吴王身死国灭，一切果如公孙圣解梦所言。本篇将吴越争霸的史实虚化为故事背景，主要叙写吴王之梦、公孙圣解梦与梦境的应验，颇具志怪色彩。

如同多数汉魏古籍一样，《越绝书》也有文字散佚。清人钱培名、今人李步嘉等都做过《越绝书》的辑佚工作。《吴地记》所写夫差小女故事即为《越绝书》佚文，或出于《外传记吴地传》，文如下：

夫差小女，字幼玉。见父无道，轻士重色，其国必危。遂愿与书生韩重为偶。不果，结怨而死。夫差思痛之，金棺铜椁，葬阊门外。

① 李步嘉：《越绝书校释》，中华书局2018年版，第16页。

② 李步嘉：《越绝书校释》，中华书局2018年版，第265—266页。

> 其女化形而歌曰："南山有鸟，北山张罗。鸟既高飞，罗当奈何。志愿从君，谗言孔多。悲怨成疾，没身黄坡。"①

这是今见最早的女鬼化形现身故事，也是人鬼恋故事的雏形，情感缠绵哀怨。后为干宝《搜神记》所收，即紫玉故事，事略同而文字更详。

宋无名氏《〈越绝书〉跋》云："《越绝》，复仇之书也。子胥、夫差以父之仇，句践以身之仇，而皆非其道焉。"② 复仇确为《越绝书》内容的一个重要方面，但是，《越绝书》并非单纯写子胥等人复仇，而是将他们的身仇家恨置于家国兴亡的背景下，从而使复仇行为蕴含了风云际会的历史深度和人生世事的沧桑之感，这与《燕丹子》的燕丹复仇故事，可谓异曲而同调。

第四节　《吴越春秋》

《吴越春秋》作者赵晔，字长君，会稽山阴（今浙江绍兴）人。传见《后汉书·儒林列传下》，云：

> 少尝为县吏，奉檄迎督邮，晔耻于厮役，遂弃车马去。到犍为资中，诣杜抚受《韩诗》，究竟其术。积二十年，绝问不还，家为发丧制服。抚卒乃归。州召补从事，不就。举有道。卒于家。晔著《吴越春秋》《诗细历神渊》。蔡邕至会稽，读《诗细》而叹息，以为长于《论衡》。邕还京师，传之，学者咸诵习焉。③

《太平御览》卷五百五十六引《会稽典录》亦称赵晔从杜抚受《韩诗》，事与《后汉书》记载略同。

赵晔生卒年不详。据《后汉书·儒林列传下》，杜抚在章帝建初（76—84）中为公车令，数月卒于官。赵晔弃县吏之职，师从杜抚二十年，则应在四十岁左右。由此上推，约知赵晔生于光武帝建武（25—56）年

① 李步嘉：《越绝书校释》，中华书局2018年版，第370页。

② 乐祖谋点校：《越绝书》，上海古籍出版社1985年版，第113页。

③ （南朝宋）范晔撰，（唐）李贤等注：《后汉书》，中华书局1965年版，第2575页。

间；由此下延，赵晔之卒年可能在和帝永元（89—105）年间，或安帝永初（107—113）时。准此，则赵晔一生大约历经光武、明、章、和、安诸帝。陈中凡推断赵晔“当为一世纪中期到二世纪初期的人”①，是比较合理的意见。

据《后汉书·儒林列传下》，赵晔著有《吴越春秋》和《诗细历神渊》。《诗细历神渊》不见《隋志》著录，但经部《诗》类“《韩诗外传》十卷”后注：“梁有《韩诗谱》二卷，《诗神泉》一卷，汉有道征士赵晔撰，亡。”② 无论《诗细历神渊》，还是《韩诗谱》和《诗神泉》，均久佚不传。

一、《吴越春秋》的版本及流传

《后汉书》赵晔本传未载《吴越春秋》卷数。对此书的版本，隋唐以降，历代书目著录有十二卷与十卷之别。《隋志》史部杂史类著录十二卷，两《唐志》著录同《隋志》。晁公武《郡斋读书志》卷六杂史类著录《吴越春秋》十二卷，云：“后汉赵晔撰。吴起太伯，尽夫差；越起无余，尽句践。内吴外越，本末咸备。”③ 此后，十二卷本不见著录。《吴越春秋》十卷本始见于宋代文献记载。《册府元龟》卷五百五十五《国史部·采撰一》云：“赵毕（晔），会稽人，举有道，不就。著《吴越春秋》十卷。”④ 王应麟《玉海》卷四十一“《吴越春秋》《越绝书》”条引《中兴书目》云：“《吴越春秋》十卷。内吴外越，以纪其事。吴起太伯，止阖闾；越起无余，止句践。”⑤ 与晁公武《郡斋读书志》著录的十二卷本比较，十卷本缺吴王夫差事（当为两卷），并非全帙。《宋史·艺文志三》霸史类和《四库全书总目》卷六十六史部载记类均著录赵晔《吴越春秋》十卷。

今本《吴越春秋》为元大德十年丙午（1306）刊本，十卷，有元人徐天祐音注。所写吴事起于太伯，止于夫差；越事始于无余，终于勾践。视宋代十二卷本，今本虽少两卷，但吴越两国事之起讫，均与其相合；较宋代十卷本，今本卷数虽与之同，内容却显有增益，增补了吴王夫差事。《吴越春秋》今本或经宋元时人董理润色。另外，自晋至宋，曾有杨方

---

① 陈中凡：《论〈吴越春秋〉为汉晋间的说部及其在艺术上的成就》，《文学遗产增刊七辑》，中华书局1959年版，第14页。

② （唐）魏徵、令狐德棻：《隋书》，中华书局1973年版，第916页。

③ （宋）晁公武，孙猛校证：《郡斋读书志校证》，上海古籍出版社1990年版，第240页。

④ （宋）王钦若等编：《册府元龟》，中华书局1960年版，第6665页。

⑤ （宋）王应麟：《玉海》，江苏古籍出版社、上海书店1987年版，第764页。

《吴越春秋削繁》五卷[①]、皇甫遵《吴越春秋传》十卷[②]传世。《崇文总目》云："《吴越春秋传》十卷，唐皇甫遵注。初，赵晔为《吴越春秋》十二卷，其后有杨方者，以晔所撰为烦，又刊削之，为五卷。遵乃合二家之书，考定而注之。"[③] 据徐天祜《吴越春秋序》，邯郸李氏《图书十志目》"亦谓杨方尝刊削晔所为书，至皇甫遵遂合二家考正，为之传注"[④]。邯郸李氏之说当据《崇文总目》。

由于历史上《吴越春秋》的版本流传具有复杂性，自明清以来，不断有学者对赵晔之于今本《吴越春秋》的著作权提出疑问。清人王芑孙《惕甫未定稿》、近人黄云眉《古今伪书考补证》认为今本《吴越春秋》系出杨方之手。陈中凡认为，今本《吴越春秋》"不出于后汉赵晔之手。而为汉晋间人讲述古史并附会民间传说的一种说部"[⑤]。余嘉锡、周生春认为赵晔原书佚于宋，今本乃皇甫遵合赵晔与杨方之书、考定而注之的传本。[⑥] 综观诸家持论所据，主要为用字避讳、类书援引以及文章风格等，结论出入颇大。

我们认为，从避讳用字判断今本《吴越春秋》非赵晔原书，欠妥。其主要原因在于汉代避讳之法尚疏。陈垣《史讳举例》列举秦汉讳例，指出除上书言事外，秦汉时期临文不讳，诗书不讳，礼有明训；灵帝时诸碑，远不避光武讳，近不避桓帝讳，此为临文不讳。[⑦] 根据王建《中国古代避讳史》的研究，汉人著述中可见不避汉讳的例子，现代出土的汉代简帛文献中也常有不避汉讳的情形。[⑧] 据类书引文判断今本非赵晔原书，亦难称安妥之举，因为类书援引他书，多摘要原文，概述大意。因此，以今本

---

① 杨方字公回，《晋书》卷六十八有传，记载杨方重新编撰《吴越春秋》。《隋志》著录："《吴越春秋削繁》五卷，杨方撰。"两《唐志》著录题《吴越春秋削烦》。该书《宋志》以下不见著录，久佚。

② 皇甫遵，或说为唐时人。《隋志》著录："《吴越春秋》十卷，皇甫遵撰。"两《唐志》均作皇甫遵撰《吴越春秋传》十卷，《崇文总目》、《宋志》史部别史类均谓皇甫遵注《吴越春秋》十卷，《宋志》以下不见著录，久佚。

③ (元)马端临：《文献通考》，中华书局 1986 年版，第 1649 页。

④ (汉)赵晔撰，(元)徐天祜音注，苗麓校点，辛正审订：《吴越春秋》，江苏古籍出版社 1999 年版，"序"第 1 页。

⑤ 陈中凡：《论〈吴越春秋〉为汉晋间的说部及其在艺术上的成就》，《文学遗产增刊七辑》，中华书局 1959 年版，第 14 页。

⑥ 参见余嘉锡《四库提要辨证》卷七"《吴越春秋》"条，周生春《吴越春秋辑校汇考》"绪论"部分。

⑦ 参见陈垣：《史讳举例》，中华书局 2012 年版，第 189—190 页。

⑧ 参见王建：《中国古代避讳史》，贵州人民出版社 2002 年版，第 52 页。

《吴越春秋》为杨方或皇甫遵刊削本的意见难以凭信，更不能轻易否定赵晔之于今本《吴越春秋》的著作权。

二、《吴越春秋》小说性质的诸家之论

在传统目录学中，《吴越春秋》属于典型的杂史之作。《隋志》杂史类序言评价《吴越春秋》："盖率尔而作，非史策之正也。……又有委巷之说，迂怪妄诞，真虚莫测。"① 这种杂史之作往往难脱小说的笔法。清姚范《援鹑堂笔记》卷三十五就称《吴越春秋》"袭旧语缘饰之，大抵述吴越事者多凭之臆撰，非事实也"②。《四库全书总目》卷六十六评析《吴越春秋》内容，云："如伍尚占甲子之日，时加于巳；范蠡占戊寅之日，时加日出，有螣蛇青龙之语；文种占阴画六阳画三，有元武、天空、天关、天梁、天一、神光诸神名。皆非三代卜筮之法，未免多所附会。至于处女试剑、老人化猿、公孙圣三呼三应之类，尤近小说家言。然自是汉、晋间稗官杂记之体。"③ 无论姚范还是四库馆臣，都看到了《吴越春秋》属于稗官杂记的小说性质。因此，《吴越春秋》尽管在传统目录学中归属杂史类，但实亦为文学意义上的小说。

冯梦龙《古今小说序》最早从小说史的角度观照《吴越春秋》，说："史统散而小说兴。始乎周季，盛于唐，而浸淫于宋。韩非、列御寇诸人，小说之祖也。《吴越春秋》等书，虽出炎汉，然秦火之后，著述犹希。迨开元以降，而文人之笔横矣。"④ 冯梦龙把《吴越春秋》列于汉代小说的范畴。近世以来，学界对《吴越春秋》的小说性质颇多关注和研讨。二十世纪三十年代，郭希汾《中国小说史略》、徐敬修《说部常识》均以《吴越春秋》为后世演义小说之祖。⑤ 五十年代至今，陆侃如、殷孟伦、杨义

① （唐）魏徵、令狐德棻：《隋书》，中华书局 1973 年版，第 962 页。

② （清）姚范：《援鹑堂笔记》，清道光十五年（1835）方东树校刻本。

③ （清）永瑢等撰：《四库全书总目》，中华书局 1965 年版，第 583 页。

④ 黄霖、韩同文选注：《中国历代小说论著选》（修订本），江西人民出版社 2000 年版，第 225 页。

⑤ 郭希汾《中国小说史略》认为，《越绝书》和《吴越春秋》是"后世演义小说——军谈——之祖"。徐敬修《说部常识》认为："《吴越春秋》及《越绝书》，颇似后世演义体之'军事小说'。"（陈洪主编，王振良、王之江副主编：《民国中国小说史著集成》第二卷，南开大学出版社 2014 年版，第 41、354 页）

等学者先后提出《吴越春秋》为“历史小说”“杂史小说”[①]或“历史演义小说的雏形”[②]。近今诸位学者所论，都注意到了《吴越春秋》的小说性质。

三、《吴越春秋》的内容与艺术

《吴越春秋》以吴越争霸为中心，前五卷叙写吴国自立国到夫差称霸、诛杀忠臣、终至灭亡的历史；后五卷演述越国自立国到勾践复仇、称霸诸侯、诛杀忠臣的历史。全书虽然分为吴、越两个部分，但内容彼此关联，结构整体性较强，表明赵晔对全书结构有过一番经营之功。

在结构安排上，《吴越春秋》还有一个为人关注的现象，即吴国方面的阖闾、夫差之传，均称“内传”；“越王无余”“勾践入臣”“勾践归国”“勾践阴谋”和“勾践伐吴”均称“外传”，是为“内”吴而“外”越。明人钱福《吴越春秋序》对此产生过疑问，云：“其大旨夸越之多贤，以矜其故都，而所编传乃内吴外越，则又不可晓矣。”[③]其实，赵晔家乡虽为古越之地，但他本人去吴越争霸时代已有几百年，不可能再自囿于“夸越之多贤，以矜其故都”的乡情，因而能够平心而视吴国争霸在先的历史，置吴于全书之先。同时，这一结构也隐含了一种微言大义。吴国创始于太伯（泰伯）。《论语·泰伯》载孔子曰：“泰伯，其可谓至德也已矣。三以天下让，民无得而称焉。”[④]在王位继承问题上，太伯“三以天下让”，表现了重礼义、轻王位的崇高品德，避免了兄弟之间为王位而流血争战。但就在“至德”太伯曾开创功业的这片土地上，却发生了阖闾谋夺王位和吴

---

① 陆侃如、冯沅君《中国文学史简编》认为，《越绝书》和《吴越春秋》“接近历史小说”（作家出版社 1957 年版，第 73 页）。梁宗华《一部值得重视的汉代历史小说——〈吴越春秋〉文学价值初探》（《浙江学刊》1989 年第 5 期）、黄仁生《论〈吴越春秋〉是我国现存最早的文言长篇历史小说》（《湖南师范大学社会科学学报》1994 年第 3 期）等亦持此意见。杨义《中国古典小说史论》认为，《吴越春秋》是汉魏六朝杂史小说的典型作品（人民出版社 1998 年版，第 87 页）。潘啸龙、宋贤《论两汉的神怪小说和历史小说》认为《吴越春秋》是中国古代小说史上“借历史为小说的第一部长篇之作”（《晋阳学刊》2013 年第 3 期）。

② 殷孟伦《中国古典文学名著题解》认为，《吴越春秋》是“一部具有演义类雏型的历史小说”（中国青年出版社 1980 年版，第 198 页）。曹林娣《试论〈吴越春秋〉的体裁》[《苏州大学学报》（哲学社会科学版）1984 年第 1 期]认为“《吴越春秋》实为中国演史小说之滥觞”。袁行霈主编《中国文学史》第一卷认为《吴越春秋》“是历史演义小说的雏形”（高等教育出版社 2014 年版，第 222 页）。

③ 周生春：《吴越春秋辑校汇考》，上海古籍出版社 1997 年版，第 11 页。

④ 杨伯峻译注：《论语译注》，中华书局 1980 年版，第 78 页。

越流血漂橹的争霸战争，皆属无礼不义，这真是历史的荒诞。大约有感于此，《吴越春秋》首起于《吴太伯传》，并在卷二《吴王寿梦传》中，对贤而以天下让的季札颇致笔墨。由此而言，内吴外越的结构安排隐含着赵晔以礼让天下为准则，对吴越争霸历史的深沉思考。

《吴越春秋》情节的突出特点是传奇性和浪漫性。书中不少故事在《左传》《国语》和《史记》中都有记载，取材相同的《越绝书》更有现成的故事可以袭用，但赵晔不是把有关故事录入《吴越春秋》，而通过借实生虚、踵事增华，或者对史实有意曲改重铸等艺术手段①，加以敷衍铺叙，使故事情节曲折跌宕，从而使该书呈现出历史演义的风采。如伍子胥逃亡渡江事，《史记》卷六十六《伍子胥列传》记载如下：

> 至江，江上有一渔父乘船，知伍胥之急，乃渡伍胥。伍胥既渡，解其剑曰："此剑直百金，以与父。"父曰："楚国之法，得伍胥者赐粟五万石，爵执珪，岂徒百金剑邪！"不受。②

前后不过60多字，文笔简洁。在《越绝书》中，这一情节扩展至170多字（见本章第三节引文）。在《越绝书》同一情节的基础上，《吴越春秋》敷衍生发，洋洋洒洒有420多字，如下：

> 至江，江中有渔父，乘船从下方溯水而上。子胥呼之，谓曰："渔父渡我！"如是者再。渔父欲渡之，适会旁有人窥之，因而歌曰："日月昭昭乎侵已驰，与子期乎芦之漪。"子胥即止芦之漪。渔父又歌曰："日已夕兮，予心忧悲。月已驰兮，何不渡为？事寖急兮，当奈何？"子胥入船，渔父知其意也，乃渡之千浔之津。子胥既渡，渔父乃视之，见其有饥色。乃谓曰："子俟我此树下，为子取饷。"渔父去后，子胥疑之，乃潜身于深苇之中。有顷，父来，持麦饭、鲍鱼羹、盎浆，求之树下，不见，因歌而呼之曰："芦中人，芦中人，岂非穷士乎？"如是至再，子胥乃出芦中而应。渔父曰："吾见子有饥色，为子取饷，子何嫌哉？"子胥曰："性命属天，今属丈人，岂敢有嫌哉？"

① 参见黄仁生：《论〈吴越春秋〉是我国现存最早的文言长篇历史小说》，《湖南师范大学社会科学学报》1994年第3期。

② （汉）司马迁：《史记》，中华书局1982年版，第2173页。

二人饮食毕，欲去，胥乃解百金之剑，以与渔者，曰："此吾前君之剑，中有七星，价直百金，以此相答。"渔父曰："吾闻楚之法令，得伍胥者赐粟五万石，爵执圭。岂图取百金之剑乎？"遂辞不受，谓子胥曰："子急去，勿留，且为楚所得。"子胥曰："请丈人姓字。"渔父曰："今日凶凶，两贼相逢。吾所谓渡楚贼也。两贼相得，得形于默。何用姓字为？子为芦中人，吾为渔丈人，富贵莫相忘也。"子胥曰："诺。"既去，诫渔父曰："掩子之盎浆，无令其露。"渔父诺。子胥行数步，顾视渔者，已覆船自沉于江水之中矣。子胥默然，遂行。①

这段文字写子胥逃亡渡江，通过人物言行展示人物心理，表现人物性格。比较《越绝书》的同一故事，这段文字增加了子胥潜伏深苇、渔父两呼就食等情节，不但渲染了子胥逃亡的紧张氛围，而且刻画了子胥高度机警的形象；情节跌宕，富于传奇性。

紧接渡江故事而写的是子胥乞食于击绵女故事，也很精彩：

适会女子击绵于濑水之上，筥中有饭。子胥遇之，谓曰："夫人，可得一餐乎？"女子曰："妾独与母居，三十不嫁，饭不可得。"子胥曰："夫人，赈穷途少饭，亦何嫌哉？"女子知非恒人，遂许之。发其箪筥，饭其盎浆，长跪而与之。子胥再餐而止。女子曰："君有远逝之行，何不饱而餐之？"子胥已餐而去，又谓女子曰："掩夫人之壶浆，无令其露。"女子叹曰："嗟乎！妾独与母居三十年，自守贞明，不愿从适，何宜馈饭而与丈夫，越亏礼仪，妾不忍也。子行矣。"子胥行，反顾女子，已自投于濑水矣。②

这一故事也经历了从《史记》《越绝书》到《吴越春秋》逐步增华的过程。子胥渡江和乞食故事为后文写渔父之子挽救郑国、子胥投金濑水等故事伏笔，既表现了子胥有恩必报的正直人格，也使前后文照应谨密。

《吴越春秋》多采神话传说入书。卷一《吴太伯传》有姜嫄履大人迹而生后稷的故事。卷四《阖闾内传》收入干将莫邪铸剑、剑匠杀子铸钩、湛卢之剑水行如楚等传说，使宝剑具有了神秘的生命力和人心向背的象征

---

① 周生春：《吴越春秋集校汇考》，上海古籍出版社 1997 年版，第 28—29 页。

② 周生春：《吴越春秋集校汇考》，上海古籍出版社 1997 年版，第 29 页。

意义。卷五《夫差内传》有吴王占梦、子胥化神的故事。卷六《越王无余外传》写了鲧禹治水、禹娶涂山等神话。卷九《勾践阴谋外传》有处女试剑、老人化猿的故事。卷十《勾践伐吴外传》有子胥显灵、大夫种化神等传说。在《吴越春秋》佚文中，还有眉间尺复仇、夫差祭祀子胥而杯动酒尽等神奇瑰丽的传说，兹引如下：

> 眉间尺逃楚，入山，道逢一客。客问曰："子眉间尺乎?"答曰："是也。""吾能为子报仇。"尺曰："父无分寸之罪，枉被荼毒。君今惠念，何所用耶?"客曰："须子之头，并子之剑。"尺乃与头。客与王。王大赏之，即以镬煮其头，七日七夜，不烂。客曰："此头不烂者，王亲临之。"王即看之。客于后以剑斩王头入镬中，二头相啮。客恐尺不胜，自以剑拟头入镬中。三头相咬，七日后，一时俱烂。乃分葬汝南宜春县，并三冢。(《太平御览》卷三百六十四)①

> 夫差帅诸群臣出国东，祀子胥江水滨，诸臣并在。夫差乃言曰："寡人蒙先王之遗恩，为千乘之主，昔不听相国之言，乃用谗佞之辞，至令相国远投江海，自亡以来，濛濛惑惑，如雾蔽日，莫谁与言。"泣下沾衿，不自胜，忽见乐，自触酒，又言曰："相国其可留神，一与寡人相见。"胥即从中出曰："生时为人，死时为神。向远大王，复重祭臣。"诸臣持杯，杯动酒尽，左右群臣，莫不见之。(《绎史》卷九十六)②

神话传说给《吴越春秋》蒙上了一层神秘绮丽的色彩，使它有别于因述史实的"史策之正"，表现出明显的历史演义意味。

在人物形象方面，《吴越春秋》重视描写人物性格，重点刻画了伍子胥和勾践的形象。作为《吴越春秋》前五卷主要人物的伍子胥，原是楚国贵族，为复其父兄之仇，历尽艰险，逃亡吴国，深受吴王阖闾重用。他作为谋臣和将领，辅佐阖闾励精图治，称霸诸侯，终得入郢复仇。在夫差即王位后，面对吴国心腹大患的越国，子胥深谋远虑，犯颜直谏，竭尽老臣之忠，却被太宰嚭陷害，落得赐剑自裁的悲剧结局。但其刚烈忠义的灵魂

---

① (宋)李昉等撰:《太平御览》,中华书局1960年版,第1675页。

② (清)马骕撰,王利器整理:《绎史》,中华书局2002年版,第2524页。

并未屈服，化作涛神，“随流扬波，依潮来往，荡激崩岸”[①]，在越国灭吴时显其英灵，使越军溃败。书中的伍子胥是作为一个复仇者形象出现的，但他主要的方面，是一个威猛刚烈、颇具谋略、忠而被谤的悲剧形象。

勾践是《吴越春秋》后五卷的主要人物。入臣于吴、问疾尝粪、卧薪尝胆、色迷夫差等一系列情节，生动地刻画出勾践深沉隐忍、处心积虑、执着于洗雪国耻的复仇心态。复仇大功一旦告成，勾践便猜忌功臣，杀戮大夫种，暴露出狰狞的独夫面目。《吴越春秋》通过描写勾践灭吴前后的性格变化，成功塑造了一个集复仇者、阴谋家和独夫于一身、兴国图霸的诸侯王形象。

在《吴越春秋》中，夫差、范蠡、大夫种等亦各见性格。夫差作为一个亡国之君的形象，虽然淫逸昏庸，好大喜功，但临死知耻，显出些许刚烈之气。范蠡追随勾践，为灭吴兴越尽其计谋，而且善于察人，深知勾践可与共患难而不可共处乐的本性，在灭吴之后，毅然退隐江湖，人皆不知其去向。《老子》云：“功遂身退，天之道也。”[②] 范蠡遵循道家的处世原则，既能建功立业，又能明哲保身，是一位洞察人性、明知进退的智士。士人的理想人生是建功立业，功成身退，这在范蠡形象中得到了比较集中的表现。与范蠡同为越国谋臣的大夫种，深有谋略，施三术而灭吴，对辅佐勾践复仇兴国功莫大焉；但是，功成之后，不听范蠡的归隐之劝，幻想勾践赐以爵禄，终被猜忌而遭杀身之祸。大夫种忠而被杀的结局与伍子胥相同，令人慨叹和悲悯。《吴越春秋》卷十写伍子胥携大夫种化作涛神，使本为敌我的两位谋臣英灵得以共处神界，寄寓了作者对两人悲剧命运的真切同情和深沉感慨。

从《吴越春秋》的人物描写中，我们还可看到其他汉代小说的影响。赵晔生活于谶纬思想流行的东汉时期，《吴越春秋》的人物描写受到谶纬小说的一定影响。谶纬小说的一个明显特点是着意于人物的异貌描写。[③]《吴越春秋》卷三写伍子胥“状伟，身长一丈，腰十围，眉间一尺”[④]，专诸“碓颡而深目，虎膺而熊背”[⑤]，以此表现子胥和专诸勇猛的性格。卷

---

① 周生春:《吴越春秋集校汇考》,上海古籍出版社 1997 年版,第 86 页。

② 陈鼓应:《老子注译及评介》,中华书局 2009 年版,第 89 页。

③ 见本书第五章第五节。

④ 周生春:《吴越春秋集校汇考》,上海古籍出版社 1997 年版,第 30 页。

⑤ 周生春:《吴越春秋集校汇考》,上海古籍出版社 1997 年版,第 33 页。

十写勾践“为人长颈鸟喙，鹰视狼步”[①]，借以描写他内心狠毒凶残的独夫本性。另外，卷七写勾践入臣于吴，群臣于浙江祖道，勾践“登船径去，终不返顾”[②] 的决绝之态，越王夫人据船悲歌的哀苦，与《燕丹子》易水送别的情节较为相似，可能取资于《燕丹子》。

《吴越春秋》叙写吴越争霸的历史，广收神话故事和民间传说，形成了内容虚实杂糅、似史非史的特点，因而被视为历史演义的雏形。《吴越春秋》对中国古代小说产生了颇为深远的影响，主要有两个方面。其一，它为古代小说提供了可资发挥和再创作的故事题材。曹丕《列异传》赤鼻复仇故事、干宝《搜神记》三王墓故事，就都取材于《吴越春秋》眉间尺复仇故事。敦煌变文中有《伍子胥变文》，演述《吴越春秋》中子胥逃亡、复仇和被杀故事。宋元时期有《吴越春秋连象平话》，胡士莹《话本小说概论》第十七章“关于讲史”认为：“本书命名，一望而知其所叙是春秋末期吴越两国争霸的故事。它所依据的蓝本，必为现存的《吴越春秋》。……可以肯定，伍子胥故事是这本平话的主要内容之一。”[③] 其二，《吴越春秋》为古代小说的人物塑造和情节构思提供了可资借鉴的范本。该书中伍子胥、公孙圣、范蠡等人物形象都有精于占卜、长于谋略、深知天命等特征。这为后世历史演义和英雄传奇塑造军师、谋臣乃至妖道等人物形象提供了艺术的借鉴。例如，在《三国志演义》中，诸葛亮的形象就融合了范蠡和公孙圣神机妙算、料事如神、深知天命等特征；“武侯显圣定军山”的情节，明显脱胎于《吴越春秋》卷十伍子胥胥门显圣的情节。在《水浒传》中，道士公孙胜的形象，张顺杭州涌金门归神与魂捉方天定的故事，分别取资于《吴越春秋》术士公孙圣的形象、伍子胥死后为水神并胥门显圣的故事。

第五节　《赵飞燕外传》

《赵飞燕外传》又题《赵后别传》[④]、《赵后传》、《赵后外传》或《飞

① 周生春：《吴越春秋集校汇考》，上海古籍出版社 1997 年版，第 171 页。

② 周生春：《吴越春秋集校汇考》，上海古籍出版社 1997 年版，第 120 页。

③ 胡士莹：《话本小说概论》，商务印书馆 2011 年版，第 915 页。

④ 此题见于《赵飞燕外传》附伶玄《自序》：“于是撰《赵后别传》。”

燕外传》，是一篇具有较高艺术水准的作品，史上曾有“传奇之首”[①] 的美誉。

一、《赵飞燕外传》的著录与成书时代

今见最早明确称引《赵飞燕外传》（以下如非引文，简称“《外传》”）的文献，是北宋司马光《资治通鉴考异》和沈括《梦溪笔谈》。《资治通鉴》卷三十一“上微行过阳阿主家”胡三省注引《考异》曰：“《五行志》作‘河阳主’，伶玄《赵后外传》及荀《纪》亦作‘河阳’。”[②]《梦溪笔谈》卷二十一《异事》记土人称“柿子金”的汉代金币，引《外传》为证，云：“《赵飞燕外传》‘帝窥赵昭仪浴，多裦金饼以赐侍儿私婢’，殆此类也。”[③]

《外传》首见于书目著录，是在稍后于沈括的晁公武《郡斋读书志》。该书卷九传记类著录“《赵飞燕外传》一卷”，云：“汉伶玄子于撰。茂陵卞理藏之于金縢漆柜。王莽之乱，刘恭得之，传于世。晋荀勖校上。”[④]此后，陈振孙《直斋书录解题》卷七传记类予以著录，题《飞燕外传》，一卷，云：“称汉河东都尉伶玄子于撰。自言与扬雄同时，而史无所见。或云伪书也。然通德拥髻等事，文士多用之；而祸水灭火一语，司马公载之《通鉴》矣。”[⑤] 所谓“司马公载之《通鉴》”，指《资治通鉴》卷三十一所写：“有宣帝时披香博士淖方成在帝后，唾曰：‘此祸水也，灭火必矣！’”[⑥] 因这段话采自《外传》，故陈振孙有此一说。马端临《文献通考》卷一百九十八、《宋史·艺文志二》史部传记类亦著录《外传》。《四库全书总目》卷一百四十三因《外传》虽体属传记，但内容纯为小说家言，不可入之史部，故改隶子部小说家类存目。

《外传》作者旧题伶玄，所附伶玄《自序》云：

> 伶玄，字子于，潞水人。学无不通，知音，善属文，简率尚真朴，无所矜式。扬雄独知之，然雄贪名矫激，子于谢不与交，雄深慊

① （明）胡应麟：《少室山房笔丛》，上海书店出版社 2009 年版，第 283 页。
② （宋）司马光：《资治通鉴》，中华书局 2011 年版，第 1013 页。
③ （宋）沈括撰，金良年点校：《梦溪笔谈》，中华书局 2017 年版，第 161 页。
④ （宋）晁公武撰，孙猛校证：《郡斋读书志校证》，上海古籍出版社 1990 年版，第 374 页。
⑤ （宋）陈振孙著，徐小蛮、顾美华点校：《直斋书录解题》，上海古籍出版社 1987 年版，第 195 页。
⑥ （宋）司马光：《资治通鉴》，中华书局 2011 年版，第 1013 页。

> 毁之。子于由司空小吏历三署，刺守州郡，为淮南相，人有风情。哀帝时，子于老休，买妾樊通德。通德，嫕之弟子不周之子也，有才色，知书，慕司马迁《史记》，颇能言赵飞燕姊弟故事。子于闲居，命言，厌厌不倦。[1]

伶玄听闻飞燕姐妹故事，“怆然有荒田野草之悲”。樊通德亦由飞燕姐妹的盛衰荣辱，“识夫盛之不可留，衰之不可推”，因请伶玄撰《赵后别传》。《自序》末云：“子于为河东都尉，班躅为决曹，得幸太守，多所取受。子于召躅，数其罪而捽辱之。躅从兄子彪续司马《史记》，绌子于，无所收录。”[2] 另有作者题为汉桓谭的跋语和晋荀勖校书奏语各一则，综括两文大意为：伶玄乃王莽时卞理之琴师，更始二年（24），卞理避赤眉起义，逃入山中，刘恭入其庐，得获藏于金縢漆柜的《外传》等书，荀勖复得校定奏上。两文是对《外传》流传过程的解说。

《外传》始见于北宋文献称引，《自序》内容亦有破绽，故自宋至今，人们普遍指其为伪书。[3] 南宋洪迈《容斋五笔·盛衰不可常》就质疑《自序》内容的真实性，说：“《飞燕外传》以为伶玄所作，又有玄自叙及桓谭跋语，予窃有疑焉。不惟其书太媟，至云扬雄独知之，雄贪名矫激，谢不与交；为河东都尉，捽辱决曹班躅，躅从兄子彪续司马《史记》，绌子于无所叙录。皆恐不然。而自云：‘成哀之世，为淮南相。’案是时淮南国绝久矣，可昭其妄也。”[4] 就《自序》内容破绽等问题，直指《外传》亦为伪作。《四库全书总目》卷一百四十三亦谓《外传》出于伪托，详为辨证，持论依据大略为：《外传》文字风格纤靡，不类西汉人语；《自序》不类伶玄自言；桓谭跋语和荀勖校书奏语出于依托；飞燕姊妹闺帏媟亵之状难为樊嫕目击；祸水灭火之语不可能出于前汉。[5] 近现代学者更多考辨《外传》出于伪托。《外传》乃托名伪作已成学界共识定论。

不过，对《外传》的成书时代问题，古今歧见纷纭。胡应麟提出成书东汉说，《少室山房笔丛》卷三十二《四部正讹下》考订古今赝作，论及

---

① （明）顾元庆编：《顾氏文房小说》，1925 年上海涵芬楼影印明刻本。

② （明）顾元庆编：《顾氏文房小说》，1925 年上海涵芬楼影印明刻本。

③ 详司马光取《外传》“祸水灭火”语入《通鉴》及晁公武《郡斋读书志》著录《外传》之意，以《外传》并非伪托之作。这是一个例外情况。

④ （宋）洪迈撰，孔凡礼点校：《容斋随笔》，中华书局 2005 年版，第 906 页。

⑤ 参见（清）永瑢等撰：《四库全书总目》，中华书局 1965 年版，第 1216 页。

《外传》，云："宋人或谓为伪书，以史无所见也。然文体颇浑朴，不类六朝。祸水灭火事，司马公载之《通鉴》诚怪，如以诗文士引用为疑，则非悬解语也。"① 按此所论，似就陈振孙《直斋书录解题》卷七著录《外传》的注语②而发。详陈氏注语，一方面说明时人有以《外传》为伪书的意见，另一方面也表示自己不敢苟同时人，对伪书说持疑。胡应麟不同意陈氏意见，指出《外传》属伪书无疑，并从其"文体"亦即文字风格"颇浑朴"的特点着眼，判断《外传》"不类六朝"之作。六朝作为一个历史概念，是对建都建康的吴、东晋、宋、齐、梁、陈诸朝的合称，由此来看，胡应麟所谓《外传》"文体""不类六朝"，似指其为东汉之作。而清周中孚《郑堂读书记》卷六十三则推断《外传》"当出于北宋之世"③。

近世以来，学界对《外传》成书时代问题考论更频，大致形成三说。一是唐宋说。鲁迅《中国小说史略》推测《外传》"恐是唐宋人所为"④。《中国古代小说总目提要》将《外传》成书时间定于"中晚唐之前"⑤。李军均《〈赵后别传〉文本型态与成书时间考论》一文认为，《外传》"成书上限不早于唐朝立国（618 年），下限为不晚于唐宪宗元和四年（809），可系于初盛唐间"⑥。二是魏晋六朝说。吴志达《中国文言小说史》认为，《外传》"作者当晚于汉代而早于唐宋"，主要依据为：《外传》文气格调不类唐宋传奇风范；传奇小说在唐宋已卓然独立一体，其作者再无托古假冒之必要。⑦ 薛洪勣《试论〈飞燕外传〉的产生时代及其特出成就》一文，勾稽、缕析南北朝与唐代诗文引用《外传》事典的情况，推论《外传》"可能写于东晋，至少是两晋南北朝时期的作品"⑧。陈文新《旧题汉人小说的文献问题》一文认为："《赵飞燕外传》的撰写最晚也在唐代。估计是六朝至唐初的作品。"⑨ 三是东汉说。李剑国认为《外传》成书于东汉的可能性更大。在《"传奇之首"〈赵飞燕外传〉》一文中，他说，《外传》

① （明）胡应麟：《少室山房笔丛》，上海书店出版社 2009 年版，第 317 页。
② 见本节上文所引。
③ （清）周中孚：《郑堂读书记》，中华书局 1993 年版，第 313 页。
④ 鲁迅：《中国小说史略》，人民文学出版社 2006 年版，第 39 页。
⑤ 朱　玄、宁稼雨、陈桂声编著：《中国古代小说总目提要》，人民文学出版社 2005 年版，第 54 页。
⑥ 李军均：《〈赵后别传〉文本型态与成书时间考论》，《华中学术》第 25 辑，华中师范大学出版社 2019 年版，第 80 页。
⑦ 参见吴志达：《中国文言小说史》，齐鲁书社 1994 年版，第 58 页。
⑧ 薛洪勣：《试论〈飞燕外传〉的产生时代及其特出成就》，《学术研究丛刊》1984 年第 1 期。
⑨ 陈文新：《旧题汉人小说的文献问题》，《人文研究》（铃木阳一教授退职纪念号），日本神奈川大学人文学会编，2021 年，第 46 页。

“大约是东汉至晋宋间的作品，而从其文字的古雅风格看，似乎出于东汉的可能性更大一些”[①]。

以上诸说中，有学者以文字风格为主要依据去推断《外传》的成书时代，有欠安妥。一个明显的事实是，在胡应麟看来《外传》“文体颇浑朴”，四库馆臣则以为“其文纤靡”[②]，两家结论迥异。我们认为，《外传》文内“祸水灭火”“汉家火德”之说和所附伶玄《自序》及荀勖校书奏语，应综合作为判断《外传》成书时代的主要依据。《外传》云：“宣帝时披香博士淖方成，白发教授宫中，号淖夫人，在帝后唾曰：‘此祸水也，灭火必矣。’”《外传》写赵合德答成帝问，云：“以汉家火德，故以帝为赤龙凤。”[③] 汉家火德之说首倡于西汉末年的刘向、刘歆父子。《汉书·郊祀志赞》曰：“刘向父子以为……自神农、黄帝下历唐虞三代而汉得火焉。”[④] 但此说未行。王莽根据五行相生、五德更王之说，议定汉家为火德，新朝为土德。东汉始正汉家火德。《后汉书·光武帝纪》载：“壬子……始正火德，色尚赤。”李贤注：“汉初土德，色尚黄，至此始明火德，徽帜尚赤，服色于是乃正。”[⑤]《外传》所写披香博士淖方成和赵合德生活的西汉宣、成之世，汉王朝所行德制为土德，则两人所谓“祸水灭火”“汉家火德”之说，自为后人依托口吻，可知《外传》成书必在新莽之后。再看《外传》所附《自序》，文中两称“司马迁《史记》”。据陈直《太史公书名考》考证，东汉中期以前，《史记》称《太史公书》《太史公记》《太史记》，或直称《太史公》等，东汉桓帝之时始称《史记》。[⑥] 由此来看，所谓伶玄《自序》最早写于东汉后期，换言之，《外传》成书最早也在这一时期。

《外传》成书不可能晚至唐代，而可能更早，因为南北朝、唐代已有诗歌从《外传》用典。南朝梁简文帝《和湘东五名士悦倾城》诗云：“教歌公主第，学舞汉成宫。多游淇水上，好在凤楼中。履高疑上砌，裾开持畏风。”末二句事本《外传》赵后在太液池榭上歌舞归风送远之曲，风大起而成帝令冯无方持赵后履之事。徐陵《杂诗》云：“宫中本造鸳鸯殿，

① 李剑国：《“传奇之首”〈赵飞燕外传〉》，《古典文学知识》2004年第1期。
② （清）永瑢等撰：《四库全书总目》，中华书局1965年版，第1216页。
③ （明）顾元庆编：《顾氏文房小说》，1925年上海涵芬楼影印明刻本。
④ （汉）班固撰，（唐）颜师古注：《汉书》，中华书局1962年版，第1270—1271页。
⑤ （南朝宋）范晔撰，（唐）李贤注：《后汉书》，中华书局1965年版，第27页。
⑥ 参见历史研究编辑部编：《司马迁与〈史记〉》，陕西人民出版社1982年版，第208—214页。

为谁新起凤凰楼。”事本《外传》“帝居鸳鸯殿便房”。[1] 李商隐《可叹》诗云：“梁家宅里秦宫人，赵后楼中赤凤来。”后一句事本《外传》赵后私通燕赤凤的情节。[2] 这三首诗歌用典表明，《外传》故事在南北朝、唐时已多为人知，则自已成书日久。

进一步判断《外传》的成书时间，还需考虑荀勖校书奏语。奏语云：

> 尚书臣勖校中书，右伶玄《赵后传》竹简磨灭，文义交错，不可具晓。谨与臣勖书同校定相证，别删去其不可详，合为一篇。其赵后、樊嫕无所终，疑玄之阙文也。[3]

据《晋书》卷三十九《荀勖传》，西晋武帝泰始（265—274）中，荀勖领秘书监，整理记籍；咸宁（275—280）中，释读、整理汲冢古书；著有《中经新簿》（佚），是整理西晋群籍的成果。宋明以来，人们多以荀勖奏语同《外传》所附伶玄《自序》、桓谭跋语一样，出于依托。《四库全书总目》卷一百四十三考论《外传》伪作，理由之一是荀勖奏语出于依托，云：“又载荀勖校书奏一篇，《中经簿》所录，今不可考。然所校他书，无载勖奏者，何独此书有之？又首尾仅六十字，亦无此体。大抵皆出于依托。”[4] 然细审此说，未免疑古太甚。《外传》作者署名既已托诸古人，《自序》和桓谭跋语亦皆予依托，荀勖奏语又出依托，《外传》作者本人如此殚精竭虑，伪托汉、晋古人至于四次，掩耳盗铃之甚，揆诸情理，此事实难讲通。故荀勖奏语不可遽断为依托，因而我们将《外传》成书下限定于魏晋时期为宜。

综上所论，《外传》成书应当在东汉后期至魏晋间。赵飞燕姐妹在成帝时专宠十余年，势焰熏天，她们的故事自然成为百姓街谈巷语的一大话题。西汉末年刘歆《西京杂记》卷一《昭阳殿》《飞燕昭仪赠遗之侈》《宠擅后宫》，卷二《赵后淫乱》，卷五《赵后宝琴》等，均记飞燕姐妹故事。东汉中叶张衡《西京赋》云：“卫后兴于鬒发，飞燕宠于体轻。”[5] 汉末应

---

① 参见薛洪勣：《试论〈飞燕外传〉的产生时代及其特出成就》，《学术研究丛刊》1984 年第 1 期。
② 程毅中《古小说简目》引范宁先生考证结论（《古小说简目》，中华书局 1981 年版，第 37 页）。
③ （明）顾元庆编：《顾氏文房小说》，1925 年上海涵芬楼影印明刻本。
④ （清）永瑢等撰：《四库全书总目》，中华书局 1965 年版，第 1216 页。
⑤ 费振刚、仇仲谦、刘南平校注：《全汉赋校注》，广东教育出版社 2005 年版，第 636 页。

劭《风俗通义·声音篇》佚文云："凤皇，赵飞燕琴。"① 东晋王嘉《拾遗记》卷六"帝常以三秋闲日"章，记汉成帝与赵飞燕常游太液池，飞燕临风飘摇、殆欲入水、成帝以翠缨结其裙的故事。② 如此等等，表明汉晋时期飞燕姐妹故事广传于世，这正是《外传》创作、成书的社会土壤。

二、《赵飞燕外传》的人物形象

《外传》重视人物描写，较为成功地塑造了赵飞燕、赵合德姐妹的形象。两人形象的共同特征是淫荡和争宠，《外传》中多有相关描写的情节。但《外传》不止于人物共性的描写，而进一步写出了姐妹两人的不同个性。飞燕"虐妒""性刚""骄逸"，不但成帝畏之，合德亦对飞燕"常为儿拜"，卑事承顺之，讨其欢心。纵使如此，飞燕也绝不容忍合德的任何冒犯。《外传》写道：

> 后所通宫奴燕赤凤者，雄捷能超观阁，兼通昭仪。赤凤始出少嫔馆，后适来幸。时十月五日，宫中故事，上灵安庙。是日吹埙击鼓歌，连臂踏地，歌《赤凤来》曲。后谓昭仪曰："赤凤为谁来？"昭仪曰："赤凤自为姊来，宁为他人乎？"后怒，以杯抵昭仪裙曰："鼠子能啮人乎？"昭仪曰："穿其衣，见其私，足矣。安在啮人乎？"昭仪素卑事后，不虞见答之暴，孰视不复言。樊嫕脱簪，叩头出血，扶昭仪为拜后。③

这段文字写飞燕姐妹同时私通燕赤凤，因彼此戏言，竟成嗔怒，生动刻画出飞燕淫、虐、刚、妒、骄横的性格。

与飞燕不同，合德性格较为内敛，工于心计。成帝召之，合德以"非贵人姊召不敢行"为由相拒，尚未入宫就把自己置于争宠的上风；入宫后，时时与飞燕争风吃醋。但合德也深明姐妹两人荣损与共的利害关系，故而又时常翊护飞燕，在成帝面前掩饰其淫乱秽行。当然，两人主要还是彼此争宠。飞燕为邀宠固幸，风中起舞，泣下数行，长歌"仙乎仙乎，去

---

① (汉)应劭撰，王利器校注：《风俗通义校注》，中华书局2010年版，第486页。

② 参见(晋)王嘉撰，(南朝梁)萧绮录，齐治平校注：《拾遗记校注》，中华书局1981年版，第139页。

③ (明)顾元庆编：《顾氏文房小说》，1925年上海涵芬楼影印明刻本。

故而就新，宁忘怀乎!”[①] 暗讽成帝喜新厌旧，以此使成帝爱之有加。合德受制于飞燕，固然不敢张扬邀宠，但她总能紧抓成帝荒淫好色的弱点，施展争宠手段。《外传》写成帝有私疾，然每持合德之足即能情欲勃发，合德则欲擒故纵，故意“常转侧，帝不能长持其足”[②]，令成帝欲罢不能，恋而不舍。合德如此富有心机，举动柔媚，竟至“持人主如婴儿”[③]，尤为成帝所宠幸。合德城府之深，手段之高，飞燕实不能及。

《外传》人物描写达到了很高的艺术水准。钱锺书称赞《外传》“章法笔致酷肖唐人传奇。……此传熨贴安便，遂与《会真记》《霍小玉传》《李娃传》方驾”[④]。《外传》重视细节描写，敷衍润饰，于人物共性中写出各自的个性，这在先唐其他小说中未曾有过，是它取得的重要艺术成就。学界一般认为，中国古代小说艺术的成熟是以唐传奇为标志的，唐传奇“察神人之际，著文章之美，传要妙之情”[⑤]，注重人物性格描写与刻画，就是主要的艺术标志之一。《外传》注重人物形象塑造，著唐传奇之先鞭。英国小说家、文论家戴维·洛奇（David Lodge）认为：“人物是小说最重要的一个因素。”[⑥] 重视人物形象塑造是近代小说文体的显性特征之一。在这个意义上，《外传》已然具备了近代小说的成色与品质。

三、《赵飞燕外传》的小说史意义

《外传》所取题材为宫闱秘闻，本是难为外人所知的大内生活，但作者写来细微真切，有若目睹，表现了较高水准的艺术虚构才能。谢肇淛《五杂组》卷十五《事部三》以《外传》为例证之一，论小说、戏剧创作离不开艺术虚构，说：“凡为小说及杂剧戏文，须是虚实相半，方为游戏三昧之笔，亦要情景造极而止，不必问其有无也。古今小说家，如《西京杂记》《飞燕外传》《天宝遗事》诸书，《虬髯》《红线》《隐娘》《白猿》诸传……岂必真有是事哉？……必事事考之正史，年月不合、姓字不同，不

---

① (明)顾元庆编:《顾氏文房小说》,1925 年上海涵芬楼影印明刻本。

② (明)顾元庆编:《顾氏文房小说》,1925 年上海涵芬楼影印明刻本。

③ (明)顾元庆编:《顾氏文房小说》,1925 年上海涵芬楼影印明刻本。

④ 钱锺书:《管锥编》,生活·读书·新知三联书店 2008 年版,第 1530 页。

⑤ (唐)沈既济:《任氏传》,程国赋:《隋唐五代小说研究资料》,上海古籍出版社 2005 年版,第 99 页。

⑥ 〔英〕戴维·洛奇:《小说的艺术》,王峻岩等译,作家出版社 1998 年版,第 76 页。

敢作也，如此则看史传足矣，何名为戏?”[1] 谢肇淛充分肯定包括《外传》在内诸小说作品“虚实相半”“游戏三昧”的艺术虚构，赞扬它们达到了“情景造极”的高度，超越生活真实，臻于艺术真实的境界。在《外传》的评价上，四库馆臣遵循传统的子部小说观念，意见与谢肇淛不同。《四库全书总目》卷一百四十三评论《外传》内容，云：“闺帏媟亵之状，(樊）嫕虽亲狎，无目击理。即万一窃得之，亦无娓娓为通德缕陈理。其伪妄殆不疑也。”[2] 这个否定性评价与谢肇淛的意见虽相反而实相成，道出了《外传》出于艺术虚构的创作特征。《外传》的这种艺术虚构在先唐小说中是罕见的，早出于作意好奇的唐传奇之先。

《外传》在中国古代小说史上具有重要的标志意义。魏晋南北朝是文学、史学、哲学日渐分途，文学走向自觉的时期。《外传》有意虚构故事，成功地塑造人物形象，已初露文学自觉时代的端倪，是文学自觉在说部的萌动。《外传》还显示了两汉史传文学经由杂史杂传向传奇小说演变的轨迹。自《中国小说史略》以来，在对中国古代小说发展演变的史线梳理中，学界一般认为小说史的演变线索是由魏晋南北朝志怪走向唐传奇。日本学者小南一郎有一段话，比较典型地代表了中国和域外学界的这种认识。他说：“在中国小说史的记述中，魏晋南北朝时期盛行的志怪小说，进入唐代之后，在新的时代环境下实现了质的改变，即向传奇小说发展。志怪小说中已经可见的主题在传奇小说中得到了继承。”[3] 不过，这是对中国古代小说发展演变史的一种单线思维和认识，虽不可不谓简洁明了，但却有意无意地忽略了历史发展的复杂性。实际上，唐传奇是由两汉史传文学和辞赋文学的结合逐步演变而来，也就是“传记的辞章化”的成果。[4]《外传》就是这一链条上最早的硕果。

《外传》始显于宋，影响及于明清小说和戏曲，兹列举几个具体的例子。宋人秦醇仿《外传》而作《赵飞燕别传》，虽间有好语出《外传》之右，但成帝窥浴、昭仪进药、成帝之死等情节均袭自《外传》。杨慎《汉杂事秘辛》写吴姁入懿献梁皇后燕处审视的情节，仿自《外传》。《金瓶

---

① (明)谢肇淛:《五杂组》,上海书店出版社 2009 年版,第 313 页。

② (清)永瑢等撰:《四库全书总目》,中华书局 1965 年版,第 1216 页。

③ 〔日〕小南一郎著,〔日〕伊藤令子校:《唐代传奇小说论》,童岭译,北京大学出版社 2015 年版,第 22 页。

④ 参见陈文新:《唐人传奇文类特征的历史考察》,《中国文化中的小说传统》,孔学堂书局 2019 年版,第 75—89 页。

梅》写西门庆贪欲丧命，脱胎于《外传》合德进药的情节。洪昇《长生殿》写侍女窥浴，仿《外传》成帝窥浴情节。钱锺书指出，伶玄《自序》记樊通德论“慧男子”诸语，开《红楼梦》贾雨村论宝玉为“情痴”“情种”和警幻仙子论宝玉为“天下古今第一淫人”的先河。[①] 如此等等，这些都是《外传》影响贯及后世的显证。

第六节　汉代其他杂史小说

汉代还有佚名《方士传》《东方朔传》与托名刘向的《列士传》《孝子传》等杂史之作。这些作品虽然久已亡佚，但从佚文来看，题材内容和人物形象都富于小说色彩，可作小说观，故在本节一并讨论。

一、《方士传》

《方士传》不见于《汉志》著录，其书久佚。在刘向《七略别录》、刘歆《七略》佚文中，各有一则出自《方士传》的文字。《七略别录》云：

> 《方士传》言邹衍在燕，燕有谷，地美而寒，不生五谷。邹子居之，吹律而温气至而黍生，今名黍谷。

《七略》云：

> 《方士传》言邹子在燕，其游，诸侯畏之，皆郊迎而拥彗。[②]

两则佚文均写邹衍在燕故事。邹衍，战国末年齐人，以五德终始说、大九州说名重一时，人称“谈天衍”。当时，燕齐方士推尊、师法邹衍。《史记·封禅书》记载：“邹衍以阴阳主运显于诸侯，而燕齐海上之方士传其术不能通，然则怪迂阿谀苟合之徒自此兴，不可胜数也。”[③]《方士传》第

---

① 参见钱锺书:《管锥编》,生活·读书·新知三联书店2008年版,第1530页。

② (汉)刘向、刘歆撰,(清)姚振宗辑录,邓骏捷校补:《七略别录佚文　七略佚文》,上海古籍出版社2008年版,第57、139页。

③ (汉)司马迁:《史记》,中华书局1982年版,第1369页。

一则佚文神化邹衍，即与此背景相关。《史记·孟子荀卿列传》记载邹衍周游列国，深受礼遇，“适梁，惠王郊迎，执宾主之礼。适赵，平原君侧行撇席。如燕，昭王拥彗先驱，请列弟子之座而受业，筑碣石宫，身亲往师之”①。《方士传》第二则佚文是对这一史实的反映。

根据佚文内容和西汉末年刘向、刘歆父子著作各有引录的情况，《方士传》成书最早在战国末年，不会晚于西汉中期的武宣之世。武、宣二帝均好神仙方术，喜好招致方士，方士们竞陈其说，因此，《方士传》成书于武宣之世的可能性较大。

二、《东方朔传》

《东方朔传》又题《东方朔别传》或《东方朔记》。《隋志》史部杂传类著录《东方朔传》八卷，不题撰人。两《唐志》和郑樵《通志》著录同《隋志》。《宋史·艺文志》未著录，则该书大约佚于宋元之际。

《东方朔传》的成书时间，清姚振宗《隋书经籍志考证》卷二十史部杂传类推断当成书于西汉。近今学者意见略同姚氏。朱东润认为，《东方朔传》成书“必在武帝以后，褚少孙、刘向以前，大致在昭帝、宣帝之间”②。逯钦立认为，《东方朔传》“本出西汉，即当时所谓‘外家传语’者，班固《汉书》朔《传》即已钞而录之，而钞录之迹，犹可窥见，特后人未曾加意，故为始终之秘耳”③。王齐洲、揣松森推断《东方朔传》成书可能在汉成帝以前。④ 诸家观点虽有所异同，但都认为《东方朔传》是一部西汉中后期的作品。

《东方朔传》佚文散见于《世说新语注》《齐民要术》和《太平御览》等南北朝、唐宋文献，所记多为出于街谈巷语、道听途说的故事。如以下四则：

汉武皇帝时，未央宫前殿钟无故自鸣，三日三夜不止。诏问太史待诏王朔，朔言恐有兵气。更问东方朔，朔曰：“臣闻铜者山之子，山者铜之母，以阴阳气类言之，子母相感。山恐有崩弛者，故钟见

① (汉)司马迁:《史记》,中华书局 1982 年版,第 2345 页。

② 朱东润:《八代传叙文学述论》,复旦大学出版社 2006 年版,第 42 页。

③ 逯钦立遗著,吴云整理:《汉魏六朝文学论集》,陕西人民出版社 1984 年版,第 42 页。

④ 参见王齐洲主编:《汉书艺文志及两汉书补志著录小说资料集》第三册,湖北人民出版社 2021 年版,第 381 页。

鸣。《易》曰：‘鸣鹤在阴，其子和之。’精之至也。其应在后五日内。”居三日，南郡太守上书言：“山崩，延袤二十余里。”（以上据《世说新语·文学》注引）① 上大笑，赐帛三十匹。（末两句据《太平御览》卷五百七十五补）②

武帝时，上林献枣。上以杖击未央殿槛，呼朔曰：“叱叱，先生来！来！先生知此箧里何物？”朔曰：“上林献枣四十九枚。”上曰：“何以知之？”朔曰：“呼朔者，上也；以杖击槛，两木，林也；朔来来者，枣也；叱叱者，四十九枚。”上大笑。帝赐帛十匹。（《齐民要术》卷十《枣》引）③

孝武皇帝时间居无事，燕坐未央前殿。天新雨止，当此时，东方朔执戟在殿阶傍，屈指独语。上从殿上见朔，呼问之：“生独所语者，何也？”朔对曰：“殿后柏树上有鹊，立枯枝上，东向而鸣也。”帝使视之，果然。问朔何以知之，对曰：“以人事言之。风从东方来，鹊尾长，傍风则倾，背风则蹶，必当顺风而立，是以知也。（以上据《太平御览》卷九百二十一）④ 新雨，生枝滑，故枝涩，故立枯枝上。”上大笑，赐帛十匹。（末六句据《太平御览》卷三百五十二补）⑤

朔与弟子偕行，渴，令弟子扣道边家求饮，不知姓名，主人开门不与。须臾，见伯劳飞集主人门中李树上，朔谓弟子曰：“此主人姓李名伯当，尔但呼李伯当。”果有李伯当应，即入取饮。（《太平御览》卷九百二十三）⑥

《东方朔传》所记率多此类故事，意趣盎然，足供阅者开心一乐。其所以如此，主要与东方朔在西汉中后期日渐形成的文化形象有关。东方朔

---

① (南朝宋)刘义庆撰,(南朝梁)刘孝标注,朱铸禹汇校集注:《世说新语汇校集注》,上海古籍出版社 2002 年版,第 216 页。

② (宋)李昉等撰:《太平御览》,中华书局 1960 年版,第 2597 页。

③ (北魏)贾思勰著,石声汉校释:《齐民要术今释》,中华书局 2009 年版,第 1026 页。

④ (宋)李昉等撰:《太平御览》,中华书局 1960 年版,第 4086 页。

⑤ (宋)李昉等撰:《太平御览》,中华书局 1960 年版,第 1621 页。

⑥ (宋)李昉等撰:《太平御览》,中华书局 1960 年版,第 4098 页。

不仅是汉武帝的弄臣，而且是两汉时期的一个箭垛式人物，多有民间传说附会其身。例如，《汉武故事》写“今上元延中”自称一百三十七岁的徐仪君传东方朔术，可知早在汉成帝时东方朔就已被方士们奉为仙人。[①] 再如，《汉书》卷六十五《东方朔传赞》曰：“刘向言少时数问长老贤人通于事及朔时者，皆曰朔口谐倡辩，不能持论，喜为庸人诵说，故令后世多传闻者。……朔之诙谐，逢占射覆，其事浮浅，行于众庶，童儿牧竖莫不眩耀。而后世好事者因取奇言怪语附著之朔，故详录焉。”[②] 其中写到刘向年少时曾多闻东方朔的故事，多有民间传说附会于东方朔。又如，《风俗通义·正失篇》中“东方朔”条云：“俗言：东方朔太白星精，黄帝时为风后，尧时为务成子，周时为老聃，在越为范蠡，在齐为鸱夷子皮。言其神圣能兴王霸之业，变化无常。”[③] 这都是汉代民间对东方朔的神化。至于《隋志》子部五行类著录的佚名《东方朔占》《东方朔书》《东方朔书钞》以及《东方朔历》等，多半出于汉魏时期，我们由此可约知民间传说和术士之文附会、猬集于东方朔一身的情形。《汉书·东方朔传》在开列东方朔诸作品之后，补充道：“凡刘向所录朔书具是矣。世所传他事皆非也。”颜师古注：“谓如《东方朔别传》及俗用五行时日之书，皆非实事也。”[④] 综上可知，《东方朔传》是一部以东方朔为中心人物的民间故事集。

三、《列士传》

托名刘向的《列士传》和《孝子传》也是汉代比较重要的杂史小说。

《列士传》又题作《烈士传》，久佚，最早见于晋人晋灼称引。《史记》卷八十三《鲁仲连邹阳列传》司马贞《索隐》引晋灼云：“《列士传》鲍焦怨世不用已，采蔬于道。子贡难曰：‘非其代而采其蔬，此焦之有哉？’弃其蔬，乃立枯洛水之上。”[⑤]《隋志》史部杂传类著录：“《列士传》二卷，刘向撰。”杂传类小序云：“刘向典校经籍，始作《列仙》《列士》《列女》

① 《汉武故事》虽为汉末之作，但所写徐仪君事应取材于西汉成帝时资料。请参第五章第三节对《汉武故事》文中“今上元延”的分析。

② （汉）班固撰，（唐）颜师古注：《汉书》，中华书局1962年版，第2873—2874页。

③ （汉）应劭撰，王利器校注：《风俗通义校注》，中华书局2010年版，第108页。

④ （汉）班固撰，（唐）颜师古注：《汉书》，中华书局1962年版，第2873页。

⑤ （汉）司马迁：《史记》，中华书局1982年版，第2478页。

之传。”[①] 但班固《汉志》著录刘向所序六十七篇，乃《新序》《说苑》《世说》和《列女传颂图》，没有《列士传》，故此书当出于后人依托造作。又，颜师古《汉书叙例》云：“晋灼，河南人，晋尚书郎。”[②] 晋灼为西晋前期人[③]，既已称引《列士传》，则其成书当在东汉或曹魏时期，成书于东汉的可能性是很大的。

《列士传》不见于《旧唐志》，但在《新唐志》有著录，此后散佚。该书佚文见于《琱玉集》、《史记》司马贞《索隐》、《后汉书》李贤注、《文选》李善注、《艺文类聚》和《太平御览》等。从佚文看，该书属于短篇历史故事集，其编排体例、故事篇幅等略同刘向《列女传》，围绕一定主题归类编排故事。《列士传》中的伯夷叔齐、三王冢、羊角哀左伯桃、无忌杀鹞等故事，叙事首尾完整，文义俱佳。为便观览，兹录如下：

伯夷，殷时辽东孤竹君之子也，与弟叔齐俱让其位，而归于国。见武王伐纣，以为不义，遂隐于首阳之山，不食周粟，以微菜为粮。时有王糜子，往难之曰：“虽不食我周粟，而食我周木，何也?”伯夷兄弟遂绝食七日。天遣白鹿乳之，径由数日，叔齐腹中私曰：“得此鹿完啖之，岂不快哉!”于是鹿知其心，不复来下，伯夷兄弟俱饿死也。(《琱玉集》卷十二《感应篇第四》)[④]

干将莫耶为晋君作剑，三年而成，剑有雄雌，天下名器也。乃以雌剑献君，留其雄者。谓其妻曰：“吾藏剑在南山之阴，北山之阳，松生石上，剑在其中矣。君若觉，杀我，尔生男，以告之。”及至，君觉，杀干将。妻后生男，名赤鼻，具以告之。赤鼻斫南山之松，不得剑，思，于屋柱中得之。晋君梦一人，眉广三寸，辞欲报仇。购求甚急，乃逃朱兴山中。遇客，欲为之报，乃刎首，将以奉晋君。客令镬煮之，头三日三夕跳不烂。君往观之，客以雄剑倚拟君，君头堕镬中，客又自刎，三头悉烂，不可分别。分葬之，名曰三王冢。(《太平

① (唐)魏徵、令狐德棻:《隋书》,中华书局 1973 年版,第 976、982 页。

② (汉)班固撰,(唐)颜师古注:《汉书》,中华书局 1962 年版,“叙例”第 5 页。

③ 晋灼,生卒年不详。颜师古《汉书叙例》把晋灼列于三国吴韦昭之后,晋刘宝(字道真)之前。刘宝为西晋前期人,如此则晋灼当生活于西晋前期,略早于刘宝。

④ (清)黎庶昌编:《琱玉集零本》(外三种),华东师范大学出版社 2017 年版,第 52 页。

御览》卷三百四十三)①

羊角哀左伯桃，二人相与为死友。欲仕于楚，道遥山阻，遇雨雪，不得行，饥寒无计。自度不俱生也，伯桃谓角哀曰：“天不我与，深山穷困，并在一人，可得生官；俱死之，后骸骨莫收。内手扪心，知不如子，生恐无益，而弃子之器能，我乐在树中。”角哀听（之），伯桃入树中而死。得衣粮，前至楚。楚平王爱角哀②之贤，嘉其义，以上卿礼葬之。竟，角哀梦见伯桃曰：“蒙子之恩而获厚葬，然正苦荆将军家相比，欲役使吾，吾不能听也，与连战不胜，今月十五日，当大战以决胜负，得子则胜，否则负矣。”角哀至期日，陈兵马，诣其冢上，作三桐人，自杀，下而从之。君子曰：“执义可为世规。”(《太平御览》卷四百二十二)③

魏公子无忌方食，有鸠飞入案下，公子使人顾望，见一鹞在屋上飞去。公子乃纵鸠，鹞逐而杀之。公子暮为不食，曰：“鸠避患归无忌，竟为鹞所得，吾负之。为吾捕得此鹞者，无忌无所爱。”于是左右宣公子慈声旁国，左右捕得鹞二百余头，以奉公子。公子欲尽杀之，恐有辜，乃自按剑，至其笼上，曰：“谁获罪无忌者耶?”一鹞独低头，不敢仰视。乃取杀之，尽放其余。名声流布，天下归焉。(《艺文类聚》卷九十一《鸟部中》)④

第一则故事揭下了伯夷、叔齐所谓义不食周粟的道德外衣，借以讽刺那些言行不一、不能始终恪守大义的士人，颇有诛心之意。第二则故事赞美一诺千金、惩暴除恶的人间正义。所写赤鼻为父复仇，与《吴越春秋》眉间尺为父复仇故事较相类似，当为传闻异词，与《琴操》所写聂政为父复仇同为汉代文学中有名的血亲复仇类型故事；那位神秘的山中客，与《燕丹子》中的荆轲一样，都是一诺千金、舍生求义的侠客形象。第三则故事赞美左伯桃舍命助友的高义，颂扬羊角哀殁身践诺的信义。第四则故事所写

---

① (宋)李昉等撰:《太平御览》,中华书局1960年版,第1576页。
② 从上下文看,此处“角哀”应为“伯桃”之误。
③ (宋)李昉等撰:《太平御览》,中华书局1960年版,第1946页。
④ (唐)欧阳询撰:《宋本艺文类聚》,上海古籍出版社2013年版,第2357页。

虽为魏无忌护鸠杀鹞事，然旨在赞颂他仁慈公正的美德。四则故事均围绕某一道德标准展开情节，或批判，或赞美，具有很强的道德教化意义。四则故事也都具有明显的志怪色彩，故《列士传》亦可归属于志怪小说。

四、《孝子传》

托名刘向的《孝子传》又题《孝子图》，不见史志著录。唐道世《法苑珠林》最早征引该书，卷四十九录舜父夜梦、郭巨埋儿、丁兰事木母、董永卖身葬父等故事，注云："此四验出刘向《孝子传》。"[①]《太平御览》卷四百十一引郭巨、董永故事，称"刘向《孝子图》"[②]。《文苑英华》卷五百二收录许南容《对策》和李令琛《对策》，均称"刘向修《孝子之图》"[③]。不过，《汉书》刘向本传和《汉志》著录均未提及《孝子传》或《孝子图》。按东汉后期武梁祠石刻中，有丁兰立木为父[④]和董永故事的画像。又，《风俗通义·愆礼篇》"九江太守武陵陈子威"条，写陈子威少失慈母，路遇老妪，载归家中，养以为母，应劭按语云："世间共传丁兰克木而事之，今此之事，岂不是似?"[⑤] 应劭所说，结合陈子威故事来看，当指丁兰刻木作母之事。故由武梁祠石刻和应劭按语可知，东汉后期流传丁兰事木母和董永故事。由此来看，《孝子传》依托署名刘向，成书最早在东汉前期，成书于东汉中后期的可能性更大。有学者认为《列士传》和《孝子图》是一书而异名[⑥]，不足信。

《孝子传》佚文见于《法苑珠林》和《太平御览》等唐宋文献，分别讲舜父夜梦、郭巨埋儿、丁兰刻木作母、董永卖身葬父等故事，其旨在赞美孝道，但亦有宣扬愚孝之嫌。这些故事文字篇幅简短，都含有不同程度的神怪内容，可知《孝子传》是一部以宣扬孝道为主旨、不乏志怪色彩的短篇故事集。

在《孝子传》故事中，后世演为美丽传说而广为流播、妇孺皆知的，是董永故事。《太平御览》卷四百十一引该故事，如下：

---

① (唐)释道世撰，周叔迦、苏晋仁校注:《法苑珠林校注》，中华书局 2003 年版，第 1488 页。

② (宋)李昉等撰:《太平御览》，中华书局 1960 年版，第 1898 页。

③ (宋)李昉等编:《文苑英华》，中华书局 1966 年版，第 2579 页。

④ 《孝子传》所写乃丁兰刻木作母事之，与此有异。

⑤ (汉)应劭撰，王利器校注:《风俗通义校注》，中华书局 2010 年版，第 139 页。

⑥ 〔美〕巫鸿:《武梁祠——中国古代画像艺术的思想性》，柳扬、岑河译，生活·读书·新知三联书店 2006 年版，第 286—287 页。

前汉董永，千乘人。少失母，独养父。父亡，无以葬，乃从人贷钱一万。永谓钱主曰："后若无钱还君，当以身作奴。"主甚慜之。永得钱，葬父毕，将往为奴，于路忽逢一妇人，求为永妻。永曰："今贫若是，身复为奴，何敢屈夫人之为妻。"妇人曰："愿为君妇，不耻贫贱。"永遂将妇人至，钱主曰："本言一人，今何有二?"永曰："言一得二，理何乖乎?"主问永妻曰："何能?"妻曰："能织耳。"主曰："为我织千匹绢，即放尔夫妻。"于是索丝，十日之内，千匹绢足。主惊，遂放夫妇二人而去。行至本相逢处，乃谓永曰："我是天之织女，感君至孝，天使我偿之，今君事了，不得久停。"语讫，云雾四垂，忽飞而去。①

故事叙写董永与织女的遇合，赞美董永上感于天的孝行。该故事后来不但为干宝《搜神记》采录，而且在民间演化为董永与七仙女的美丽传说。此外，《聊斋志异》卷六《蕙芳》写贫穷但为人诚笃的青州小商人马二混与仙女董蕙芳的婚恋故事，其题旨和情节结构与《孝子传》董永故事颇有异曲同工之妙，蒲松龄可能从董永故事中受到了创作的启发。

① (宋)李昉等撰:《太平御览》,中华书局1960年版,第1899页。

第八章　汉代赋体小说

在第三章第四节中，我们讨论了汉赋作为一种文学动因而对汉代小说发展的作用。有的辞赋，如佚名《妄稽》和《神乌傅》、王褒《僮约》和《责须髯奴辞》、杜笃《首阳山赋》、张衡《髑髅赋》、蔡邕《短人赋》等，用赋体文讲述虚构的故事，刻画人物，其情节与人物的生动性比大多数赋作更为突出，从而成为汉代小说中文体形式特殊的一种类型——赋体小说，本章主要讨论这些作品。褚少孙续补《史记・龟策列传》中神龟故事，乃敷衍《庄子・外物》中宋元君梦遇清江水神的故事，文属赋体志怪，也在本章一并讨论。

第一节　《妄稽》

2009年，北京大学入藏一批西汉竹书，《妄稽》出自这批竹书之中。经研究人员整理、归类和缀合，基本可以确定属于《妄稽》内容的竹简有107枚，其中完整竹简62枚，残10字以下的竹简6枚，残缺较多的竹简39枚；所存文字总计2700字左右。据研究人员估计，《妄稽》原文全篇约有3000字。简文篇题"妄稽"，写在一枚竹简的竹青一面上端。[①] 研究人员推断北京大学入藏的这批西汉竹书的抄写年代主要在汉武帝后期，下限不晚于宣帝时。[②] 由此来看，《妄稽》应为西汉中期以前的作品。还有学者认为，《妄稽》文中"陈市"为"陈留之市"的省称，陈留作为郡治而设置陈留郡的时间在汉武帝元狩元年（前122），因此，《妄稽》的写作

---

① 参见何晋:《北大汉简〈妄稽〉简述》,《文物》2011年第6期。

② 参见北京大学出土文献研究所:《北京大学藏西汉竹书概说》,《文物》2011年第6期。

年代大概不会晚于汉武帝元狩元年。[1] 根据这些意见，可确定《妄稽》属于西汉中期之作，写作年代早于1993年江苏省连云港市东海县尹湾汉墓出土的《神乌傅》。

《妄稽》是一篇典型的故事俗赋。妄稽是故事主人公，“妄”通“亡”（无），“妄稽”即无可查考之义；另有篇中人物名为“虞士”，也可解为“无事”之义。[2] 可见《妄稽》中人物名义一如司马相如《子虚》《上林》两赋中的“子虚”“乌有先生”“无是公”，表明《妄稽》人物和内容均出于虚构。不但如此，《妄稽》的故事性也很突出，故而有学者评论道：“《妄稽》篇中人物的命名原则与司马相如《子虚赋》《上林赋》相同，语言韵散错出，叙事曲折生动，人物关系复杂，符合小说虚构叙事的基本特征，其为西汉时期的小说作品当无疑问。”[3] 这是符合《妄稽》内容与艺术实际的意见。

《妄稽》讲的是以荥阳士人周春和其妻妄稽为主人公的故事。周春出身名族，相貌英俊，谦恭有礼，孝悌仁慈，勇若孟贲，成为一方士人的榜样。迫于父母之命，媒妁之言，周春不得不迎娶丑陋至极、“貌可以惧魅”[4] 的妄稽为妻。成婚之日，周春一见妄稽其人，心灰意冷，痛哭流涕，告诉乡党、父母和兄弟说：“必与妇生，不若早死。”[5] 为了抚慰周春，父母打算给他买一美妾作为补偿。妄稽知道后，三番阻止公婆，坚决反对给周春买妾，但阻止无果，反遭公婆冷言讥讽。次日，周春的母亲前往陈市，买得美丽柔婉的虞士回家。周春大喜过望，纳虞士为妾。妄稽同虞士的相貌、心性之别，直如天渊。妄稽争宠，用心打扮自己，岂知更为丑陋，吓得周春躲避不及。周春与虞士恩爱情深，致使妄稽妒意日重。因担心虞士遭妄稽毒手，周春特为其另置住处，修筑高墙，设置重门，雇请专人保护。甲子之日，周春外出公干，离家三月，保护虞士的人心下懈怠。妄稽利用这一机会，捉来虞士，鞭笞拷打，威逼利诱，企图把她赶出周家。虞士不从，誓不再嫁。妄稽对她百般折磨，手段无所不用其极，必

① 参见高中正:《年代、地域及家庭——北大汉简〈妄稽〉新研》,《文献》2018年第3期。
② 参见何晋:《北大汉简〈妄稽〉简述》,《文物》2011年第6期。
③ 姚小鸥:《清华简〈赤鹄〉篇与中国早期小说的文体特征》,《文艺研究》2014年第2期。
④ 北京大学出土文献研究所编:《北京大学藏西汉竹书》(四),上海古籍出版社2015年版,第61页。
⑤ 北京大学出土文献研究所编:《北京大学藏西汉竹书》(四),上海古籍出版社2015年版,第60页。

欲置之死地。周春公干归来，面对妄稽的非人行径，竟也无可奈何，只好尽力帮助虞士躲避妄稽的摧残。最终，妄稽得了重病，临死之前，良心发现，忏悔自己的极端妒行。《妄稽》描写夫、妻、妾的婚姻与家庭关系，同情周春，批评妄稽，赞美虞士，宣扬贞顺、从一而终的妇德，充满了道德训诫的意味；不过，所写这桩婚姻的悲剧性是难以掩饰的。

《妄稽》以颇为夸张的语言，刻画了妄稽这样一个相貌、心性之恶异乎常人的女子形象。这一人物的突出特征是奇丑极妒，一反先秦两汉文学中女子丑而贤德的传统主题。在先秦两汉时期，神话传说中的嫫母是有名的丑妇。《艺文类聚》卷十五《后妃部》引《列女传》曰："黄帝妃嫫母，于四妃之班居下。貌甚丑而最贤，心每自退。"[①] 而《妄稽》写妄稽反对蓄妾，有"嫫母事舜"之说，为张冠李戴，含有赋作者的讥讽之意。按诸《汉书·古今人表》："㑄母，黄帝妃，生仓林。"颜师古注："㑄音暮，字从巾。即嫫母也。"[②]《古今人表》把先秦人物分为上上圣人、上中仁人、上下智人以至下下愚人等九等，嫫母居"上中仁人"之列，以此表明嫫母虽丑，但以贤德内助黄帝，是貌丑而有德的懿范。刘向《新序·杂事二》"齐有妇人"章和《列女传·辩通传》"齐钟离春"章，写的是齐国无盐邑丑女钟离春的故事。钟离春奇丑无比，行年四十而未嫁，自诣齐都，智谏齐宣王，切中治国之要，被拜为王后。齐国之大治，系此"丑女之力也"[③]。故事中的钟离春是一位貌丑而贤、助君兴邦的女性。类似钟离春形象的，还有《列女传·辩通传》所写齐宿瘤女。宿瘤女项有大瘤，其貌甚丑，却以其非凡的见识、才智折服齐闵王，被拜为后，助齐国称雄诸侯；她死之后，齐国衰落，遭燕国入侵，闵王身死于外。齐国兴衰，竟全系于宿瘤女一人。嫫母、钟离春和宿瘤女其实都是寄寓道德说教的虚构人物，她们的故事所表达的是女子"貌甚丑而最贤"则可兴邦国的主旨，隐含君王不可好色、女子不可以色事君的谏戒之意。《妄稽》反其意而用之，重点刻画了妄稽貌甚丑而奇妒无比的形象，她是作为一个被嘲弄、被批判的反面人物出现的。妄稽成为先秦两汉文学中第一个而且也是后世文学中罕见的丑而无德的女子形象，具有很强的独特性。

《妄稽》以四言为主，句子押韵，带有《诗经》语言风格影响的印迹。

---

① (唐)欧阳询撰:《宋本艺文类聚》,上海古籍出版社2013年版,第435页。

② (汉)班固撰,(唐)颜师古注:《汉书》,中华书局1962年版,第867—868页。

③ (汉)刘向编著,石光瑛校释,陈新整理:《新序校释》,中华书局2001年版,第295页。

对人物形象的描写，《妄稽》可能借鉴了宋玉《登徒子好色赋》，侧重运用对比、反衬等手法，这在对妄稽、虞士人物描写的文字篇幅上有明显表现。[①] 作品从年龄、头发、肌肤、衣着、言谈、举止等多个角度描写虞士年轻美丽，恪守妇德，与妄稽形象形成强烈对比，反衬妄稽无比丑陋的容貌和泼悍奇妒的性格。作品描写周春对虞士宠爱有加，反衬周春对妄稽的极度厌恶。为强化人物形象描写和作品的艺术感染力，《妄稽》语言夸张。妄稽作为故事主人公，对其相貌之丑和性格之妒，赋文极尽夸张之能事。如写妄稽之丑："甚丑以恶。肿肵广肺，垂颡折颁。臂夭八寸，指长二尺。股不盈骈，胫大五掾。蔑畛领腋，食既相泽。勺乳绳萦，坐肆于席。尻若冣笱，膀腊格格。目若别杏，蓬发皤白。年始十五，面尽鲐腊。足若悬姜，胫若椓株。身若猬棘，必好抱躯。口臭腐鼠，必欲钳须。"[②] 再如刻画妄稽之恶，文中详细描写她严酷拷打虞士，致使"虞士乃三旬六日焉能起"[③]，凸显妄稽的泼悍凶残性格。虞士虽然是《妄稽》中的次要人物，作品却不吝笔墨描写她的美丽，充溢赞美之词。总体来看，《妄稽》语言酣畅淋漓，富于表现力，人物形象鲜明，达到了较高的艺术水准。

《妄稽》所写虽是一个婚姻与家庭的悲剧故事，但在故事的叙述中，它以夸张的语言描写人物外貌之丑，充满了诙谐调侃的意味。如置之于先唐辞赋发展的链条中观察，那么，这一特征上承《登徒子好色赋》，而成为王褒《僮约》和《责须髯奴辞》、蔡邕《短人赋》等汉代诙谐赋作的先声。晋潘岳《丑妇赋》（已佚）、刘思真《丑妇赋》[④] 则是《妄稽》这一类赋作发展链条上同以丑妇为描写对象的后继作品。

---

① 据统计，《妄稽》全篇现存约 2700 字，其中直接描写妄稽之丑的文字约 450 字，描写虞士之美的文字约 340 字。参见何晋：《汉赋中的人物审美与审丑——以〈妄稽〉为例》，《中国典籍与文化》2018 年第 2 期。

② 北京大学出土文献研究所编：《北京大学藏西汉竹书》（四），上海古籍出版社 2015 年版，第 60 页。

③ 北京大学出土文献研究所编：《北京大学藏西汉竹书》（四），上海古籍出版社 2015 年版，第 68 页。

④ 刘思真《丑妇赋》见于《初学记》卷十九、《太平御览》卷三百八十二引。严可均《全上古三代秦汉三国六朝文》列入先唐文卷一。

第二节　《神乌傅》

1993年3月，江苏省连云港市东海县尹湾村发掘六座汉墓，《神乌傅》[①] 出土于6号墓，共21枚竹简，约存664字。[②] 据连云港市博物馆《江苏东海县尹湾汉墓群发掘简报》，6号墓墓主师饶，字君兄，生前做过东海郡卒史、五官掾、功曹史等职，下葬时间为汉成帝元延三年（前10）。[③]《神乌傅》既然为墓中随葬品，则其写成时间应在元延三年（前10）之前。赋文引六句《传》文作结，并将《诗经》《论语》以及《孝经》等儒家经典里的一些话语，塞入"鸟语"之中，据此，裘锡圭推断《神乌傅》作者是儒学久已确立独尊地位时代的一个知识分子。[④] 也就是说，《神乌傅》写成于汉武帝罢黜百家、独尊儒术之后的文化背景中，属于西汉中后期的作品。

《神乌傅》采用拟人手法，讲述一个禽鸟相斗与生死离别的故事，极富小说意味。赋文大意是：阳春三月，雌雄二乌筑巢，筑巢材料却为盗鸟所窃。雌乌与盗鸟相遇于途中，谴责盗鸟的盗窃行为。盗鸟怒形于色，强词夺理，以致双方殴斗。雌乌力弱被创，身为"贼□捕取，系之于柱"[⑤]，盗鸟反而逍遥法外。雌乌侥幸挣脱绑缚之柱，逃回巢中，但绳索仍然缠身，无法解脱。雄乌施救无果，向天连连哀呼，欲与雌乌同归于尽。雌乌劝阻雄乌，嘱其另娶贤妇，善待孤子，说罢，投地自杀。雄乌诉告无门，哀号长鸣，飞离故处。赋的结尾是"鸟兽且相忧，何兄（况）人乎。哀哉哀哉"等一段议论，缘事而发，颇见感慨。[⑥]

---

① 竹简标题为《神乌傅》，"傅""赋"通假，本文所引各家观点的引文中，有的称《神乌傅》，有的称《神乌赋》。凡本书行文，除各家观点引文之外，皆仍其原题，称《神乌傅》。

② 参见滕昭宗：《尹湾汉墓简牍概述》，《文物》1996年第8期。

③ 参见连云港市博物馆：《江苏东海县尹湾汉墓群发掘简报》，《文物》1996年第8期。

④ 参见裘锡圭：《〈神乌傅(赋)〉初探》，《中国出土古文献十讲》，复旦大学出版社2004年版，第420页。

⑤ 费振刚、仇仲谦、刘南平校注：《全汉赋校注》，广东教育出版社2005年版，第345页。

⑥ 以上对赋文大意的概括，综合参考裘锡圭《〈神乌傅(赋)〉初探》(《中国出土古文献十讲》，复旦大学出版社2004年版，第409—418页)，万光治《〈神乌赋〉释文补订》[《汉赋通论》(增订本)，中国社会科学出版社、华龄出版社2004年版，第278—284页]，费振刚、仇仲谦、刘南平校注《全汉赋校注》(广东教育出版社2005年版，第344—349页)等对赋文释读的成果。

《神乌傅》的出土引发了学界很大的研究热情。学者们在努力识读赋文内容的同时，对其主旨也形成了多种认识。或认为《神乌傅》“用幽咽愤悱的叙事体写出前汉由盛而衰之际小民的怨苦，似已开此批判现实之端了”①；或认为“《神乌傅（赋）》通过以鸟喻人歌颂赋中主人公神女鸟对文明的追求，对邪恶的抗争”②；或认为《神乌傅》“曲折地反映了作者的经历和西汉末年的政治形势和社会的黑暗”③；等等。诸家之说见仁见智，各有其道理。但如果考察这些意见的前提，我们会发现一个共同点，即均着眼于作为赋文主体的神乌故事，概括的是故事主体内容在今天所显示的认识价值和意义。那么，这是不是《神乌傅》作者欲为表达的本来意思呢？

汉赋的常用手法是曲终奏雅，结尾示其主旨。《神乌傅》当然也不例外，作者所要表达的本来意思，就蕴含于结尾的议论之中，原文如下：

> 《传》曰：“众鸟丽于罗网，凤皇孤而高羊。鱼鳖得于笓笱，交龙执而深臧。良马仆于衡下，勒蕲为之余（徐）行。”鸟兽且相忧，何兄（况）人乎。哀哉哀哉！穷痛其菑。诚写愚，以意傅（赋）之。曾子曰：“鸟之将死，其唯哀。”此之谓也。④

表面看来，这段文字与作为主体内容的神乌故事似乎没有直接联系，故而有学者认为它有些离题。⑤ 但事实似乎并非如此。赋文写雌乌为保护筑巢材料受伤，在悲愤、绝望中自杀，与雄乌不得已“遂弃故处，高翔而去”⑥ 的悲剧结局，总结的是一个乌亡巢破的惨痛教训，旨在说明神乌应当弃利避害，全身而存，从而避免悲剧的发生。由此我们就会发现，神乌故事与《传》文所说众鸟之于凤皇（凰）、鱼鳖之于交（蛟）龙、良马之于勒蕲（骐骥）的不同处境和结局的对比，形成了涵义的关联和意旨的正反统一，可见《传》文以一组悖反型意象群总结并提示了神乌因维护物质

① 扬之水：《〈神乌赋〉谫论》，《中国文化》1996年第14期。

② 骆名楠：《文坛古珍〈神乌傅(赋)〉》，连云港市博物馆、中国文物研究所编：《尹湾汉墓简牍综论》，科学出版社1999年版，第19页。

③ 周宝宏：《汉简〈神乌傅〉整理和研究》，《古籍整理研究学刊》1997年第2期。

④ 费振刚、仇仲谦、刘南平校注：《全汉赋校注》，广东教育出版社2005年版，第345页。“余”“兄”“傅”三字后括注为本书所加。

⑤ 参见谭家健：《〈神乌赋〉源流漫论》，《中国文学研究》1998年第2期。

⑥ 费振刚、仇仲谦、刘南平校注：《全汉赋校注》，广东教育出版社2005年版，第345页。

利益所致的惨痛教训，是对神乌教训的明晰化。推鸟兽而及人，赋作者才有了无限感慨：“鸟兽且相忧，何兄（况）人乎。哀哉哀哉！”这就是《神乌傅》作者借神乌故事所要表达的本来意思，传达的是一种弃利避害、全身而存的处世哲学，其关注点不在人们往往而有的同情弱小、谴责盗贼的道德评价。

当然也不可否认，作为赋作主体的神乌故事同《传》文以及赋作者意欲表达的处世哲学之间，彼此联系有牵强之嫌，容易导致读者作出偏离赋作者本意的理解。但有意思的是，这在对汉赋作品的解读中并非偶然现象，而且汉已有之。《论衡·谴告篇》云：“孝武皇帝好仙，司马长卿献《大人赋》，上乃仙仙有凌云之气。孝成皇帝好广宫室，扬子云上《甘泉颂》，妙称神怪，若曰非人力所能为，鬼神力乃可成。皇帝不觉，为之不止。”[①] 司马相如、扬雄赋之本意在于讽谏帝王不可求仙、奢靡，但汉武帝之于《大人赋》，汉成帝之于《甘泉颂》，都作出了偏离赋作者本意的解读。以上所举当今各家对《神乌傅》主旨的不同意见，其情形与此大致相类。

《神乌傅》是一篇寓言性质的故事赋。同传世汉赋比较，《神乌傅》于近年出土于地下，是一篇真正古色古香、完全保留汉赋历史本原面貌的作品。其内容构成，半为禽鸟对话，半为作者叙述，与汉赋通常主要叙写主客对话的模式明显不同；以叙事为主，兼含咏物、抒情和说理，情节性、故事性突出，这与汉赋通常以铺陈说明为主、情节性因素淡化的特征不同；其语言风格朴拙，与传世的绝大多数汉赋也是不同的。从文字内容来看，它表现出明显的文人创作印迹，这有两点值得注意。一是赋文多处引据儒家经典。雌乌所说“见危授命”，语出《论语·宪问》：“见利思义，见危授命。”[②] 所说“以死伤生，圣人禁之”，源于《孝经·丧亲》章：“三日而食，教民无以死伤生。毁不灭性，此圣人之政也。”[③] 雌乌引《诗》云：“云云青蝇，止于杅。几自君子，毋信谗言。”[④] 出自《诗经·小雅·青蝇》：“营营青蝇，止于樊。岂弟君子，无信谗言。”[⑤] 篇末《传》文引曾子曰：“鸟之将死，其唯哀。”语出《论语·泰伯》：“曾子言曰：

---

① 黄晖：《论衡校释》，中华书局 1990 年版，第 641—642 页

② 杨伯峻译注：《论语译注》，中华书局 1980 年版，第 149 页。

③ 胡平生译注：《孝经译注》，中华书局 1996 年版，第 38 页。

④ 费振刚、仇仲谦、刘南平校注：《全汉赋校注》，广东教育出版社 2005 年版，第 345 页。

⑤ 周振甫译注：《诗经译注》，中华书局 2002 年版，第 366 页。

'鸟之将死，其鸣也哀；人之将死，其言也善。'"[①]《神乌傅》篇幅不长，却四次引用《论语》《孝经》和《诗经》，说明其作者熟习儒家经典，文化素养较高，赋作应当有感而发，有意创作。[②] 二是作为赋中主角的雌乌，透露了明显的儒者口气。雌乌话语三引儒家经典已表明了这一点。再如，雌乌教训盗乌："吾闻君子，不行贪鄙。天地刚纪，各有分理。今子自已，尚可为士。夫惑知反，失路不远。悔过迁臧，至今不晚。"[③] 这分明是一位劝人改过从善、匡扶道德的儒者之言。凡此皆表明，《神乌傅》具有明显的文人化色彩，是深受儒家思想影响的文人创作的一篇寓言故事赋。

《神乌傅》为赋坛古珍，具有重要的文学史、小说史意义。首先，《神乌傅》给我们展示了一个先前未有实例的汉赋品类——禽鸟寓言故事赋。正如万光治所说："就今存汉赋看，如《神乌赋》这样熔叙事、咏物、抒情、说理于一炉，且兼有寓言性质的故事赋，实属绝无仅有。"[④] 其次，《神乌傅》的文体虽然属于辞赋范畴，但其内容的虚构性和情节性又显示着说部的特征。程毅中指出，赋中"描述雌乌受伤临死时与雄乌诀别的对话，言词哀婉，凄恻动人，简直是一篇优美的小说"[⑤]。所论诚是。钱锺书曾据杜笃《首阳山赋》提出"汉赋似小说"的命题，《神乌傅》则为这一命题提供了一个确切的新例证。我们还可以想见，像《神乌傅》这种体近小说的赋作在两汉绝非个别的存在，而应颇兴于当时。《汉志》诗赋略著录杂赋十二家，特别是"《杂禽兽六畜昆虫赋》十八篇"[⑥]，其中当有不少与《神乌傅》类似之作。只是由于历史岁月的涤荡，俱已湮灭无存，而《神乌傅》有幸被今人考古发现。最后，《神乌傅》作为一个珍贵的实例，补充并明晰了古代文学中禽鸟寓言故事赋的发展脉络。在《神乌傅》出土之前，人们所能看到的最早的同类型之作是曹植《鹞雀赋》，故对禽鸟寓言故事赋的认知只能溯源至曹魏时期。钱锺书评《鹞雀赋》云："游戏之

---

① 杨伯峻译注:《论语译注》,中华书局1980年版,第79页。

② 《史记·滑稽列传》:"(东方)朔且死时,谏曰:'《诗》云:"营营青蝇,止于蕃。恺悌君子,无信谗言。谗言罔极,交乱四国。"……'……居无几何,朔果病死。传曰:'鸟之将死,其鸣也哀;人之将死,其言也善。'此之谓也。"这段文字出自西汉末年褚少孙续补。《神乌傅》引《诗》和"曾子曰",与这段文字的"《诗》云""传曰"基本相同,两相比较,也可见《神乌傅》的文人创作性质。

③ 费振刚、仇仲谦、刘南平校注:《全汉赋校注》,广东教育出版社2005年版,第344页。

④ 万光治:《汉赋通论》(增订本),中国社会科学出版社、华龄出版社2004年版,第294页。

⑤ 程毅中:《唐代小说史》,人民文学出版社2003年版,第83—84页。

⑥ (汉)班固撰,(唐)颜师古注:《汉书》,中华书局1962年版,第1753页。

作，不为华缛，而尽致达情，笔意已似《敦煌掇琐》之四《燕子赋》矣。雀获释后，公妪相语，自夸：'赖我翻捷，体素便附'云云，大类《孟子·离娄》中齐人外来骄其妻妾行径，启后世小说中调侃法门。植之词赋，《洛神》最著，虽有善言，尚是追逐宋玉车后尘，未若此篇之开生面而破余地也。"[①]《神乌傅》的出土让我们认识到，钱先生所赞"开生面而破余地"的赋作可以易位于《神乌傅》，而《鹞雀赋》退为逐其后尘之作了。此后，类似赋作还有晋傅玄《鹰兔赋》，今存残句[②]；次为唐代《燕子赋（甲）》，近代出土于敦煌莫高窟。《神乌傅》将禽鸟寓言故事赋的发展历史上推至西汉，表明由汉至唐的数百年间，这类赋作一脉相承，点缀着汉唐赋坛，并在汉唐小说中贡献出一种韵文体的寓言小说类型。

第三节 《僮约》《责须髯奴辞》和《短人赋》

汉赋之中有一类俳谐赋，内容诙谐，具有笑话的性质。刘勰《文心雕龙·谐隐》云："东方枚皋，铺糟啜醨，无所匡正，而诋嫚媟弄，故其自称为赋，乃亦俳也，见视如倡，亦有悔矣。"[③] 刘勰应当读过东方朔和枚皋所写狎弄、讥讽他人的俳谐赋，从而有此一说。这是西汉的情况。东汉灵帝时，鸿都门学诸生以辞赋相高，蔡邕上封事，指责他们"下则连偶俗语，有类俳优"[④]。鸿都门学诸生的辞赋语言通俗，也属于俳谐赋。东方朔、枚皋、鸿都门学诸生的俳谐赋作均已失传。今存汉代最早的俳谐赋是西汉王褒《僮约》和《责须髯奴辞》[⑤]，两赋以社会底层人物为描摹对象，叙写其事。至于蔡邕，虽曾指责鸿都门学诸生造作俳谐赋，本人却也未能免俗，作有游戏笔墨的《短人赋》。《文心雕龙·谐隐》论及两汉与魏晋六

① 钱锺书：《管锥编》，生活·读书·新知三联书店2008年版，第1678页。

② 严可均《全晋文》卷四十六据《初学记》卷二十一辑："兔谓鹰曰：'汝害于物，有（原校：疑当作"我"）益于世。华髦被札，彤管以制。'"程章灿《魏晋南北朝赋史》（江苏古籍出版社1992年版）附录《先唐赋补辑》据《玉烛宝典》辑："我之二兄，长曰元鹗，次曰仲雕。吾曰叔鹰，亦好斯武。"又据《文选》卷五十四《辩命论》注辑："秋霜一下，兰艾俱落。"从残句看，《鹰兔赋》与《神乌傅》一样，也是禽鸟寓言故事赋。

③ （南朝梁）刘勰著，范文澜注：《文心雕龙注》，人民文学出版社1958年版，第270页。

④ （南朝宋）范晔撰，（唐）李贤等注：《后汉书》，中华书局1965年版，第1996页。

⑤ 《初学记》卷十九将《责须髯奴辞》定为王褒之作。《古文苑》卷十八题为《责髯奴辞》，作者署为黄香。黄香活动于东汉章帝、和帝、安帝时期，传见《后汉书》卷八十上《文苑列传》。学界一般认为该赋为王褒之作，本文从此说。

朝俳谐赋创作，称“懿文之士，未免枉辔”[①]，蔡邕作《短人赋》即属此种情形。

王褒，字子渊，蜀人，生卒年不详，主要活动于汉宣帝时，传见《汉书》卷六十四。王褒是西汉的重要赋作家之一，《汉志》诗赋略著录其赋十六篇。《僮约》，《文心雕龙·书记》又称“王褒《髯奴》”[②]，其文本见于《古文苑》卷十八、《艺文类聚》卷三十五、《初学记》卷十九、《太平御览》卷五百九十八及卷九百九十六等。此赋写蜀郡王子渊因事到煎，过寡妇杨惠家。杨惠之夫遗有一家奴，名曰便了。王子渊叫便了出去酤酒，便了不但直接拒绝了他，而且径到杨惠之夫墓上陈诉其不满，说道：“大夫买便了时，只约守冢，不约为他家男子酤酒。”王子渊佯为大怒，声称要买下他作为奴仆，并即决卖券。便了要求：“欲使，皆上（券）；不上券，便了不能为也。”王子渊有意捉弄便了，立长篇券文，详细规定便了一年四季从早到晚必须从事的各种劳役，条件苛刻至极。便了听毕券文，不禁“词穷咋索，仡仡扣头，两手自搏，目泪下落，鼻涕长一尺”，哀叹道：“当如王大夫言，不如早归黄土陌，蚯蚓钻额。早知当尔，（为）王大夫酤酒，真不敢作恶。”[③] 故事以便了屈服、求饶告终。《僮约》立意不高，内容无甚可论，但富于滑稽幽默的喜剧色彩。

王褒是一位宫廷赋家，待诏金马门，颇受宣帝赏识；曾侍奉太子之疾，为其“朝夕诵读奇文及所自造作”[④]。《僮约》当为出于宫廷娱乐需要的游戏笔墨。黄侃云：“文为俳谐之作，非当时果有此约契也。”[⑤] 此言得之。《僮约》语言通俗，生动诙谐，表现出较强的故事性。容肇祖《敦煌本〈韩朋赋〉考》论及《僮约》，推论“是否宣帝时，民间已有这种叙说故事的体裁为王褒所采用，或者那时民间用口讲述故事，而带有韵语以使人动听及易记，有如王褒的《僮约》”；并将《僮约》定为“说故事的白话赋”。[⑥] 在今存汉赋中，无论从题材还是语言看，《僮约》都显得比较独特，堪称赋体白话小说。

《责须髯奴辞》见于《古文苑》卷十八《杂文》、徐坚《初学记》卷十

---

① (南朝梁)刘勰著，范文澜注：《文心雕龙注》，人民文学出版社 1958 年版，第 271 页。

② (南朝梁)刘勰著，范文澜注：《文心雕龙注》，人民文学出版社 1958 年版，第 459 页。

③ (宋)章樵注：《宋刊古文苑》，中国书店 2021 年版，第 263—267 页。

④ (汉)班固撰，(唐)颜师古注：《汉书》，中华书局 1962 年版，第 2829 页。

⑤ 黄侃著，吴方点校：《文心雕龙札记》，中国人民大学出版社 2004 年版，第 87 页。

⑥ 周绍良、白化文编：《敦煌变文论文录》，上海古籍出版社 1982 年版，第 680 页。

九《奴婢六》，是王褒的另一篇俳谐赋作，语言较《僮约》略微文人化一些。赋作通过士夫之须与须髯奴胡须的对比描写，嘲戏须髯奴胡须的不堪之状。全文如下：

我观人须，长而复黑，冉弱而调，离离若缘坡之竹，郁郁若春田之苗，因风披靡，随风飘飖。尔乃附以丰颐，表以蛾眉，发以素颜，呈以妍姿，约之以绁线，润之以芳脂，莘莘翼翼，靡靡绥绥，振之发曜，黝若玄珪之垂。于是摇须奋髭，则论说唐虞，鼓髻动鬣，则研核否臧。内育环形，外阐宫商，相如以之闲都，颛孙以之堂堂。岂若子髯，既乱且赭，枯槁秃瘁，劬劳辛苦，汗垢流离，污秽泥土，伧嗫穰擩，与尘为侣。无素颜可依，无丰颐可怙。动则困于惣灭，静则窘于囚虏。薄命为髭，正著子颐。为身不能庇其四体，为智不能饰其形骸。獭须瘦面，常如死灰。曾不如犬羊之毛尾，狐狸之毫氂。为子须，不亦难乎！①

《责须髯奴辞》立意不高，充满调侃意味，近于笑话，大约是王褒出于宫廷娱乐需要的游戏笔墨。万光治推论："《僮约》中称便了是'髯奴'，可见他长有一脸的络腮胡须。很可能王褒在写完《僮约》以后，余兴未尽，又接着写了《责须髯奴辞》，杨氏奴仆便了有可能就是这篇文章主人公的原型。"② 此说为是。

与《责须髯奴辞》类似的赋作还有蔡邕《短人赋》。蔡邕（133—192），字伯喈，东汉著名文学家，《后汉书》卷六十有传。《短人赋》是今能见到的蔡邕少数篇幅完整的赋作之一，属于俳谐赋。浦铣《复小斋赋话》云："蔡中郎《短人赋》，亦俳谐体也。"③ 赋文骚散相兼，散体部分主要叙事，介绍短人来历与性情，骚体部分描写短人形貌。全文如下：

侏儒短人，僬侥之后。出自外域，戎狄别种。去俗归义，慕化企踵。遂在中国，形貌有部。名之侏儒，生则象父。唯有晏子，在齐辨勇，匡景拒崔，加刃不恐。其余尫幺，劣厥偻窭。啯啧怒语，与人相距。矇昧嗜酒，喜索罚举。醉则扬声，骂詈恣口。众人患忌，难与并

① (宋)章樵注:《宋刊古文苑》,中国书店 2021 年版,第 271—272 页。

② 万光治:《汉赋通论》(增订本),中国社会科学出版社、华龄出版社 2004 年版,第 277 页。

③ 徐志啸编:《历代赋论辑要》,复旦大学出版社 1991 年版,第 83 页。

侣。是以陈赋，引譬比偶。皆得形象，诚如所语。其词曰：

雄荆鸡兮鹙鹇鹈，鹘鸠雏兮鹑鷃雌。冠戴胜兮啄木儿，观短人兮形若斯。巴巅马兮柙下狗，热地蝗兮芦即且，茧中蛹兮蚕蠕须，视短人兮形若斯。木门阃兮梁上柱，敝凿头兮断柯斧，鞞鞈鼓兮补履朴，脱椎柄兮擣衣杵，视短人兮形如许。①

《短人赋》滑稽嘲谑，富于调侃意味，略如《责须髯奴辞》。

第四节 《首阳山赋》《髑髅赋》及其他

东汉杜笃《首阳山赋》和张衡《髑髅赋》是以赋体文而志怪的故事赋。与两赋类似的，还有西汉末年褚少孙续补《史记·龟策列传》中的神龟故事，主要是用赋体文来写的，在此一并论之。

杜笃（？—78），字季雅，京兆杜陵（今陕西省西安市东南）人，少年博学，为人不修小节，《后汉书》卷八十有传。杜笃赋有《论都赋》《首阳山赋》《书摅赋》《祓禊赋》以及《众瑞赋》等。《首阳山赋》今存者为残篇，如下：

嗟首阳之孤岭，形势窟其盘曲。面河源而抗岩，陇塠隈而相属。长松落落，卉木濛濛。青罗落漠而上覆，穴溜滴沥而下通。高岫带乎岩侧，洞房隐于云中。忽吾睹兮二老，时采薇以从容。于是乎乃讯其所求，问其所修："州域乡党，亲戚匹俦，何务何乐，而并兹游矣。"其二老乃答余曰："吾殷之遗民也。厥胤孤竹，作蕃北湄，少名叔齐，长曰伯夷。闻西伯昌之善救，育年艾于胡耇，遂相携而随之，冀寄命乎馀寿，而天命之不常。伊事变而无方，昌伏事而毕命，子忽遘其不祥。乃兴师于牧野，遂干戈以伐商。乃弃之而来游，誓不步于其乡。余闭口而不食，并卒命于山傍。"②

---

① 费振刚、仇仲谦、刘南平校注:《全汉赋校注》,广东教育出版社 2005 年版,第 926 页。

② 费振刚、仇仲谦、刘南平校注:《全汉赋校注》,广东教育出版社 2005 年版,第 398—399 页。另有"九折崟嶂而多艰"见于《文选》孙绰《游天台山赋》李善注,为《首阳山赋》佚文,描写首阳山形势。

《首阳山赋》本事为伯夷、叔齐采薇首阳山的历史传说。赋文前十句写首阳山形势和环境，有类乎仙境；后文主要写“吾”与采薇二老的问答。赋中写采薇二老有言“余闭口而不食，并卒命于山傍”，表明赋文所写是人鬼之间的对话。

钱锺书曾论析《首阳山赋》，说：

> 按观“卒命”句，则所睹乃伯夷、叔齐之鬼也。此赋后半已佚，然鬼语存者尚近百字，《左传》僖公十年记申生之告，《庄子·至乐》篇托髑髅之言，逊其详悉。情事亦堪入《搜神记》《异苑》等书。张衡《西京赋》所称“本自虞初”之秘书九百，既勿流传；《三国志·魏书·王、卫、二刘、傅传》裴注引《魏略》记曹植初晤邯郸淳，自炫才学，“诵俳优小说数千言讫”，亦无可征；托名东方朔、伶玄、班固者，又皆后出。玩索斯篇，可想象汉人小说之仿佛焉。《金楼子·兴王》所记夷、齐于首阳依麋鹿等事，赋未之及，当尚无此类传闻，故说鬼而未志怪耳。①

在钱锺书看来，《首阳山赋》堪比《搜神记》《异苑》中志怪故事；由于《虞初周说》与邯郸淳所诵俳优小说均已散佚失传，《神异经》《十洲记》《赵飞燕外传》以及《汉武故事》等托名东方朔、伶玄、班固的旧题汉人小说皆出《首阳山赋》之后，因此，《首阳山赋》在人们对汉代小说的考察中就有了特别的价值和意义，所谓“玩索斯篇，可想象汉人小说之仿佛焉”，即由此赋可以窥知汉代小说的大致水准。钱锺书并据《首阳山赋》提出了“汉赋似小说”② 的著名命题，也就是说，有一些汉赋是小说化的，可作小说观。近年出土的《妄稽》和《神乌傅》就是对钱先生论断的极好补充例证。

就题材而言，《首阳山赋》可归属于赋体志怪小说。与该赋题材、风格类似之作还有张衡《髑髅赋》。张衡（78—139），字平子，南阳西鄂（今河南南阳）人，少善属文，精于天文历算，传见《后汉书》卷五十九。张衡是汉赋大家之一，有《思玄赋》《二京赋》《南都赋》《归田赋》《冢赋》《髑髅赋》等传世。《髑髅赋》托为张平子与庄周髑髅问答，如下：

---

① 钱锺书:《管锥编》,生活·读书·新知三联书店 2008 年版,第 1573 页。

② 钱锺书:《管锥编》第三册,生活·读书·新知三联书店 2008 年版,“目次”第 5 页。

张平子将游目于九野，观化乎八方。星回日运，凤举龙骧。南游赤野，北涉幽乡，西经昧谷，东极浮桑。于是季秋之辰，微风起凉。聊回轩驾，左翔右昂。步马于畴阜，逍遥乎陵冈。顾见髑髅，委于路旁。下居淤壤，上有玄霜。

张平子怅然而问之曰："子将并粮推命，以夭逝乎？本丧此土，流迁来乎？为是上智，为是下愚？为是女子，为是丈夫？"

于是肃然有灵，但闻神响，不见其形。答曰："吾宋人也，姓庄名周。游心方外，不能自修。寿命终极，来而玄幽。公子何以问之？"

对曰："我欲告之于五岳，祷之于神祇。起子素骨，反之四支，取耳北坎，求目南离；使东震献足，西坤受腹；五内皆还，六神皆复；子欲之不乎？"

髑髅曰："公子言之殊难也。死为休息，生为役劳。冬冰之凝，何如春冰之消？荣位在身，不亦轻于尘毛？巢、许所耻，伯成所逃。况我已化，与道逍遥。离朱不能见，子野不能听。尧舜不能赏，桀纣不能刑。虎豹不能害，剑戟不能伤。与阴阳同其流，与元气合其朴。以造化为父母，天地为床蓐。雷电为鼓扇，日月为灯烛。云汉为川池，星宿为珠玉。合体自然，无情无欲。澄之不清，混之不浊。不行而至，不疾而速。"

于是言卒响绝，神光除灭。顾时发轸，乃命仆夫，假之以缟巾，衾之以玄尘，为之伤涕，酹于路滨。①

《髑髅赋》在流传中有文字散佚。② 虽然如此，赋中写人、鬼问答的主体内容却是完整的，基本属于完篇。

《髑髅赋》本事为《庄子·至乐》中庄子之楚故事，如下：

庄子之楚，见空髑髅，髐然有形，撽以马捶，因而问之曰："夫子贪生失理，而为此乎？将子有亡国之事，斧钺之诛，而为此乎？将子有不善之行，愧遗父母妻子之丑，而为此乎？将子有冻馁之患，而为此乎？将子之春秋故及此乎？"于是语卒，援髑髅枕而卧。夜半，

① 费振刚、仇仲谦、刘南平校注：《全汉赋校注》，广东教育出版社2005年版，第752—753页。

② 《文选》卷二十五郭泰机《答傅咸》、卷二十八陆机《从军行》李善注均引有张衡《髑髅赋》"飞锋曜景，秉尺持刀"，属于佚文。

髑髅见梦曰："子之谈者似辩士。视子所言，皆生人之累也，死则无此矣。子欲闻死之说乎？"庄子曰："然。"髑髅曰："死，无君于上，无臣于下，亦无四时之事，从然以天地为春秋，虽南面王乐，不能过也。"庄子不信，曰："吾使司命复生子形，为子骨肉肌肤，反子父母妻子、闾里、知识，子欲之乎？"髑髅深瞑蹙頞曰："吾安能弃南面王乐而复为人间之劳乎？"①

这是一则假设宾主双方的对话体寓言故事，借髑髅所讲"死之说"，写出人生的种种忧劳，表达作者对所谓人生之乐的思考和面对生死问题的旷达态度。

比较《髑髅赋》和《庄子》中庄子之楚故事，无论主要内容（关于人生之乐和生死问题的讨论），还是结构安排（设为人与髑髅的双方问答），以及表现手法（如初见髑髅，庄子、张平子均提出一连串问题），都颇为相似。在对待生死的态度上，两者也表现出相似的倾向。这就使《髑髅赋》成为一篇以赋体文改写、生发庄子之楚故事的寓言，小说色彩相当明显。而且，由于辞赋可供俳优表演，故有学者指出，汉魏俳优小说"可能就包括了张衡《髑髅赋》、曹植的《鹞雀赋》和《髑髅说》等"②。

以赋体文改写《庄子》寓言故事的，在张衡《髑髅赋》之前，早有西汉末年的褚少孙。褚少孙续补《史记》的《滑稽列传》《日者列传》和《龟策列传》等，多有小说笔法和篇章，这早已为钱锺书、王利器等学者所关注。③ 其中，《龟策列传》中的神龟故事主要用赋体文写成④，其本事为《庄子·外物》中宋元君梦神龟的寓言故事，如下：

宋元君夜半而梦人被发窥阿门，曰："予自宰路之渊，予为清江使河伯之所，渔者余且得予。"元君觉，使人占之，曰："此神龟也。"

① （清）王先谦撰，沈啸寰点校：《庄子集解》，中华书局 2012 年版，第 185—186 页。

② 程毅中：《唐人小说中的"诗笔"与"诗文小说"的兴衰》，《文学遗产》2007 年第 6 期。

③ 钱锺书在《管锥编》第三册中的《全汉文卷五六》说道："《史记·滑稽列传》褚少孙补西门豹事一节……叙事记言，娓娓栩栩，导夫唐传奇先路。"《王利器推荐古代文言小说》选入《史记·滑稽列传》中的西门豹治邺故事。

④ 关于《龟策列传》中神龟故事的赋体文特征，刘洪生《浅谈〈史记·龟策列传〉——兼与〈庄子〉之〈外物〉等篇的比较》（《渭南师范学院学报》2016 年第 1 期）认为："《龟策列传》'褚先生曰'关于宋元王与卫平的对话，明显带有汉赋家的习气，铺张扬厉，'劝百讽一'，句子以四言或短句式为主，甚至是韵文的形式。"这是近年来对此问题的讨论。

君曰："渔者有余且乎?"左右曰："有。"君曰："令余且会朝。"明日，余且朝。君曰："渔何得?"对曰："且之网，得白龟焉，其圆五尺。"君曰："献若之龟。"龟至，君再欲杀之，再欲活之，心疑，卜之，曰："杀龟以卜，吉。"乃刳龟，七十二钻而无遗策。仲尼曰："神龟能见梦于元君而不能避余且之网；知能七十二钻而无遗策，不能避刳肠之患。如是，则知有所困，神有所不及也。虽有至知，万人谋之。鱼不畏网而畏鹈鹕。去小知而大知明，去善而自善矣。"①

这则寓言的主旨是说"知有所困，神有所不及"，即智者也有困顿之时，神灵也有力所不及之处。褚少孙据此增衍生发，在《龟策列传》中写成与其主旨有异、篇幅可观的神龟故事。

《龟策列传》中神龟故事开头为散体文，写神龟被渔夫豫且（《庄子·外物》作"余且"）网获，向宋元王托梦求救；宋元王召博士卫平解梦，知为神龟，派使者找到豫且，将神龟载入王都。神龟现出祥瑞，宋元王惊其神异。故事主体部分设为宋元王和卫平的问答辩难，以四言句式为主，多有押韵。这一部分写宋元王有感于神龟在患难中向自己求救，出于忠信和仁义之心，决定释放神龟。卫平认为，神龟是天下之宝，先得到此龟的诸侯会成为天子，因而反对释放神龟，劝谏取龟甲用于占卜。最后，宋元王被卫平说服，择取吉日良辰，举行隆重的仪式，剥取龟甲。宋元王用龟甲占卜，结果无比灵验，赖此之力，宋国国力达到最强。故事结尾以散体文写成，是作者由神龟遭遇而引发的感慨与议论，认为对人对物都不可求全责备。《龟策列传》的神龟故事是一篇首尾完整的赋体志怪小说。它对杜笃《首阳山赋》和张衡《髑髅赋》创作，或有所启发。

以赋体文志怪之作在两汉时期应当颇不乏见。王符《潜夫论·务本篇》云："今赋颂之徒，苟为饶辩屈蹇之辞，竞陈诬罔无然之事，以索见怪于世，愚夫戆士，从而奇之，此悖孩童之思，而长不诚之言者也。"②此中透露了两汉时期赋体志怪之作曾流行于世的信息。

---

① (清)王先谦撰，沈啸寰点校：《庄子集解》，中华书局2012年版，第291—292页。

② (汉)王符著，(清)汪继培笺，彭铎校正：《潜夫论笺校正》，中华书局1985年版，第19页。

第五节　俳优小说

“俳优小说”一词出现于汉魏之际。《三国志·魏书·王粲传》裴松之注引《魏略》曰：

> （邯郸）淳一名竺，字子叔。博学有才章，又善《苍》、《雅》、虫、篆、许氏字指。初平[1]时，从三辅客荆州。荆州内附，太祖素闻其名，召与相见，甚敬异之。时五官将博延英儒，亦宿闻淳名，因启淳欲使在文学官属中。会临菑侯（曹）植亦求淳，太祖遣淳诣植。植初得淳甚喜，延入坐，不先与谈。时天暑热，植因呼常从取水自澡讫，傅粉。遂科头拍袒，胡舞五椎锻，跳丸击剑，诵俳优小说数千言讫，谓淳曰："邯郸生何如邪？"于是乃更著衣帻，整仪容，与淳评说混元造化之端，品物区别之意，然后论羲皇以来贤圣名臣烈士优劣之差，次颂古今文章赋诔及当官政事宜所先后，又论用武行兵倚伏之势。乃命厨宰，酒炙交至，坐席默然，无与伉者。及暮，淳归，对其所知叹植之材，谓之“天人”。[2]

《魏略》作者鱼豢，生卒年不详，活动于魏晋之际。据考，《魏略》所载曹植、邯郸淳之会，事在汉献帝建安二十一年（216）。[3] 由于宾主双方雅相敬慕，曹植在欢迎仪式中亲自为邯郸淳诵俳优小说。邯郸淳之所以盛赞曹植才华，谓之“天人”，原因之一就是曹植能诵数千言俳优小说。那么，何为俳优小说？由于相关记载付诸阙如，后世学者只能通过汉魏六朝文献的一些间接记载予以考察和推论，探其大略。

我们认为，俳优小说有两个基本特征。

一是俳优小说为赋体文。王瑶《拟古与作伪》一文指出："赋本身最初即是属于俳优性质的，是供帝王消遣的东西。"[4] 也就是说，赋和俳优

① 初平，汉献帝年号，190—193年。

② （晋）陈寿撰，（南朝宋）裴松之注：《三国志》，中华书局1982年版，第603页。

③ 参见王齐洲、李平：《曹植诵俳优小说发覆》，《学术研究》2013年第5期。

④ 王瑶：《中古文学史论》，北京大学出版社1998年版，第221页。

在汉代主要供帝王的娱乐消遣之需，没有什么文化地位。一代雄主汉武帝，虽好辞赋，但对他的辞赋侍从之臣东方朔和枚皋等并不甚在意。《汉书·严助传》载："（东方）朔、（枚）皋不根持论，上颇俳优畜之。"① 这种待遇就是把辞赋作家与歌舞表演的俳优等而视之，进而成为汉代上层社会乃至辞赋作家本人的一种文化意识，有关记载见诸《汉书》和《后汉书》。如《汉书·枚皋传》载："皋赋辞中自言为赋不如相如，又言为赋乃俳，见视如倡，自悔类倡也。"②《汉书·王褒传》载汉宣帝曰："辞赋大者与古诗同义，小者辩丽可喜。辟如女工有绮縠，音乐有郑卫，今世俗犹皆以此虞说耳目，辞赋比之，尚有仁义风谕，鸟兽草木多闻之观，贤于倡优博弈远矣。"③ 宣帝喜好辞赋，便努力为其争取舆论上的地位，却也不过称其"贤于倡优博弈远矣"，也就是比沉迷于俳优、博弈等娱乐活动要强一些，如此而已。《汉书·扬雄传》载扬雄不复为赋的原因，云："赋劝而不止，明矣。又颇似俳优淳于髡、优孟之徒，非法度所存，贤人君子诗赋之正也，于是辍不复为。"④《后汉书·蔡邕列传》载蔡邕上书灵帝，指责鸿都门学诸生辞赋，说："诸生竞利，作者鼎沸。其高者颇引经训风喻之言；下则连偶俗语，有类俳优。"⑤ 由如此之类言论和事实可知，在汉代没有哪种文体像辞赋这样被频频与俳优相提并论，地位如此不堪。实际上，在汉末乃至魏晋六朝文人的意识和观念中，辞赋为"有类俳优"者之所作，属于"小道"，已然沦为《汉志》所谓小说家之于诸子九家那样的"小道"地位。⑥ 故而汉魏之际出现"俳优小说"之说也就不足为奇了。根据王运熙的意见，曹植所诵俳优小说或当是其本人的《鹞雀赋》《髑髅说》等赋作，"因为它们不但内容诙谐，有似俳优表演；而且文辞协韵，便于诵读"⑦。还有学者推测，曹植所诵俳优小说实质上就是以演诵故事为主的一类俗赋。⑧ 所论均指出俳优小说为赋体文一类。

① （汉）班固撰，（唐）颜师古注：《汉书》，中华书局1962年版，第2775页。

② （汉）班固撰，（唐）颜师古注：《汉书》，中华书局1962年版，第2367页。

③ （汉）班固撰，（唐）颜师古注：《汉书》，中华书局1962年版，第2829页。

④ （汉）班固撰，（唐）颜师古注：《汉书》，中华书局1962年版，第3575页。

⑤ （南朝宋）范晔撰，（唐）李贤等注：《后汉书》，中华书局1965年版，第1996页。

⑥ 《文心雕龙·谐隐》云："文辞之有谐隐，譬九流之有小说，盖稗官所采，以广视听。"刘勰举谐隐之例，有荀子《蚕赋》、宋玉《登徒子好色赋》、东方朔和枚皋赋、潘岳《丑妇赋》等。在刘勰看来，辞赋即如九流十家中的小说家著作，小道可观而已。

⑦ 王运熙：《汉魏六朝的四言体通俗韵文》，《汉魏六朝唐代文学论丛》（增补本），复旦大学出版社2002年版，第292页。

⑧ 参见陶明玉：《曹植"诵俳优小说"与白话小说的起源》，《中州学刊》2021年第12期。

二是俳优小说富于诙谐意味，类似笑话。《汉书·枚皋传》载：“皋不通经术，诙笑类俳倡。”《汉书·霍光传》云：“击鼓歌吹作俳倡。”颜师古注：“俳优，谐戏也。倡，乐人也。”[①] 俳倡就是俳优所做诙谐言谈与嘲戏之辞的表演。枚皋“诙笑类俳倡”和颜师古注都表明，俳优的表演是以诙谐见长的。依此而论，俳优小说内容应以诙谐取胜。刘勰曾梳理诙谐文的发展演变过程，我们从中也可看出这一点。《文心雕龙·谐隐》云：

> 谐之言皆也。辞浅会俗，皆悦笑也。昔齐威酣乐，而淳于说甘酒；楚襄宴集，而宋玉赋好色：意在微讽，有足观者。及优旃之讽漆城，优孟之谏葬马，并谲辞饰说，抑止昏暴。是以子长编史，列传《滑稽》，以其辞虽倾回，意归义正也。但本体不雅，其流易弊。于是东方枚皋，餔糟啜醨，无所匡正，而诋嫚媟弄，故其自称为赋，乃亦俳也；见视如倡，亦有悔矣。至魏文因俳说以著笑书，薛综凭宴会而发嘲调，虽抃推席，而无益时用矣。……魏晋滑稽，盛相驱扇。[②]

在此，刘勰所谓“谐”就是一类诙谐嘲笑的文章。[③] 刘勰勾勒了诙谐文的发展演变轨迹，指出了各个时期的主要作家或代表人物：先秦淳于髡、优孟和宋玉—秦代优旃—汉代东方朔、枚皋—魏晋时期魏文帝、薛综等。在刘勰看来，诙谐文源于俳优，发展于“见视如倡”的汉代赋家，盛于魏晋，产生了以“俳说”为主要内容的《笑书》等诙谐文专集。那么，俳优小说作为一种诵读、表演性的文字，内容诙谐是必然的。

在传世文献中，可佐证俳优小说诙谐特色的有晋刘谧之《庞郎赋》和《迷赋》。《庞郎赋》的开头说：“坐上诸君子，各各明君耳。听我作文章，说此河南事。”[④] 这完全是说话人的表演声口。《庞郎赋》《迷赋》有佚文写庞郎容貌之丑和进城迷路，分别见于《太平御览》卷三百八十二“丑丈夫”和卷四百九十“迷忘”主题之下，颇含嘲讽取笑之意。还有刘谧之《下野赋》片段见于《御览》卷六百八十七“帽”主题，嘲戏市人穿衣着装不伦不类，文字诙谐，严可均《全晋文》卷一百四十三疑其为《庞郎

---

① （汉）班固撰，（唐）颜师古注：《汉书》，中华书局1962年版，第2366、2940、2943页。

② （南朝梁）刘勰著，范文澜注：《文心雕龙注》，人民文学出版社1958年版，第270—271页。

③ 参见周振甫：《文心雕龙今译》，中华书局1986年版，第131页。

④ （唐）徐坚等：《初学记》，中华书局1962年版，第459页。

赋》《迷赋》之误。[①] 近现代考古发现的成果也可佐证俳优小说的诙谐色彩。近几十年来，出土的汉代说唱俑和汉画像砖中的俳优百戏等，多为头裹巾帻、袒胸露腹、着裤赤足、神采飞扬的表演状态。尤其是汉代说唱俑，面部往往有着生动的诙谐滑稽表情。按《魏略》载述曹植诵俳优小说的扮相和过程，云："呼常从取水自澡讫，傅粉。遂科头拍袒，胡舞五椎锻，跳丸击剑，诵俳优小说数千言讫。"[②] 曹植不但"傅粉"，而且"科头拍袒"，科头即结发不着冠，拍袒意指赤裸上身。这种表演扮相与汉代说唱俑的形象何其相似。由此亦可知，曹植所诵俳优小说应具有诙谐的内容。有学者认为曹植所诵"俳优小说"大抵为诙谐文字与嘲弄言语之类，与胡舞、跳丸、击剑并为杂技艺，其所注重者系娱乐趣味性质。[③] 此说为是。

综上，俳优小说是可供说唱表演的，主要是赋体俳谐文，属于赋体小说的范畴。引而申之，王褒《僮约》《责须髯奴辞》和蔡邕《短人赋》等俳谐赋都可归属于俳优小说，这应该是没有问题的。

魏晋时期，文人造作俳谐赋蔚成风气。在《文心雕龙·谐隐》中，刘勰论列东方朔、枚皋等人俳谐赋作，指其"无益时用"，又云："潘岳丑妇之属，束皙卖饼之类，尤而效之，盖以百数。魏晋滑稽，盛相驱扇：遂乃应玚之鼻，方于盗削卵；张华之形，比乎握舂杵：曾是莠言，有亏德音，岂非溺者之妄笑，胥靡之狂歌欤?"[④] 所说是潘岳《丑妇赋》、束皙《饼赋》以及嘲戏应玚大鼻子、张华尖脑袋的佚名赋作。它们与两汉时期的《僮约》《责须髯奴辞》和《短人赋》等性质相类，都是"无益时用"而供人娱乐的俳优小说。当然，这些赋作的立意、格调等不高，故刘勰指其为"莠言"，认为"有亏德音"。

俳优小说的小说史意义值得关注。从中国古代通俗小说的发展史来看，俳优小说可谓魏晋六朝统治阶级"说话"的例子[⑤]，是"说话"这一艺术形式的雏形。唐代和宋元时期，出现了所谓"市人小说"和话本等通俗小说的形式，与俳优小说具有一脉相承的艺术渊源。

---

① 参见(清)严可均辑:《全上古三代秦汉三国六朝文》,中华书局1958年版,第2282页。

② (晋)陈寿撰,(南朝宋)裴松之注:《三国志》,中华书局1982年版,第603页。

③ 参见王国良:《魏晋南北朝志怪小说研究》,(台北)文史哲出版社1984年版,第4—5页。

④ (南朝梁)刘勰著,范文澜注:《文心雕龙注》,人民文学出版社1958年版,第271页。

⑤ 参见胡士莹:《话本小说概论》,商务印书馆2011年版,第19—23页。

结 语

两汉时期出现了一批各有所长的小说家，小说作品数量丰富。这些作家、作品呈现了汉代小说发展的整体水平和所达高度，并对后世小说的发展产生了不可忽视的影响。

一、汉代小说的成就

志怪小说在汉代首次获得充分发展。《神异经》和《十洲记》是汉代地理博物志怪小说的主要作品，谶纬小说也含有大量地理博物志怪故事。它们共同丰富、充实了由《山海经》开启的地理博物志怪小说系统。志怪小说在东汉时期还显示出新的发展动态。一是《神异经》力图糅合荒外与人间，将儒家伦理观念融入地理博物志怪题材之中，文思较深茂，这使其在先唐志怪小说中独具特色。二是《列仙传》纳入神仙羽客，拓展了志怪小说的题材范围，此后，神仙羽客形象日益多见于志怪小说。三是《异闻记》和《风俗通义·怪神篇》等，多记民间社会的怪异传闻。相比瞩目荒外的地理博物志怪和疏远凡俗的谶纬小说，两书志怪题材源自民间社会，因而带有了一定程度的人间烟火气。四是至东汉末年，地理博物体、杂史体和杂记体志怪等先唐志怪小说的三大类型均已形成。这些都是志怪小说在汉代获得充分发展的表现。在中国古代小说史上，如果说魏晋六朝是志怪小说的黄金时代①，那么，从小说文体自身发展演变的逻辑看，即因志怪小说在汉代获得充分发展，为魏晋六朝志怪小说作出了前期的艺术铺垫和题材积累。

汉代轶事小说的发展成就主要体现于西汉末年和东汉末年。西汉末年，刘向《新序》《说苑》将短篇历史故事按主题分门别类，汇总编撰成

① 参见陈文新主编：《中国古代文学》，北京大学出版社 2010 年版，第 272 页。

书，这一开创性的编撰体例在后世多被取法和借鉴，影响颇为深广。刘歆《西京杂记》则以西汉朝野逸闻为题材，意绪秀异，达到汉代轶事小说艺术的最高水准。刘向、刘歆父子各呈其长，各擅胜场，同为汉代优秀的短篇小说家。东汉末年，应劭《风俗通义·愆礼》等篇杂记士人言行，颇展名士风度。邯郸淳《笑林》则是一部远实用而近娱乐的笑话书。汉代轶事小说，尤其是《西京杂记》和《风俗通义》中的轶事篇章以及《笑林》等，开启了魏晋六朝轶事小说的艺术门径，为它的发展奠定了基础。

杂史小说兴起于两汉，颇可观览。《燕丹子》是汉代最早的杂史小说，开启中国古代小说的复仇与侠义主题。《列女传》有意虚构列女故事，具备了小说的实质。《越绝书》和《吴越春秋》均表现出历史演义的色彩。《吴越春秋》以吴越争霸为结构主线，叙事连贯完整，内容虚实相生，主要人物各见性格，已呈历史演义的基本形态。《赵飞燕外传》体近传奇，在艺术上达到两汉杂史小说的最高水准；即使置之于整个唐前小说中，它也是一颗亮丽的明珠。这些杂史小说各有千秋，中国古代小说长于讲史的气质已然蕴含于其中。

赋体小说是汉代小说的一个独特贡献。辞赋发达的两汉文学环境孕育出《妄稽》《神乌傅》《僮约》《责须髯奴辞》等情节性或娱乐性突出的赋作，从而形成用赋体文讲故事的赋体小说，汉魏之际的俳优小说也属此类型。其中，《妄稽》和《神乌傅》虽于近今出土，但堪为赋体小说的典范之作。赋体小说文体别具一格，是汉代小说对中国古代小说的一个独特贡献，也是“说话”和话本等中国古代通俗小说的艺术源头。

此外，《汉志》“小说”虽不可完全作小说观，但“小说九百”的虞初被后世尊为小说家之祖。以《汉志》“小说”为基础形成的小说价值观，核心义理是“小道”“可观”，成为中国古代小说理论的基本内涵，牢笼千载，浸润着中国古代小说生存、发展的生态。

总之，汉代小说各呈姿态，成就可观。汉代实为中国古代小说格局略备、初具规模的时期，以及古代小说理论的发轫期；在中国古代小说发展史上，汉代是一个全面奠基的时期。

二、汉代小说的小说史影响

汉代小说为魏晋六朝小说提供了可资取法、借鉴的近代范式，为其发展奠定了良好基础，这是汉代小说在中国古代小说史上的主要影响之所在。

魏晋六朝时期，志怪和轶事小说蔚为大观，堪称中国古代小说发展的第一个繁荣阶段。这个阶段的出现，有哪些因素促动和前期铺垫？自鲁迅以来，学界大都从宗教、思想、文化乃至政治环境等文学外部因素着眼探讨。但其间问题是明显的，即小说自身的渐次嬗变、递相传承对魏晋六朝小说的作用被忽视了。因此，曹道衡在二十世纪八十年代就指出："在目前流行的一些文学史著作中，当论及魏晋六朝社会风气以及'志怪''轶事'两类小说的兴起时，往往较多地强调儒学的衰微，而究其原因，则又多归之于汉末社会的大变动及黄巾起义的影响。这个结论，当然不能说错，但未免过于简单"；"当我们探讨魏晋六朝小说的形成和发展时，似乎有必要上溯到东汉人的一些著作。在这些著作中，应劭的《风俗通义》占有比较重的地位"。[①] 所论诚是。就小说自身发展的内在逻辑而言，魏晋六朝小说的发展演变是以包括《风俗通义》在内的汉代小说为前提的，是对后者题材内容、艺术形象、编撰体例等自然的承续和衍化。

最明显的是故事题材。魏晋六朝志怪之作多有直接采录汉代志怪小说，并对同类题材加以生发和增衍的情形。作为先唐地理博物志怪小说代表作的张华《博物志》，就较多采录汉代谶纬小说《河图括地象》的内容。干宝《搜神记》作为汉魏六朝志怪小说的代表作，多采录《列仙传》《风俗通义》以及汉代谶纬小说的内容，又且据以生发、编撰新故事。汉代志怪小说成为魏晋六朝志怪小说重要的题材源泉，是毋庸置疑的事实。在艺术形象上，魏晋六朝志怪中常见的仙、鬼、精、怪等形象，已俱备于汉代志怪小说。在魏晋六朝轶事小说中独立不羁、率性而为的士人形象，在《西京杂记》和《风俗通义》的轶事篇章中已频现踪影。魏晋六朝小说中的神怪、士人形象基本就是对汉代小说中同类形象的丰富和充实。在编撰体例上，刘向诸作开创按一定主题分门别类编纂故事的体例，为《搜神记》和《世说新语》等魏晋六朝小说所取法。

唐宋以降的古代小说也显示了与汉代小说的文脉关联。汉代小说的某些特征或显或隐地影响了隋唐以后小说的文本体式、编撰创作，乃至读者接受的倾向。如《韩诗外传》故事引《诗》作结，这种"有诗为证"的诗

---

① 曹道衡：《〈风俗通义〉和魏晋六朝小说》，《文学遗产》1988年第3期。

赞结尾形式，发展成为古代小说文体形式的一个民族特色。再如汉代谶纬小说的感生、异貌、上天赐书等母题，不仅常见于唐传奇、宋元话本、“三言”、“二拍”等短篇之作；而且在《三国志演义》《水浒传》《金瓶梅》《梼杌闲评》《儒林外史》《红楼梦》等长篇小说中，被作为一种艺术手段加以运用，进而使它们形成了以书写历史或现实为主，间杂神怪之言，甚或以感生神话结构全书的文本特征，明显有异于西方的长篇之作。又如古人追溯小说源流，多尊虞初为小说家之祖，故而多有以“虞初”名书的短篇小说集，明吴仲虚《虞初志》、清张潮《虞初新志》、郑澍若《虞初续志》等即是。至于《太平广记》广收汉唐小说，各标类目，汇为巨帙，即取法于刘向。若从读者的角度看，则唐宋以降最为细民所爱的历史和侠义公案小说，与汉代小说也有很深的渊源。杂史小说《吴越春秋》即为历史演义的雏形。《燕丹子》和《风俗通义》中的狱讼奇闻，实为后世侠义公案小说之嚆矢。由以上各例，足可见汉代小说影响之深远。

要而言之，魏晋六朝小说的发展直接受益于汉代小说奠定的艺术基础，唐宋以迄明清小说的发展，汉代小说亦与有力焉。今天，我们在进一步完善中国小说史学科的期待和实践中，应当重视汉代小说。

参考文献

一、古籍类

(战国)韩非著,陈奇猷校注:《韩非子新校注》,上海古籍出版社 2000 年版。

(汉)刘向集录:《战国策》,上海古籍出版社 1998 年版。

(汉)贾谊撰,阎振益、钟夏校注:《新书校注》,中华书局 2000 年版。

(汉)韩婴撰,许维遹校释:《韩诗外传集释》,中华书局 1980 年版。

(汉)司马迁:《史记》,中华书局 1982 年版。

(汉)刘向编著,石光瑛校释,陈新整理:《新序校释》,中华书局 2001 年版。

(汉)刘向撰,赵善诒疏证:《新序疏证》,华东师范大学出版社 1989 年版。

(汉)刘向撰:《宋本说苑》,国家图书馆出版社 2017 年版。

(汉)刘向撰,向宗鲁校证:《说苑校证》,中华书局 1987 年版。

(汉)刘向撰,赵善诒疏证:《说苑疏证》,华东师范大学出版社 1985 年版。

(汉)刘向撰,(汉)班昭增补:《古列女传》(附《续列女传》),中国书店 2013 年版。

(汉)扬雄著,张震泽校注:《扬雄集校注》,上海古籍出版社 1993 年版。

(汉)刘歆撰,(晋)葛洪集,向新阳、刘克任校注:《西京杂记校注》,上海古籍出版社 1991 年版。

(汉)桓谭撰,朱谦之校辑:《新辑本桓谭新论》,中华书局 2009 年版。

(汉)班固撰,(唐)颜师古注:《汉书》,中华书局 1962 年版。

(汉)班固编撰,顾实讲疏:《汉书艺文志讲疏》,上海古籍出版社 2009

年版。

（汉）许慎撰，（宋）徐铉校定：《说文解字》，中华书局 1963 年版。

（汉）应劭撰，吴树平校释：《风俗通义校释》，天津古籍出版社 1980 年版。

（汉）应劭撰，王利器校注：《风俗通义校注》，中华书局 2010 年版。

（汉）宋衷注，（清）秦嘉谟等辑：《世本八种》，中华书局 2008 年版。

（晋）陈寿撰，（南朝宋）裴松之注：《三国志》，中华书局 1982 年版。

（晋）张华撰，范宁校证：《博物志校证》，中华书局 2014 年版。

（晋）郭璞注，王贻樑、陈建敏校释：《穆天子传汇校集释》，中华书局 2019 年版。

（晋）干宝撰，李剑国辑：《新辑搜神记　新辑搜神后记》，中华书局 2007 年版。

（晋）葛洪撰，王明校释：《抱朴子内篇校释》（增订本），中华书局 1985 年版。

（晋）葛洪撰，胡守为校释：《神仙传校释》，中华书局 2010 年版。

（晋）王嘉撰，（南朝梁）萧绮录，齐治平校注：《拾遗记》，中华书局 1981 年版。

（南朝宋）范晔撰，（唐）李贤等注：《后汉书》，中华书局 1965 年版。

（南朝宋）刘义庆撰，（南朝梁）刘孝标注，朱铸禹集注：《世说新语汇校集注》，上海古籍出版社 2002 年版。

（南朝梁）刘勰著，范文澜注：《文心雕龙注》，人民文学出版社 1958 年版。

（南朝梁）萧统编，（唐）李善注：《文选》，中华书局 1977 年版。

（北魏）郦道元著，（清）王先谦校：《合校水经注》，中华书局 2009 年版。

（北魏）贾思勰著，石声汉校释：《齐民要术今释》，中华书局 2009 年版。

（唐）房玄龄等撰：《晋书》，中华书局 1974 年版。

（唐）李延寿：《南史》，中华书局 1975 年版。

（唐）魏徵、令狐德棻：《隋书》，中华书局 1973 年版。

（唐）虞世南辑录：《北堂书钞》，学苑出版社 2015 年版。

（唐）欧阳询：《宋本艺文类聚》，上海古籍出版社 2013 年版。

（唐）徐坚等：《初学记》，中华书局 1962 年版。

（唐）释道世撰，周叔迦、苏晋仁校注：《法苑珠林校注》，中华书局 2003

年版。

(唐)刘知几撰,(清)浦起龙通释,吕思勉评:《史通》,上海古籍出版社2008年版。

(唐)杜佑:《通典》,中华书局1984年版。

(后晋)刘昫等撰:《旧唐书》,中华书局1975年版。

(宋)欧阳修、宋祁等撰:《新唐书》,中华书局1975年版。

(宋)李昉等撰:《太平御览》,中华书局1960年版。

(宋)李昉等编:《太平广记》,中华书局1961年版。

(宋)李昉等编:《文苑英华》,中华书局1966年版。

(宋)王钦若等编:《册府元龟》,中华书局1960年版。

(宋)司马光:《资治通鉴》,中华书局2011年版。

(宋)章樵注:《宋刊古文苑》,中国书店2021年版。

(宋)晁载之等撰:《续谈助》(外二种),(台北)新文丰出版公司1984年版。

(宋)黄伯思:《东观余论》,中国书店2018年版。

(宋)洪兴祖补注,卞岐整理:《楚辞补注》,凤凰出版社2007年版。

(宋)晁公武撰,孙猛校证:《郡斋读书志校证》,上海古籍出版社1990年版。

(宋)洪迈撰,孔凡礼点校:《容斋随笔》,中华书局2005年版。

(宋)陈振孙撰,许小蛮、顾美华点校:《直斋书录解题》,上海古籍出版社1987年版。

(宋)王应麟辑:《玉海》,江苏古籍出版社、上海书店1987年版。

(元)马端临:《文献通考》,中华书局1986年版。

(明)顾元庆编:《顾氏文房小说》,1925年上海涵芬楼影印明刻本。

(明)郎瑛:《七修类稿》,上海书店出版社2009年版。

(明)胡应麟:《少室山房笔丛》,上海书店出版社2009年版。

(明)谢肇淛:《五杂组》,上海书店出版社2009年版。

(清)顾炎武撰,(清)黄汝成集释,栾保群校点:《日知录集释》,中华书局2020年版。

(清)吴任臣撰,栾保群点校:《山海经广注》,中华书局2020年版。

(清)段玉裁著,赖永海主编:《段玉裁全书》,江苏人民出版社2015年版。

(清)永瑢等:《四库全书总目》,中华书局 1965 年版。

(清)永瑢等:《四库全书简明目录》,上海古籍出版社 1985 年版。

(清)孙星衍辑:《平津馆丛书》,凤凰出版社 2010 年版。

(清)郝懿行撰,栾保群点校:《山海经笺疏》,中华书局 2019 年版。

(清)严可均辑:《全上古三代秦汉三国六朝文》,中华书局 1958 年版。

(清)严可均著,孙宝点校:《严可均集》,浙江古籍出版社 2018 年版。

(清)王照圆撰,虞思徵点校:《列女传补注》,华东师范大学出版社 2012 年版。

(清)阮元校刻:《十三经注疏》(清嘉庆刊本),中华书局 2009 年版。

(清)周中孚:《郑堂读书记》,中华书局 1993 年版。

(清)王聘珍撰,王文锦点校:《大戴礼记解诂》,中华书局 1983 年版。

(清)马国翰辑:《玉函山房辑佚书》,广陵书社 2004 年版。

(清)俞樾等:《古书疑义举例五种》,中华书局 2005 年版。

(清)李慈铭著,由云龙辑:《越缦堂读书记》,中华书局 2006 年版。

(清)黎庶昌:《琱玉集零本》(外三种),华东师范大学出版社 2017 年版。

(清)王先谦:《汉书补注》,商务印书馆 1959 年版。

(清)王先谦撰,沈啸寰点校:《庄子集解》,中华书局 2012 年版。

(清)王先谦编:《皇清经解续编》,齐鲁书社 2016 年版。

(清)皮锡瑞著,周予同注释:《经学历史》,中华书局 2004 年版。

程毅中点校:《燕丹子》,中华书局 1985 年版。

二十五史刊行委员会编:《二十五史补编》,中华书局 1955 年版。

傅亚庶:《孔丛子校释》,中华书局 2011 年版。

何宁集释:《淮南子集释》,中华书局 1998 年版。

胡玉缙撰,王欣夫辑:《四库全书总目提要补正》,上海书店出版社 2020 年版。

黄晖:《论衡校释》,中华书局 1990 年版。

黎翔凤撰,梁运华整理:《管子校注》,中华书局 2004 年版。

李步嘉校释:《越绝书校释》,中华书局 2018 年版。

屈守元:《韩诗外传笺疏》,巴蜀书社 2012 年版。

王承略、刘心明主编:《二十五史艺文经籍志考补萃编续刊》,清华大学出版社 2021 年版。

王叔岷:《列仙传校笺》,中华书局 2007 年版。

吴则虞编著，吴受琚、俞震校补：《晏子春秋集释》(增订本)，国家图书馆出版社 2011 年版。

许维遹撰，梁运华整理：《吕氏春秋集释》，中华书局 2009 年版。

袁珂校注：《山海经校注》(最终修订版)，北京联合出版公司 2014 年版。

钟肇鹏：《鬻子校理》，中华书局 2010 年版。

周生春：《吴越春秋辑校汇考》，上海古籍出版社 1997 年版。

二、中文论著

〔日〕安居香山、中村璋八辑：《纬书集成》，河北人民出版社 1994 年版。

白军鹏：《敦煌汉简校释》，上海古籍出版社 2018 年版。

北京大学出土文献研究所编：《北京大学藏西汉竹书》，上海古籍出版社 2015 年版。

曹道衡、刘跃进：《先秦两汉文学史料学》，中华书局 2005 年版。

陈洪主编：《民国中国小说史著集成》，南开大学出版社 2014 年版。

陈洪：《中国早期小说生成史论》，中华书局 2019 年版。

陈文新：《文言小说审美发展史》，武汉大学 2002 年版。

陈文新、〔韩〕闵宽东：《韩国所见中国古代小说史料》，武汉大学出版社 2011 年版。

程毅中：《古小说简目》，中华书局 1981 年版。

程毅中：《唐代小说史》，人民文学出版社 2003 年版。

程毅中：《古体小说论要》，北京出版社 2017 年版。

邓骏捷：《刘向校书考论》，人民出版社 2012 年版。

董治安主编：《两汉全书》，山东大学出版社 2009 年版。

杜贵晨：《中国古代短篇小说史》，中州古籍出版社 1991 年版。

费振刚主编：《先秦两汉文学研究》，北京出版社 2001 年版。

费振刚、仇仲谦、刘南平校注：《全汉赋校注》，广东教育出版社 2005 年版。

高小康：《中国古代叙事观念与意识形态》，北京大学出版社 2005 年版。

《洪业论学集》，中华书局 1981 年版。

侯文华：《先秦诸子散文文体及其文化渊源》，中华书局 2017 年版。

侯忠义：《汉魏六朝小说史》，春风文艺出版社 1989 年版。

胡士莹：《话本小说概论》，商务印书馆 2011 年版。

冷德熙:《超越神话——纬书政治神话研究》,东方出版社 1996 年版。

李步嘉:《〈越绝书〉研究》,上海古籍出版社 2003 年版。

李丰楙:《仙境与游历:神仙世界的想象》,中华书局 2010 年版。

李剑锋:《唐前小说史料研究》,山东教育出版社 2016 年版。

李剑国:《唐前志怪小说史》(修订版),天津教育出版社 2005 年版。

李剑国:《唐前志怪小说辑释》(修订本),上海古籍出版社 2011 年版。

李剑国、陈洪主编:《中国小说通史》,高等教育出版社 2007 年版。

刘叶秋:《历代笔记概述》,北京出版社 2016 年版。

刘勇强:《中国古代小说史叙论》,北京大学出版社 2007 年版。

刘跃进:《秦汉文学编年史》,商务印书馆 2006 年版。

卢文晖辑注:《师旷——古小说辑佚》,上海古籍出版社 1985 年版。

鲁迅:《古小说钩沉》,齐鲁书社 1997 年版。

鲁迅:《中国小说史略》,人民文学出版社 2006 年版。

陆侃如:《中古文学系年》,人民文学出版社 1985 年版。

逯钦立遗著,吴云整理:《汉魏六朝文学论集》,陕西人民出版社 1984 年版。

罗根泽编著:《古史辨》,上海古籍出版社 1982 年版。

罗宁:《汉唐小说观念论稿》,巴蜀书社 2009 年版。

吕思勉:《秦汉史》,上海古籍出版社 2005 年版。

马瑞芳、邹宗良主编:《中国古典文学研究》,人民文学出版社 2006 年版。

孟瑶:《中国小说史》,(台北)传记文学出版社 1980 年版。

聂石樵:《先秦两汉文学史》,中华书局 2007 年版。

宁稼雨:《中国志人小说史》,辽宁人民出版社 1991 年版。

宁稼雨:《中国文言小说总目提要》,齐鲁书社 1996 年版。

钱锺书:《管锥编》,生活·读书·新知三联书店 2008 年版

上海古籍出版社编:《汉魏六朝笔记小说大观》,上海古籍出版社 1999 年版。

石昌渝:《中国小说源流论》(修订版),生活·读书·新知三联书店 2015 年版。

孙猛:《日本国见在书目录详考》,上海古籍出版社 2015 年版。

孙蓉蓉:《谶纬与文学研究》,中华书局 2018 年版。

谭帆:《中国小说史研究之检讨》,上海古籍出版社 2020 年版。

汤用彤:《汉魏两晋南北朝佛教史》,武汉大学出版社 2008 年版。

王国良:《神异经研究》,(台北)文史哲出版社 1985 年版。

王国良:《海内十洲记研究》,(台北)文史哲出版社 1993 年版。

王利器注释:《王利器推荐古代文言小说》,广陵书社 2004 年版。

王齐洲:《汉书艺文志及两汉书补志著录小说资料集》,湖北人民出版社 2021 年版。

王瑶:《中古文学史论》,北京大学出版社 1998 年版。

王运熙:《汉魏六朝唐代文学论丛》(增补本),复旦大学出版社 2002 年版。

王枝忠:《汉魏六朝小说史》,浙江古籍出版社 1997 年版。

魏鸿雁:《汉代小说文献与汉代文化研究》,中国社会科学出版社 2013 年版。

魏世民:《魏晋南北朝小说史》,安徽大学出版社 2011 年版。

吴从祥:《谶纬与汉代文学》,中国社会科学出版社 2015 年版。

吴志达:《中国文言小说史》,齐鲁书社 1994 年版。

熊明:《杂传与小说:汉魏六朝杂传研究》,辽海出版社 2004 年版。

熊明辑校:《汉魏六朝杂传集》,中华书局 2017 年版。

徐复观:《两汉思想史》,华东师范大学出版社 2001 年版。

徐震堮选注:《汉魏六朝小说选》,上海古典文学出版社 1955 年版。

杨燕起、陈可青、赖长扬编:《历代名家评〈史记〉》,北京师范大学出版社 1986 年版。

杨义:《中国古典小说史论》,人民出版社 1998 年版。

易小平:《西汉文学编年史》,上海古籍出版社 2012 年版。

叶岗:《〈燕丹子〉研究》,中华书局 2021 年版。

《游国恩学术论文集》,中华书局 1989 年版。

余嘉锡:《四库提要辨证》,云南人民出版社 2004 年版。

张可礼:《建安文学论稿》,山东教育出版社 1986 年版。

张京媛主编:《新历史主义与文学批评》,北京大学出版社 1993 年版。

张舜徽:《广校雠略　汉书艺文志通释》,华中师范大学出版社 2004 年版。

赵敏俐主编:《汉代文学与文化研究》,商务印书馆 2018 年版。

赵明、杨树增、曲德来主编:《两汉大文学史》,吉林大学出版社 1998 年版。

赵章超:《汉魏至唐五代小说佚文辑证》,人民出版社 2017 年版。

周次吉:《神异经研究》,(台北)文津出版社 1986 年版。

周绍良、白化文编:《敦煌变文论文录》,上海古籍出版社 1982 年版。

周一良:《魏晋南北朝史论集》,商务印书馆 2020 年版。

北京大学出土文献研究所:《北京大学藏西汉竹书概说》,《文物》2011 年第 6 期。

曹道衡:《〈风俗通义〉和魏晋六朝小说》,《文学遗产》1988 年第 3 期。

曹建国:《纬书研究的一些思考》,《渤海大学学报》(哲学社会科学版) 2019 年第 2 期。

曹文心:《建安小说考辨》,《淮北煤师院学报》(社会科学版)1988 年第 4 期。

陈铁镔:《汉代小说发展轨迹与特质的探索》,《锦州师院学报》(哲学社会科学版)1990 年第 2 期。

陈文新:《旧题汉人小说的文献问题》,《人文研究》(铃木阳一教授退职纪念号),日本神奈川大学人文学会编,2021 年。

陈中凡:《论〈吴越春秋〉为汉晋间说部及其在艺术上的成就》,《文学遗产增刊七辑》,中华书局 1959 年版。

程毅中:《叙事赋与中国小说的发展》,《中国文化》2007 年第 24 期。

董乃斌:《诸朝正史中的小说与民间叙事》,《文学评论》2006 年第 5 期。

杜贵晨:《〈越绝书〉作者新论——兼及文学"泰而不作……怨恨则作"说》,《学术研究》2017 年第 8 期。

伏俊琏:《师旷与小说〈师旷〉》,《贵州社会科学》2010 年第 4 期。

高中正:《年代、地域及家庭——北大汉简〈妄稽〉新研》,《文献》2018 年第 3 期。

何晋:《北大汉简〈妄稽〉简述》,《文物》2011 年第 6 期。

黄德宽:《清华简〈赤鹄之集汤之屋〉与先秦"小说"》,《复旦学报》(社会科学版)2013 年第 4 期。

黄仁生:《论〈吴越春秋〉是我国现存最早的文言长篇历史小说》,《湖南师范大学社会科学学报》1994 年第 3 期。

霍松林:《〈燕丹子〉成书的时代及在我国小说发展史上的地位》,《文学遗产》1982 年第 4 期。

姜守诚:《北大秦牍〈泰原有死者〉考释》,《中华文史论丛》2014 年第 3 期。

劳榦:《论西京杂记之作者及成书时代》,《中研院历史语言研究所集刊》第三十三本,(台北)台湾商务印书馆 1962 年版。

李军均:《〈赵后别传〉文本型态与成书时间考论》,《华中学术》第 25 辑,华中师范大学出版社 2019 年版。

李学勤:《简帛书籍的发现及其影响》,《文物》1999 年第 10 期。

梁宗华:《一部值得重视的汉代历史小说——〈吴越春秋〉文学价值初探》,《浙江学刊》1989 年第 5 期。

刘成群:《清华简〈赤鹄之集汤之屋〉文体性质再探》,《学术论坛》2016 年第 8 期。

刘晓军:《〈汉书・艺文志〉"小说家"的名与实》,方勇主编:《诸子学刊》第二十辑,上海古籍出版社 2020 年版。

刘跃进:《试论刘向、刘歆父子的文学业绩与学术贡献》,《江苏师范大学学报》(哲学社会科学版)2020 年第 3 期。

马振芳:《〈燕丹子〉考辨》,《浙江大学学报》(人文社会科学版)2010 年第 1 期。

聂济冬:《简论纬书〈河图〉的小说特性》,《孔子研究》2005 年第 3 期。

宁稼雨:《关于〈全汉魏晋南北朝小说辑校笺证〉的几点学术思考》,《古籍整理研究学刊》2019 年第 1 期。

潘建国:《〈搜神记〉的形成:以前代故事文本辑采为例》,《中国高校社会科学》2019 年第 4 期。

庞礴:《论"师旷小说"与汉小说家之〈师旷〉》,《社会科学研究》2014 年第 3 期。

裘锡圭:《汉简中所见韩朋故事的新资料》,《复旦学报》(社会科学版)1999 年第 3 期。

孙少华:《诸子"短书"与汉代"小说"观念的形成》,《吉林大学社会科学学报》2013 年第 3 期。

孙振田:《〈封禅方说〉的性质及内容考辨》,《西华师范大学学报》(哲学社会科学版)2020 年第 1 期。

孙振田:《〈汉书・艺文志〉小说家〈伊尹说〉等七种依托考论》,《西北民族大学学报》(哲学社会科学版)2020 年第 1 期。

谭帆、王庆华:《"小说"考》,《文学评论》2011 年第 6 期。

陶明玉:《曹植"诵俳优小说"与白话小说的起源》,《中州学刊》2021 年第 12 期。

陶宪曾:《神异经辑校》,《船山学报》第一册,1933 年。

王齐洲:《〈汉书·艺文志〉著录之小说家〈务成子〉等四家考辨》,《南京师范大学文学院学报》2008 年第 1 期。

王齐洲、李平:《曹植诵俳优小说发覆》,《学术研究》2013 年第 5 期。

王三庆撰,谢明勋助理:《敦煌本〈类林〉校笺及其研究(上)》,《敦煌学》第十六辑,(台北)新文丰出版公司 1990 年版。

夏德靠:《论〈说苑〉〈新序〉的编撰及其文体特征》,《中华文化论坛》2018 年第 5 期。

熊明:《〈太平广记〉的选篇原则与汉唐小说的搜集确认》,《中北大学学报》(社会科学版)2021 年第 1 期。

徐中舒:《论〈蜀王本纪〉成书年代及其作者》,《社会科学研究》1979 年第 1 期。

薛洪勣:《试论〈飞燕外传〉的产生时代及其特出成就》,《学术研究丛刊》1984 年第 1 期。

杨树增:《汉代小说的形成及主要作品》,《中国文学研究》第二十一辑,复旦大学出版社 2013 年版。

杨晓丽:《〈列仙传〉成书时代考》,《文学与文化》2018 年第 1 期。

姚小鸥:《清华简〈赤鳉〉篇与中国早期小说的文体特征》,《文艺研究》2014 年第 2 期。

叶岗:《〈燕丹子〉成书时代考论》,《文献》2021 年第 3 期。

袁行霈:《〈汉书艺文志〉小说家考辨》,《文史》第七辑,中华书局 1979 年版。

张黎明:《"河图"类谶纬书中的地理博物体小说》,《理论界》2021 年第 4 期。

赵逵夫:《卢文晖辑〈师旷〉刍议》,《古籍整理研究学刊》2012 年第 4 期。

周蔚:《刘向小说的定位思考》,《南京师大学报》(社会科学版)2002 年第 3 期。

三、外文译著

〔英〕戴维·洛奇:《小说的艺术》,王峻岩等译,作家出版社1998年版。

〔英〕E.M.福斯特:《小说面面观》,朱乃长译,中国对外翻译出版公司2002年版。

〔英〕海伦·加德纳:《宗教与文学》,江先春、沈弘译,四川人民出版社1998年版。

〔日〕小南一郎:《中国的神话传说与古小说》,孙昌武译,中华书局2006年版。

〔日〕小南一郎著,〔日〕伊藤令子校:《唐代传奇小说论》,童岭译,北京大学出版社2015年版。

〔美〕伊恩·P.瓦特:《小说的兴起——笛福、理查逊、菲尔丁研究》,高原、董红钧译,生活·读书·新知三联书店1992年版。

〔日〕竹田晃:《以中国小说史的眼光读汉赋》,孙歌译,《文学遗产》1995年第4期。